# Pour toujours...
## jusqu'à demain

# L'auteur

**Sarah Dessen** est née aux États-Unis en 1970. Elle a baigné très jeune dans la littérature puisque ses parents, professeurs de lettres, lui offraient des livres en guise de jouets. Enfant, elle reçoit une machine à écrire et se lance dans l'écriture. Après son diplôme de lettres, elle décide de travailler comme serveuse et d'écrire le reste du temps. Son premier roman est publié au bout de trois ans. Elle enseigne aujourd'hui l'écriture et vit avec son mari et ses deux chiens.

### Du même auteur

*Cette chanson-là*
*Écoute-la*

Sarah Dessen

# Pour toujours... jusqu'à demain

*Traduit de l'anglais par Stéphane Michaka*

POCKET JEUNESSE

Directeur de collection : Xavier d'Almeida
Titre original :
*The truth about forever*
Publié pour la première fois en 2004
par Viking, Penguin Young Readers Group, New York.

Loi n° 49 956 du 16 juillet 1949 sur les publications
destinées à la jeunesse : mai 2008.

ISBN 978-2-266-17895-2

# Chapitre 1

Jason partait pour le « camp des cracks ». Cette classe d'été pour surdoués avait un nom officiel, mais tout le monde l'appelait comme ça.

— Bon, dit-il en enfonçant une ultime paire de chaussettes dans un coin de sa valise, la liste, une dernière fois.

J'ai pris le bout de papier qui se trouvait à côté de moi.

— Stylos. Cahiers. Carte de téléphone. Piles pour l'appareil photo. Vitamines.

Il passait en revue le contenu de sa valise, pointant du doigt chaque objet. Vérification et revérification. Avec Jason, rien n'était laissé au hasard.

J'ai continué :

— Calculatrice. Ordinateur portable...

— Stop, dit-il en levant la main.

Il marcha jusqu'à son bureau, tira la fermeture

Éclair de la housse noire posée là, puis hocha la tête vers moi en déclarant :

— Tu peux passer au point numéro 2...

J'ai balayé la liste du regard et trouvé les mots « Ordinateur (housse) ». Je me suis éclairci la voix.

— CD vierges, ai-je prononcé. Chargeur de batterie. Écouteurs...

Une fois qu'on eut passé ça en revue et achevé la liste principale – sans oublier les sous-rubriques : « Articles de toilette » et « Divers » – Jason sembla à peu près sûr qu'il ne manquait rien. Ce qui ne l'empêcha pas, d'ailleurs, de continuer à parcourir la pièce, tout en marmonnant. La perfection, ça demande du boulot. Si on ne veut pas faire d'effort, il vaut mieux laisser tomber.

« Perfection » : Jason savait ce que ça voulait dire. Pour lui, ce n'était pas quelque chose d'inaccessible, mais ce qu'il fallait toujours atteindre.

Il était champion de maths de la région, meilleur orateur de l'école, et avait les meilleures notes du lycée (il prenait des cours particuliers depuis la cinquième, et dès la troisième il avait suivi des cours de préparation à l'université). Il avait été président de l'association d'élèves deux années d'affilée, était à l'origine d'un programme de recyclage de déchets au sein de l'école, et parlait couramment l'espagnol et le français. Ses performances ne se limitaient pas aux résultats scolaires. Jason était végétalien. Il avait passé l'été dernier à construire des maisons au profit de l'association Un Habitat pour l'Humanité. Il pratiquait le yoga, rendait visite chaque dimanche à sa grand-mère qui était en maison de retraite, et il avait, au Niger, un correspondant à qui il écrivait depuis l'âge de huit ans. Quoi qu'il fasse, il le faisait bien.

Beaucoup de gens auraient trouvé ça agaçant, voire écœurant. Pas moi. Jason était exactement la personne dont j'avais besoin.

Je l'avais compris dès le jour où on s'était rencontrés. C'était en seconde, pendant un cours d'anglais. On nous avait mis par groupes pour travailler sur *Macbeth*, Jason, moi, et une fille du nom d'Amy Richmond qui, une fois qu'on avait rapproché nos tables, nous avait vite fait savoir qu'elle était « nulle pour toutes ces foutaises sur Shakespeare ». Elle avait alors piqué de la tête sur son sac. Une minute plus tard, elle roupillait profondément.

Jason s'était contenté de la regarder.

— Bon, avait-il dit en ouvrant son manuel, on devrait peut-être commencer.

C'était très peu de temps après ce qui m'était arrivé. J'étais alors dans une phase de silence. Les mots ne me venaient pas aisément. J'avais même du mal à les reconnaître : des phrases entières me semblaient provenir d'une langue étrangère, ou bien écrites à l'envers quand je les parcourais des yeux. Quelques jours plus tôt, rien qu'en inscrivant mon nom en haut d'une page, j'avais dû m'y reprendre à deux fois pour tracer les lettres, tellement je n'étais plus sûre de rien.

Alors évidemment, je me suis sentie complètement perdue en ouvrant *Macbeth*. J'avais passé le week-end précédent à me débattre avec le vocabulaire archaïque et les noms bizarres des personnages, me sentant incapable de saisir les aspects les plus simples de l'intrigue. Je fixais les répliques. *Si j'avais pu mourir une heure avant ce coup, / J'aurais vécu un temps béni ;*

*mais à présent, / Plus rien ne compte dans l'existence : / Plus rien n'a la moindre importance.*

Non, me disais-je. Plus rien.

Par chance, Jason, habitué à diriger une équipe, n'était pas du genre à laisser ses résultats scolaires en d'autres mains. Il a ouvert son cahier et sorti un stylo dont il a ôté le capuchon.

— D'abord, notons les principaux thèmes de la pièce. Ensuite, on pourra réfléchir à ce qu'on va dire.

J'ai acquiescé. Tout autour de moi grondaient les bavardages de nos camarades. Et la voix lasse de notre professeur d'anglais, M. Sonnenberg, qui répétait : « Calmez-vous, s'il vous plaît. »

Jason a sauté quelques lignes sur sa page blanche. Je l'ai regardé écrire : *Meurtre.* Son écriture impeccable filait sur la page. *Pouvoir. Mariage. Vengeance. Prophétie. Politique.* On aurait dit qu'il pouvait continuer comme ça à l'infini. Mais il s'est arrêté soudain et a regardé vers moi.

— Quoi d'autre ? m'a-t-il demandé.

J'ai jeté un nouveau coup d'œil sur mon livre, comme si les mots, de façon mystérieuse, allaient soudain se rassembler pour former un tout cohérent. Je sentais que Jason me regardait, sans le moindre reproche, attendant seulement que je contribue à la tâche.

J'ai balbutié :

— Je ne... Je comprends pas, en fait.

Je m'attendais à ce qu'il me lance le même regard qu'il avait lancé à Amy Richmond. Mais à mon étonnement, il a posé son stylo.

— Quelle partie ?

— Tout, ai-je lâché.

Devant son air surpris, j'ai ajouté :

— Je veux dire, je vois bien qu'il y a un meurtre dans l'histoire, et puis une invasion, mais pour le reste... Je saisis pas. Je suis paumée.

— Ce n'est pas si compliqué, a-t-il dit en reprenant son stylo. Il suffit de partir de la prophétie sur les événements futurs... Regarde, ici...

Tout en parlant, il s'est mis à tourner les pages et a désigné un passage qu'il a lu à voix haute. Son stylo passait d'une ligne à l'autre et les mots prenaient sens, comme si Jason, par magie, les modifiait.

Et je me sentais bien. Enfin.

J'avais espéré pendant si longtemps qu'on m'explique, d'une façon aussi limpide, ce qui s'était passé dans ma vie. Qu'on indique clairement sur une page : ceci mène à cela, etc. Je savais, au fond de moi, que les choses étaient plus compliquées. Mais en observant Jason, je reprenais espoir. Il s'emparait de *Macbeth*, cette histoire embrouillée, et la simplifiait. Alors, forcément, je me suis demandée s'il ne pourrait pas faire la même chose avec ma situation. C'est comme ça que je me suis rapprochée de lui. Depuis, je ne l'ai plus quitté.

À présent il refermait la housse de son ordinateur portable et le posait sur le lit avec le reste de ses affaires.

— Bon, a-t-il dit en promenant un dernier regard sur la pièce. Allons-y.

Quand nous sommes sortis, son père et sa mère nous attendaient dans leur Volvo. M. Talbot est descendu, a ouvert le coffre, et lui et Jason ont pris quelques minutes pour y ranger les bagages. Pendant que je m'asseyais sur la banquette arrière Mme Talbot s'est

9

tournée vers moi et m'a souri. Elle était botaniste, son mari chimiste. Tous deux étaient professeurs. Ils ressemblaient tellement à des universitaires qu'à chaque fois que je les voyais sans un livre dans les mains, ils me paraissaient étranges, comme s'il leur avait manqué le nez, ou un bras.

— Alors, Macy. Qu'est-ce que tu vas faire sans Jason jusqu'au mois d'août ? me dit-elle.

— Je ne sais pas, répondis-je.

Je travaillais à la bibliothèque, où j'avais repris le poste de Jason à l'accueil. En dehors de ça, les huit prochaines semaines risquaient d'être bien vides. Je m'étais fait quelques amis dans l'association d'élèves, mais la plupart étaient partis pour l'été, en Europe ou en camp de vacances. À vrai dire, partager les activités de Jason n'était pas de tout repos : entre les cours de yoga et ladite association, sans parler de toutes les bonnes causes qui nous occupaient, il ne restait plus beaucoup de place pour le reste. Et puis Jason s'impatientait vite avec les gens, du coup j'hésitais à élargir notre petit cercle. S'il se trouvait en face de quelqu'un d'un peu lent, ou de paresseux, cela l'agaçait. Bref, il valait mieux que je reste seule avec lui, ou avec ses amis qui, eux, pouvaient tenir la distance. Jamais je n'ai songé que c'était peut-être une mauvaise chose. C'était comme ça, c'est tout.

Sur la route vers l'aéroport, Jason et son père parlaient des élections qui avaient eu lieu en Europe. Sa mère s'inquiétait à cause des embouteillages. Et moi, je me taisais en observant les quelques centimètres qui séparaient mon genou de celui de Jason. Je me demandais pourquoi je n'essayais pas de m'asseoir plus près de lui. Il ne m'avait embrassée qu'après notre troisième sortie. Et jusqu'à ce jour – un an et demi après le début de notre relation – on n'avait pas encore parlé de coucher ensemble. Quand on s'était rencontrés, le seul fait d'être serrée dans les bras de quelqu'un m'était insupportable. Je ne voulais pas qu'on s'approche de moi. Tomber sur Jason avait été une aubaine : enfin un garçon qui comprenait ce que je ressentais. Maintenant, pourtant, j'avais envie de plus.

À l'aéroport, on s'est dit au revoir devant la porte d'embarquement. Ses parents l'ont embrassé, puis ils ont traversé discrètement la salle d'attente et se sont arrêtés devant une baie vitrée surplombant la piste et laissant voir, au-dessus, un grand pan de ciel bleu. J'ai serré Jason dans mes bras, respiré son odeur – stick de déodorant sport et crème contre l'acné – bien à fond, afin de le garder un peu plus longtemps avec moi.

— Tu vas me manquer, lui ai-je dit. Énormément.

— C'est seulement pour huit semaines, a-t-il répondu.

Il m'a embrassée sur le front. Puis, rapidement, si rapidement que je n'ai même pas eu le temps de réagir, sur les lèvres. Il s'est penché en arrière et m'a regardée, serrant ma taille entre ses bras.

— Je t'écrirai des e-mails, a-t-il ajouté, avant de m'embrasser de nouveau sur le front.

Tandis qu'on annonçait le départ de son vol et qu'il s'enfonçait dans le corridor d'embarquement, je suis restée un moment avec les Talbot à le regarder partir, et j'ai ressenti un tiraillement dans la poitrine. L'été allait être long. J'aurais voulu un véritable baiser, un souvenir à emporter, mais j'avais appris, il y a quelque temps, à ne pas trop demander en matière d'adieu. Dans ce domaine, il n'y a pas de promesse, pas de garantie.

C'est déjà une chance, même une bénédiction, si vous obtenez un au revoir.

Mon père est mort. Et je l'ai vu mourir.

C'est ce que les gens savaient de moi. On ne me connaissait pas comme Macy Queen, la fille de Deborah, qui construisait de jolies maisons dans des impasses flambant neuves. Ou comme la sœur de Caroline, qui venait de faire un beau mariage à l'hôtel Lakeview, l'été dernier. Et non plus comme l'ex-détentrice du record du 50 mètres, catégorie 12-14 ans. Non. J'étais Macy Queen, qui le lendemain de Noël avait trouvé son père gisant au bout de la rue, pendant qu'un inconnu s'échinait à presser les mains sur sa poitrine. J'avais vu mourir mon père. C'est cette histoire qu'on connaissait de moi.

Quand les gens l'entendaient pour la première fois, ou qu'ils s'en souvenaient en me voyant, on lisait toujours ce même air sur leur visage. Celui avec un regard triste, suivi d'une petite moue et d'une inclinaison de la tête – « *Oh mon Dieu, ma pauvre petite !* » C'était peut-être une attitude pétrie de bonnes intentions, mais je n'y voyais, moi, qu'un réflexe des tendons et des muscles, quelque chose qui ne voulait rien dire. Rien du tout. Je détestais cet air. Je le voyais partout.

La première fois, ç'avait été à l'hôpital. J'étais assise sur une chaise en plastique près du distributeur de boissons quand ma mère est sortie de la petite salle d'attente, voisine d'une autre, qui était plus grande. J'avais deviné que c'était là qu'ils emmenaient les gens pour leur annoncer les mauvaises nouvelles : leur attente se terminait dans cet espace, une fois que leur proche était décédé. En fait, je venais de voir une autre famille suivre le même chemin : dix pas environ à franchir et ce coin où l'on bifurque, passant de l'espoir au désespoir. Au moment où ma mère – qui venait d'être introduite dans la petite salle – est revenue vers moi, j'ai tout de suite compris. Derrière elle, il y avait une infirmière corpulente munie d'une feuille de température. Elle m'a vue en train d'attendre avec mon bas de jogging, mon sweat-shirt trop large et mes vieilles chaussures de course. Son visage a été alors envahi par le fameux air : « *Oh, ma pauvre petite !* » À ce moment-là, j'ignorais qu'il allait me poursuivre.

J'ai vu *l'air* aux funérailles, partout. C'était le masque porté par tous ceux rassemblés là, sur les bancs de l'église. Ils jetaient vers moi des coups d'œil obliques qui me pesaient, tandis que je gardais la tête baissée, les yeux rivés sur le noir de mes collants, sur les nœuds de mes lacets. À mes côtés, ma sœur Caroline sanglotait. Elle continua tout le long de la cérémonie, dans la limousine, au cimetière, et durant la réception qui suivit. Elle pleurait tellement que je n'ai pas voulu m'y mettre aussi. Ajouter mes larmes aux siennes, ç'aurait été vraiment trop.

J'avais la haine de me retrouver dans cette situation, la haine parce que mon père n'était plus là, et je me haïssais d'avoir été paresseuse et somnolente, de lui avoir fait au revoir de la main quand il était venu dans ma chambre ce matin-là, vêtu de son vieux tee-shirt qui puait. Il s'était penché sur mon oreille et avait murmuré : « Réveille-toi, Macy. Je te donnerai un peu d'avance sur moi. Allons, tu sais bien que les premiers pas sont les plus difficiles. » Je haïssais ces cinq minutes, au lieu de deux ou trois, qu'il m'avait fallu pour me lever, enfiler mon bas de jogging et nouer mes lacets. Je haïssais mon manque de rapidité, qui m'avait fait arriver trop tard, le trouvant mort, incapable maintenant de me voir ou de m'entendre lui dire tout ce que j'aurais voulu lui dire. J'étais donc la fille dont le père était mort, celle qui l'avait vu mourir. Mais la colère et la peur que j'éprouvais, c'était mon secret. Et ça, personne ne pouvait me l'enlever.

En rentrant de chez les Talbot, j'ai trouvé une boîte sous le porche de ma maison. Dès que je me suis penchée et que j'ai lu l'adresse de l'expéditeur, j'ai su ce qu'il y avait dedans.
— Maman ?
Ma voix s'est répercutée dans l'entrée tandis que je claquais la porte derrière moi. Dans la salle à manger, il y avait des tas de prospectus autour d'une foule de bouquets, tout était prêt pour le cocktail que ma mère donnait ce soir-là. Les résidences de luxe dont elle s'occupait dans le quartier allaient entrer dans leur phase de construction, et elle devait conclure des ventes. Autant dire qu'elle s'était branchée sur le mode *à fond dans la lèche*, comme le révélait un panneau posé sur le dessus de la cheminée. On y voyait son visage sourire près du slogan : *Maisons de princesse. Confiez-nous la construction de votre château.*
J'ai posé la boîte au milieu de la cuisine, sur la table, puis j'ai ouvert le frigidaire et je me suis versé un jus d'orange. Je l'ai avalé d'un coup, ai rincé le verre, l'ai mis dans le lave-vaisselle. Petits gestes qui ne suffisaient pas à me distraire. Je n'arrêtais pas de penser

à la boîte qui trônait là, attendant que je veuille bien l'ouvrir. Rien à faire : il fallait lui régler son compte à celle-là.

J'ai sorti du tiroir une paire de ciseaux, et l'ai fait glisser sur le dessus de la boîte, creusant une fente dans le scotch brun qui recouvrait le carton. L'adresse du destinataire, comme toujours, indiquait Waterville, dans le Maine.

*Cher Monsieur Queen,*

*Ayant le plaisir de vous compter parmi les plus fidèles clients des Produits EZ, nous vous faisons parvenir ci-joint, en vue d'un examen attentif de votre part, notre dernière innovation. Nous sommes convaincus qu'elle prendra dans votre quotidien une place aussi importante que les nombreux produits que vous avez acquis chez nous ces dernières années. Si toutefois, pour une raison ou une autre, ce produit ne vous satisfaisait pas entièrement, veuillez nous le retourner sous trente jours afin que votre compte ne soit pas débité.*

*Merci encore de votre parrainage. Pour toute question, n'hésitez pas à contacter l'aimable personnel de notre service clients au numéro ci-dessous. C'est à des personnes comme vous que nous désirons rendre la vie quotidienne plus agréable, plus productive, et surtout, plus facile. Plus qu'une marque, EZ : une promesse.*

*Cordialement,*

*Walter F. Tempest*
*Président, Produits EZ*

J'ai enlevé les boulettes de polystyrène et je les ai entassées en ordre près de la boîte, jusqu'à ce que je trouve le paquet. Il y avait deux photos dessus. Sur la première, une femme se tenait devant sa table de cuisine avec environ vingt rouleaux d'aluminium et d'essuie-tout empilés devant elle. Elle avait un air très contrarié, comme si elle était au bord de la crise de nerfs. Sur l'autre photo, la femme se tenait devant la même table. Les rouleaux avaient disparu et avaient été remplacés par un panneau en plastique fixé au mur. Elle en tirait du papier d'emballage et arborait l'expression béate qu'on voit plus souvent chez les saintes ou les personnes sous médicaments.

*Vous en avez assez de vous débattre avec toutes sortes de rouleaux d'emballage ? Assez de fouiller dans des tiroirs ou des placards en désordre ? Procurez-vous Embal'Aise et vous trouverez aisément ce dont vous avez besoin. Avec ses compartiments adaptés pour les sandwichs et les sacs réfrigérants, pour l'aluminium et l'essuie-tout, vous n'aurez désormais plus besoin de fouiller au fond d'un tiroir. Tout est accessible, à portée de vos doigts !*

J'ai reposé la boîte, faisant courir mes doigts sur le rebord. Ce sont parfois des choses toutes bêtes qui vous font regretter quelqu'un. Les funérailles noires de monde, les piles de cartes de condoléances, la réception pleine de messes basses, tout ça, j'avais pu surmonter. Mais quand une boîte nous parvenait du Maine, ça me brisait toujours le cœur.

Mon père adorait ces trucs : il ne résistait pas à tout ce qui prétendait simplifier la vie. Avec son penchant pour les insomnies, ça faisait un mélange fatal. Il avait coutume de vérifier des contrats ou d'envoyer des e-mails jusque tard dans la nuit, avec le poste de télé qui ronronnait en arrière-fond. Quand un publireportage était diffusé, mon père était aussitôt happé, d'abord par les plaisanteries et les rires forcés échangés entre le présentateur et le concepteur du gadget, puis par la démonstration d'usage, suivie des cadeaux offerts en bonus, mais réservés à ceux qui passeraient commande *dès maintenant,* instant où mon père sortait sa carte de crédit tout en composant le numéro apparu à l'écran.

— Crois-moi, me lançait-il, tout émoustillé par l'enthousiasme de l'acheteur, voilà ce qui s'appelle une *innovation* !

Et pour lui, c'en était une en effet : le Paquet géant de cartes de vœux pour les vacances qu'il avait acheté à ma mère (ça incluait tous les congés, de Pâques à la Toussaint, mais sans une seule carte de Noël), ou le bidule en plastique qui ressemble à un mini-piège à ours et vous garantit une natte de rêve, bidule qu'il avait fallu arracher de mes cheveux à coups de ciseaux. On était tous brouillés depuis longtemps avec les Produits EZ. Mais mon père n'était pas découragé par notre cynisme. Il adorait le *potentiel,* la possibilité qu'ici même, entre ses mains avides, se trouve la réponse à l'une des énigmes de la vie. Pas : « Pourquoi sommes-nous là ? » Ni : « Y a-t-il un Dieu ? » Ce genre de questions taraudait les humains depuis des millénaires. Mais si la question était : « Est-ce qu'il existe une brosse à dents qui peut aussi fournir le dentifrice ? », alors la réponse était claire : Oui. Carrément oui.

— Viens jeter un coup d'œil ! s'écriait-il, avec un enthousiasme qui, sans être vraiment contagieux, était tout de même attachant.

C'était le bon côté de mon père. Avec lui, on s'amusait toujours.

— Tu vois, expliquait-il en mettant sous mes yeux le dessous de verre en éponge/mémo vocal de poche et enregistreur/machine à café avec télécommande intégrée, c'est une idée géniale. Figure-toi que la plupart des gens n'imaginent même pas qu'on puisse inventer un truc pareil !

Je m'étais vue contrainte, à un âge précoce, d'adopter une réaction type – sorte de « Ah ben, ça alors ! » inscrit sur mon visage, augmenté d'un hochement de tête enthousiaste. Ma sœur, qui faisait tout le temps son cinéma, ne daignait pas, en revanche, esquisser l'ombre d'un sourire, même factice. Elle se contentait de secouer la tête en disant :

— Mais papa, pourquoi tu achètes tout le temps ces cochonneries ?

Quant à ma mère, elle s'efforçait de jouer le jeu, se débarrassant de sa machine à café haut de gamme pour faire de la place à la nouvelle, munie d'une télécommande, du moins jusqu'à ce qu'on réalise – après avoir été réveillés à trois heures du matin par l'odeur de café – qu'elle subissait des interférences provenant du moniteur de surveillance du bébé installé dans la pièce voisine, et se déclenchait de manière inopinée. Ma mère toléra même le distributeur de Kleenex qu'il avait installé sur le pare-soleil de sa BMW (« Tu ne risqueras plus l'accident en te baissant pour prendre un mouchoir ! »), même après qu'il fut tombé tandis qu'elle conduisait sur une route à quatre voies, manquant de précipiter sa voiture sur les véhicules qui arrivaient en sens inverse.

Quand mon père est mort, chacun a réagi différemment. Ma sœur semblait avoir pris en charge toute l'émotion qu'on avait accumulée : elle pleurait tellement qu'on aurait dit qu'elle se desséchait littéralement sous nos yeux. Moi je restais assise, silencieuse, en colère, refusant de pleurer, car tout le monde semblait attendre que je fonde en larmes. Ma mère, elle, avait commencé de mettre les choses en ordre.

Deux jours après les funérailles, elle se déplaçait dans la maison avec fébrilité. Son énergie avait quelque chose de palpable, qui vous faisait claquer des dents. Je me tenais devant ma chambre, la regardant s'en prendre à notre placard à linge, jeter les gants de toilette et les draps dont on ne se servait plus depuis longtemps. Dans la cuisine, tout ce qui n'était pas assorti – un pot de confiture esseulé, un plat offert à Noël dans une chaîne de restaurant – était éjecté dans le sac-poubelle qu'elle traînait après elle d'une pièce à l'autre, jusqu'à ce qu'il soit trop lourd. Rien n'était plus en sécurité. Un jour, je suis revenue de l'école et j'ai trouvé mon placard réorganisé, en partie pillé, vidé de tout ce que je n'avais pas porté depuis un bail. Je commençais à me dire qu'il valait mieux ne pas trop s'attacher à quoi que ce soit. Il suffisait de tourner le dos, et ça se volatilisait. Sans crier gare.

Les machins EZ furent jetés en dernier. Un samedi, une semaine après les funérailles, à six heures du matin, ma mère debout dans l'allée entassait ce qu'elle comptait donner au Secours populaire. Dès neuf heures, elle avait quasiment vidé le garage : le vieux tapis de course, les chaises longues et les boîtes de décorations de Noël qu'on n'utilisait jamais avaient dégagé vite fait.

J'ai traversé le gazon jusqu'à l'allée, contourné des pots de peinture qui n'avaient jamais servi.

— On se débarrasse de tout ça ? demandai-je, tandis qu'elle se penchait sur un carton d'animaux en peluche.

— Oui, répondit-elle. Si tu veux garder quelque chose, c'est maintenant ou jamais.

J'ai promené mon regard sur les objets de mon enfance. Une bicyclette rose avec sa selle blanche, une luge en plastique toute cassée, des gilets de sauvetage provenant du bateau qu'on avait vendu il y a plusieurs années. Aucun d'eux ne comptait pour moi, mais rassemblés, ils étaient tous importants. Je ne savais quoi garder.

Puis j'ai vu la boîte de EZ. Tout en haut, enroulé et calé dans un coin, se trouvait l'essuie-mains autochauffant dans lequel mon père, il y a quelques semaines à peine, avait vu un miracle de la science. Je l'ai pris avec précaution.

— Oh ! Macy.

Ma mère, le carton de peluches dans les bras, fronçait les sourcils. La tête d'une girafe, qui dans mon vague souvenir appartenait à ma sœur, en jaillissait.

— Tu ne vas pas garder ça, ma chérie. C'est bon pour la poubelle.

— Je sais, ai-je dit en regardant de nouveau l'essuie-mains.

Les gars du Secours populaire sont arrivés à ce moment-là, faisant sonner leur klaxon en se garant dans l'allée. Ma mère les a salués de la main, puis s'est dirigée vers eux pour leur montrer ce qu'ils pouvaient prendre. Tandis qu'ils discutaient, je me suis demandée dans combien de maisons ils se rendaient chaque jour. Est-ce qu'ils le sentaient, quand ça se passait après un décès ? Les vieilleries n'étaient-elles pour eux que des vieilleries, sans qu'ils fassent la moindre différence ?

— Soyez bien sûrs de tout emporter, leur lança ma mère !

Les deux gars se sont approchés du tapis de course, chacun soulevant l'une des extrémités.

— Je veux aussi faire un don à votre association, ajouta-t-elle. Je vais chercher mon chéquier.

Tandis qu'elle rentrait dans la maison, je suis restée là un moment avec les gars qui chargeaient les objets éparpillés. Ils faisaient un dernier trajet pour prendre l'arbre de Noël, quand le plus petit d'entre eux, qui avait les cheveux roux, hocha le menton vers la boîte qui se trouvait à mes pieds.

— Ça aussi ? demanda-t-il.

J'ai failli lui dire « oui ». Mais j'ai baissé les yeux vers l'essuie-mains et la boîte pleine de bazar, et je me suis rappelé l'excitation de mon père quand chaque boîte arrivait, le bruit de ses pas partout dans la maison, à la recherche de quelqu'un avec qui partager sa trouvaille. J'étais heureuse quand ça tombait sur moi.

— Non, dis-je en me penchant pour ramasser la boîte. Celle-ci est à moi.

Je l'ai montée dans ma chambre, j'ai tiré ma chaise de bureau vers mon placard et j'ai grimpé dessus. En haut de la dernière étagère, il y avait un panneau ouvrant sur le grenier. Je l'ai fait coulisser et j'ai enfoncé la boîte dans la pénombre.

Maintenant que mon père n'était plus là, nous pensions que nos liens avec les Produits EZ étaient

rompus. Pourtant, un mois environ après les funérailles, un nouveau paquet est arrivé : une agrafeuse
de poche. On s'est dit qu'il avait dû commander ça
juste avant sa crise cardiaque, et que c'était son ultime
achat – jusqu'à ce qu'on reçoive, le mois suivant, un
faux rocher arroseur de gazon. Lorsque ma mère a
téléphoné pour se plaindre, l'employée du service
Clients lui a fait des excuses embarrassées. En raison
du nombre élevé de ses achats, mon père, expliqua-
t-elle, avait été propulsé dans la catégorie Cercle d'or.
Il devait recevoir chaque mois un nouveau produit,
sans obligation d'achat. Son nom serait retiré de leur
liste, évidemment, sans le moindre problème.

Mais les machins continuaient d'arriver avec une
régularité sans faille, même après qu'on eut fait annuler la carte de crédit dont ils avaient le numéro. J'avais
échafaudé ma propre théorie à ce sujet, théorie que je
n'avais confiée, comme beaucoup d'autres choses, à
personne. Mon père était mort le lendemain de Noël,
les cadeaux avaient déjà été déballés. Il avait offert à
ma mère un bracelet en diamants, à ma sœur un vélo
tout-terrain, moi j'avais eu droit à un pull, deux CD,
et une reconnaissance de dette gribouillée à la main
sur du papier doré. Ça disait : *Il y en aura plus*, et il
avait hoché la tête, pour me rassurer, tandis que je
lisais ces mots. *Très bientôt.*

— Ça viendra avec un peu de retard, mais c'est spécial, m'avait-il assuré. Tu vas adorer.

Je savais qu'il disait vrai. J'allais adorer, car mon
père, tout simplement, me connaissait, il savait ce qui
me faisait plaisir. Ma mère affirmait que lorsque j'étais
petite, je me mettais à pleurer chaque fois que mon

père n'était plus près de moi, et que j'étais inconsolable lorsqu'un autre que lui me préparait mon plat favori, le gratin de macaronis orange vendu un dollar les trois par l'épicier du coin. Mais il s'agissait d'autre chose que de sentiments. Parfois, c'était comme si je recevais des ondes émanant de lui. Jusqu'au dernier jour, quand il avait renoncé à me tirer du lit, je m'étais redressée, une fois écoulées ces fameuses cinq minutes, comme si j'avais reçu un appel. Peut-être qu'à ce moment précis il avait commencé de ressentir une douleur dans la poitrine. Jamais je ne le saurai.

Les premiers jours après son décès, je ne cessais de penser à cette reconnaissance de dette, me demandant ce qu'il avait bien pu choisir pour moi. Et même si j'étais à peu près sûre qu'il ne s'agissait pas d'un Produit EZ, j'éprouvais une étrange sensation d'apaisement quand les objets arrivaient de Waterville, comme si une part de lui entrait en contact avec moi.

Alors, chaque fois que ma mère jetait ces boîtes, j'allais les récupérer et je les rassemblais là-haut pour compléter ma collection. Je n'utilisais jamais ces produits, je me contentais de croire aux formules alléchantes inscrites dessus. Il y avait plein de façons de se souvenir de mon père. Mais celle-là, à mon avis, elle lui aurait beaucoup plu.

# Chapitre 2

Ma mère m'avait appelée une fois : « Macy, chérie, les gens commencent à arriver » ; puis une deuxième : « Macy ? Chérie ? » Mais j'étais restée devant le miroir en train de faire et défaire la raie dans mes cheveux. J'avais beau me flanquer des coups de peigne dans tous les sens, ça ne prenait pas la forme que je voulais.

Auparavant, je ne me souciais pas trop de mon apparence. Je connaissais le B.A.-BA. : j'étais plutôt petite pour mon âge, avec un visage tout rond, des yeux bruns, de légères taches de rousseur sur un nez qui avait été proéminent, à présent difficiles à distinguer. J'avais des cheveux blonds qui devenaient plus clairs en été, et viraient un peu au vert si je nageais trop. J'étais le genre de fille pour qui la formule *coupe de cheveux* se résume à avoir toujours au poignet un élastique pour sa queue-de-cheval. Je ne me souciais jamais de mon apparence ni de celle de ma silhouette. Pourtant cela faisait désormais partie de la comédie que je voulais jouer. Puisque les gens devaient me trouver calme, sereine, équilibrée en somme, il fallait bien que je m'adapte au rôle.

Ça demandait pas mal de boulot. Désormais, mes cheveux ne pouvaient être qu'impeccables, bien lisses. Si ma peau n'était pas au mieux de sa forme, je négociais avec elle, lui appliquant anticerne et fond de teint, de quoi faire disparaître n'importe quel point rouge ou noir. Je pouvais consacrer une heure entière à mon miroir pour obtenir une certaine nuance autour de mes yeux, lissant et relissant mes cils, m'assurant que chacun d'eux recevait docilement la caresse du mascara. Je m'hydratais la peau. Déroulais le fil dentaire. Me tenais droite. Tout allait bien.

— Macy ?

La voix de ma mère, ferme et enjouée, me parvint de l'escalier. Je passai le peigne dans mes cheveux, fis un pas en arrière en fixant le miroir, pour vérifier que j'entrais bien dans mon rôle : impec.

Quand je suis descendue, ma mère se tenait près de la porte. Elle accueillait de son sourire commercial un jeune couple qui venait d'entrer : pleine d'assurance sans être rebutante, accueillante sans être servile. Comme moi, ma mère faisait grand cas de son apparence. Dans l'immobilier, de même qu'au lycée, l'apparence est votre salut ou votre perte.

— Te voilà enfin, dit-elle en se retournant tandis que je dévalais les marches. Je commençais à m'inquiéter.

— Des soucis d'ordre capillaire, fis-je, tandis qu'un autre couple franchissait l'entrée. Je n'y peux rien.

Elle jeta un coup d'œil dans le salon, où tout un groupe de personnes examinait les plans des nouvelles maisons de luxe. Ma mère organisait toujours un cocktail quand elle avait besoin de conclure une vente. Selon elle, le meilleur moyen pour convaincre les gens qu'ils allaient pouvoir acheter la maison de leurs rêves, c'était de leur faire admirer la sienne. Pas une mauvaise idée, même si cela signifiait qu'une flopée d'inconnus venaient déambuler chez nous.

Elle m'a lancé :

— Tu veux bien t'assurer que les serveurs n'ont besoin de rien ? Et si tu vois qu'on est à court de prospectus, va en chercher une caisse dans le garage. (Pause sourire à l'intention d'un couple qui passait dans le vestibule, puis elle reprit :) Ah, et si jamais quelqu'un a l'air de chercher les toilettes...

— ... dirige-les de manière subtile et distinguée, ai-je complété.

Les renseignements concernant les toilettes étaient, à vrai dire, ma spécialité.

— Brave petite, répondit-elle, tandis qu'une femme en tailleur-pantalon arrivait dans l'allée. Bienvenue ! lui lança ma mère en ouvrant plus grand sa porte. Je suis Deborah Queen. Entrez, je vous en prie. Je suis tellement contente de vous voir !

Ma mère ne connaissait pas cette personne, bien évidemment. Un des secrets du bon vendeur ? Donner à chaque client le sentiment qu'il vous est proche.

— En fait, j'adore ce quartier, dit la femme en franchissant le seuil. J'ai vu que vous faisiez construire des maisons de luxe, alors j'ai pensé...

— Laissez-moi vous montrer les plans. Avez-vous vu que chaque maison est fournie avec un garage pour deux voitures ? Et vous savez, peu de gens réalisent à quel point un garage climatisé facilite l'existence.

Sur ce, ma mère se dirigeait vers d'autres clientes. Qui eût cru que dans un passé pas si lointain, faire des ronds de jambe lui était aussi pénible que de se faire arracher une molaire ? Mais quand on doit se coltiner quelque chose, autant y mettre du sien. Avec un peu de chance, on finit même par exceller.

À sa sortie de l'université, mon père avait monté Maisons de reine, une modeste entreprise de menuiserie qu'il faisait marcher tout seul. Cette entreprise avait déjà bonne réputation lorsqu'il rencontra ma mère. Je veux dire : lorsqu'il la recruta. Elle venait d'obtenir son diplôme de comptable, et ses comptes à lui étaient dans une sacrée pagaille. Elle s'était frayé péniblement un chemin parmi ses commandes (inscrites pour la plupart sur des boîtes d'allumettes ou des serviettes en papier), lui évitant une catastrophe fiscale (il avait « oublié » de payer ses impôts quelques années auparavant), et l'avait tiré de son découvert chronique. Au milieu de tout ça, ils avaient trouvé le moyen de tomber amoureux. Ils formaient une équipe commerciale de rêve. Lui était le charme et l'humour incarnés, le type à qui tout le monde avait envie de payer une bière. Ma mère, elle, était ravie de se charger de la gestion. À deux, ils pouvaient faire face à tout.

Wildflower Ridge, notre quartier, avait d'abord existé dans l'imagination de ma mère. Il y avait déjà des petites parcelles disponibles et quelques maisons çà et là. Mais ce qu'elle envisageait de créer, c'était un véritable quartier résidentiel, avec maisons, appartements, et résidences de luxe. Un petit quartier d'affaires. Tout ça rassemblé et ordonné autour d'un jardin public. Un retour à l'idée de communauté, faisait valoir ma mère. Une vision d'avenir.

Au début, mon père ne fut pas emballé. Mais il n'était plus si jeune, son corps était fatigué. Ce projet lui permettrait de prendre en charge la supervision et de laisser à d'autres les marteaux et les clous. Il accepta. Deux mois plus tard, ils érigeaient une première maison : la nôtre.

Ils travaillaient en tandem, mes parents, et faisaient venir leurs clients potentiels dans la maison modèle. Mon père sortait son boniment en l'adaptant selon les clients : il accentuait son charme du Sud à l'intention des gens du Nord, parlait courses de voitures et barbecue à ceux du coin. Il en connaissait un bout, inspirait confiance. Qui n'aurait pas voulu de lui pour faire construire sa maison ? Certains voulaient même en faire leur meilleur copain ! Une fois accomplie la tâche la plus délicate, la vente, ma mère s'occupait des contrats, des spécifications techniques, des prix. Les maisons partaient comme des petits pains. Tout se passait comme elle avait prévu. Sauf que l'inimaginable arriva.

Je sais qu'elle se sentait responsable de sa mort. Elle se disait que le stress causé par Wildflower Ridge avait épuisé le cœur de mon père. Et que si elle ne l'avait pas autant poussé à intensifier leur activité, les choses se seraient passées différemment. On partageait ce sentiment, c'était un secret entre nous, qu'on ne formulait jamais. J'aurais dû être avec lui ; elle aurait dû le laisser un peu tranquille. « Aurait dû, aurait pu, aurait voulu. » Ça paraît si simple, ces mots mis au passé.

À présent, ma mère et moi n'avions d'autre choix que d'aller de l'avant. On travaillait dur, moi à l'école, elle à la vente. On se faisait des coiffures bien lisses et on se tenait droites, accueillant nos hôtes – et le monde entier – avec des sourires fabriqués dans la quiétude de notre maison de rêve, aujourd'hui trop grande pour nous, mais pleine de miroirs reflétant nos sourires. Derrière cette façade, pourtant, notre douleur demeurait. Parfois c'était ma mère qui en éprouvait le poids, d'autres fois c'était mon tour. Quoi qu'on fasse, elle pesait sur nous.

Je venais de guider vers les toilettes une cliente furax dont le chemisier était taché de vin rouge – un geste maladroit d'un serveur – lorsque j'ai vu que la pile de prospectus sur la table de l'entrée s'amenuisait. Saisissant cette aubaine, je me suis glissée dehors.

Je me suis avancée dans l'allée, j'ai contourné le camion du traiteur. Le soleil venait de se coucher, le ciel virait au rose et orangé derrière la ligne des arbres. Ceux-ci nous séparaient des appartements dont la première phase de construction était achevée. L'été venait de commencer. Avant, c'était la période où je me levais tôt pour aller courir, où je passais de longs après-midi à la piscine, histoire de parfaire mes saltos. Cet été-là, toutefois, je travaillais.

Jason avait un job à l'accueil de la bibliothèque depuis qu'il avait quinze ans et bénéficiait de la réputation de Monsieur Je-sais-tout. Les lecteurs comptaient sur lui pour tout, qu'il s'agisse de dégoter une biographie savante sur Catherine II de Russie, ou de réparer les ordinateurs de la bibliothèque quand ils tombaient en panne. Ils l'adoraient pour la même raison que moi : Jason avait réponse à tout. Un véritable fan-club s'était constitué, en particulier parmi ses collègues filles. Celles-ci formaient un petit cercle assez brillant. Comme j'étais la petite amie de Jason, elles ne m'appréciaient guère : à leurs yeux, j'étais loin d'avoir leur intelligence, plus loin encore d'avoir celle de leur idole. J'avais le sentiment qu'elles ne seraient pas enchantées de m'avoir pour collègue, et ne feraient aucun effort pour se montrer chaleureuses avec moi. Ce sentiment se révéla juste.

Pendant ma formation, elles pouffaient tandis qu'il me dévoilait les subtilités du système informatique, et se regardaient en coin à chacune de mes questions sur le fichier de la bibliothèque. Jason avait à peine remarqué leur attitude, et lorsque j'avais attiré son attention là-dessus, il s'était impatienté, comme si je lui faisais perdre son temps. « Ce n'est pas ça dont tu dois te soucier. Ne pas savoir comment accéder à la base de données de la bibliothèque centrale en cas de panne du système : voilà ce qui serait gênant. »

Il avait raison, bien sûr. Il avait toujours raison. Mais ça ne me rendait pas plus pressée de savoir.

Une fois dans le garage, je me suis dirigée vers les étagères où ma mère entreposait ses trucs pour le boulot, déplaçant une pile de pancartes qui indiquaient À VENDRE, et MAISON TÉMOIN, pour prendre une boîte de prospectus. La porte d'entrée de notre maison était ouverte, et des voix me parvenaient, ainsi que des rires et le tintement des verres qui s'entrechoquaient. J'ai soulevé la boîte et éteint la lumière. La nuit était tombée. Tandis que je regagnais le cocktail et mon poste de « Dame Pipi », quelqu'un, près des poubelles, a bondi hors d'un buisson.

— J't'ai eu !

J'ai crié et lâché la boîte. Elle a percuté le sol et les prospectus se sont éparpillés dans l'allée. Une attaque surprise, ça prend toujours de court : on a le souffle coupé sans même s'en rendre compte. Je me suis mise à trembler.

Pendant une seconde, tout m'a semblé calme. Une voiture est passée.

Puis une voix s'est élevée du bas de l'allée, près du camion du traiteur.

— Greg ? Qu'est-ce que tu fais ?

À côté de moi, le taillis a trembloté. Une voix a hésité.

— Je... C'est à toi que j'ai fait peur. Hein ?

J'ai entendu des pas puis distingué un type en chemise blanche et pantalon noir, qui marchait vers moi. Il tenait un plateau sous son bras. En s'approchant, il a scruté la pénombre et m'a aperçue.

— Non, pas à moi, a-t-il dit.

Maintenant qu'il se tenait devant moi, je pouvais distinguer ses traits : de grande taille, les cheveux bruns un peu trop longs, il était d'une beauté remarquable : des pommettes sculptées, des traits anguleux – de ceux qu'on ne peut s'empêcher d'admirer, même quand on a déjà un petit copain.

Il s'est adressé à moi :

— Ça va ?

J'ai fait « oui » de la tête. Mon cœur battait encore à tout rompre, mais je me remettais.

Il est resté là à examiner le taillis, puis a passé le bras dedans et en a sorti un garçon, petit et trapu, vêtu à l'identique. Il avait les mêmes yeux et les mêmes cheveux sombres, mais semblait plus jeune. Son visage était écarlate.

— Greg ! a dit le plus âgé, en soupirant. Franche-ment.

— Il faut que tu comprennes, a protesté Greg, j'ai des points de retard.

— Contente-toi de t'excuser, a rétorqué l'autre.

Greg a passé sa main dans ses cheveux et en a ôté une aiguille de pin.

— Je suis vraiment désolé. Je, euh... Je t'ai prise pour...

— Y a pas de mal, ai-je répondu.

Le plus âgé l'a poussé du coude, puis a hoché la tête en montrant les prospectus par terre.

— Bon, d'accord, a gémi Greg en tombant à genoux.

Il s'est mis à les ramasser, s'éraflant les doigts sur le pavé, tandis que l'autre a marché un peu plus loin, pour prendre ceux qui avaient glissé jusque-là.

— Il était pas mal pourtant, celui-là, murmura Greg tandis que je m'agenouillais près de lui pour l'aider. Je l'ai presque eu. Presque.

La lumière au-dessus de la porte de la cuisine s'est allumée, et la clarté nous a surpris. L'instant d'après, la porte s'est ouverte.

— Mais enfin qu'est-ce qui se passe, ici ?

Je me suis retournée et j'ai vu, debout en haut des marches, une femme en tablier rouge avec des che-veux noirs frisés, rassemblés sur sa tête. Elle était enceinte et scrutait l'obscurité avec impatience.

— Où est le plat que j'ai demandé ?

— Juste là, a dit à voix haute le gars plus âgé.

Il avait soigneusement déposé une pile de pros-pectus sur le plateau. Puis il me les a tendus.

— Merci, fis-je.

— Pas de problème.

Ensuite il a grimpé les marches deux par deux, tendant le plateau à la femme, tandis que Greg rampait sous la véranda pour dénicher les ultimes papiers qui avaient atterri là.

— Parfait, dit-elle. Et maintenant, Tim, retourne derrière le bar, tu veux bien ? Plus ils boiront, moins ils remarqueront que les plats ne sont pas prêts.

— C'est clair ! s'exclama le gars, qui fila dans l'embrasure de la porte et disparut dans la cuisine.

La femme passa sa main sur son ventre, songeuse, puis regarda à nouveau vers l'obscurité.

— Greg ? dit-elle en poussant la voix. Où es-tu...

— Juste là, fit-il entendre, aplati sous la véranda.

Elle pivota et passa la tête au-dessus de la rampe.

— Tu es par terre ?

— Oui.

— Qu'est-ce que tu fabriques ?

— Rien, grommela Greg.

— Eh bien, persifla la femme, quand tu auras fini avec ça, j'ai des beignets de crabe qui sont en train de refroidir. Alors rapplique un peu, si tu veux bien !

— J'arrive, dit-il.

La femme est rentrée dans la maison, et l'instant d'après je l'ai entendue crier quelque chose au sujet de biscuits. Greg est sorti de sous la véranda et a rassemblé les prospectus avant de me les tendre.

— Je suis vraiment désolé. C'est à cause de ce truc idiot.

— Pas grave, répondis-je, tandis qu'il ôtait une feuille de ses cheveux.

Je l'ai regardé un bref instant. Il avait un visage potelé, le nez assez large, et ses cheveux étaient épais et trop courts, comme s'ils avaient été coupés par des mains inexpérimentées. Il m'a regardée avec insistance, voulant s'assurer sans doute que je comprenais ses propos. J'ai mis un moment avant de me détourner.

— Greg ! a crié de nouveau la femme. Les beignets de crabe !

— Oui, a-t-il fait en sursautant.

Puis il s'est tourné vers les marches et les a remontées en vitesse. Quand il est parvenu en haut, il m'a jeté un nouveau coup d'œil.

— Je suis vraiment désolé, a-t-il dit.

Des mots que j'avais tellement entendus ces derniers mois qu'ils avaient perdu le moindre sens. Pourtant, je sentais qu'il était sincère. Bizarre.

— Désolé, a-t-il répété.

Et il a disparu.

★

Quand je suis rentrée, ma mère parlait de découpage par zones avec des entrepreneurs du bâtiment. J'ai remis en ordre les prospectus, puis indiqué les toilettes à un homme qui ne marchait plus très droit. Je balayais du regard le salon, à la recherche des verres abandonnés, lorsqu'un immense fracas parvint de la cuisine.

Tout s'est figé. Les conversations. Les mouvements. Même l'air, eût-on dit.

— C'est très bien ! lança une voix réjouie de l'autre côté de la porte. Continue comme ça !

Un murmure d'étonnement a parcouru la foule, il

35

y a eu quelques rires, et peu à peu les conversations ont repris. Ma mère a traversé la pièce en souriant, posé sa main au creux de mon dos et m'a dirigée doucement vers le vestibule.

— Ça nous fait : une cliente éclaboussée, pas assez d'amuse-gueule, et des plats qui se brisent, m'a-t-elle glissé d'une voix qu'elle s'efforçait de garder calme. Je ne suis pas ravie. Tu veux bien le faire savoir, s'il te plaît ?

— D'accord, ai-je répondu. Je m'en occupe.

En franchissant la porte de la cuisine, j'ai eu l'impression de marcher sur quelque chose : le sol était jonché de boulettes, certaines immobiles, d'autres roulaient lentement vers les quatre coins de la pièce. Une petite fille avec des nattes, qui devait avoir deux ou trois ans, se tenait près de l'évier, les doigts dans la bouche, tandis que plusieurs de ces espèces de billes tournoyaient tout autour d'elle.

J'ai levé les yeux vers la femme enceinte qui se tenait près du four, un plateau entre les mains. Elle soupirait :

— Bon. Je crois que c'est fichu pour les boulettes de viande.

J'ai levé mon pied pour voir dans quoi j'avais marché, faisant un pas de côté juste à temps pour ne pas être heurtée par la porte qui venait de s'ouvrir. Greg est entré en coup de vent avec un plateau rempli de verres vides et de serviettes froissées.

— Delia, dit-il à la femme, il faut encore des beignets de crabe.

— Et à moi un calmant, répliqua-t-elle d'une voix lasse, en étirant son dos. Mais on ne peut pas tout avoir. Prends les soufflés au fromage, et dis-leur qu'on apporte tout de suite les beignets de crabe.

— Ah bon ? s'exclama Greg.

La gamine lui a souri et a cherché à l'agripper de ses mains poisseuses.

Il l'a contournée et s'est dirigé vers l'évier. Déçue, la petite s'est affaissée au sol et s'est mise à pleurnicher.

— Pas sur-le-champ, précisa Delia en traversant la pièce. Je parle dans une perspective futuriste.

— Je peux utiliser cette expression ? demanda Greg.

— Écoute, embarque les soufflés, trancha-t-elle en soulevant la petite fille. Oh, Lucy, épargne-nous la crise de nerfs, pendant une heure au moins, s'il-te-plaît-bon-sang-je-t'en-supplie.

Puis elle a baissé les yeux vers sa chaussure en s'écriant :

— Oh non, j'ai marché sur une boulette ! Où est Monica ?

— Ici, s'exclama une voix de fille, derrière la porte arrière.

Delia prit un air exaspéré.

— Éteins-moi cette cigarette et viens ici tout de suite. Trouve un balai et débarrasse-nous des boulettes... il faut servir plus de soufflés au fromage, et Greg a besoin de... de quoi tu as besoin ?

— De beignets de crabe. Dans une perspective futuriste. Et Tim a besoin de glaçons.

— Dans le four ! Prêts dans deux secondes ! souffla-t-elle en jetant vers lui un regard inquiet.

Elle est allée vers le placard à balais, la gamine sur sa hanche, et l'a fouillé un moment avant d'en extraire une pelle.

— Les beignets de crabe, pas les glaçons. Lucy, s'il te plaît, ne bave pas sur maman... Et les glaçons sont... oh, merde, je sais même plus où ils sont. Où est-ce qu'on a mis les sacs ?

— Frigo, dit une grande fille en entrant, laissant la porte claquer derrière elle.

Elle avait de longs cheveux blonds comme du miel et, d'un pas tranquille, elle s'est dirigée vers le four. Elle s'est penchée, a tiré chaque plaque, a jeté un coup d'œil à l'intérieur avant de le refermer et de regagner le centre de la pièce, à la même allure d'escargot.

— Cuit ! annonça-t-elle.

— Alors s'il te plaît, Monica, ordonna Delia d'un ton brusque en faisant passer la petite sur son autre hanche, *sors-les* du four et *pose-les* sur un plateau.

Puis elle s'est mise à ramasser les boulettes avec la pelle. Monica est restée figée devant le four sans penser une seconde à se saisir d'un récipient.

— Moi, j'attends toujours les beignets de crabe, dit Greg. Vu que...

Delia s'est redressée et lui a lancé un regard furieux. Il y a eu un bref silence, mais j'ai senti que ce n'était pas le moment de parler. Je suis demeurée là, interdite, ôtant de ma chaussure les restes d'une boulette.

— Bon, s'empressa-t-il d'ajouter. Les soufflés. J'y vais. Au fait, on a besoin de plus de serveurs. Les gens n'arrêtent pas de me tomber dessus, c'est à devenir dingue.

— Monica, retournes-y, a lancé Delia, tandis que la grande fille évoluait sans hâte, munie d'une plaque de beignets de crabe, tout frémissants.

Après avoir posé sa pelle, Delia a pris une spatule,

et a commencé à les disposer sur un plat à une vitesse éclair.

— Bon !

— Mais..., a hasardé Monica.

— Je sais ce que j'ai dit, répliqua aussitôt Delia, flanquant un tas de serviettes dans un coin du plateau, mais il y a urgence, et il faut que je te renvoie là-bas, même si c'est pas une bonne idée. Essaie de marcher lentement, regarde où tu vas, et surtout prends garde à ne rien éclabousser, s'il-te-plaît-bon-sang-je-t'en-supplie.

Dans ces derniers mots, je commençais à déceler une sorte de mantra, une litanie qui la rassurait, comme si le fait de les enchaîner permettait qu'on en retienne au moins un ou deux.

— D'accord, a répondu Monica, relevant ses cheveux derrière son oreille.

Elle a soulevé le plateau, l'a ajusté sur le plat de sa main, et est sortie de la cuisine en prenant son temps. Delia l'a regardée s'en aller en secouant la tête, puis elle s'est concentrée de nouveau sur les boulettes de viande, ramassant celles qui restaient au sol et les jetant dans la poubelle. Sa fille continuait de renifler, et Delia lui parlait doucement, tout en marchant vers un chariot en métal qui se trouvait près de la deuxième porte. Elle a tiré un plateau recouvert de plastique transparent, l'a mis en équilibre précaire sur sa main libre, et a traversé la pièce d'une démarche vacillante. Je n'avais jamais vu quelqu'un avoir autant besoin d'aide.

— Quoi d'autre ? Quoi d'autre ? répétait-elle en se rapprochant de la table, sur laquelle elle fit glisser son plateau. On avait besoin de quoi ?

Elle a plaqué sa paume contre son front, fermé les yeux.

— De glaçons, ai-je dit.

Elle a tourné la tête et m'a regardée.

— Des glaçons, reprit-elle, soudain souriante. Merci. Vous êtes qui ?

— Macy. On est dans la maison de ma mère.

Son expression s'est modifiée, mais très légèrement. Il m'a semblé qu'elle savait ce que j'allais dire. J'ai inspiré un coup.

— Elle voulait que je vienne voir si tout se passe bien. Et que je vous fasse savoir qu'elle est...

— ... en train de péter un câble, compléta-t-elle en acquiesçant.

— Pas vraiment en train de le *péter*.

À ce moment, il y eut un fracas épouvantable dans la pièce d'à côté, suivi d'un bref silence. Delia a jeté un coup d'œil vers la porte, en même temps que la gamine se remettait à pleurer.

— Et maintenant ? me demanda-t-elle.

— Maintenant... sûrement, répondis-jc (sauf que ça devait être en dessous de la vérité). *Maintenant*, elle doit être en train de péter un câble.

— Oh là là ! fit-elle en posant la main sur son visage et en secouant la tête. Quel désastre !

Je ne savais quoi dire. Voir tout ça me rendait nerveuse. Alors, pour celle qui en était responsable...

— Enfin, reprit-elle, quelque part, c'est positif. On sait à quoi s'en tenir. Ça ne pourra aller qu'en s'améliorant. Pas vrai ?

Je n'ai rien dit, ce qui n'a pas dû la mettre plus à l'aise. À ce moment, l'horloge du four a sonné : un ding ! plein d'entrain.

— Bien, fit-elle soudain, comme s'il s'agissait du signal qu'elle attendait pour agir. Macy. Peux-tu répondre à une question ?

— Volontiers, dis-je.

— Tu te défends, avec une spatule ?

Je m'attendais pas à une demande de ce genre.

— Assez bien, ai-je fini par dire.

— Merveilleux ! s'exclama-t-elle. Viens là.

Un quart d'heure plus tard, je tenais le rythme. C'était un travail en accéléré : disposer les soufflés et les beignets en rangs soignés sur une plaque, les mettre au four, retirer l'autre, empiler sur le plateau, envoyer. Et on recommence.

— Parfait, s'émerveillait Delia, qui me surveillait en plaçant des petits fours sur un plat, deux fois plus vite que moi et de façon bien plus soignée. Tu pourrais faire une brillante carrière comme traiteur, ma chère, s'il y avait quelque carrière à faire là-dedans.

Sa remarque m'a fait sourire. Monica, la fille indolente, cheminait vers la porte en portant un plateau chargé de serviettes. Après sa deuxième chute, on ne l'autorisait plus qu'à porter des choses non liquides, relégation aggravée encore lorsqu'elle fut cantonnée à vider les verres et remplir les poubelles. Cela, après qu'elle eut heurté la rampe de l'escalier et envoyé la moitié d'un plateau de soufflés sur la chemise d'un invité. On aurait pu croire que sa lenteur réduisait les chances d'accident : Monica démentait cette logique.

— Comment ça se passe là-bas ? lui demanda Delia.

Elle regardait du coin de l'œil sa fille, Lucy, à présent endormie dans son siège de voiture, lui-même posé sur la table de la cuisine. Franchement, Delia

41

m'avait soufflée. Après avoir admis le caractère désespéré de la situation, elle l'avait aussitôt redressée, ajoutant deux plateaux de petits fours, sortant la glace du frigo, apaisant sa fille pour qu'elle s'endorme, tout ça en quelques minutes à peine. Tel son mantra combinant S'il te plaît, Bon sang et Je t'en supplie, elle faisait de son mieux, et au bout du compte, quelque chose finissait par marcher. Impressionnant.

— Très bien, répondit Monica, impassible, en traînant les pieds jusqu'à la poubelle où, après une brève pause, elle se mit à vider mollement son plateau.

Delia a levé les yeux au ciel tandis que je faisais glisser une autre plaque dans le four.

— On n'est pas tout le temps comme ça, me dit-elle en ouvrant un nouveau paquet de soufflés. Je t'assure. D'habitude, nous sommes l'incarnation même du professionnalisme et de l'efficacité.

Monica s'est étranglée de rire en l'entendant. Delia lui a décoché un regard mauvais.

— Sauf que ce soir, poursuivit-elle, ma baby-sitter m'a lâchée, et qu'un de mes serveurs avait prévu de sortir, enfin bref... l'univers entier s'est ligué contre moi. Tu as déjà eu cette impression ?

J'ai acquiescé. Si tu savais, ai-je pensé.

— Ouais, dis-je tout haut. Je connais.

— Macy ! Te voilà !

J'ai levé les yeux et j'ai vu ma mère qui se tenait à l'entrée de la cuisine.

— Tout se passe bien, ici ? fit-elle.

Cette question qu'elle m'adressait était en fait destinée à Delia. Du coup, celle-ci s'est mise à travailler trois fois plus vite. Derrière elle, Monica avait fini par accomplir sa tâche et traînassait dans la pièce, son plateau contre le genou.

— Oui, répondis-je, j'étais en train de demander à Delia comment on fait les beignets de crabe.

En s'approchant de nous, ma mère a passé sa main dans ses cheveux, signe habituel d'un affrontement en préparation. Delia semblait l'avoir deviné, car elle a pris un torchon pour essuyer ses mains et a fait face à ma mère, une expression calme sur le visage.

— Les plats sont très appréciés, commença ma mère d'un ton où pointait déjà un *mais*. Mais...

— Madame Queen, s'il vous plaît. Vous n'avez pas besoin d'en dire plus.

J'ai sorti une autre plaque de beignets, gardant la tête baissée.

— Je suis vraiment navrée pour ce soir, poursuivit Delia. Nous n'avons pas pu nous organiser. J'ai su à la dernière minute qu'on serait en sous-effectif, ce qui n'excuse rien. Je renonce à vous présenter la facture, en espérant que vous voudrez bien nous reprendre lors d'une prochaine réception.

Le silence éloquent qui a suivi ce discours s'est prolongé durant cinq bonnes secondes, avant d'être brisé par Greg qui déboulait.

— Besoin de soufflés ! s'écria-t-il. Ils partent comme des petits pains !

— Greg, le corrigea Delia, se contraignant à sourire par égard pour ma mère, tu n'es pas obligé de beugler. On est à côté de toi.

— Désolé.

— Tiens. (Je lui ai tendu le plateau que je venais de préparer et j'ai repris le sien.) Les beignets de crabe ne devraient plus tarder.

— Merci, fit-il, et, comme il me reconnut : Hé, tu travailles ici maintenant ?

— Hum, non. Pas vraiment.

J'ai jeté un coup d'œil à ma mère. Entre les excuses sincères de Delia et mon échange avec Greg, je voyais bien qu'elle avait du mal à suivre.

— Eh bien, finit-elle par dire en se concentrant sur Delia. J'accepte vos excuses, elles me dédommagent amplement. Les plats sont délicieux, en effet.

— Merci, dit Delia.

À ce moment il y a eu un éclat de rire dans le salon, et ma mère a pivoté, l'air rassuré.

— Bon, fit-elle, je crois qu'il faut que je retourne voir mes invités.

Elle s'est dirigée vers la pièce à côté, puis s'est arrêtée près du frigidaire.

— Macy ? demanda-t-elle.

— Oui ?

— Quand tu auras terminé ici, j'aurai de quoi t'occuper. D'accord ?

— Pas de problème, dis-je en prenant un récipient et en me tournant vers le four pour surveiller la cuisson. J'arrive dans deux secondes.

— Elle a été merveilleuse, glissa Delia à ma mère. Je lui ai dit que si elle cherchait du travail, je la prendrais sur-le-champ.

— C'est très gentil de votre part, dit ma mère, mais Macy travaille à la bibliothèque cet été.

— Ouah ! s'écria Delia. Formidable.

— Je suis juste à l'accueil, lui glissai-je en ouvrant le four. Je réponds aux questions, des trucs comme ça.

— Ah, fit Delia, une fille qui a réponse à tout.

— Oui, c'est tout à fait Macy, dit ma mère avec un sourire. C'est une fille très brillante.

Je ne savais quoi rétorquer – qu'est-ce qu'on répond à un truc pareil ? –, alors je me suis concentrée sur les gâteaux. Quand ma mère est sortie de la cuisine, Delia s'est approchée, un récipient en main, et a pris la plaque que je faisais glisser hors du four.

— Tu nous as vraiment aidés, dit-elle. Mais tu ferais mieux de retourner là-bas avec ta maman.

— Non, ça va, répondis-je. Elle ne va même pas remarquer mon absence.

Delia a souri.

— Peut-être pas. Mais tu devrais y aller quand même.

J'ai reculé d'un pas, la laissant passer, tandis qu'elle portait la plaque vers la table. Dans son siège, Lucy a remué un peu, marmonné quelque chose, puis s'est tue.

— Alors comme ça, tu travailles à la bibliothèque ? a-t-elle continué en prenant la spatule. C'est chouette.

— C'est juste pour l'été, dis-je. Je remplace quelqu'un.

Elle a ôté les gâteaux de la feuille d'aluminium, les a replacés sur un plat.

— En tout cas, si ça ne te plaît pas, pense à moi. J'ai toujours besoin de quelqu'un qui fait ce qu'on lui dit, et capable de marcher sur une ligne droite.

Comme pour ponctuer ses propos, Monica est entrée furtivement, l'air de n'avoir commis aucune bourde.

— Traiteur, lâcha Delia, c'est un boulot infernal ! Tu n'as aucune raison d'être tentée, vu que tu as déjà un job. Mais si tu es attirée par un petit séjour dans l'univers du chaos, appelle-moi. D'accord ?

Greg était de retour. Il est passé en coup de vent entre nous, avec son plateau vide.

— Beignets de crabe ! hurla-t-il. Envoyez !

— Greg, grimaça Delia, je suis juste là.

Je me suis dirigée vers la porte, faisant un pas de côté pour laisser Monica avancer avec sa lenteur habituelle, le visage traversé par un immense bâillement. Greg attendait son plateau avec impatience, tandis que Delia demandait à Monica, bon-sang-je-t'en-supplie, d'essayer d'aller un peu plus vite, s'il te plaît. Ils semblaient m'avoir oubliée. Et je ne sais pourquoi, j'ai tout de même eu envie de lui répondre.

— Ouais, dis-je assez fort pour qu'elle m'entende. C'est d'accord.

Le dernier invité à partir, un homme bruyant et légèrement pompette qui portait un pull de golfeur, a quitté la maison vers 21 h 30. Ma mère a fermé la porte à clé derrière lui, enlevé ses chaussures, et, après m'avoir embrassée sur le front et remerciée, elle a pris la direction de son bureau pour rassembler les réponses aux formulaires qu'avaient données les visiteurs. Je savais depuis longtemps combien le suivi des contacts était important. Il fallait tout de suite rappeler les clients, sans quoi ils vous filaient entre les doigts.

En réfléchissant à cela, je suis montée dans ma chambre et j'ai consulté mes e-mails. Jason m'avait écrit, comme il l'avait promis, mais c'était surtout pour me rappeler des détails au sujet de mon travail à l'accueil (« Fais attention de ne pas perdre les clés des photocopieurs, les remplacer coûte *très cher* ») ou d'autres choses dont je m'occupais pendant son absence (« N'oublie pas, samedi prochain, d'envoyer l'e-mail au Groupe des cultures étrangères, au sujet du conférencier annoncé pour le mois d'août »). En conclusion, il disait qu'il me recontacterait dans quelques jours. Il avait juste ajouté son nom, sans aucun *Je t'embrasse*. Cela n'avait rien de surprenant. Jason n'était pas du genre à exhiber ses sentiments, de façon verbale ou autre. Les couples qui se bécotent dans les couloirs entre deux cours, ça l'écœurait. Mais je savais qu'il était attaché à moi : il l'exprimait d'une façon plus subtile, c'est tout. Il était aussi économe de ses émotions qu'il l'était dans le reste. Ça se voyait à la façon qu'il avait de mettre sa main dans le creux de mon dos, par exemple, ou à son sourire quand je disais quelque chose qui le surprenait. Au début, j'aurais souhaité qu'il y ait plus, mais j'avais fini par accepter sa manière d'être quand on était ensemble. Et on l'était tout le temps. Il n'avait donc pas besoin de faire quoi que ce soit pour me prouver ses sentiments. Je devais, comme lui, tout comprendre sans avoir besoin de l'exprimer.

Mais c'était la première fois qu'on allait être séparés plus longtemps qu'un week-end, et je réalisai que ces petits réconforts que j'obtenais près de lui ne se transmettaient pas par e-mail. Pourtant, nul doute qu'il m'aimait. Il fallait juste que je ne l'oublie pas.

Après avoir quitté ma messagerie, j'ai ouvert la fenêtre et je me suis glissée sur le rebord, pour m'asseoir contre le volet, les genoux repliés sur ma poitrine. Je regardais les étoiles depuis un moment lorsque j'entendis des voix s'élever dans l'allée. Une porte de voiture s'est fermée, puis une autre. Jetant un coup d'œil en bas, j'ai vu quelques personnes s'affairer autour de la camionnette où il était écrit : *Wish – Traiteur – Fêtes et Réceptions*.

— Cette *autre* planète, qui évolue sur la même trajectoire que la Terre. Avant peu, elle va nous tomber dessus. Ils ne parlent pas de ces trucs aux nouvelles. Mais ça ne veut pas dire que ça arrivera jamais.

C'était Greg. J'avais reconnu sa voix, légèrement aiguë et teintée d'anxiété, avant de le distinguer, debout à l'arrière de la camionnette. Il parlait avec quelqu'un assis sur le pare-chocs en train de fumer. Le bout de la cigarette rougeoyait dans l'obscurité.

— Mmm-hmm, dit lentement la personne, qui devait être Monica. Vraiment ?

— Greg, arrête un peu, fit une autre voix. Tim, le gars plus âgé, s'est avancé pour introduire quelque chose à l'arrière de la camionnette. Je l'avais à peine vu durant la soirée, car il s'était occupé du bar pendant le cocktail.

— J'essaie juste de la tenir informée ! s'indigna Greg. C'est du sérieux, Tim. C'est pas parce que toi, tu préfères rester dans l'ignorance...

— Prêts à partir ?

Delia marchait le long de l'allée, Lucy sur ses hanches. Le siège de voiture se balançait au bout de son bras. Tim s'est approché et le lui a pris. De là où j'étais assise, je pouvais voir nettement le haut de sa tête et le blanc de sa chemise. Alors, comme s'il s'était rendu compte de ma présence, il a regardé en l'air. Je me suis glissée dans l'ombre.

— On nous a payés ? demanda Greg.

— L'a fallu faire cadeau de la moitié, répondit-elle. Le prix du chaos. Ça devrait me contrarier, mais franchement, je suis trop enceinte et trop claquée pour m'en soucier. Qui a les clés ?

— C'est moi, fit Greg. Je conduis.

Le silence qui suivit dura quelques instants, et je fus tentée de jeter à nouveau un coup d'œil par-dessus le rebord du toit. Mais je me suis retenue.

— Pas question, dit finalement Delia.

— Lais'tomber, ajouta Monica.

— Quoi ? fit Greg. Allez ! Ça fait un an que j'ai mon permis ! Je passe l'examen dans une semaine ! Il faut bien que je m'entraîne avant d'avoir la Greg-mobile.

— Écoute, dit Tim à voix basse, arrête de parler comme ça.

— Greg, fit Delia en soupirant, normalement je serais ravie de te voir conduire. Mais la soirée a été longue et tout ce que je veux, c'est rentrer à la maison, d'accord ? La prochaine fois, ce sera toi tout du long. Mais là, tu laisses le volant à ton frère. Compris ?

Un autre silence. Quelqu'un a toussé.

— Bon, acquiesça Greg. D'accord.

J'ai entendu claquer une porte, puis une autre. Je me suis penchée de nouveau pour voir Tim et Greg qui se tenaient toujours à l'arrière de la camionnette. Greg shootait dans un caillou, boudant ferme, tandis que Tim restait imperturbable.

— C'est pas grave, dit-il à Greg au bout d'un moment en lui passant la main dans les cheveux.

Maintenant je savais qu'ils étaient frères. Je trouvais qu'ils se ressemblaient tous les deux – teint, cheveux foncés, yeux foncés – même si leurs carrures étaient à l'opposé l'une de l'autre.

— On me laisse jamais conduire, se plaignit Greg. Jamais. Même Marmonnette, elle a conduit la semaine dernière, et pas moi. C'est jamais moi.

— Tu conduiras, le rassura Tim. La semaine prochaine, tu auras ta propre voiture, et tu pourras aller où tu voudras. Mais pour l'instant, n'insiste pas, vieux. Il se fait tard.

Greg a enfoncé ses mains dans ses poches.

— Comme vous voulez, soupira-t-il, et il a contourné la camionnette en traînant les pieds.

Tim l'a suivi en lui donnant une tape dans le dos.

— Tu sais, dit Greg, la fille qui était dans la cuisine ce soir, pour aider Delia ?

— Ouais, répondit Tim. Celle sur qui tu as sauté ?

— Oui, bon ! fit Greg, tu sais pas qui c'est ?

— Non.

Greg a ouvert la porte arrière.

— Mais si, tu le sais. Son père...

J'ai attendu. Je savais ce que j'allais entendre, et pourtant, il fallait que j'écoute. Ces mots qui me résumaient, qui me séparaient des autres.

— C'était l'entraîneur, continua Greg, quand on faisait partie de l'équipe de course à pied, à l'école primaire. Les Flèches de Lakeview. Tu te souviens ?

Tim a ouvert la porte arrière pour Greg.

— Ah ouais, s'exclama-t-il. Joe l'entraîneur, c'est ça ?

C'est ça, ai-je pensé, tandis que mon cœur se serrait.

J'ai regardé Tim marcher vers la portière du conducteur et l'ouvrir. Il est resté là un moment, jetant un dernier coup d'œil alentour, avant de grimper dans le véhicule. J'avoue que j'étais surprise. J'étais si habituée à ce qu'on parle de moi comme de la fille dont le père est décédé, que j'en venais parfois à oublier cette vie qui avait été la mienne.

J'ai regagné l'ombre, près de ma fenêtre, tandis que le moteur démarrait et que la camionnette roulait dans l'allée, feux arrière allumés. Sur son flanc, de larges traits noirs représentaient le wishbone d'une planche à voile. De loin, on aurait dit un caractère chinois, aussi frappant qu'incompréhensible. Je ne pouvais en détacher mon regard. Je l'ai suivi des yeux, jusqu'à ce qu'il disparaisse, au niveau du stop.

# Chapitre 3

Je ne trouvais pas le sommeil.

Mon travail à la bibliothèque commençait le lendemain, et je ressentais la même impression que la veille
du premier jour de classe : à la fois excitation et nervosité. À vrai dire, je n'avais jamais été une grande
dormeuse. C'est ce qu'il y a d'étrange à propos de ce
matin où mon père était venu me chercher. Pas moyen
de me réveiller. Je dormais à poings fermés.

Depuis, j'avais presque peur de dormir, persuadée
que quelque chose de grave allait se passer si je
m'autorisais, ne serait-ce qu'un instant, à sombrer
dans le sommeil. Alors, je me permettais juste de
m'assoupir un peu. Et quand j'étais suffisamment
endormie pour me mettre à rêver, je me voyais toujours en train de courir.

Mon père adorait la course. Il nous faisait courir
avec les Flèches de Lakeview, ma sœur et moi, depuis
que nous étions toutes petites, et les années suivantes,

il nous poussait toujours à faire 5 kilomètres comme lui, et nous inscrivait dans la section enfants.

Je me souviens de ma première course, quand j'avais six ans. Je me tenais à quelques rangs de la ligne de départ, ne voyant devant moi que des épaules et des nuques. J'étais plus petite que mon âge, et Caroline s'était évidemment faufilée devant, faisant bien comprendre qu'à dix ans, et même presque onze, on ne pouvait la reléguer avec les mômes. Quand le coup de feu du départ s'était fait entendre, tout le monde s'était précipité, dans le bruit assourdissant des baskets sur l'asphalte. Je m'étais sentie entraînée par le flot des coureurs, mes pieds touchant à peine le sol. De chaque côté de la rue, la vision que j'avais des spectateurs se brouillait, leurs visages étaient gommés par la vitesse : tout ce que je voyais c'était la queue-de-cheval de la fille devant moi, attachée par un ruban bleu. Un garçon m'avait heurté le dos, et j'avais eu un point de côté pendant la deuxième partie du trajet. J'entendais mon père crier :

— Macy ! Bravo ! Continue comme ça, tu te débrouilles très bien !

Dès l'âge de huit ans je savais que j'étais rapide, bien plus rapide que les gamins avec lesquels je courais. Quand j'y allais vraiment à fond, le vent sifflait dans mes oreilles et j'avais la sensation que si je voulais, si je donnais encore plus de souffle, je pourrais m'envoler, carrément.

À partir de là, j'ai été la seule à courir. Ma sœur avait cessé lors de son entrée en cinquième. Elle avait découvert que son épreuve favorite n'était pas, comme nous le pensions tous, le 100 mètres, mais plutôt le flirt avec l'équipe masculine. Elle ne voyait pas l'intérêt de la course à pied s'il n'y avait pas un garçon pour la poursuivre.

C'était donc seule avec mon père que je prenais part aux compétitions, que je me levais tôt pour faire nos huit kilomètres quotidiens, que je comparais l'élasticité des bandes Velpeau, les douleurs du genou, avec lui que je partageais, le samedi matin, boissons fraîches et biscuits pour le tonus. Cette part de sa vie était aussi la mienne. C'est pourquoi, ce matin-là, j'aurais dû être avec lui.

Depuis, les performances que j'accomplissais, les records que je m'étais fixés, tout ça n'avait plus d'importance. Alors j'avais abandonné.

Pour éviter l'endroit où le drame était arrivé, je modifiais l'itinéraire qui me menait au carrefour de Willow et McKinley. Mes équipiers m'avaient épaulée aux funérailles et pendant les jours qui avaient suivi, ils furent déçus d'apprendre par leur entraîneur que j'avais quitté le groupe, et vexés en voyant que je les évitais dans les couloirs. Personne ne semblait comprendre que la seule personne qui ne risquait pas de mentionner mon père, de s'apitoyer sur son sort, ou d'arborer le fameux *air* – en dehors de ma mère –, c'était moi.

J'ai remisé rubans et trophées, les empilant soigneusement dans des cartons. Comme si cette partie de ma vie avait pris fin.

Désormais je ne courais plus qu'en rêve. Dans ces rêves, un événement terrible semblait toujours à deux doigts de se produire, ou bien j'avais oublié quelque chose, et mes jambes se mettaient à flageoler, pas assez solides pour me soutenir. La fin restait toujours la même : une ligne d'arrivée que je n'atteignais jamais, quel que soit le nombre de kilomètres parcourus.

Bethany me contemplait à travers ses minces lunettes cerclées de fer.

— Ah oui, c'est vrai. C'est aujourd'hui que tu commences.

Je restais immobile, mon sac à la main, trop consciente soudain d'un ongle que je m'étais cassé en ôtant ma ceinture. J'avais passé beaucoup de temps à m'habiller pour ce premier jour, à repasser ma chemise, tracer ma raie dans les cheveux. J'avais même redessiné deux fois le contour de mes lèvres. Et maintenant, mon ongle abîmé, brisé, même dissimulé au creux de ma paume, semblait annuler tous mes efforts.

Bethany a fait reculer sa chaise et s'est levée.

— Tu peux t'asseoir au fond, je pense.

En disant cela, elle s'est penchée afin d'ouvrir le battant qui nous séparait. Elle l'a retenu pour me laisser entrer.

— Pas sur la chaise rouge, c'est celle d'Amanda. Celle d'à côté.

— Merci, fis-je.

J'ai marché jusqu'à la chaise, l'ai tirée du bureau, et je me suis assise, posant mon sac à mes pieds. Un instant après, j'ai entendu le battant grincer à nouveau et Amanda, meilleure amie de Bethany et secrétaire de l'association d'élèves, a fait son entrée. C'était une grande fille avec de longs cheveux qui retombaient en une tresse soignée à mi-hauteur de son dos. La tresse était si impeccable qu'au cours des interminables réunions, quand mes pensées s'éloignaient de l'ordre du jour, je me demandais parfois si elle dormait avec.

— Bonjour, Macy, dit-elle avec froideur en prenant place sur sa chaise rouge. (Sa position était irréprochable : épaules en arrière, menton levé.) J'avais oublié que tu commençais aujourd'hui.

— Euh... ouais, répondis-je.

Elles me fixèrent toutes les deux, ce qui me fit aussitôt regretter ce *euh*... si indigne, qui flottait dans l'air entre nous. Je prononçai, plus distinctement :

— Oui.

Tandis que je m'échinais à approcher de la perfection, ces filles, pour leur part, l'avaient déjà atteinte, et semblaient s'y maintenir sans aucun effort apparent. Bethany était une rouquine aux cheveux courts. Elle avait des taches de rousseur sur ses petites mains, et des ongles limés comme il faut. Je m'étais assise à côté d'elle en cours d'anglais, et la voir prendre des notes me clouait toujours sur place : elle écrivait aussi lisiblement qu'une machine. Elle était calme et toujours posée, tandis qu'Amanda était plus bavarde, avec un accent acquis durant sa prime jeunesse à Paris, où sa famille avait habité lorsque son père finissait des études à la Sorbonne. Je n'avais jamais vu l'une d'entre elles porter une chemise tachée, ni même froissée. Elles s'exprimaient toujours dans un langage sans faille. Elles étaient des Jason au féminin.

Amanda lissait sa jupe avec ses mains. Elle avait de longues jambes pâles et blanches.

— En fait, l'été a été vraiment calme jusqu'ici. J'espère que tu trouveras de quoi t'occuper.

Je ne savais quoi répondre, alors j'ai juste arboré mon sourire genre « Tout est impec », et je me suis tournée vers le mur qui faisait face à ma table de travail. Dans mon dos, je les entendais parler, à voix basses et doucereuses. Elles discutaient d'une exposition de peinture. J'ai regardé l'horloge. Il était 9 h 05. Encore cinq heures cinquante-cinq à tirer. Vers midi, j'avais répondu à une seule question, qui concernait l'emplacement des toilettes. (Où que je sois, j'avais la tête de quelqu'un qui sait où sont les toilettes, à défaut d'autre chose.) Il y avait eu pas mal d'activité à l'accueil : un ennui avec la photocopieuse, un renseignement sur un obscur périodique, et même une question sur l'encyclopédie en ligne, sujet sur lequel Jason m'avait spécialement entraînée. Mais si la personne s'adressait à moi, Amanda ou Bethany se détournaient de leur tâche et lui lançaient :

— Je suis à vous dans un instant.

Et leur ton indiquait que se renseigner auprès de moi serait une perte de temps. D'abord, j'ai supposé qu'elles attendaient seulement que je trouve mes repères. Mais au bout d'un moment, j'ai compris : dans leur esprit, je n'avais pas ma place parmi elles.

À midi, Amanda a posé sur le guichet une pancarte annonçant : DE RETOUR À 13 HEURES et elle a sorti de son sac un bagel enroulé dans du plastique.

Bethany a fait de même, tirant d'un tiroir une pomme et une barre fruitée.

— On t'aurait bien proposé de te joindre à nous, dit Amanda, mais on révise les cours de Kaplan. Bref, on sera là dans une heure, d'accord ?

— Je peux rester si vous voulez. J'irai prendre mon déjeuner à 13 heures, comme ça, il y aura toujours quelqu'un ici.

Elles m'ont dévisagée, comme si j'avais prétendu expliquer la physique quantique en jonglant avec des quilles de bowling.

— Non, répliqua Amanda, en contournant le bureau de l'accueil. C'est mieux de faire comme on a dit.

Et elles ont disparu dans l'arrière-salle. J'ai alors pris mon sac et je suis allée m'asseoir au-delà du parking, sur un banc, près de la fontaine. J'ai sorti mon sandwich à la confiture et au beurre de cacahuète, je l'ai posé sur mes genoux, et j'ai respiré un coup. J'ai bien cru que j'allais fondre en larmes.

Je suis restée assise pendant une heure. Puis j'ai jeté mon sandwich et j'y suis retournée. Il n'était que 12 h 55, mais Bethany et Amanda étaient déjà arrivées, ce qui me donna l'air d'être en retard. En me faufilant pour reprendre ma place, je sentis leurs regards peser sur moi.

L'après-midi a traîné en longueur. La bibliothèque était à peu près vide, et j'eus soudain l'impression de pouvoir tout entendre : le grésillement des néons au-dessus de ma tête, le crissement de la chaise de Bethany qui changeait de position, le tapotement du catalogue de fichiers. J'étais habituée au silence, mais celui-là vous laissait une sensation de solitude, quelque chose d'aseptisé, de stérile. Je me demandais si j'avais fait le bon choix.

À 15 heures, j'ai reculé ma chaise, je me suis levée, et j'ai ouvert la bouche pour la première fois depuis deux heures :

— Bon, les filles, à demain.

Amanda a fait pivoter sa tête, et sa tresse a glissé par-dessus son épaule. Elle était en train de lire un gros livre sur l'histoire de l'Italie, léchant son doigt à chaque page qu'elle tournait.

— Ah, oui, fit-elle, tandis que Bethany m'adressait un sourire forcé. À demain.

En traversant la salle de lecture et en franchissant les portes en verre, j'ai senti leurs regards dans mon dos. Alors, subitement, m'est parvenu le bruit du monde : une voiture filant à toute allure, quelqu'un qui riait dans le parc, de l'autre côté de la rue, le vrombissement d'un avion, au loin. « Un jour de tiré, ai-je pensé. Et plus qu'un été à tenir. »

— D'accord, lâcha ma mère en me tendant le saladier, mais si c'était juste une partie de plaisir, ça ne s'appellerait pas du travail. Je me trompe ?

— Sans doute pas, répondis-je.

— Ça va s'améliorer, affirma-t-elle avec cette assurance qu'ont les gens qui ne connaissent rien au problème. Et puis c'est une expérience formidable. C'est ce qui compte.

Ça faisait trois jours que je travaillais à la bibliothèque, et rien ne s'améliorait. Je savais que j'occupais ce job pour Jason, que c'était important pour lui, mais Bethany et Amanda semblaient unir leurs Q.I. dans le but obstiné de me démoraliser complètement.

Je m'efforçais de rendre mes e-mails à Jason guillerets, rassurants, mais après la deuxième journée, je ne pus m'empêcher de donner libre cours à mes sentiments sur Bethany et Amanda, et sur la façon dont elles me traitaient. Cela avant même de devoir subir une nouvelle humiliation de la part de Bethany. Elle s'était sentie obligée de remarquer – par deux fois – que j'avais mal prononcé le nom d'Albert Camus en indiquant la section Littérature française à un élève qui suivait une session d'été.

— « Cam-ouh », rectifia-t-elle en avançant la bouche, croyant prononcer à la façon des Français.

— « Cam-ouh », fis-je en écho.

Je savais que j'avais prononcé correctement ce nom, mais curieusement je la laissais me corriger.

— Non, non. (Elle a levé son menton de nouveau, puis a fait voleter ses doigts autour de sa bouche.) « Cam-ouh ».

Je l'ai regardée. J'aurais pu le répéter une quantité de fois, ou sortir de ma manche Camus lui-même pour qu'il la corrige, ça n'aurait servi à rien.

— D'accord, dis-je. Merci.

— Pas de problème, fit-elle en pivotant sur sa stupide chaise. Puis elle s'est rapprochée d'Amanda, qui lui a souri en secouant la tête avant de vaquer à ses occupations.

Il était donc naturel qu'en rentrant chez moi, ce jour-là, je me réjouisse de constater que Jason m'avait écrit. *Lui* savait bien à quel point ces filles-là étaient insupportables ; il pouvait comprendre. Un peu de réconfort, me suis-je dit, cliquant deux fois pour accéder à son message. Exactement ce dont j'avais besoin.

Après avoir parcouru les deux premières lignes, cependant, il me parut clair que mon amour-propre et mon bien-être émotionnel n'étaient qu'accessoires, en tout cas du point de vue de Jason.

*Suite à ton dernier message,* écrivait-il, *je m'inquiète de constater que tu ne mets pas toute ton attention dans ton travail. Il y a bien deux paragraphes entiers au sujet de l'accueil, mais tu as omis de répondre aux questions que je* *t'ai posées : est-ce que la nouvelle série d'*Anthologies scientifiques du mois *est arrivée ? Est-ce que tu as pu accéder grâce à mon mot de passe à la base de données de la bibliothèque centrale ?* Puis, après deux mémentos portant sur des trucs dont il fallait absolument que je m'occupe, j'avais droit à ceci : *Si tu as des problèmes avec Bethany et Amanda, tu dois les résoudre toi-même. Il ne faut pas perdre de temps avec des conflits individuels dans le cadre du travail.*

Il me faisait moins penser à mon petit ami qu'à un supérieur hiérarchique. À l'évidence, je ne pouvais compter que sur moi-même.

— Chérie ?

J'ai levé le nez. De l'autre côté de la table, ma mère m'observait avec un air inquiet. Nous mangions toujours dans la salle à manger, même lorsque nous étions seules toutes les deux. Ça faisait partie du rituel, de même que la règle selon laquelle elle préparait l'entrée, moi la salade ou les légumes, et les bougies qu'on allumait pour l'ambiance. On mangeait à 6 heures précises, et ensuite elle rinçait les plats et les mettait dans le lave-vaisselle, pendant que j'essuyais la table et emballais les restes. Quand nous étions quatre au lieu de deux, Caroline et mon père incarnaient la partie négligée de la famille. Maintenant qu'ils étaient partis, ma mère et moi on ne laissait rien au hasard. Je pouvais repérer une miette à un kilomètre de distance, et elle aussi.

— Oui ? dis-je.

— Tu vas bien ?

Comme chaque fois qu'elle me posait cette question, j'aurais voulu lui répondre avec franchise. J'avais tant de choses à dire à ma mère, par exemple combien mon père me manquait, combien je pensais toujours à lui. Mais pour tous ceux qui me connaissaient, j'avais l'air de me porter si bien que la moindre faille dans cette apparence aurait constitué un échec personnel. Là non plus, je n'avais pas saisi ma chance. Je ne m'étais jamais vraiment autorisée à pleurer mon père, j'étais juste passée du choc initial à « Tout va bien, merci », en sautant les étapes intermédiaires. À présent, je regrettais de ne pas m'être écroulée en larmes comme Caroline l'avait fait, et de ne pas avoir sorti cette douleur de mes tripes. Les jours qui ont suivi les funérailles, alors que nos proches nous entouraient et que tout le monde allait et venait, racontant des histoires formidables sur mon père, j'aurais dû me joindre aux autres et pleurer avec eux. J'aurais même pu me réfugier dans les bras de ma mère les fois où elle avait voulu m'enlacer. Mais je ne l'avais pas fait. Je voulais lui venir en aide, non pas être un poids, alors je m'étais retenue. Et au bout d'un moment, elle ne venait plus vers moi. Elle pensait que j'étais au-dessus de ça, alors qu'en vérité j'en avais besoin plus que jamais.

Mon père avait toujours été le plus affectueux de mes parents. Il était célèbre pour ses étreintes d'ours à vous briser en deux et sa manie d'ébouriffer mes cheveux quand il passait près de moi. C'était sa façon d'occuper une pièce. Je me sentais toujours proche de lui, même quand nous étions loin l'un de l'autre. Ma mère et moi n'étions pas si expansives. Je savais qu'elle m'aimait, même si les signes étaient discrets : une petite tape sur mon épaule en passant ; sa main qui lissait mes cheveux ; le fait qu'elle était toujours capable de savoir, en un coup d'œil, si j'étais fatiguée ou si j'avais faim. Mais parfois j'avais envie d'être enlacée, de sentir le battement d'un cœur contre le mien, même si je me débattais souvent quand mon père m'attrapait et manquait de m'étouffer. Encore une chose dont je ne pensais pas qu'elle me ferait défaut un jour.

Ma mère attendait une réponse à ma question.

— Je suis juste fatiguée. Ça ira mieux demain.

— Mais oui, répondit-elle avec certitude.

Je me demandais si elle jouait la comédie, elle aussi, ou si elle le pensait vraiment. C'était difficile à dire.

— Évidemment que ça ira mieux, conclut-elle.

*

Après le dîner, je suis montée dans ma chambre et, au bout de quelques faux départs et plusieurs phrases effacées, j'ai concocté un e-mail que je voulais sincère, mais pas trop sirupeux, à l'intention de Jason. J'avais répondu à toutes ses questions sur mon travail, et joint, comme il me l'avait demandé, une copie des initiatives de recyclage qu'il avait menées à bien au lycée, car il voulait les montrer à quelqu'un qu'il avait rencontré au camp. Alors, et alors seulement, je m'autorisai à passer d'une tonalité administrative à un registre plus personnel.

*Je sais que cela doit te paraître terriblement mesquin,* écrivais-je, *ce psychodrame concernant le bureau de l'accueil. Mais je crois surtout que tu me manques beaucoup, et puis je me sens seule, et ce n'est pas facile de devoir se rendre chaque jour dans un endroit où on se sent indésirable. Je serai contente quand tu seras revenu.*

Ces mots, pensais-je, étaient l'équivalent d'une caresse sur son épaule, ou d'une pression de mon genou contre le sien. J'en étais tellement sûre, d'ailleurs, que je ne me suis pas privée d'aller plus loin, concluant par : «*Je t'aime, Macy.*» Puis j'ai appuyé sur « envoi » avant de changer d'avis.

Ensuite, je suis allée vers la fenêtre, je l'ai ouverte, et je me suis faufilée dehors. Peu avant, il avait plu, un de ces brefs orages d'été, et tout était encore frais et ruisselant. Je me suis assise sur le rebord. De là, on avait la plus jolie vue. On pouvait voir tout Wildflower Ridge, et même au-delà, jusqu'aux lumières du centre commercial de Lakeview avec, au loin, le clocher de l'université. Dans notre ancienne maison, ma chambre était spéciale pour une autre raison. Elle possédait l'unique fenêtre donnant sur la rue, avec un arbre et des branches assez proches pour qu'on puisse monter dessus. Proximité bien utile. Pas pour moi, mais pour Caroline.

Ma sœur était givrée. Il n'y avait pas d'autre mot. À partir de la cinquième, lorsqu'elle est devenue, comme disait ma mère, « dingue des garçons », surveiller Caroline a été une lutte de tous les instants. Ce fut la période des interdictions. Restriction sur le téléphone. Réduction d'argent de poche, privation de voiture. Cadenas sur le placard à alcools. Alcootest sur le pas de la porte. Tout ça était accompli sur un mode hautement théâtral, pendant les dîners, aux petits déjeuners, par des parents qui frappaient du pied et haussaient le ton. Mais d'autres transgressions, d'autres délits, étaient tenus secrets. Cachés. Moi seule pouvais y assister, exclusivement la nuit, et le plus souvent, dans le confort de mon propre lit.

J'étais à moitié endormie lorsque la porte de ma chambre s'ouvrait en grinçant, puis se fermait aussitôt.

Je percevais le tap ! tap ! des pieds nus de ma sœur sur le parquet, puis je l'entendais faire tomber ses chaussures sur le tapis. Ensuite, je sentais le poids léger de son corps tandis qu'elle enjambait mon lit.

— Macy, chuchotait-elle, la voix douce mais ferme. Tu dis rien, d'accord ?

Elle passait au-dessus de ma tête, puis se hissait sur le rebord qui se trouvait près de mon lit, et ouvrait lentement la fenêtre.

Je la mettais en garde :

— Tu vas t'attirer des ennuis.

Elle passait tout de même son pied par la fenêtre.

— Donne-moi mes chaussures, disait-elle, et lorsque je les lui donnais, elle les jetait dans l'herbe, où elles atterrissaient avec un plop ! lointain, étouffé.

Puis elle se retournait vers moi :

— Ferme la fenêtre après moi, ne la verrouille pas, je serai de retour dans une heure. Fais de beaux rêves, je t'aime.

Elle disparaissait alors. Je l'entendais se glisser le long du chêne, branche après branche. Quand je me redressais pour fermer la fenêtre, elle était le plus souvent en train de traverser la pelouse, ses chaussures serrées sous son bras. Près du stop, un bloc plus loin, une voiture l'attendait.

Il s'écoulait toujours au moins une heure, parfois même plusieurs, avant qu'elle rentre. Grave et résolue au moment de partir, ma sœur était en général béate et débraillée, sentant la bière et la cigarette, lorsqu'elle revenait. Parfois, elle avait tellement sommeil qu'elle ne retournait même pas dans sa chambre, préférant se faire une place sous ma couverture, sans ôter ses chaussures, et laissant des traces de maquillage sur ma taie d'oreiller. D'autres fois, elle pleurait, mais jamais elle ne disait pourquoi. Au lieu de ça elle s'endormait près de moi, et je m'assoupissais par à-coups avant de la secouer, au lever du jour, et de la pousser vers sa chambre afin qu'on ne la découvre pas. Son odeur flottait dans ma chambre et je jurais alors que la prochaine fois, je verrouillerais la fenêtre. Mais je ne le faisais pas.

Quand nous avons emménagé à Wildflower Ridge, Caroline venait d'entrer à l'université. Elle continuait de sortir tout le temps, parfois très tard, mais mes parents n'essayaient plus de l'en empêcher. Au lieu de ça, en échange de la possibilité qu'ils lui laissaient d'habiter à la maison tout en allant à l'université et au country club où elle travaillait comme serveuse, ils exigeaient que ses notes soient toujours au-dessus de 13 sur 20, et qu'elle entre et sorte de la maison sans déranger personne. Elle n'utilisait plus ma fenêtre, car la nouvelle maison n'était flanquée d'aucun arbre, et la hauteur était bien moins praticable.

Après la mort de mon père, pendant une longue période, elle n'était plus venue nous voir. Je m'étais mise à imaginer des événements atroces, la voyant sans vie au bord d'une autoroute, mais la vérité était beaucoup moins tragique. À ce moment-là, elle était tombée amoureuse de Wally, un avocat prometteur, originaire de Raleigh. Il était divorcé, avait dix ans de plus qu'elle, et ils se fréquentaient depuis quelque temps. Comme pas mal d'autres choses, elle avait caché cette relation à nos parents, mais après les funérailles, c'était devenu plus sérieux et, peu de temps après, Wally lui avait demandé de l'épouser. À l'époque ça sembla rapide, très rapide. Un soir, Caroline faisait une culbute par ma fenêtre ; et le jour d'après je me retrouvais dans une église, la suivant du regard tandis que mon oncle Mike la menait vers l'autel.

Les gens ne s'étaient pas privés de faire des commentaires : Caroline avait besoin d'une figure paternelle, se mariait trop jeune, à peine son diplôme obtenu, etc. Mais elle adorait Wally, chacun pouvait le constater. Et la rapidité avec laquelle le mariage fut arrangé nous incita à y voir, ce printemps-là, un divertissement heureux pour tous. Pour couronner le tout, Caroline et ma mère partageaient la conviction que ce serait le mariage du siècle, et, soudées par cette certitude, elles ne s'étaient plus jamais disputées.

Ainsi, après sa phase de rébellion adolescente, ma sœur avait fini par se révéler d'une efficacité redoutable, empochant un diplôme universitaire et un époux, tout ça dans le même mois. Désormais, sous le nom de Mme Wally Thurber, elle habitait Atlanta, dans une grande maison au fond d'une impasse d'où l'on pouvait, tout le long du jour, entendre vrombir l'autoroute. La maison était climatisée, munie d'un thermostat haut de gamme. Ma sœur n'aurait plus besoin d'ouvrir la moindre fenêtre.

Quant à moi, sortir en catimini ne me disait rien. J'étais toquée de sport et il fallait que je m'entraîne tôt. Par ailleurs, Jason et moi ne faisions pas des trucs de ce genre. J'osais à peine imaginer sa réaction si je lui avais dit de me prendre à minuit devant le panneau de stop. « Pour quoi faire ? se serait-il étonné.

Tout sera fermé, j'ai mon cours de yoga demain matin. Enfin quoi, Macy. Franchement. Etc.» Il aurait eu raison, bien sûr. Les fêtes jusqu'à pas d'heure, c'était pour Caroline. Désormais, ici, il n'y avait plus de place pour ça. Dans mon esprit en tout cas.

— Macy ! s'exclamait-elle quand elle téléphonait et me trouvait à la maison un vendredi soir. Qu'est-ce que tu fais là ? Pourquoi n'es-tu pas sortie ?

Quand je lui répondais que j'étais en train d'étudier, ou que je faisais des exercices pour l'école, elle expirait si bruyamment que je devais éloigner le combiné de mon oreille.

— Tu es jeune ! s'exclamait-elle. Vis, bon sang ! Tu auras toujours du temps pour le reste !

Ma sœur, contrairement à ses nouvelles amies du club de jardinage et de l'association des épouses du quartier, ne cherchait pas à fourrer sous le tapis sa jeunesse débridée. Elle soutenait au contraire que ces années avaient été cruciales pour son développement personnel. Le mien, d'après elle, était bien trop lent, voire au point mort.

— Je vais très bien, l'assurai-je, comme à chaque fois.

— Je sais que tu vas très bien, c'est ça le problème. Tu es une *adolescente*, Macy, martelait-elle, comme si je n'étais pas au courant. Tu es censée avoir des poussées hormonales et te lâcher complètement. C'est la meilleure période de ton existence ! Tu devrais en profiter à fond !

Je promettais alors de sortir le soir suivant, elle me disait qu'elle m'aimait, puis je raccrochais et retournais à mes révisions, au linge que j'étais en train de repasser, ou encore à la dissertation que je devais rendre dans deux semaines. Parfois, j'allais me réfugier sur le toit pour me souvenir de sa jeunesse débridée, me demandant si je n'avais pas raté quelque chose.

Et puis ce toit, quoi qu'on en dise, était un chouette endroit où s'asseoir. Même si mes aventures au-dehors, mes folles expéditions, commençaient et finissaient ici même.

★

À mon travail, en dépit des propos lénifiants de ma mère, rien ne s'arrangeait. J'avais même découvert que le traitement glacial que me réservaient Amanda et Bethany était leur façon bien à elles de se montrer *amicales*, le temps de faire connaissance. À présent elles ne me parlaient presque plus, et s'efforçaient de me rendre aussi inutile que possible.

Lorsque vendredi arriva, j'avais engrangé assez de silence pour le restant de mes jours. Manque de chance, car ma mère s'était rendue sur la côte pour un week-end professionnel entre agents immobiliers. J'avais pour moi toute la maison, chaque centimètre carré de silence intégral, de quoi m'éclater deux jours durant.

Elle m'avait proposé de l'accompagner, et de profiter de la plage ou de la piscine. Mais nous savions toutes les deux que je déclinerais la proposition, et c'est ce que je fis. Encore un de ces lieux qui me faisaient trop penser à mon père.

On avait une maison au bord de la mer, dans un petit village du nom de Colby, juste au-delà du pont. C'était une véritable résidence d'été, avec les volets qui grincent quand le vent souffle fort, et une véranda toujours recouverte d'une fine couche de sable. On y passait les longs week-ends d'été, mais c'était surtout l'endroit de mon père. Il l'avait acheté avant de rencontrer maman, et la maison gardait encore les petites touches du célibataire. Il y avait une cible sur le garde-manger, une tête d'élan au-dessus de la cheminée, et le tiroir à ustensiles contenait tout ce que mon père jugeait indispensable pour la survie : un ouvre-bouteilles, une spatule et un couteau aiguisé pour la viande. La plupart du temps, le four était en panne, et mon père ne le remarquait que si maman était là. Tant que le barbecue fonctionnait, tout allait bien pour lui.

C'était sa baraque de pêcheur, l'endroit où il emmenait ses copains pour attraper des ombrines ocellées en octobre, du thon rouge en décembre. Mon père en revenait toujours avec la gueule de bois, sa glacière pleine de poissons déjà nettoyés, et un coup de soleil malgré la crème ultra-protectrice que ma mère mettait toujours dans son sac. Il adorait ces virées.

Je n'y étais pas admise – par tradition, ils avaient une tolérance zéro aux œstrogènes –, mais il me prenait parfois avec lui pour d'autres genres de week-ends, quand il devait réparer la maison ou voulait simplement fuguer un peu. On partait de la plage faire un tour sur son bateau, on jouait aux échecs près du feu, puis on se rendait dans un boui-boui qui se nommait « La Dernière Chance », où les serveuses l'appelaient par son prénom et apportaient les meilleurs hamburgers du monde. Plus que notre ancienne maison, ou celle de Wildflower Ridge, cette maison au bord de la mer *était* mon père. J'étais sûre que s'il

71

hantait un endroit, c'était celui-là, alors je préférais l'éviter.

On n'y était pas retournées depuis sa mort. Sa vieille camionnette Chevrolet s'y trouvait toujours, enfermée dans le garage, et personne n'avait dû toucher à la clé, nichée sous la conque, dans la véranda. Maman allait sans doute revendre un jour la maison et la camionnette, mais pour l'heure elles étaient toujours là.

En ce vendredi après-midi, donc, je suis rentrée dans la maison vide et silencieuse. Tant mieux. J'avais beaucoup à faire durant le week-end : des e-mails à envoyer, des renseignements à obtenir sur plusieurs universités, et mon placard commençait à être encombré. Un moment idéal pour ranger mes pulls d'hiver et porter quelques habits aux œuvres de bienfaisance. Toutefois, le silence me parut pesant, alors j'ai allumé la télé, puis je suis montée dans ma chambre pour brancher la radio, ignorant les stations musicales jusqu'à ce que je tombe sur une émission où l'on pérorait sur les innovations scientifiques du siècle. Pourtant, malgré toutes ces voix superposées, la solitude que j'éprouvais persistait.

Par chance, je découvris un e-mail de Jason. Mais dès la deuxième phrase, je compris que cette semaine déplaisante prenait une tournure plus désagréable encore.

*Macy,*
*Cela m'a pris du temps de te répondre, car je voulais être bien sûr de ce que j'allais t'écrire. Depuis un moment déjà, je m'inquiète de constater que nous nous sommes trop engagés l'un envers l'autre, et depuis que je suis parti je réfléchis à nos besoins respectifs et au fait de*

*savoir si notre relation peut les satisfaire. J'ai de l'affection pour toi, mais ta dépendance croissante envers moi – rendue évidente par les derniers mots de ton e-mail – me pousse à me demander jusqu'où je souhaite aller dans notre relation. Cette prochaine année de terminale est cruciale pour ce qui est de mes objectifs universitaires, et je ne peux m'engager par ailleurs de façon sérieuse. Il va falloir que je m'investisse fortement dans mes études, comme, je n'en doute pas, tu vas le faire toi aussi. Par conséquent, je crois qu'il vaut mieux qu'on suspende notre relation, ainsi que tout échange entre nous jusqu'à mon retour à la fin de l'été. Cela nous donnera à chacun l'occasion de réfléchir, et nous saurons mieux en août si nous désirons les mêmes choses, ou s'il vaut mieux rompre nos liens et rendre cette séparation définitive.*

*Je suis sûr que tu comprendras ce que je t'écris : cela tombe sous le sens. Je crois que c'est la meilleure solution pour nous deux.*

Je lus le message une première fois, puis, en état de choc, une deuxième fois. Ce n'est pas vrai, pensai-je.

Si, ça l'était. Et la Terre n'avait pas cessé de tourner. S'il m'en fallait une preuve, il suffisait que j'écoute la radio qui, à l'autre bout de ma chambre, donnait les nouvelles : une guerre dans un pays balte ; les cours de la bourse qui dégringolent ; une vedette sous les verrous. Et moi j'étais assise là, fixant l'écran qui tremblotait, découvrant ces mots. Des mots qui, comme les premiers vers de *Macbeth*, prenaient peu à peu un sens effrayant.

Suspendre : c'est ce qu'on fait juste avant de rompre, pour de bon, avant de mettre fin à... Quels que soient les mots employés, j'étais incontestablement mise hors jeu, tout ça pour avoir dit *Je t'aime*.

Je croyais qu'on se l'était dit l'un à l'autre les mois précédents, même si on ne l'avait jamais fait à haute voix. Je m'étais trompée.

Ma solitude me vrilla soudain l'estomac. Je m'appuyai contre le dossier de ma chaise, mes mains lâchèrent le clavier, et je pris conscience du vide qui avait envahi ma chambre, le quartier, l'univers tout entier. Un univers dans lequel je n'étais plus qu'une minuscule petite poussière.

Il fallait que je sorte de là. Je suis montée dans ma voiture et j'ai démarré.

Je ne sais pas pourquoi, mais ça m'a fait du bien. J'ai sillonné Wildflower Ridge, montant en haut des collines et contournant la zone qu'on venait de déblayer pour la nouvelle phase de construction. Puis je me suis aventurée plus loin, sur la route principale, et me suis dirigée vers le centre commercial. Je conduisais dans le silence, car l'autoradio faisait entendre soit des hurlements (pas bon pour mes nerfs) soit les gémissements d'une voix pleurant un amour perdu (pas bon tout court).

Dans le calme, je parvenais à me détendre et à me concentrer sur le bruit du moteur, le changement de vitesse, autant de choses qui, pour l'heure, marchaient comme il faut.

Sur le chemin du retour, le trafic était encombré. Tout le monde voulait profiter du vendredi soir. Arrêtée au feu rouge, j'observais les voitures autour de moi, les parents et leurs enfants sur les sièges arrière, les adolescentes maquillées qui allaient en boîte. Du coup, je redoutais le moment de regagner une maison vide, de remonter dans ma chambre et de me retrouver devant l'e-mail de Jason. Je l'imaginais très bien en train de le taper sur son portable, méthodiquement, entre ses notes du jour qu'il avait condensées, et un clic pour télécharger la liste de ses actions environnementales. À ses yeux, j'étais devenue un attachement plus pesant qu'autre chose, et il n'avait pas de temps à perdre. Je n'avais pas de souci de cet ordre. Dorénavant, j'aurai pas mal de temps libre.

En approchant de l'intersection, j'ai vu le wishbone. Les mêmes larges traits noirs, la même camionnette blanche. Le véhicule était en train de me dépasser, et j'ai vu Delia au volant, avec quelqu'un sur le siège d'à côté. Je les ai suivis du regard jusqu'au carrefour, leur véhicule faisant un léger cahot sur un dos-d'âne. À l'arrière, on pouvait lire WISH*, deux lettres sur chaque porte.

Je ne suis pas quelqu'un d'impulsif. Mais quand on se retrouve seule au monde, il est bon d'ouvrir grand les yeux. Ces quatre lettres, tout comme celles que j'avais transmises à Jason, avaient des significations nombreuses et n'offraient aucune garantie. Pourtant, tandis que la camionnette s'engageait dans une rue latérale, je relus ce WISH. J'y vis une occasion d'espérer, de formuler un vœu, et quand le feu est passé au vert, j'ai embrayé pour la suivre.

---

* Jeu de mot entre le wishbone d'une planche à voile, qui permet de naviguer, et *wish*, qui signifie « souhait ». (Toutes les notes sont du traducteur.)

# Chapitre 4

— Alors je lui dis. Je *sais* que tu n'es pas en train de dénigrer ma tenue. Je veux dire, je peux accepter pas mal de choses – j'en ai déjà accepté des tas – mais ça, je refuse de l'admettre. T'es ma sœur. Tu vois. Une fille doit apprendre à fixer des limites, pas vrai ?

Bon, ai-je pensé. Ce n'était peut-être pas une si bonne idée.

Après avoir failli rebrousser chemin trois fois, être passée devant à deux reprises sans m'arrêter, j'ai finalement pris mon courage à deux mains et me suis postée devant la Résidence McKimmon, une demeure située dans le quartier historique. Tout près de moi, il y avait la camionnette, garée en travers du trottoir. Ses portes arrière ouvertes laissaient voir des casiers remplis de plateaux, des piles de serviettes empaquetées, et une paire de chariots tout cabossés. À l'intérieur, une voix de fille.

— Et c'est ce que je fais : je fixe des limites.

Résultat, je me suis retrouvée en train de marcher à peu près quatre kilomètres avec mes nouvelles sandales, ça m'a donné des ampoules, je te raconte même pas. (La voix poursuivait, résonnant dans le calme de la rue.) Enfin tu vois le topo ? Des routes désertes, pas une seule voiture, et moi pendant ce temps, tout ce que je me disais, c'était... Prends ces cuillères, non, pas celles-là, les autres, dans le coin... c'était que ça devait être le pire premier rencard qui ait jamais existé. Tu vois le topo ?

J'ai fait un pas en arrière, battant retraite, et me suis dirigée vers ma voiture, pensant qu'il était encore temps de changer d'avis.

À ce moment-là, une fille qui marchait vers les portes ouvertes de la camionnette m'a aperçue. Elle était blonde, ses cheveux frisés se déversaient en cascade dans son dos. Au premier regard, j'ai compris que c'était elle que j'avais entendue. Ses habits m'avaient ôté le moindre doute là-dessus : une mini-jupe noire et brillante, un chemisier échancré qui lui serrait la taille, et de hautes bottes noires à talons épais. Son rouge à lèvres était écarlate, et sa peau très pâle scintillait sous la lueur du lampadaire qui se trouvait derrière moi.

— Hé ! fit-elle en me voyant.

Puis elle me tourna le dos pour prendre une pile de torchons avant de sauter hors du camion.

— Salut, répondis-je.

Je voulais en dire plus, au moins quelques mots, peut-être même une phrase entière. Mais je ne sais pourquoi, je suis restée figée, comme si je ne pouvais plus avancer.

Elle ne semblait pas l'avoir remarqué, trop occupée qu'elle était à décharger la camionnette, en fredonnant de façon à peine audible. Quand elle se tourna et me vit toujours plantée là, elle dit :

— Tu as perdu ton chemin ?

De nouveau je suis restée sans pouvoir répondre. Mais cette fois, c'était pour une autre raison. Son visage, qui jusque-là était resté dans l'ombre de la camionnette, se trouvait maintenant en pleine lumière, et mes yeux ont aussitôt été attirés par deux cicatrices : l'une sur son menton, légère et incurvée, semblait souligner sa bouche, l'autre, sur sa tempe droite, serpentait jusqu'à son oreille. Elle avait aussi des yeux bleus qui brillaient, des bagues à tous les doigts, et elle sentait le chewing-gum à la pastèque. Mais tout cela, je ne l'ai remarqué que plus tard. Pour le moment, j'avais les yeux rivés sur ses cicatrices.

Arrête de les regarder, ai-je pensé, honteuse de ma propre attitude. La fille, quant à elle, ne semblait pas s'en agacer. Elle attendait patiemment ma réponse.

— Euh... dis-je finalement, me forçant à parler. Je cherche Delia.

La porte avant se ferma, et l'instant d'après Monica apparut. Elle portait une planche à découper qui, à voir son air accablé, devait peser au moins cinquante kilos. Elle soufflait sur ses longues mèches pour les balayer hors de son visage, et marchait sans se presser le long du trottoir.

La fille blonde lui a jeté un coup d'œil.

— Les grandes fourchettes aussi, Marmonnette, c'est noté ?

Monica s'arrêta, puis se tourna lentement et disparut derrière la camionnette, avec la même allure d'escargot.

79

— Delia vient de rentrer, elle est dans la cuisine, me dit la fille, en posant les torchons sur son autre bras. C'est au bout de l'allée, en passant par-derrière.

— Oh merci, fis-je.

Monica réapparut avec la planche à découper et les grandes fourchettes.

J'ai emprunté l'allée, effectuant deux mètres à peine avant qu'elle me rappelle.

— Si tu vas dans cette direction, est-ce que tu pourrais, silteplaît-silteplaît-silteplaît, prendre quelque chose avec toi ? On est en retard – c'est de ma faute, à vrai dire – et tu m'ôterais une belle épine du pied. Si ça te dérange pas.

— Bien sûr, lui dis-je.

J'ai rebroussé chemin, passant devant Monica qui marmonnait. À l'arrière de la camionnette, la fille blonde empilait les casseroles sur les deux chariots qu'elle avait sortis. Quand ce fut terminé elle déposa les torchons sur l'un d'eux, puis fit rouler l'autre vers moi.

— Par là, dit-elle.

Je l'ai suivie, poussant mon chariot dans l'allée, qui montait en pente, une pente vraiment raide. On voyait Monica à mi-chemin, toujours en train de grimper : on aurait dit qu'elle marchait contre le vent.

La fille me considéra, puis se tourna vers l'allée. J'ai continué d'observer ses cicatrices, puis je me suis efforcée de détourner mon regard pour ne pas le rendre plus insistant.

— Bon sang, fit-elle tout en écartant ses cheveux de son visage, est-ce qu'on ne croirait pas, par moments, que le monde n'est qu'une immense pente, qu'il faut remonter sans cesse ?

— Ouais, ai-je acquiescé, songeant à ce qui venait de m'arriver. On le croirait.

Quand elle m'a souri, cela a transformé son visage comme une étincelle qui allume un feu de bois. Tout s'est mis à briller, et l'espace d'un instant je n'ai plus du tout vu les cicatrices.

— Enfin, dit-elle, au moins le retour sera plus facile ! Allez, viens !

Elle s'appelait Kristy Palmetto.

On a échangé nos noms vers la moitié de la montée, où l'on s'était arrêtées, haletantes, pour reprendre notre souffle.

— Macy ? a-t-elle dit. Comme les grands magasins* ?

— Oui, répondis-je. C'est un nom de famille, en fait.

— Ça me plaît. J'ai l'intention de changer de nom dès que je trouverai un endroit où personne ne me connaît. Un endroit où je pourrai repartir de zéro, tu vois. J'ai toujours rêvé de faire ça. Je crois que je voudrais m'appeler Véronique. Ou peut-être Blanca. Un nom qui a du style, quoi. N'importe qui peut s'appeler Kristy.

Peut-être, ai-je pensé, tandis qu'elle se remettait à pousser son chariot. Pourtant, bien qu'on soit amies depuis seulement cinq minutes, je savais que cette Kristy n'était pas comme tout le monde.

Au moment où on arrivait devant la porte latérale,

---

* Macy's est le nom d'une des principales chaînes de grands magasins aux États-Unis.

celle-ci s'ouvrit, et Delia passa la tête. Elle portait un tablier Wish et il y avait un peu de farine sur son cou.

— C'est les roulés au jambon ? demanda-t-elle. Ou les crevettes ?

— Les roulés, répondit Kristy, rangeant son chariot contre la maison et m'incitant, d'un geste, à faire de même. Ou les crevettes... ajouta-t-elle, indécise.

Delia la fixa du regard.

— En tout cas, sûrement l'un ou l'autre, termina Kristy. Sûrement.

Delia poussa un soupir, puis examina les casseroles qui se trouvaient sur le chariot.

Kristy s'adossa contre le mur, les mains serrées sur sa poitrine.

— Cette montée finira par nous tuer, souffla-t-elle à Delia. Il vaudrait mieux faire venir la camionnette ici, sans quoi on pourra jamais tout charger.

— Si on était partis à l'heure, répliqua Delia en soulevant le couvercle d'une casserole, on aurait pu.

— J'ai dit que j'étais désolée, protesta Kristy. (En se tournant vers moi elle ajouta :) J'étais en plcine crise d'habillage. Rien ne m'allait. Rien ! Ça te met pas en rogne quand ça t'arrive ?

— De toute façon, reprit Delia, ignorant cet aparté, ils ont des règles très strictes ici concernant les voitures de service garées dans le jardin. Apparemment la pelouse est très fragile.

— Mes poumons aussi, se plaignit Kristy. Et si on le fait en vitesse, ils vont rien remarquer.

Monica apparut dans l'embrasure de la porte, une feuille d'aluminium en main.

— Champignons ? demanda-t-elle.

— Boulettes de viande, dit Delia sans la regarder. Mets trois plateaux, prépares-en trois autres.

Monica fit lentement pivoter son corps, jetant un œil au four qui était derrière elle, puis sur Delia.

— Boulettes de viande, répéta-t-elle, comme si ces mots lui étaient étrangers.

— Monica, soupira Delia, tu me fais le coup tous les week-ends. Essaie de retenir un minimum de choses, s'il-te-plaît-bon-sang-je-t'en-supplie.

— Elle en retient, des choses, glissa Kristy, comme pour la défendre. Elle m'en veut juste de nous avoir retardés. C'est comme ça qu'elle l'exprime. Elle n'est pas très douée pour manifester clairement ses émotions, tu sais bien.

— Dans ce cas, fit Delia d'un ton las, va l'aider, s'il te plaît. Avec les boulettes, pas avec ses émotions. O.K. ?

— O.K. ! lança Kristy d'une voix enjouée.

Elle se glissa à l'intérieur de la maison.

Delia posa sa main dans le creux de son dos et me regarda.

— Bonsoir, fit-elle un peu surprise. C'est Macy, ton nom, n'est-ce pas ?

— Oui, répondis-je. Je sais que c'est probablement pas le bon moment...

— C'est jamais le bon moment, rétorqua-t-elle dans un sourire. Qu'est-ce que je peux faire pour toi ?

— Je me demandais juste... commençai-je avant de m'arrêter.

Je me sentais stupide, tout à coup, de la retenir alors qu'elle avait tant d'autres choses à faire. Quand elle avait dit qu'elle m'embaucherait bien, c'était sans doute pour être gentille. En même temps, je me trouvais là. Au pire, elle me dirait de redescendre.

— Je me demandais juste, répétai-je, si l'offre tenait toujours. Pour le boulot.

Avant que Delia ait eu le temps de répondre, Kristy réapparut dans l'embrasure.

— Les boulettes sont au chaud, déclara-t-elle. Je peux faire monter la camionnette ?

Delia regarda vers le bas de l'allée, puis en direction de la maison.

— Est-ce que tu *peux* ? Non ! s'exclama-t-elle.

— C'est juste une montée.

Kristy leva les yeux au ciel.

— Je conduis super mal. D'accord. Mais puisque je le reconnais, ça peut pas jouer en ma faveur ?

— Non, fit Delia.

Elle regardait le bas de l'allée, puis vers la maison, comme si elle pesait le pour et le contre. Finalement, elle fouilla la poche de son tablier et en sortit des clés.

— Une fois qu'il sera ici, ordonna-t-elle à Kristy, décharge à toute vitesse. Et si quelqu'un pique une crise, fais comme si tu ne connaissais pas les règles.

Kristy tendit le bras pour s'emparer des clés.

— Quelles règles ? fit-elle.

Delia mit les clés hors de sa portée et me les tendit.

— Et Macy conduit. Point final. Pas de discussion.

— Très bien, dit Kristy. Allez, qu'on perde pas de temps.

Sur ce elle tourna les talons, faisant un petit bond à chacun de ses pas. Même de loin, on ne pouvait s'empêcher de l'observer : peut-être à cause de ses bottes, de ses cheveux ou de sa courte jupe, elle me paraissait extraordinaire. Elle débordait de vie. Son

côté pétillant ne pouvait m'échapper, c'était exactement ce qui me faisait défaut.

Delia l'observait aussi, avec un air résigné, puis elle
dirigea son attention sur moi.

— Si tu cherches un boulot, tu l'as trouvé, dit-elle,
plaçant ses clés dans ma paume. La paie a lieu un
vendredi sur deux. En général, on fournit le planning
une semaine à l'avance. Il faudra que tu t'achètes
quelques chemises blanches et une paire de pantalons
noirs, si tu n'en as pas déjà. On travaille pas le lundi.
J'imagine qu'il te faut d'autres infos, mais on est un
peu pressés ce soir, alors je te dirai le reste après.
D'accord ?

— Impec.

Kristy, qui était déjà au milieu de l'allée, se tourna
vers nous.

— Hé, Macy ! cria-t-elle. On y va !

Delia secoua la tête en poussant la porte grillagée.

— Ce qui veut dire : bienvenue à bord !

À la bibliothèque, j'avais subi deux semaines de formation. Ici, ça s'était fait en deux minutes.

— Le principal, me dit Kristy, tandis que dans la
cuisine on empilait sur des plateaux les mini-roulés
au jambon, c'est de savoir ce que tu es en train de
servir, et de toujours enlever les serviettes froissées.
Personne ne va prendre quoi que ce soit et le fourrer
dans sa bouche s'il y a une serviette sale à côté.

J'ai acquiescé, elle a repris :

— La chose que tu dois avoir en tête, continua-
t-elle tandis que Delia s'activait derrière nous, c'est
que tu n'existes pas. Tu te contentes de présenter ton
plateau, de sourire, tu dis : « Roulés au jambon avec

moutarde de Dijon », et tu avances. Tu dois t'efforcer d'être invisible.

— Entendu, dis-je.

— Ce qu'elle veut dire, expliqua Delia devant la cuisinière électrique, c'est que le boulot de serveuse consiste à te fondre dans le décor, et à rendre la soirée aussi agréable que possible pour les invités.

Kristy me tendit le plateau de roulés, flanquant une pile de serviettes dans un coin. Mes yeux continuaient d'errer sur ses cicatrices, mais je m'y habituais peu à peu, et mes regards par moments étaient attirés vers le scintillement de sa peau, ou vers les deux minuscules anneaux d'argent suspendus à ses lobes.

— Concentre-toi d'abord sur un coin de la pièce. Si tu croises un gobeur, ne t'arrête pas plus d'une seconde, souris et poursuis ton chemin, même s'il te court après.

— Un gobeur ?

— C'est le type qui vide ton plateau si tu le laisses faire. La règle est la suivante : « Deux, et je me tire. » Quand il essaie d'avaler son troisième, tu es déjà partie.

— Deux, et je me tire, redis-je. C'est noté.

— Si c'est quelqu'un qui ne te laisse pas partir, poursuivit-elle, c'est que tu es tombée sur un dévoreur, comportement tout à fait inacceptable. Qui t'autorise pleinement à lui écraser un pied.

— Pas du tout, corrigea Delia. Tu n'es pas autorisée à faire ça. Tu dois seulement t'excuser le plus poliment du monde, et mettre ton plateau hors de sa portée.

Kristy me fixa en secouant la tête.

— Écrase-lui le pied, souffla-t-elle. N'hésite pas.

86

La cuisine bouillonnait d'activité. Delia délaissa les plaques de cuisson pour le plan de travail, Monica défit l'un après l'autre les emballages de nourriture, découvrant saumon, steaks, patates à la crème. L'atmosphère débordait d'une énergie trépidante, comme si tout se déroulait en accéléré : le contraire de l'accueil à la bibliothèque. Moi qui me plaignais du trop-plein de silence et soupirais après autre chose, je venais de trouver ce qui me convenait.

— Si tu vois des vieux, m'avertit Kristy en surveillant la porte, prends soin d'aller vers eux, surtout s'ils sont assis. Quand tatie est affamée, les gens ne voient plus que ça. Observe la pièce, vérifie qui a la bouche pleine et qui ne l'a pas. Si tu as fait le tour de la pièce et que tes bâtons de céleri au fromage de chèvre et aux groseilles ne trouvent pas preneur, n'attends pas qu'ils fleurissent : sors.

— Fromage de chèvre et groseilles ? m'étonnai-je.

Kristy hocha la tête avec gravité.

— C'est arrivé une fois, à une seule réception ! siffla Delia derrière nous. J'aimerais bien qu'on m'en reparle pas sans arrêt. Bon sang !

— Si quelque chose foire, enchaîna Kristy, ça foire. Quand tu as un doute, tu chopes des boulettes et tu y retournes. Tout le monde *adore* les boulettes.

— Quelle heure il est ? interrogea Delia, tandis que le four se fermait en claquant. Déjà 19 heures ?

— 18 h 45, lui répondit Kristy, ramenant ses cheveux derrière l'oreille. Faut qu'on fasse notre entrée.

J'ai pris mon plateau et j'ai stoppé net, le temps que Kristy replace un roulé qui allait tomber.

— Prête ? me demanda-t-elle.

J'ai fait « oui » de la tête.

D'une main, elle a poussé la porte, plusieurs convives, postés devant le bar, se sont tournés vers nous, leurs yeux irrésistiblement attirés par les plats. « Invisible », me suis-je souvenu. On m'avait accordé tellement d'attention depuis un an, me dis-je, que l'idée de passer enfin inaperçue me conviendrait tout à fait. J'élevai mon plateau, redressai les épaules et m'élançai dans la pièce.

Trente minutes plus tard, j'avais appris plusieurs choses. D'abord, les boulettes, c'est clair, tout le monde adore. Ensuite, la plupart des gobeurs prennent position juste à côté de la porte, pour se servir en premier. Et si vous cherchez à les esquiver, ils passent illico en mode dévoreur – cela dit je n'avais pas encore essayé d'écraser le pied de quiconque. Et, ah oui ! ce qui est archivrai : vous êtes invisible. Ils n'interrompent pas leur conversation quand vous stationnez à côté d'eux.

Je savais que Molly et Roger, les jeunes mariés, avaient vécu ensemble pendant trois ans, situation qui, selon un gobeur de leur entourage, avait sans doute contribué à précipiter la mort d'une grand-mère de la famille. À cause d'un incident qui s'était déroulé lorsqu'elle enterrait sa vie de jeune fille, Molly et sa demoiselle d'honneur ne se parlaient plus. Le père du jeune marié, qui était censé être au régime sec, descendait des martinis en cachette dans la salle de bains. Et – j'oubliais presque – les serviettes avaient un défaut. Un défaut rédhibitoire.

— Je ne suis pas sûre d'avoir bien compris...

Delia conversait, tandis que je revenais dans la cuisine pour une dernière fournée de toasts au fromage de chèvre. Elle se tenait devant le plan de travail, prête à entamer avec Monica la préparation des salades. À côté d'elle se trouvaient la mariée, Molly, et la mère de celle-ci.

— Ce qui est écrit est inexact ! s'exclamait Molly, la voix haut perchée.

C'était une jolie fille, blonde et potelée, et d'après ce que j'avais remarqué, elle avait passé la soirée à se tenir raide près du bar, la bouche pincée, tandis que les gens, les uns après les autres, lui tapotaient l'épaule, l'air de dire : « C'est pas grave. » Le marié était dehors en train de fumer des cigares depuis le début de la fête.

Molly gémissait :

— Il devait y être inscrit : *Molly et Roger*, la date en dessous et : *Pour toujours.*

Delia chercha autour d'elle.

— Je suis désolée, je n'en ai aucune ici... mais est-ce que ce n'est pas ce qu'il y a d'écrit ? Je suis quasiment sûre que c'est bien ce qui est marqué.

La mère de Molly a avalé une gorgée de son cocktail et secoué la tête. Kristy est entrée en poussant la porte, a jeté un tas de serviettes sur son plateau et stoppé net en voyant que ça discutaillait ferme devant le plan de travail.

— Qu'est-ce qui se passe ? demanda-t-elle.

J'ai remarqué que la mère de Molly lorgnait ses cicatrices. Quand Kristy lui jeta un coup d'œil, elle s'est détournée brusquement. Impossible de dire si Kristy avait repéré son regard ou si elle était contrariée : elle ne le montrait pas. Elle a posé son plateau, relevé une mèche de cheveux derrière son oreille.

— Un problème de serviettes, l'informai-je.

Molly a étouffé un sanglot :

— Elles ne disent pas *Pour toujours*. Elles disent *Pour toujours...* avec ce truc, là, les trois petits points.

— Trois petits points ? s'étonna Delia, un peu perdue.

— Vous savez, ce signe qu'on utilise comme interruption... C'est... Vous savez bien ! Ce truc !

— Des points de suspension, lançai-je.

Toutes m'ont fixée du regard. Je me suis sentie rougir aussitôt.

— Des points de suspension ? fit Delia en écho.

Elle semblait déconcertée, alors j'ai précisé :

— On s'en sert pour marquer la suppression d'un mot, ou pour indiquer une interruption à l'intérieur d'un dialogue.

— Ouah ! fit Kristy dans mon dos. La classe, Macy.

— Voilà ! s'écria Molly en pointant un doigt vers moi. Il n'y a pas écrit *Molly et Roger, Pour toujours*. Mais *Molly et Roger, Pour toujours...* Points de suspension !

— Oui, enfin bon, grommela Kristy dans mon oreille, il s'agit bien d'un mariage, non ?

Molly avait sorti un Kleenex et se tamponnait le visage, poussant des petits soupirs larmoyants.

— Je ne crois pas que les gens s'imaginent que les trois petits points indiquent un doute, dis-je pour la réconforter. Je crois que ça passera plus, en fait, pour une allusion à l'avenir.

Molly cligna des yeux, son visage devint tout rouge. Puis elle fondit en larmes.

— Oh, dis donc, fit Kristy.

— Je suis désolée, fis-je rapidement. Je ne voulais pas...

— Ce n'est pas à cause du *toujours*, m'assura sa mère, en prenant sa fille par les épaules.

— C'est uniquement à cause du *toujours* ! pleurnicha Molly.

Mais déjà sa mère la guidait hors de la cuisine, murmurant doucement à son oreille. On l'a regardée sortir, plongées dans le silence. Je me disais que c'était ma faute. J'avais bien mal choisi le moment pour me livrer à un commentaire de texte.

Delia a essuyé sa main sur son visage en secouant la tête.

— Seigneur ! s'écria-t-elle, une fois qu'elles ne pouvaient plus l'entendre. Qu'est-ce qu'on peut faire ?

L'espace d'un instant, personne n'a rien dit. Puis Kristy a posé son plateau.

— On devrait préparer les salades, annonça-t-elle d'un ton sans réplique.

Elle est allée vers le plan de travail pour aligner des plats. Monica a tiré vers elle les légumes verts, s'est emparée des pinces à salade, et elles se sont mises au travail.

J'ai de nouveau regardé vers la porte, me sentant mal à l'aise. Qui eût cru que trois petits points pouvaient avoir tant d'impact ?

— Macy !

J'ai levé les yeux. Kristy me regardait.

— Tout va bien, fit-elle. C'est pas ta faute.

Peut-être pas, mais c'est toujours la même histoire quand on croit avoir les réponses à toutes les questions. Une fois qu'on les a données, on se rend compte que ce n'est pas ce que les gens avaient envie d'entendre.

Trois heures plus tard, on rangeait le dernier chariot dans la camionnette.

— En fin de compte, dit Delia, ça n'a pas été un désastre total. J'irais même jusqu'à affirmer que la soirée fut presque acceptable.

— Y a eu le coup des steaks, fit remarquer Kristy, évoquant ce moment de panique, juste après qu'on eut servi les salades, où Delia avait réalisé que la moitié des escalopes se trouvaient toujours dans la camionnette et donc... congelées.

— Ah oui, c'est vrai, soupira Delia. J'avais oublié. Eh bien, au moins, c'est fini. La prochaine fois, tout ira comme sur des roulettes.

Même moi, la petite nouvelle, je savais que c'était improbable. Durant toute la soirée les problèmes s'étaient succédé, une longue file de désastres survenant, culminant, puis trouvant soudain une solution, le tout à la vitesse grand V. J'avais une telle crainte de l'imprévu, voulant toujours tout garder sous contrôle, que mon niveau de stress, ce soir-là, avait oscillé comme une balançoire, réagissant au plus petit incident. Pour les autres, cependant, ça semblait parfaitement normal. Ils avaient l'air de croire sincèrement que tout allait bien se passer. Et le plus étrange, c'est qu'ils avaient eu *raison*, en fin de compte. Pourtant j'aurais eu bien du mal à expliquer comment ça s'était réglé.

Kristy était à présent en train de fouiller l'arrière de la camionnette, d'où elle sortit un sac noir à longues franges.

— Je regrette d'avoir à le dire, affirma-t-elle, mais ce mariage va durer un an, grand max. Y a ceux qui hésitent, et puis y a ceux qui supplient le ciel en disant non. Mais alors celle-là, elle flippe carrément.

Monica, assise sur le pare-chocs, proféra l'une de ses trois expressions interchangeables, « Mmm-hmm ». Les deux autres étaient « Laisse tomber » et « Ça sert à rien », prononcées chaque fois d'une voix traînante, les mots se bousculant pour n'en former qu'un : « Lais'tomber » et « Ser'arien ». J'ignorais qui l'avait baptisée Marmonnette, mais il ou elle avait mis dans le mille.

— Quand tu seras chez toi, me conseilla Delia, caressant de ses mains son ventre arrondi, trempe ça dans de l'eau froide avec un peu de lessive. Ça devrait partir.

J'ai baissé les yeux sur ma chemise et j'ai vu la tache.

— Ah oui, je le ferai.

Vers le milieu du dîner, un témoin trop zélé du marié s'était levé d'un bond pour porter un toast, et avait renversé sur moi un verre rempli de cabernet. On m'avait renseignée déjà sur les gobeurs et les dévoreurs : cette occasion m'avait en outre infligé une leçon sur les tripoteurs. Il m'avait pelotée pendant cinq bonnes minutes en s'efforçant de faire disparaître la tache avec sa serviette. Plus de tripotage que ce que Jason avait bien voulu me prodiguer depuis le début de notre relation.

Jason. Lorsque son nom me venait à l'esprit, je sentais un tiraillement au fond de moi. Depuis trois heures à peu près, j'avais tout oublié de notre relation en suspens, de mon nouveau statut de petite amie en sursis. J'avais été trop occupée pour y penser.

Dans la rue, un véhicule a fait son apparition, tous phares allumés, puis il s'est approché en roulant au pas. Ce n'était pas une voiture mais plutôt une sorte de van, peint en blanc avec, çà et là, des éclaboussures grises. Le conducteur a coupé le contact après s'être garé avec soin le long du trottoir. L'instant d'après, une tête a surgi.

— Mesdames, fit une voix qui s'éleva d'un coup, admirez la Gregmobile.

Pendant un court instant, personne n'a rien dit. Delia avait le souffle coupé.

— Oh, mon Dieu ! s'exclama Kristy. C'est une blague, non ?

La porte du conducteur s'est ouverte avec un bruit affreux, et Greg a bondi dehors.

— Je croyais que tu devais récupérer la voiture de l'oncle Henry, s'étonna Delia, faisant quelques pas vers lui tandis que Tim s'extirpait par l'autre porte. C'est pas ce qui était prévu ?

— Changé d'avis, marmonna Greg en faisant tinter ses clés.

Avec sa chemise rayée qu'il avait boutonnée jusqu'au col, son pantalon kaki serré par une ceinture en cuir, et ses mocassins tout neufs, il semblait habillé pour un événement précis.

— Pourquoi ? l'interrogea Delia en allant vers la Gregmobile.

L'instant d'après, elle reculait d'un pas, posait ses mains sur ses hanches.

— Attends, dit-elle lentement, est-ce que c'est...

— Une bagnole qui en jette ? enchaîna Greg. Oui. C'est tout à fait ça.

— Une ambulance ? compléta-t-elle d'un ton incrédule. C'en est une, n'est-ce pas ?

— Pas possible ! s'écria Kristy en riant. Greg, y a

que toi pour imaginer que tu vas faire des conquêtes dans une caisse où des gens ont clamsé.

— Où tu l'as trouvée ? demanda Delia. Tu es sûr que tu as le droit de la conduire ?

Tim, qui se tenait debout devant le pare-chocs, s'est contenté de secouer la tête, l'air résigné. En examinant de plus près la Gregmobile, j'ai pu distinguer sur la calandre la trace à peine visible d'un A, et le fragment d'un M.

— Je l'ai achetée au dépôt de vieilles voitures qui est près de l'aéroport, déclara Greg, aussi excité que s'il venait d'acquérir une Porsche flambant neuve. Le vendeur l'avait obtenue lors d'une vente aux enchères municipales. C'est pas fabuleux ?

Delia regarda Tim.

— Et la vieille Oldsmobile de l'oncle Henry ?

— J'ai voulu l'en empêcher, affirma Tim. Mais tu le connais. Il a insisté. C'est son argent, après tout.

— On peut pas en imposer avec une Oldsmobile ! protesta Greg.

— Greg, s'énerva Kristy, c'est toi qui peux pas en imposer. Mais enfin, qu'est-ce que tu portes ? Je t'ai déjà dit de pas t'habiller comme un vieux. Elle est en polyester, cette chemise ?

Greg n'a guère paru troublé par cette remarque, ni par celles qui avaient précédé. Il a baissé les yeux vers sa chemise, balayant d'une main sa poche de devant.

— Poly-*mix*, énonça-t-il. Les femmes apprécient qu'un homme soit bien habillé.

Kristy a levé les yeux au ciel et Tim a posé sa main sur son visage. Monica, derrière moi, a émis un « Lais'tomber ».

— C'est une ambulance, fit Delia d'un ton neutre,

comme si le fait de le dire tout haut lui permettait de se faire à cette idée.

— Une *ancienne* ambulance, corrigea Greg. Avec une histoire. Du caractère. Avec...

— Ni échange ni reprise, l'interrompit Tim. Une fois qu'il l'a sortie de la casse, c'est fini. Il ne peut plus la revendre.

Delia a secoué la tête en poussant un soupir.

— C'était ça que je voulais, affirma Greg.

Il y a eu un silence : personne ne pouvait contester cet argument.

Delia a fini par aller vers Greg et par le prendre dans ses bras, l'attirant à elle.

— Eh bien, fit-elle en lui ébouriffant les cheveux, joyeux anniversaire, petit homme. J'ai du mal à croire que tu as déjà seize ans. Ça me donne l'impression d'être si vieille.

— Tu n'es pas vieille, dit-il.

— Suffisamment pour me rappeler le jour où tu es né, dit-elle en défaisant son étreinte et en écartant une mèche de cheveux sur le visage de Greg. Ta maman était si heureuse. Elle disait que tu étais son rêve devenu réalité.

Greg a baissé les yeux et fait tourner ses clés entre ses doigts. Delia s'est penchée près de lui, a chuchoté quelque chose que je n'ai pu entendre, et Greg a approuvé de la tête. Lorsqu'il a levé les yeux, ses joues rougissaient, et l'espace d'un instant j'ai cru voir dans son visage une expression qui ne m'était pas étrangère. Mais il a tourné la tête de côté, et d'un seul coup, l'expression avait disparu.

— On vous a présentés à Macy, les gars ? demanda

Delia en hochant le menton vers moi. Macy, voici mes neveux : Greg et Tim.

— On s'est rencontrés l'autre soir, glissai-je.

— Greg lui a sauté dessus en sortant de derrière une poubelle, ajouta Tim.

— Bon sang, vous jouez encore à ce jeu : « J't'ai eu » ? fit Kristy. C'est débile.

Greg m'a lancé un regard contrit.

— Il a trois points d'avance sur moi ! dit-il.

— Tout ce que je dis, lâcha Kristy en sortant de son sac une lime à ongles, c'est que le prochain qui me saute dessus quand je passe une porte prend mon poing dans le ventre. Je me fiche bien que Tim ait de l'avance ou pas.

— Mmm-hmm, approuva Monica.

— Je l'avais prise pour Tim, grommela Greg.

Kristy s'est tournée vers moi :

— Ce jeu débile, ça fait des semaines qu'ils y jouent. À sauter l'un sur l'autre, à nous sauter dessus en causant des frayeurs à tout le monde.

— C'est un jeu d'esprit, m'assura Greg.

— De faibles d'esprit, nuança Kristy.

— Rien de tel, fit Greg, d'un ton cérémonieux, qu'un bon « J't'ai eu ! »

Delia bâillait, main sur la bouche, en secouant la tête.

— Bon, je regrette d'interrompre votre discussion, mais moi, je vais me coucher, annonça-t-elle. Les femmes âgées et enceintes doivent être au lit avant minuit. C'est la règle.

— Allez ! lui lança Greg en balayant de la main le capot de l'ambulance. La nuit commence à peine ! La Gregmobile doit fêter son baptême !

— Tu veux qu'on se balade en ambulance ? fit Kristy.

— Y a le confort intégré ! la rassura Greg. C'est exactement comme une voiture. C'est dix fois mieux qu'une voiture !

— Elle a un lecteur CD ? lui demanda-t-elle.

— En fait...

— Non, répondit Tim. Mais elle a un émetteur-récepteur complètement bousillé.

— Ah bon, fit-elle en agitant la main. Alors ça me botte.

Greg lui a décoché un regard furieux, mais elle lui a souri, et lui a saisi le bras en allant vers la Gregmobile. Monica s'est levée et l'a suivi. Ils ont fait le tour du véhicule et ont ouvert les portes arrière.

— Amusez-vous bien, leur lança Delia. Ne conduis pas trop vite, Greg, tu m'entends ?

Cette dernière phrase a déclenché un rire tonitruant de la part de tout le monde, sauf Tim. Greg n'y a prêté aucune attention et a marché d'un pas décidé vers la place du conducteur.

— Tim, l'appela Delia, tu peux venir un instant ?

Tim s'est dirigé vers elle, mais comme je lui barrais le chemin, on a effectué sans le vouloir cette mini-chorégraphie où deux personnes vont ensemble du même côté, puis de l'autre, sans se laisser la voie libre. Au milieu de cette petite danse embarrassée, j'ai remarqué qu'il était encore plus séduisant de près que de loin – avec ses yeux foncés, ses longs cils, ses cheveux qui faisaient des boucles juste au-dessus de son col, son jean bas sur les hanches – et que son bras portait un tatouage à l'aspect celtique, visible sous la manche de son tee-shirt.

J'ai fini par rester immobile, et il a pu avancer.

— Désolé, fit-il en souriant, et je me sentis rougir sans raison précise en le regardant disparaître de l'autre côté du van.

— Où est-ce qu'on est censé s'asseoir ? entendis-je Kristy dire à l'arrière de la Gregmobile. Oh ! mon Dieu, c'est une civière ?

— Non, répondit Greg. Mais c'est là qu'elle se trouvait. Juste un lit de camp que j'ai mis en attendant de trouver un truc plus confortable.

— Un lit de camp ? piailla Kristy. Greg, si tu crois qu'avec cette guimbarde, toutes les filles vont te tomber dans les bras...

— Monte, tu veux bien ? fit Greg d'un ton brusque. Mon anniv' est en train de passer, et ça va plus être le jour !

Tim retournait vers la Gregmobile tandis que je sortais mes clés et me dirigeais vers ma voiture, longeant la camionnette.

— Passe une bonne soirée, me lança-t-il.

J'ai acquiescé de la tête, ma langue se retournant dans ma bouche en cherchant une réponse, et au moment où j'ai pris conscience qu'un simple oui aurait suffi, trop tard, il avait grimpé dans la Gregmobile.

Delia au volant attachait sa ceinture.

— Tu as été très bien, Macy, dit-elle. Vraiment très bien.

— Merci.

Elle a pris un stylo sur le tableau de bord, puis a sorti une serviette froissée.

— Tiens, fit-elle en écrivant dessus, voilà mon

numéro. Appelle-moi lundi et je te dirai quand j'aurai à nouveau besoin de toi. D'accord ?

— D'accord, dis-je en prenant la serviette et en la pliant. Encore merci. Je me suis franchement amusée.

— Ah ouais ? laissa-t-elle échapper en souriant, surprise. Tant mieux. Sois sage au volant, tu m'entends ?

J'ai opiné. Elle fit démarrer le moteur, éloigna son véhicule du trottoir, et donna un coup de klaxon en tournant au coin de la rue.

Je venais de déverrouiller ma portière lorsque la Gregmobile s'est arrêtée près de moi. Kristy était penchée en avant, la main sur l'autoradio : j'entendais le poste grésiller de station en station.

— Hé, me lança-t-elle, ça te dit de venir ?

— Oh, non, répondis-je. Il faut que je rentre à...

Kristy a changé de nouveau la fréquence, et l'intro d'une chanson pop a beuglé « *Baaaaby !* » à pleins tubes. Greg et Tim ont grimacé en même temps.

— ... la maison, terminai-je.

Kristy a baissé le volume, mais seulement un chouia.

— Tu es sûre ? insista-t-elle. Je veux dire, tu veux vraiment laisser passer cette chance ? T'es jamais montée dans une ambulance, non ?

Si, ai-je pensé, une fois de trop.

— Une ambulance *réaménagée*, grommela Greg.

— Oui enfin bref, le coupa Kristy, qui me relançait. Allons, faut vivre, un peu !

— Non, ai-je répété. Faut que je rentre. Mais merci.

Kristy a haussé les épaules.

— Bon. La prochaine fois, alors, c'est d'accord ?

— Oui, répondis-je. Sans problème.

Je suis restée un moment à les observer, suivant du

regard le demi-tour effectué avec soin par Greg dans l'allée d'en face, et la main de Tim qui me faisait un salut tandis qu'ils s'éloignaient. Dans une autre vie, peut-être, j'aurais saisi cette chance, sauté à l'arrière de l'ambulance sans repenser à la fois où j'avais accompagné mon père. Mais l'audace ne m'avait pas beaucoup profité ces derniers temps ; il me suffisait de rentrer et de consulter mon écran d'ordinateur pour m'en assurer. Alors j'ai fait ce que je faisais tout le temps ces jours-ci : la chose la plus raisonnable.

Juste avant, j'ai jeté un coup d'œil dans le rétroviseur, où j'ai aperçu une dernière fois la Gregmobile qui s'engageait au loin dans un virage. Et, lorsque je ne l'ai plus vue, j'ai enclenché le moteur et pris le chemin du retour.

# Chapitre 5

*Cher Jason,*

*J'ai bien reçu ton e-mail, et je dois dire que j'ai été surprise d'apprendre que tu avais le sentiment que j'étais...*

*Cher Jason,*

*J'ai bien reçu ton e-mail, mais je ne peux m'empêcher de penser que tu aurais peut-être dû m'informer plus tôt que, selon toi, notre relation était...*

*Cher Jason,*

*J'ai bien reçu ton e-mail, et je ne peux pas croire que tu me fasses un coup pareil alors que la seule chose que j'ai faite c'était de te dire que je t'aimais, quelque chose que la plupart des gens qui sont ensemble peuvent...*

Non, pensai-je, impossible d'écrire ça.

C'était lundi matin, et après avoir réfléchi deux jours entiers à ce que j'allais répondre à Jason, je ne savais toujours pas quoi lui dire. Ce qu'il m'avait écrit était si froid, si dépourvu d'émotion, que lorsque je m'attelais à une réponse, j'essayais d'utiliser le même registre. Mais je n'y arrivais pas. J'avais beau m'y efforcer, chaque fois que je me relisais, je ne voyais qu'une plaie vive, un flot de tristesse qui se déversait de phrase en phrase, et tous mes défauts, toutes mes insuffisances, semblaient se réfugier entre mes mots. J'en étais venue à opter pour la meilleure des réponses – la plus prudente : l'absence totale de réponse. Comme je n'avais pas eu de ses nouvelles, je me suis dit qu'il voyait sans doute dans mon silence une forme d'approbation. Ça devait l'arranger.

En roulant vers la bibliothèque pour entamer une nouvelle semaine à l'accueil, je me suis retrouvée coincée à un feu rouge derrière une ambulance, et j'ai repensé, comme souvent depuis vendredi, à Wish. J'avais été obligée d'avouer à ma mère que j'avais un nouveau boulot, après qu'elle eut trouvé ma chemise tachée de vin qui trempait dans de la lessive près du lave-linge. Ça m'apprendra à suivre les conseils.

— Mais, chérie, avait-elle remarqué d'un ton plus intrigué que sévère (c'était tôt le matin), tu as déjà un travail.

— Je sais, avais-je répondu, tandis qu'elle jetait un nouveau regard dubitatif sur la chemise, examinant la tache, mais vendredi au supermarché je suis tombée par hasard sur Delia, et elle était à bout et manquait de bras pour le soir, alors je lui ai proposé de l'aider. C'est arrivé subitement.

Au moins, la dernière partie n'était pas un bobard. Elle ferma le lave-linge, puis me regarda, les bras croisés sur sa poitrine.

— Je crains seulement, dit-elle, que tu ne sois surchargée. Ton travail à la bibliothèque, c'est beaucoup de responsabilités. Jason te fait confiance pour que tu t'investisses à fond.

Dans n'importe quel autre monde, ç'aurait été le moment parfait pour parler à ma mère de la décision de Jason, de notre relation en suspens. Mais je ne l'ai pas fait. Ma mère voyait en moi une fille courageuse et raisonnable, aussi dynamique et résolue qu'elle. Je m'étais donc persuadée que je baisserais dans son estime si elle apprenait que Jason avait rompu avec moi. Il m'était déjà pénible de penser que j'étais décevante selon les critères de Jason. Si ma mère s'était mise à penser la même chose, ç'aurait été pire encore.

— Les réceptions, c'est juste une activité occasionnelle, fis-je valoir. Ça ne va pas me détourner de mon boulot. Si ça se trouve, je le referai même pas. C'était juste... pour m'amuser.

— T'amuser ? fit-elle d'une voix étonnée, comme si je lui avais confié que j'adorais m'enfoncer des clous dans l'avant-bras. J'aurais plutôt pensé que c'était pénible, être obligée de se tenir debout sans arrêt et de servir les gens... sans compter que, enfin, cette femme m'a paru si peu organisée... Je serais devenue folle à ta place.

— Oh, affirmai-je, c'était juste comme ça quand ils ont travaillé ici. Vendredi soir ils étaient très différents.

— Ah bon ?

— Mais oui.

Encore un bobard. Ma mère ne pouvait comprendre pourquoi, d'une certaine façon, l'activité chaotique de Delia m'attirait. Je n'étais même pas sûre de pouvoir l'expliquer moi-même. Tout ce que je savais, c'est que le reste du week-end avait fortement contrasté avec la soirée de vendredi. Pendant la journée, j'avais fait tout ce que j'étais censée faire : je m'étais rendue à mon cours de yoga, j'avais fait la lessive, nettoyé ma salle de bains, et tenté d'écrire un e-mail à Jason. J'avais déjeuné et dîné chaque jour à la même heure, en utilisant la même assiette, le même bol, le même verre, les nettoyant après chaque repas et les disposant avec soin sur l'égouttoir, puis je m'étais couchée vers 23 heures, même si je m'endormais rarement, voire jamais, avant 2 heures du matin.

— Bon, eh bien, on va voir ce que ça va donner, dit ma mère tandis que je me penchais pour enclencher le lave-linge. (L'eau commençait à gargouiller, s'attaquant à la tache de vin.) Le boulot à la bibliothèque reste ta priorité. On est bien d'accord ?

— D'accord.

Et on n'en avait plus parlé. Sauf qu'à présent, tandis que j'arrivais pour entamer ma deuxième semaine – bien qu'on ne commence qu'à 9 heures, Bethany et Amanda, à 8 h 50, étaient évidemment déjà à leur poste, bien en place sur leurs chaises – j'étais prise d'une terreur indicible. C'était peut-être le silence. Ou l'immobilité. Ou la façon dont Amanda avait levé la tête vers moi, en fronçant les sourcils, lorsque j'étais apparue.

— Oh, Macy, avait-elle lâché, du même ton légèrement surpris qu'elle employait chaque matin lorsque j'arrivais au travail, je me demandais si tu allais venir aujourd'hui... vu que...

Je savais bien sûr ce qu'elle voulait dire. Jason n'était pas du genre à déballer ses secrets. Mais dans le « camp des cracks », il y avait deux autres membres de notre lycée. L'un d'entre eux, un type du nom de Rob, qui louchait sans cesse, était un bon ami de Jason et aussi d'Amanda. J'en déduisais que cette pause dans notre relation n'était plus un secret. Elle s'était transformée en information, domaine où, comme dans tant d'autres, Bethany et Amanda excellaient.

— Vu que... reprit Amanda (Elle répéta lentement ces mots, comme si, n'ayant pas mordu à l'hameçon, j'avais dû mal entendre.) la situation n'est plus la même entre toi et Jason.

Je me suis retournée pour lui faire face.

— C'est juste une pause. Et ça n'a rien à voir avec mon travail.

— Peut-être, fit-elle, tandis que Bethany pointait un stylo sur ses lèvres. On craignait juste que ça risque, enfin, tu vois, de te rendre moins efficace.

— Non, répliquai-je. Ça risque pas.

Puis je me suis retournée vers mon écran d'ordinateur. Leurs visages s'y reflétaient. Je vis Amanda secouer la tête comme pour dire : « Elle est vraiment pitoyable », et Bethany approuver d'une moue silencieuse.

Ainsi débuta la plus longue de mes journées à l'accueil. Je ne fis pas grand-chose, à part répondre à deux questions, chiffre qui constituait un pic absolu depuis mon arrivée. (La première question fut celle d'un homme mal rasé et puant l'alcool, qui entra en trébuchant pour demander s'il y avait un poste vacant, et la seconde fut celle d'un enfant de six ans qui cherchait l'adresse de Donald Duck, deux questions qui, pour Bethany et Amanda, ne méritaient pas qu'elles y consacrent leur attention, mais qu'elles jugeaient toutefois dignes de la mienne.) Tout cela me fit clairement comprendre que la semaine précédente, j'étais une contrariété qu'il fallait tolérer. Contrariété qu'il était à présent facile, et légitime, d'ignorer entièrement.

On venait de finir de dîner et j'étais prise par la routine habituelle, essuyant la table de la cuisine, lorsque le téléphone a sonné. L'idée ne m'est même pas venue de décrocher, car je pensais qu'il s'agissait d'un client de ma mère. La porte de son bureau s'est ouverte.

— Macy ? C'est pour toi.

J'ai décroché le téléphone de la cuisine : quelqu'un sanglotait par à-coups.

— Oh, Lucy, ma chérie, s'il te plaît, disait une voix par-dessus les sanglots. Pourquoi ça te prend toujours quand je suis au téléphone ? Hein ? Pourquoi...

— Allô ?

— Salut, Macy, c'est Delia. (Les pleurs repartaient de plus belle.) Oh, Lucy, mon chou, s'il-te-plaît-bon-sang-je-t'en-supplie, laisse parler maman cinq secondes... Regarde, voilà ton lapinou, tu le vois ?

J'ai attendu un moment, téléphone en main, tandis que les pleurs devenaient des reniflements, puis des hoquets, jusqu'à ce que enfin ils s'arrêtent.

— Macy, dit-elle, je suis vraiment désolée. Tu es toujours là ?

— Oui, répondis-je.

Elle soupira, de ce soupir las de tout qui semblait être sa marque de fabrique.

— La raison de mon coup de fil, commença-t-elle, c'est que je suis un peu dans le pétrin et j'aurais besoin d'un coup de main. Demain j'ai un gros déjeuner à organiser, et je dois avoir un retard d'environ deux cents mini-sandwichs. Est-ce que tu pourrais venir m'aider ?

— Ce soir ? m'écriai-je en regardant l'horloge de la cuisinière électrique.

Il était 19 h 05, heure à laquelle je montais habituellement ouvrir mes e-mails, puis me brossais les dents avant de réviser quelques pages de vocabulaire pour mon examen d'entrée à l'université, m'évitant ainsi la mauvaise conscience d'être restée scotchée devant la télé jusqu'à ce que je m'endorme.

— Je sais que je te préviens à la dernière minute, mais les autres sont tous pris, fit Delia que j'entendais ouvrir un robinet. Alors ne te gêne pas pour me dire non... Je t'appelais à tout hasard, tu sais. J'ai trouvé la carte de visite de ta maman, et je me suis dit que je pourrais peut-être réussir à t'attirer ici.

— Eh bien... répondis-je.

Un *Non, je peux pas, désolée*, près d'être prononcé, est resté sur mes lèvres.

J'ai alors laissé errer mon regard sur notre cuisine silencieuse et immaculée. C'était un début de soir d'été. Autrefois, c'était mon moment favori de l'année et de la soirée. Quand les lucioles apparaissaient, quand la chaleur diminuait.

— ... vois pas pourquoi tu aurais envie de passer plusieurs heures avec du fromage et du cresson plein les bras, continuait Delia. À moins que tu n'aies vraiment rien d'autre à faire.

— Non, rien, dis-je soudain, me surprenant moi-même. Je veux dire, rien qui ne puisse attendre.

— C'est vrai ? Formidable. Oh, mon Dieu ! Tu me sauves la vie ! Attends, je te donne le chemin. En fait, c'est pas la porte à côté, mais je te paie à partir de maintenant, comme ça, le temps que tu passeras en voiture sera comptabilisé.

Tandis que je prenais un stylo dans un pot près du téléphone, ramenant un bloc-notes vers moi, j'eus un accès d'inquiétude en songeant à cet écart de la routine. Mais c'était juste pour une nuit, une chance de varier mon quotidien, de voir où ça me mènerait. Les lucioles étaient sans doute déjà dehors : peut-être n'avais-je pas seulement oublié une saison, un moment, mais un monde tout entier. Pour le savoir, le seul moyen était de m'y replonger. Et c'est ce que j'ai fait.

Les indications de Delia ressemblaient à Delia : claires par endroits, complètement floues pour le reste. La première partie fut facile. J'avais emprunté la route principale et étais sortie des limites de la ville, me retrouvant là où le paysage changeait, traversant de nouvelles zones en chantier, hérissées d'immeubles de bureaux, à des fermes de plus en plus petites, pour atteindre de vastes pâturages. C'est cependant à l'embranchement de cette route – embranchement par lequel j'étais censée déboucher dans la rue de Delia – que je me suis retrouvée coincée. Ou perdue. Ou les deux. Il ne s'y *trouvait* pas, point barre, et une quantité d'allers retours sur le même bout de route ne m'aidait pas à le localiser. De quoi se sentir un peu gênée, vu qu'il y avait un stand de produits à vendre, devant lequel je n'arrêtais pas de repasser – une pancarte, peinte en rouge vif, annonçait : « Tomates, fleurs, tourtes ». Devant, une femme plus âgée que moi se tenait assise sur une chaise de jardin, lisant un livre avec une grosse lampe électrique sur les genoux. La troisième fois que je suis passée sous son nez, elle a posé son livre et m'a regardée. La quatrième, elle s'en est mêlée.

— Tu t'es perdue, ma jolie ? me lança-t-elle tandis que je roulais au pas, scrutant le paysage à la recherche du fameux embranchement.

« C'est un sentier étroit, si tu clignes des yeux tu le loupes », m'avait dit Delia.

J'ai freiné, puis reculé doucement. Le temps que j'atteigne l'étal, la femme s'était levée de sa chaise et était venue se pencher sur ma vitre. Elle semblait avoir la cinquantaine, environ, et avait des cheveux gris relevés en arrière. Elle portait un jean et un pull-over blanc sans manches, avec une chemise attachée autour de son ample taille. Elle avait toujours en main le livre de poche, et j'ai jeté un coup d'œil au titre : *Le Choix*, de Barbara Starr. Sur la couverture, on voyait un homme torse nu avec une femme en robe moulante serrée contre lui. Une lime à ongles servait de marque-page.

— Je cherche Sweetbud Drive, lui dis-je. C'est censé partir de cette route, mais je ne...

— C'est juste là, fit-elle en se tournant pour montrer un chemin de gravier à droite du stand de produits, si étroit qu'il ressemblait moins à une rue qu'à un sentier. Pas de votre faute si vous l'avez manqué :

le panneau a encore été volé la nuit dernière. Saleté de bande de camés, j'te jure. (Elle indiqua un endroit de l'autre côté de la route, où se trouvait un poteau sans panneau.) Et c'est la quatrième fois cette année. Maintenant personne ne trouvera ma maison tant que la voirie n'enverra pas quelqu'un pour mettre un nouveau panneau.

— Oh, fis-je. C'est terrible.

— Enfin, répondit-elle en faisant passer son bouquin dans l'autre main, terrible, peut-être pas. Mais en tout cas c'est gênant. Comme si la vie était pas assez galère. Il faudrait au moins qu'on puisse se fier aux panneaux. (Elle s'est étirée de tout son long.) Oh, et quand tu seras sur le chemin, fais attention au grand trou, juste après la sculpture, c'est un sacré morceau. Reste sur ta gauche.

Elle a tapoté mon capot, m'a adressé un sourire, puis elle est retournée vers sa chaise.

— Merci, lui lançai-je.

J'ai tourné sur la route et descendu Sweetbud Drive, gardant bien en tête qu'il y avait, quelque part devant, une sculpture et un grand trou. J'ai d'abord aperçu la sculpture.

Elle se trouvait sur le côté du sentier étroit, dans un espace entre deux arbres. Tout de métal rouillé, elle était immense – au moins deux mètres cinquante de large – et avait la forme d'une main ouverte. Elle était entourée d'un fer à béton, avec une chaîne de vélo qui serpentait tout du long, telle une guirlande. Dans la paume de la main, la forme d'un cœur avait été taillée, et un cœur plus petit, peint en rouge vif, était suspendu à l'intérieur, tournant légèrement sur lui-même sous la poussée de la brise qui soufflait. Je suis restée assise à la regarder, ma voiture crissant imperceptiblement sur le gravier. J'avais déjà vu ce motif auparavant.

C'est alors que j'ai glissé dans le trou.

Clong ! a fait ma roue avant gauche, disparaissant tout à fait dans cette béance. D'accord, ai-je pensé, au moment où le véhicule s'est incliné, voilà pourquoi elle parlait d'un sacré morceau.

Je suis restée immobile, cherchant un moyen de me tirer de là et de m'épargner l'embarras de cette arrivée peu reluisante, lorsque je vis devant moi une silhouette sortant de la maison située au bout de l'allée. La nuit venait de tomber, aussi avais-je du mal à distinguer un visage. C'est seulement lorsqu'il s'est trouvé juste devant mon pare-chocs avant, qui penchait dangereusement, que j'ai reconnu Tim.

— Quoi qu'il arrive, m'a-t-il lancé, ne passe pas en marche arrière. Ça ne ferait qu'aggraver les choses.

Puis, en s'approchant, il m'a regardée et a eu un léger sursaut. Il ne s'attendait visiblement pas à me voir, et semblait surpris de me trouver là.

— Salut, dit-il.

— Salut, répondis-je en avalant ma salive. Je suis, euh...

— Coincée, enchaîna-t-il.

Il a disparu un bref instant, se courbant pour examiner le trou et ma roue totalement avalée. Penchée à la fenêtre de ma portière, dans une position peu confortable, je me suis retrouvée presque au niveau de son front. L'instant d'après, lorsqu'il a levé les yeux vers moi, on s'est retrouvés face à face, et de nouveau, en dépit des circonstances pressantes, j'ai été frappée par sa beauté, ce charme dont il semblait ne pas être

conscient. Ce qui l'augmentait encore. Ou le décu-
plait. Bref.

— Ouais, fit-il comme s'il restait encore un doute,
tu t'es bien mise dedans.

— On m'avait avertie, en plus, ai-je avoué tandis
qu'il se redressait. J'ai vu la sculpture et ça a détourné
mon attention.

— La sculpture ? (Il l'a regardée, puis m'a fixée.)
Oh, je vois. C'est parce que tu la connais.

— Comment ? fis-je, étonnée.

Il cligna des yeux, l'air embarrassé, et secoua la tête.

— Non, rien. Je pensais juste, euh, que tu l'avais
peut-être déjà vue, quoi. Il y en a plusieurs en ville.

— Non, je l'ai jamais vue, répondis-je. (La brise
avait cessé de souffler, et dans l'atmosphère calme, le
cœur restait suspendu au creux de la main.) Elle est
surprenante, en tout cas.

J'ai entendu une porte claquer et j'ai aperçu Delia
sous le porche d'une maison blanche, les bras croisés
sur sa poitrine.

— Macy ? appela-t-elle. C'est toi ? Oh, mon Dieu,
j'ai oublié de te parler du trou. Tiens bon, on va te
sortir de là. Qu'est-ce que je suis bête ! Attends, je
vais appeler Tim.

— Je suis déjà sur le coup, lui a crié Tim. Accroche-
toi bien, m'a-t-il dit. Je reviens tout de suite.

Je n'ai pas bougé, le regardant remonter l'allée au
pas de course et disparaître au fond du jardin. Une
minute après, un moteur a démarré, et une camionnette Ford a déboîté en face de moi, puis a roulé sur
le bas-côté, soulevée ici et là par les racines des arbres.
Tim m'a dépassée, puis a reculé jusqu'à ce que son
pare-chocs arrière soit à vingt centimètres du mien.

J'ai entendu des cliquetis de métal tandis qu'il attachait quelque chose à ma voiture. Puis j'ai regardé dans mon rétroviseur et je l'ai vu revenir vers moi, son tee-shirt blanc luisant dans l'obscurité.

— Le truc, fit-il en se penchant par ma fenêtre, c'est de trouver le bon angle.

Il a étendu les bras pour s'emparer de mon volant, et l'a fait légèrement tourner.

— Comme ça, dit-il. D'accord ?

— D'accord, répondis-je, posant mes mains où il avait mis les siennes.

— Tu seras libre en moins de deux, affirma-t-il.

Il est retourné vers la camionnette, a grimpé dedans, embrayé. J'ai patienté, mains serrées sur le volant comme il m'avait dit de faire.

La camionnette a vrombi puis avancé, et pendant un instant rien ne s'est passé. Alors, soudainement, j'ai senti que je bougeais. Que je remontais. J'étais tirée vers le haut, peu à peu, et je pouvais voir, éclairé par mes phares, le trou qui émergeait devant moi, vide à présent. Il était énorme, faisant penser à un cratère, le genre de truc qu'on verrait sur la surface de la lune. Un sacré morceau, c'est sûr.

Une fois que je me suis retrouvée au niveau du sol, Tim a sauté de sa camionnette et défait le câble de remorquage.

— T'es tirée d'affaire, maintenant, me lança-t-il en se tenant non loin de mon pare-chocs. Reste sur ta gauche. *Carrément* à gauche.

J'ai passé la tête par la fenêtre.

— Merci ! ai-je crié. Beaucoup !

Il a haussé les épaules.

— Pas de problème. Je fais ça tout le temps. Hier

j'ai dépêtré le coursier de FedEx. (Il a jeté le câble à l'arrière de sa camionnette, ce qui a produit un bruit sec.) Il était furieux.

— C'est un gros trou, dis-je en y jetant à nouveau un regard.

— Un vrai monstre. (Il a passé la main dans ses cheveux, et j'ai aperçu à nouveau le tatouage à son bras, mais il n'était pas assez près pour que je puisse l'identifier.) Il faut qu'on le bouche, mais on n'y parviendra jamais.

— Pourquoi ?

Il a jeté un coup d'œil vers la maison de Delia. Je la voyais maintenant descendre l'allée. Elle portait une longue jupe et un tee-shirt rouge, et marchait pieds nus.

— Un truc familial, dit-il. Certaines personnes pensent que rien n'arrive par hasard. Pas même les gros trous.

— Mais toi tu penses autrement, dis-je.

— Ouais, a-t-il fait.

Il a regardé par-dessus ma voiture, vers le trou, l'examinant pendant quelques secondes. Je le dévisageais sans même m'en rendre compte, jusqu'à ce qu'il jette un coup d'œil vers moi.

— Bon, m'a-t-il lancé, tandis que je fixais de nouveau mon volant. À la prochaine.

— Merci encore, dis-je en passant la première vitesse.

— Pas de problème. Et souviens-toi : à gauche.

— *Carrément* à gauche, répondis-je, et il acquiesça, tapotant le flanc de mon pare-chocs avant de retourner vers la camionnette.

Tandis qu'il montait sur son siège, j'ai tourné mon

volant et doucement contourné le trou, puis roulé pendant cent cinquante mètres environ, jusqu'à l'allée de Delia, qui était en train de m'attendre. Au moment où je posais ma main sur la poignée pour ouvrir la portière, la camionnette de Tim fonça à toute allure, masse indistincte reflétée par le rétroviseur. J'ai vu sa silhouette et son visage illuminé par le tableau de bord. Puis il a disparu derrière une rangée d'arbres, faisant crisser le gravier et dispersant un nuage de poussière.

— Ce qui m'étonnera toujours chez Tim, me confiait Delia en déballant une nouvelle dinde, c'est qu'il pense pouvoir tout réparer. Et s'il n'y réussit pas, il trouve toujours quelque chose à faire avec les pièces de récup.

— C'est mal ? demandai-je, enfonçant à nouveau mon couteau à tartiner dans l'immense pot de mayonnaise, taille grossiste, qui se trouvait sur une table devant moi.

— Je ne dis pas que c'est *mal*, fit-elle. C'est, disons... spécial.

Nous étions dans le garage de Delia, qui servait de dépôt à l'entreprise Wish. Il était équipé de deux fours immenses, d'un grand frigidaire, et de plusieurs tables en acier inoxydable, sur lesquelles s'empilaient des planches à découper ainsi que divers ustensiles. Nous étions assises face à face, en train de faire des sandwichs. La porte du garage était ouverte, et j'entendais le chant des criquets au-dehors.

— Selon moi, continua-t-elle, certaines choses doivent rester comme elles sont.

— Le trou, par exemple, suggérai-je, me rappelant les paroles de Tim.

Elle a reposé la dinde et m'a fixée.

— Je sais ce qu'il t'a dit, a-t-elle soupiré : que c'est à cause de moi si le trou est toujours là, et que si je l'avais laissé le boucher, au moins le postier nous en voudrait pas au point de conserver notre courrier, et je ne me retrouverais pas avec une facture de pneus à payer, à cause d'un malheureux client qui a crevé ses Goodyear en venant ici.

— Non, ai-je voulu la rassurer, parlant lentement tout en étalant une fine couche de mayonnaise sur le pain. Il a dit que certaines personnes pensent que rien n'arrive par hasard. Et que d'autres personnes, eh bien, pensent autrement.

Elle a réfléchi un moment.

— Je ne dis pas, rectifia-t-elle, qu'il y a une cause mystérieuse derrière chaque événement. C'est juste que... je pense que certaines choses sont faites pour se casser. Sont défaillantes. Chaotiques. C'est comme ça que l'univers crée du contraste, tu comprends ? Il faut bien qu'il y ait un ou deux trous sur le chemin. La vie même est comme ça.

On est restées silencieuses un moment. Dehors, les dernières lueurs du couchant, d'un rose très pâle, disparaissaient derrière les arbres.

— N'empêche, insistai-je en plaçant une nouvelle tranche de pain sur la première, c'est quand même un gros trou.

— Un énorme trou, reconnut-elle en prenant la mayonnaise. Justement, c'est pour ça. Je veux dire, si je ne le fais pas réparer, c'est qu'à mon avis y a rien de cassé. Il se trouve là et je passe sur le côté. Pour la même raison, j'ai pas envie de changer ma voiture, même si – je sais pas pourquoi – l'air conditionné ne marche pas quand la radio est branchée. Alors je choisis : musique, ou bien air frais. Pas de quoi en faire un pataquès.

— L'air conditionné ne marche pas quand il y a la radio ? m'étonnai-je. C'est dingue.

Elle a sorti trois autres tranches de pain, étalé mayonnaise et laitue, comme une ouvrière sur une chaîne de montage.

— Oui, je sais. Ce que je te dis là, ça explique aussi pourquoi je veux pas m'associer avec quelqu'un pour les buffets, même si ça tourne parfois au chaos. Les choses ne sont pas réglées au quart de tour, bon. Et, certes, ce serait mieux de pas frôler le désastre toutes les deux minutes.

Tout en l'écoutant, je me suis mise à faire un nouveau sandwich.

— Mais si tout était parfait, sans aucun pépin, tu te lasserais vite, tu penses pas ? Il faut bien accepter un peu de désordre de temps en temps. Sans quoi, tu seras jamais capable d'apprécier les moments où tout se passe bien. Je sais que tu me prends pour une barge. Tout le monde pense ça de moi.

— Pas moi, assurai-je, mais elle secoua la tête, indiquant qu'elle ne me croyait pas.

— C'est pas grave. Je te dis pas le nombre de fois où j'ai surpris Tim là-bas, en train d'essayer de boucher ce trou avec quelqu'un qui lui avait porté du gravier. (Elle a aligné une nouvelle rangée de tranches.) Et Pete, mon mari, il a tenté deux fois de m'attirer chez le concessionnaire pour échanger ma vieille guimbarde contre une voiture neuve. Et pour ce qui concerne l'entreprise, enfin... Je sais pas. Ils me laissent tranquille avec ça. À cause de Wish. Ce qui est plutôt drôle, parce que si elle était encore là, et voyait comment les choses se passent... ça la rendrait dingue. C'était la personne la mieux organisée qui soit.

— Wish, ai-je prononcé en prenant la mayonnaise. C'est un chouette nom.

Elle a levé les yeux et m'a souri.

— Oui, n'est-ce pas ? Son vrai nom, c'était Melissa. Mais quand j'étais petite, je n'arrivais pas à le dire comme il faut. Finalement c'est devenu Wish, et tout le monde s'est mis à l'appeler comme ça. Elle ne s'en est jamais plainte. Je veux dire, ça lui allait bien.

Elle a ramassé le couteau près de son coude, et a découpé soigneusement les sandwichs en moitiés, puis en quarts, avant de les empiler sur un plateau.

— Cette entreprise, c'était son bébé. Quand elle a divorcé du père des garçons, et qu'il a déménagé dans le nord, c'était un nouveau départ pour elle, et elle a fait fonctionner l'entreprise comme une machine bien huilée. Malheureusement, elle est tombée malade... cancer du sein. Elle n'avait que trente-neuf ans quand elle est morte.

— Je suis désolée, Delia. Vraiment.

Ça me faisait tout drôle d'être celle dont on attend des condoléances, et pas celle qui les reçoit. Je voulais que mon « désolé » lui paraisse sincère, car il l'était. C'est ce qui est difficile avec le chagrin, et ceux qui en ont. Les mots de tous les jours ne parviennent pas jusqu'à eux, et quoi qu'on dise, on a toujours le sentiment que les paroles sont dérisoires.

Elle a levé les yeux vers moi, un bout de pain entre ses doigts.

— Merci, répondit-elle.

Elle m'a adressé un sourire triste et s'est mise à faire un autre sandwich. J'ai fait de même, et pendant un moment, nous n'avons plus parlé. Le silence, pourtant, semblait voulu et non forcé.

— Tu sais ce qui se passe quand quelqu'un meurt ? dit soudain Delia, me causant un léger tressaillement. Eh bien, chaque personne exprime son chagrin d'une manière différente. Prends, par exemple, Tim et moi. Après le divorce, il s'est mis à fréquenter une bande, il s'est fait arrêter, Wish ne savait plus quoi faire de lui. Mais quand elle est tombée malade, il a changé. Aujourd'hui, il est si différent, tellement protecteur vis-à-vis de Greg, concentré sur la soudure, et tous ces trucs qu'il récupère. Ça l'aide à surmonter.

— Tim fait de la soudure ? demandai-je, et la sculpture me revint à l'esprit. C'est lui qui a fait...

— Le cœur dans la main. Ouais. C'est lui. Étonnant, non ?

— Plutôt, dis-je. Je savais pas. J'en ai parlé avec lui, mais il n'en a rien dit.

— Oh, il ne se vante jamais. Il est comme ça. Sa mère était pareille. Discrète et extraordinaire. C'est un truc que je leur envie.

Je l'ai regardée couper deux autres sandwichs ; le couteau faisait des bruits secs sur la planche en bois.

— En tout cas, dis-je, toi aussi tu m'as l'air assez extraordinaire. Gérer cette entreprise avec un bébé, et un autre en route.

— Bah. Rien d'extraordinaire. Quand Wish est décédée, j'ai été prise de court. Vraiment. Comme ce truc idiot à quoi jouent Greg et Tim. Eh ben, c'était le plus énorme « J't'ai eu » qu'on puisse imaginer.

(Elle a baissé les yeux vers les sandwichs.) Je croyais qu'elle s'en tirerait. Jamais j'aurais imaginé qu'elle puisse... disparaître. Tu comprends ?

J'ai acquiescé, de façon à peine visible. Je me sentais honteuse de ne rien dire au sujet de mon père, de ne pas rebondir sur ma propre expérience, en lui confiant combien je la comprenais. Avec Delia, pourtant, je n'étais pas cette fille-là, celle qui avait perdu son père. Je n'étais personne. Et ça me plaisait. C'était égoïste, mais c'était comme ça.

— Et soudain, ç'a été fini, reprit Delia, une main sur le sac de pain. Elle était partie. D'un seul coup, je devais m'occuper de ces deux garçons, plus le bébé que je venais d'avoir. Pour moi ç'a été une grande perte, comme si un immense fossé se creusait sous mes pas, tu vois ?

— Je vois, ai-je murmuré.

— Certaines personnes, poursuivit-elle sans que je sois sûre qu'elle m'ait entendue, vont de l'avant. Elles pleurent, font leur deuil, et passent à autre chose. En tout cas, c'est l'impression qu'elles donnent. Mais pour moi... Je sais pas. Je ne voulais pas réparer ça, oublier. Rien ne s'était cassé. C'était plutôt... Il s'était produit quelque chose. Et comme pour ce trou, j'essaie de trouver un passage, jour après jour, pour circuler autour. Respecter, me souvenir et, en même temps, avancer. Tu comprends ?

J'ai approuvé silencieusement, mais je ne comprenais pas. Pour ma part, j'avais choisi de prendre une autre route, de m'éloigner de plusieurs kilomètres, comme si en évitant le trou j'allais réussir à le faire disparaître.

# Chapitre 6

— Bon, fit Tim à voix basse. Observe et apprends.

— D'accord, répondis-je.

On était à l'hôtel Lakeview, en train de finir de préparer des amuse-gueules pour un pot de retraite. Tim et moi, nous étions dans le vestiaire, où il m'enseignait l'art du « J't'ai eu ». Je venais d'y être envoyée par une femme pour accrocher son châle, et j'étais tombée sur lui, en parfaite position de guetteur, prêt à bondir. Il avait posé un doigt sur ses lèvres tout en m'indiquant de m'approcher.

J'avais obéi, sans réfléchir, même si je sentais en moi cette palpitation qui naissait toujours quand j'étais près de lui.

Dans la pièce voisine, j'entendais les bruits de la fête : le tintement des fourchettes contre les plats, les éclats de rire, les violons diffusés par la sono de l'hôtel.

— Bon, fit Tim, à voix basse. L'important, c'est de bien choisir le moment.

Un pardessus qui sentait le parfum me retombait sur la figure. Je l'ai poussé d'un geste discret.

— Pas maintenant, chuchota Tim. Pas maintenant... Pas maintenant...

C'est alors que je les entendis : des pas qui s'approchaient. Un grommellement. Sans doute Greg.

— O.K., fit-il. (Puis il se mit à bouger, se redressa, s'avança :) Maintenant. *J't'ai eu !*

Le hurlement de Greg, à vous crever les tympans, fut accompagné d'un mouvement de recul, en même temps qu'il battait l'air de ses bras, perdait l'équilibre, et allait s'écraser contre le mur derrière lui.

— Mon Dieu ! s'écria-t-il, le visage tout rouge, et qui rougit plus encore lorsqu'il m'aperçut.

Il y avait de quoi : on peut difficilement se retrouver allongé, jambes écartées, et garder en même temps un air digne. Il s'est exclamé en postillonnant :

— C'était...

— ... le sixième point, termina Tim pour lui venir en aide. D'après mes calculs.

Greg se releva, nous lançant un regard furieux.

— Je finirai par vous avoir, dit-il d'un ton sinistre tout en pointant le doigt alternativement vers Tim et vers moi. Vous verrez.

— Laisse-la en dehors, rétorqua Tim. Je lui faisais juste une démonstration.

— Ah non, protesta Greg. Elle est dans le coup, maintenant. Elle nous a rejoints. Fini d'être dorlotée, Macy.

— Greg, tu lui as déjà sauté dessus, fit remarquer Tim.

— Ça ne fait que commencer ! cria Greg, ignorant sa remarque.

Il est parti, furieux, en grommelant, et s'est enfoncé dans la pièce principale en faisant claquer la porte derrière lui. Tim l'a regardé partir sans sourciller. Même, il avait un sourire aux lèvres.

— Joli travail, dis-je, tandis qu'on s'engageait dans le couloir en direction de la cuisine.

— Rien d'extraordinaire, répondit-il. Avec suffisamment de pratique, un jour tu pourras aussi réussir un bon « J't'ai eu ».

— À vrai dire, je suis curieuse de savoir ce qui a suscité cette pratique.

— « Suscité cette... » ?

— Comment ça a démarré.

— J'avais compris, enchaîna-t-il.

Pendant un court instant je me suis sentie nerveuse, craignant de l'avoir offensé, mais il m'a adressé un sourire.

— Voilà une expression qui fait très examen de prépa. Je suis impressionné.

— Je me prépare pour l'oral.

— Je vois ça, fit-il en adressant un signe de tête à un employé de l'hôtel qui passait. Pour tout dire, c'est juste un jeu idiot qu'on a entamé il y a environ un an. Ça nous est surtout venu du fait qu'on vivait seuls après la mort de ma mère. Tout était si calme, c'était tentant de se cacher quelque part et de jouer à ça.

J'ai fait un signe d'assentiment, même si je ne me voyais guère bondir devant ma mère en surgissant d'une porte ou d'une plante en pot.

— Je vois.

125

— Et puis, a continué Tim, c'est parfois jouissif de se donner des peurs bleues. Pas vrai ?

Cette fois, je n'ai marqué aucune approbation. J'avais plutôt envie, si possible et pour un certain temps, de m'épargner la plus petite peur, intentionnelle ou pas.

— Ça doit être un truc de mecs, dis-je alors.

Il a haussé les épaules, ouvrant la porte de la cuisine pour me laisser passer.

— Peut-être, a-t-il convenu.

Quand on est entrés, Delia se tenait au centre de la pièce, mains appuyées sur sa poitrine. À son expression, j'ai tout de suite compris que quelque chose n'allait pas.

— Attendez, s'écria-t-elle. Ne bougez plus.

Ce qu'on fit. Même Kristy, qui ignorait généralement la plupart des directives, s'interrompit en plein mouvement, laissant flotter dans l'air, sur son plateau, un sandwich au fromage.

— Où se trouvent les jambons ? dit lentement Delia.

Silence. Puis, Kristy fit à voix basse :

— Oh ! oh !

— Ne dis pas ça ! s'exclama Delia.

Elle se baissa sous la table et tira vers elle tous les cartons qu'on avait traînés jusqu'ici, se mettant à fouiller dans chacun d'eux.

— Ils sont forcément là ! Ils y sont forcément ! Maintenant qu'on a un *système* !

Ce n'était pas faux. Mais ce système était tout récent. Il n'était entré en vigueur que depuis la veille au soir, lorsque, en route vers un cocktail, il était apparu qu'aucun de nous n'avait pris les verres. On avait dû rebrousser chemin, et on était arrivés en retard. Delia avait tiré profit de l'insomnie chronique liée à sa grossesse pour dresser un certain nombre de listes couvrant absolument tout, des amuse-gueules aux serviettes. Chacun de nous hérita d'une liste, à charge de prendre tout ce que celle-ci mentionnait. Désormais, je supervisais les ustensiles. S'il manquait une louche, ça me retomberait dessus.

— Je peux pas croire ça, fit Delia en plongeant ses mains dans une petite boîte, au milieu de la cuisine, qui semblait à peine capable de contenir la moitié d'un jambon, et moins encore la demi-douzaine de jambons qui avaient disparu. Je me souviens qu'ils se trouvaient dans le garage, sur la table du fond, prêts à être chargés. Je les ai vus.

De l'autre côté de la porte de la cuisine, des voix s'élevaient : il y avait de plus en plus de monde, ce qui signifiait que tous allaient bientôt avoir faim. Le menu se composait de soufflés au fromage et de toasts au chèvre, en entrée, suivis de haricots verts cuits à la vapeur, riz pilaf, petits pains au romarin et à l'aneth, et jambon. C'était une demande spécifique. Apparemment, ces gens-là étaient assez branchés porc.

— O.K., O.K., essayons de garder notre calme, reprit Delia. Récapitulons : qui était en charge de quoi ?

— J'étais chargée des amuse-gueules, et ils sont tous là, fit Kristy, tandis que Greg entrait par la porte battante de la pièce principale, un plateau vide entre les mains. Greg. Les jambons, c'était toi ?

— Non. Articles en papier et plats pour le service, rétorqua-t-il, soulevant, en guise de preuve, celui qui se trouvait dans sa main. Pourquoi ? Il manque quelque chose ?

— Non, affirma Delia d'un ton résolu. Rien ne manque.

— Monica, c'est la glace, rappela Kristy, poursuivant le décompte. Macy, les ustensiles, et Tim les verres et le champagne. Ce qui veut dire que le jambon a été attribué à... (Elle s'interrompit brusquement.) Oh. Delia.

— Quoi ? fit Delia, sortant brusquement sa tête d'un carton bourré de miches de pain. Non, attends, je pense pas. Je devais m'occuper du...

On a attendu. Après tout, c'était son système à elle.

— Plat principal, acheva-t-elle.

— Oh ! oh ! fit Greg.

— Oh, mon Dieu ! fit Delia en plaquant sa main sur son front. J'avais mis les jambons sur la table du fond, et je me souviens que j'avais peur qu'on les oublie, alors quand on s'est mis à charger la camionnette, je les ai déposés...

On a attendu de nouveau.

— Sur le capot de ma voiture. Oh, mon Dieu, chuchota-t-elle, comme si la vérité, dans toute son horreur, risquait de nous assourdir, ils sont restés à la maison. Sur *ma* voiture.

— Oh ! oh ! répéta Greg.

Non sans raison : la maison se trouvait à une bonne demi-heure, et les affamés réclameraient leur jambon dans dix minutes.

Delia s'appuya dos à la cuisinière.

— Alors ça, fit-elle, c'est affreux !

Pendant une minute, plus personne n'a rien dit. Un de ces silences qui m'étaient de plus en plus familiers. Il se cristallisait dans ces quelques secondes où tout le monde comprenait, en même temps, qu'on était dans une galère pas possible.

Et comme à chaque fois, Delia ne s'est pas avouée vaincue.

— Bon, dit-elle, voilà ce qu'on va faire...

Jusqu'ici, j'avais travaillé pour Wish à trois occasions : un cocktail, un brunch, et un anniversaire. Il y avait toujours eu un moment où je m'étais demandé ce qui avait bien pu me passer par la tête pour que je prenne ce job. En fin de soirée, pourtant, lorsque tout était terminé, je ressentais quelque chose d'étrange, une drôle de quiétude. Presque de la paix. C'était comme si ces quelques heures de folie avaient dénoué la tension en moi, même si cette détente n'était que provisoire.

Mais surtout, c'était marrant. Même si j'en étais encore à l'apprentissage. Par exemple, me baisser d'un coup quand Kristy hurlait : « Chaud devant ! », ce qui signifiait qu'elle avait un besoin si urgent de quelque chose – paquet de serviettes, pinces à salade, plateau – que le seul recours était de le jeter à travers la pièce. J'apprenais également à ne jamais rester derrière les portes battantes, sous aucun prétexte, car Greg les ouvrait toujours avec un enthousiasme débordant, sans songer qu'il pouvait y avoir quelqu'un de l'autre côté. J'avais appris aussi que Delia fredonnait quand elle était nerveuse – en général c'était la chanson *American Pie* – et que Monica, jamais nerveuse, parvenait à avaler des crevettes ou des beignets de crabe, sans sourciller, alors qu'on était tous dans un état de panique absolue. Et j'avais appris que je pouvais toujours compter sur Tim pour qu'il hausse un sourcil, glisse une remarque sarcastique, ou m'adresse simplement un regard compréhensif lorsque je me retrouvais en plan : quelle que soit la situation, je pouvais regarder vers le bar et sentir qu'une personne, au moins, était de mon côté. Une sensation diamétralement opposée à ce que je ressentais dans la bibliothèque, et n'importe où ailleurs à vrai dire. Sans doute était-ce la raison pour laquelle je me sentais bien avec cette bande.

Ensuite, quand ma tâche était terminée et la camionnette prête à partir, en attendant que Delia soit payée, on rigolait en échangeant des anecdotes sur les dévoreurs et autres gobeurs, et l'excitation accumulée se dissipait. Puis je me rappelais que je devrais être à la bibliothèque le lendemain matin, et la réalité s'imposait à moi.

— Macy, disait Kristy pendant qu'on rangeait les restes de la soirée, tu sors avec nous ce soir ?

Elle me lançait toujours l'invitation, bien que je réponde « non » à chaque fois. Ça me touchait. C'est agréable d'avoir le choix, même si on n'en profite pas.

— Je peux pas, lui répondais-je. Je suis occupée.

— D'accord, disait-elle en haussant les épaules. La prochaine fois, peut-être.

C'était toujours la même rengaine, notre petit duo, jusqu'à ce qu'un soir, clignant des yeux vers moi, elle prenne un air intrigué.

— Mais au fait, qu'est-ce que tu fais chaque soir ? me demanda-t-elle.

— Juste, euh... tu sais, des trucs pour l'école, répondis-je.

— Lais'tomber, fit Monica en secouant la tête.

— Je me prépare pour les examens d'entrée à l'université, dis-je, et j'ai un autre boulot tous les matins.

Kristy a levé les yeux au ciel.

— On est en *été*, reprit-elle. Je veux dire, je sais que t'es une bêcheuse, mais ça t'arrive jamais de faire de pause ? La vie est longue, tu sais.

Peut-être, ai-je pensé. Ou peut-être pas. À voix haute, j'ai dit :

— C'est juste que, ben, j'ai vraiment beaucoup de travail.

— Bon, fit-elle. Amuse-toi bien alors. Et révise pour moi, pendant que tu y es. J'en ai bien besoin.

Donc, quand je me trouvais à la maison, j'étais Macy-pour-qui-tout-est-nickel. Mais quand je rentrais le soir après le service, j'étais quelqu'un d'autre, une fille décoiffée, la chemise tachée. Cendrillon à l'envers : princesse le jour, je perdais la nuit mon allure et ma belle contenance. Jusqu'au dernier coup de minuit où, juste à temps, je me remettais à briller.

La catastrophe du jambon fut, comme les autres, évitée. Tim s'était rué chez l'épicier traiteur, qui devait une faveur à Delia, et Kristy et moi avions continué de circuler en servant un peu plus d'amuse-gueule, neutralisant toute question sur la proximité du dîner au moyen d'un sourire augmenté d'un battement des cils (idée à elle, bien sûr). Lorsque le jambon fut finalement servi – avec quarante-cinq minutes de retard – il eut un franc succès, et tout le monde est rentré satisfait et repus.

Il était 22 h 30 lorsque je suis parvenue à Wildflower Ridge, mes feux avant projetant leurs lueurs sur le terrain communal puis dans notre impasse, où j'aperçus ma maison, ma boîte aux lettres... et aussi autre chose.

Le camion de mon père.

Il se trouvait dans l'allée, exactement là où il le garait d'habitude, en face du garage, sur le côté gauche. Je me suis arrêtée devant, restant là un moment. C'était le sien, sans aucun doute : je l'aurais reconnu entre mille. Même pare-chocs rouillé, même boîte à outils chromée avec une entaille au milieu, là où, quelques années auparavant, il avait fait tomber sa tronçonneuse. Je suis sortie de ma voiture et j'ai marché vers le camion, ouvrant la main pour tâter la plaque d'immatriculation. Il ne s'est pas volatilisé, comme une bulle qui éclate, dès que je l'ai touché. C'est pourtant ce qui est censé se produire avec les fantômes.

La poignée en métal était bien réelle lorsque j'ai ouvert la portière du conducteur, le cœur battant la chamade. Aussitôt je fus envahie par l'odeur familière du vieux cuir, mêlée à celle du cigare et à ce parfum entêtant de sable et de mer qu'on emporte avec soi en quittant la plage, en espérant qu'il restera sur la peau.

J'adorais ce camion. Mon père et moi, on y passait plus de temps que dans n'importe quel autre endroit. Je m'asseyais à la place du passager, appuyant mes pieds sur le tableau de bord, lui se tenant à la fenêtre, tapotant le toit au rythme de l'autoradio. On sortait tôt le samedi matin pour se fournir en biscuits, et rouler dans les parages en vérifiant les chantiers en cours. On rentrait à la maison après une virée nocturne, et je me blottissais dans le coin entre mon siège et la vitre, où le sommeil me gagnait aussitôt. L'air conditionné n'avait pas fonctionné une seule fois depuis ma naissance, et le camion dégageait assez de chaleur pour qu'on se déshydrate en un rien de temps, mais ça ne me dérangeait pas. Comme notre maison en bord de plage, le camion était délabré, avec un petit charme bien à lui, auquel je m'étais habituée : le camion *était* mon père.

Et maintenant il était de retour.

J'ai fermé doucement la portière et j'ai monté les marches de la maison. La porte était ouverte, et quand j'ai pénétré à l'intérieur, me débarrassant de mes chaussures comme je le faisais toujours, j'ai senti quelque chose sous la plante de mes pieds. Je me suis accroupie, faisant glisser mon doigt sur le parquet : du sable.

— Y a quelqu'un ? appelai-je.

Rien que le silence.

Ma mère se trouvait à l'agence, elle y était depuis 17 heures. Je le savais parce qu'elle avait laissé un message sur mon portable vers 22 heures pour me tenir au courant. Donc, soit le camion de mon père avait roulé tout seul depuis la côte, soit il y avait une autre explication.

Je suis retournée dans le couloir et j'ai jeté un coup d'œil à l'étage. La porte de ma chambre, que je laissais toujours fermée, était ouverte.

En entrant dans ma chambre, je me suis arrêtée dans l'embrasure de la porte pour examiner, soulagée, le décor familier : mon ordinateur, la porte de mon placard qui était close, ma fenêtre. Le manuel de révision se trouvait sur ma table de chevet, mes chaussures étaient alignées près de la corbeille. Tout était à sa place. Mais lorsque j'ai regardé vers le lit, j'ai vu le visage de quelqu'un sur mon oreiller.

Évidemment, ce n'était pas mon père qui venait de rentrer. C'était Caroline.

Elle était juste de passage. Et déjà, elle semait la discorde.

— Caroline, articula ma mère. (Sa voix, d'abord polie, puis sévère, glissait maintenant vers un registre cassant.) Je ne veux pas en parler. Ce n'est pas l'endroit ni le moment.

— Ce n'est peut-être pas l'endroit, répondit Caroline en avalant un nouveau gressin. Mais maman, je t'assure : c'est le moment.

C'était lundi, et nous étions ensemble à Bella Luna, un bistrot chic situé près de la bibliothèque. Pour une fois, je ne déjeunais pas seule, je profitais de ma pause en compagnie de ma mère et de ma sœur. À présent, je réalisais que j'aurais préféré avaler toute seule un sandwich sur un banc. Ma sœur était venue avec une idée derrière la tête.

— Il me semble seulement, déclara-t-elle en jetant un regard vers la serveuse, que ce n'est pas ce que papa aurait voulu. Il adorait cette maison. Et nous, on la laisse comme ça, en train de pourrir. Tu devrais voir tout le sable qu'il y a dans le salon, et les marches vers la plage, qui sont en train de s'effondrer. C'est terrible. Est-ce que tu es allée une seule fois, depuis sa mort, voir l'état dans lequel elle est ?

Pendant que ma mère écoutait ce discours, j'observais son visage, la façon dont elle réagissait à ces manquements à la règle adoptée concernant notre père : parler de lui le moins possible. Ma mère et moi préférions nous concentrer sur l'avenir : tout ceci appartenait au passé. Sauf que ma sœur voyait les choses autrement. Dès son arrivée – au volant du camion, car un joint de sa Lexus l'avait lâchée près de la plage – on aurait dit qu'elle s'était fait accompagner par mon père.

— La maison au bord de la mer est le dernier de mes soucis, Caroline, précisa ma mère. (Notre serveuse repassait, rouge de honte : cela faisait une bonne vingtaine de minutes qu'on attendait nos entrées.) Je suis en plein dans la nouvelle phase de construction des maisons de luxe, et la répartition des zones a été extrêmement difficile...

— Je sais, la coupa Caroline. Je sais bien combien ç'a été difficile pour vous. Pour toutes les deux.

— Je ne suis pas sûre que tu le saches, fit ma mère en posant sa main sur son verre d'eau, sans chercher à boire. Autrement, tu saurais que ce n'est pas quelque chose dont j'ai envie de parler en ce moment.

Ma sœur a reculé au fond de sa chaise, faisant tourner son alliance autour de son doigt.

— Maman, finit-elle par dire, je ne cherche pas à t'agacer. Je dis juste que ça fait un an et demi, maintenant... et qu'il est peut-être temps de passer à autre chose. Papa aurait sûrement voulu que tu sois moins malheureuse. Ça, j'en suis certaine.

— Je croyais qu'on parlait de la maison, dit ma mère d'un ton pincé.

— On en parle, répondit Caroline. On parle aussi de continuer à vivre. Tu ne peux pas te réfugier sans cesse dans le travail, tu sais. Dis-moi, franchement, quand est-ce que Macy et toi vous avez pris des vacances pour la dernière fois, ou fait quelque chose pour le plaisir ?

— J'étais sur la côte il y a tout juste quinze jours.

— Pour le travail, ajouta Caroline. Tu finis tard le soir, tu te lèves tôt le matin, tu ne fais rien d'autre que penser au projet immobilier. Macy ne sort jamais avec des amis, elle passe son temps à s'enfermer dans ses études, mais elle ne va pas avoir dix-sept ans toute sa vie...

— Je me porte très bien, protestai-je.

Ma sœur m'a regardée, le visage radouci.

— Je le sais. C'est juste que je me fais du souci pour toi. J'ai peur que tu passes à côté de quelque chose, c'est tout.

— Tout le monde n'a pas besoin de sortir autant que tu l'as fait, Caroline, nota ma mère. Macy se concentre sur ses études, et ses notes sont excellentes. Elle a un petit copain formidable. Elle n'est pas dehors à boire des bières sur le coup de 2 heures du matin. Soit. Mais ça n'en fait pas une handicapée de la vie.

— Je ne dis pas qu'elle est une handicapée de la vie, enchaîna Caroline. Je pense simplement qu'elle est trop jeune pour prendre la vie avec autant dc sérieux.

— Je vais très bien, répétai-je d'une voix plus forte.

Elles m'ont regardée.

— Tout ce que je dis, c'est que vous auriez bien besoin, toutes les deux, de vous rendre la vie un peu plus agréable, reprit Caroline. C'est pour ça que je pense qu'on devrait remettre en état notre maison à la mer et y passer quelques semaines au mois d'août. Wally travaille sur un gros procès pendant tout l'été, il n'est jamais là, donc je peux vraiment m'investir dans ce projet. Et ensuite, quand ce sera fait, on pourra s'y rendre tous ensemble, comme au bon vieux temps. Ce serait la meilleure façon de finir l'été.

— Je refuse d'en parler maintenant, a répété ma mère, tandis que la serveuse, le visage à présent tout rouge, repassait près de nous. Excusez-moi, fit ma mère, trop brusquement, ce qui fit sursauter la jeune fille, on attend nos plats depuis au moins vingt minutes.

— Ils arrivent tout de suite, assura la fille d'un ton mécanique, et elle fila vers la cuisine à toute allure.

J'ai regardé ma montre : 12 h 55. Je me doutais que Bethany et Amanda étaient déjà à leurs postes, l'horloge dans leur dos entamant le compte à rebours des secondes restant avant qu'elles puissent enfin me reprocher quelque chose.

Ma mère fixait son attention sur un point éloigné, situé de l'autre côté du restaurant, une absolue sérénité sur son visage. En la regardant sous la lumière qui éclairait notre table, je vis qu'elle avait l'air fatiguée, faisait plus vieille que son âge. Je ne me souvenais pas de la dernière fois que je l'avais vue sourire ou s'esclaffer, comme elle le faisait toujours quand mon père balançait une de ses blagues idiotes.

— Quand je suis arrivée dans la maison, a repris Caroline, je me suis assise dans l'allée et j'ai sangloté. C'était comme de le perdre une seconde fois.

J'ai vu ma mère avaler sa salive, ses épaules se raidir.

— Mais après, continua ma sœur, la voix plus douce, je suis entrée et je me suis rappelée combien il aimait cette affreuse tête d'élan accrochée au-dessus de la cheminée, même si elle pue autant qu'un tas de vieilles chaussettes. Je me suis souvenue de la fois où tu essayais de préparer le dîner sur la cuisinière avec une seule plaque qui chauffait. Et tu devais alterner les casseroles toutes les cinq minutes, tout ça pour faire cuire un gratin de macaronis et des petits pois surgelés, parce que tu avais juré qu'on ne mangerait plus jamais de poisson, quitte à mourir de faim.

Ma mère a levé sa main jusqu'à son menton, y a posé deux de ses doigts, et j'ai éprouvé un pincement au cœur. Ça suffit, avais-je envie de dire à Caroline, mais je ne parvenais pas à prononcer les mots : j'écoutais. Je me rappelais.

— Et ce stupide barbecue qu'il aimait tant, bien qu'il provoque sans cesse des incendies, poursuivit Caroline, qui à présent me regardait. Tu te souviens quand il laissait toujours des trucs dedans, un frisbee ou le double des clés, en oubliant ensuite qu'ils étaient là, et il allumait le gril et les faisait partir en fumée ? Tu sais qu'il y a encore au moins cinq clés toutes noircies au pied de ce machin ?

J'ai hoché la tête. Même ça, j'avais du mal à le faire.

— Je n'ai pas cherché à abandonner cette maison, dit soudain ma mère, me faisant sursauter. Mais c'était une chose en plus dont il fallait s'occuper... J'avais trop à faire ici.

— Il faut remplacer les bardeaux, dit Caroline en lui parlant lentement, d'un ton mesuré. J'ai parlé au gars qui habite à côté, c'est Rudy, son nom ? Il est menuisier. Je lui ai fait faire le tour de la maison. Elle a juste besoin de quelques trucs de base comme une cuisinière et il faut réparer les marches. Et puis une couche de peinture à l'intérieur et à l'extérieur, ça ferait pas de mal.

— Je ne sais pas, a murmuré ma mère.

Puis elle a ajouté :

— Il y a tellement de choses à quoi il faut penser.

— Je sais, enchaîna ma sœur, de cette façon abrupte et sincère avec laquelle elle parvenait à tout exprimer. Mais je t'aime, et je t'aiderai. D'accord ?

Ma mère a battu des paupières. Ça faisait plus d'un an que je ne l'avais pas vue si près de pleurer.

— Caroline, dis-je, car je sentais qu'il fallait intervenir.

— Tout va bien, m'a-t-elle répondu, comme si elle en était certaine. Tout va très bien se passer.

J'avais beau avoir englouti mes linguini pesto en un temps record, et franchi en courant les deux blocs me séparant de la bibliothèque, il était 13 h 20 lorsque je regagnai mon poste. Amanda, assise sur sa chaise, bras croisés sur la poitrine, me scrutait tandis que je me faufilais derrière le bureau et, comme chaque fois, je me livrais à des acrobaties pour contourner leurs trônes avant d'atteindre ma petite place remisée au fond.

— La pause déjeuner finit à 13 heures, énonça-t-elle en articulant chaque mot, comme si mon retard était dû à un problème de compréhension élémentaire.

À côté d'elle, Bethany sourit, de façon à peine perceptible, avant de lever sa main pour masquer sa bouche.

— Je sais, je suis désolée, ai-je balbutié. C'était inévitable.

— Rien n'est inévitable, répliqua-t-elle d'un ton hargneux, avant de se retourner vers son écran.

Je sentis mon visage virer au rouge, comme giflé par la honte.

Alors, avec pas loin d'un an et demi de retard, j'ai fini par comprendre. Jamais je ne serais parfaite. À quoi, finalement, m'avaient servi tous mes efforts ? Un petit ami qui me jetait à la seconde même où je finissais par craquer, parce que j'avais commis la gaffe d'être humaine. D'excellentes notes qui, quoi que je fasse, ne seraient jamais suffisantes aux yeux de ces demoiselles dotées de la Science infuse. Une vie paisible et silencieuse, loin de tout risque, avec, pour l'occuper, une tripotée de nuits sans sommeil, le cœur chargé de secrets que ma sœur, elle, n'avait pas craint d'étaler au grand jour, se rendant ainsi bien plus forte. La vie était brève, et j'en étais encore à chercher un moyen de la vivre en étant épanouie, heureuse. Ce moyen, je ne le connaissais pas, ou pas encore. Et quelque chose me soufflait que ce n'était pas ici que j'allais le trouver.

Quelques jours plus tard, de retour chez Delia après avoir fait le service à un enterrement de vie de jeune fille (dans un pavillon en rondins, rien que ça, et copieusement entouré d'arbres), non sans avoir été confrontée à un nouveau désastre (explosion d'un distributeur d'eau de Seltz au moment où l'on portait un toast), j'avais survécu à une nouvelle journée avec Wish, à peu près semblable aux précédentes. Jusqu'à maintenant.

— Hé, Macy ! me lança Kristy, en arrangeant sa jupe noire à franges, partie intégrante de son look vaguement gitane. Tu viens avec nous, ce soir ?

C'était notre rengaine, cette façon qu'elle avait de me poser la question. Question aussi prévisible que l'était mon autre vie, réglée comme du papier à musique. Chacune savait son rôle par cœur. Sauf que cette fois, j'ai jeté le script, fait le grand saut et me suis mise à improviser.

— Ouais, ai-je répondu. Je viens.

— Cool, fit-elle, et elle m'a souri en faisant remonter son sac sur son épaule.

Le plus curieux, c'est qu'elle ne semblait pas du tout surprise. Comme si elle avait toujours su qu'un jour je finirais par changer d'avis.

— On y va, ajouta-t-elle.

# Chapitre 7

— Alors là, ma vieille, lâcha Kristy, enroulant soigneusement une mèche de mes cheveux autour du bigoudi. Attends de voir. Ça va être *splendide*.

Pour ma part, je n'en étais pas si sûre. Si on m'avait dit que sortir avec Kristy me contraindrait à un changement de look, j'aurais probablement réfléchi à deux fois avant d'être partante. À présent, il était trop tard.

Mes premières hésitations étaient survenues quand elle avait insisté pour que j'abandonne ma tenue de travail et enfile une paire de jeans qu'elle affirmait être à ma taille (ce en quoi elle avait raison) et un pull sans manches qui, me jura-t-elle, ne présenterait pas un décolleté trop profond (ce en quoi elle avait tort). Évidemment, je n'avais pu vérifier tout cela dans le détail, car la seule vision objective dans les parages était le miroir fixé sur la porte du placard. Or, la vitre avait été rabattue contre le mur afin que, selon ses propres mots, je ne puisse pas me voir avant d'être

« fin prête ». Je ne pouvais guère me fier qu'à Monica, assise sur une chaise dans un coin de la pièce, fumant une cigarette tout en émettant des mmm-hmm sporadiques quand Kristy voulait une autre opinion. C'était, à n'en pas douter, un vendredi soir bien différent de ceux auxquels j'étais habituée. La maison de Kristy et Monica n'était pas une maison, mais une caravane, un « bungalow », préférait dire Kristy. Ça faisait moins plouc. Moi, j'y voyais un décor tout droit sorti d'un conte de fées, peint en bleu cobalt avec, au-delà, un jardin qui s'étendait à n'en plus finir. C'est là que sa grand-mère Stella, sur qui j'étais tombée le soir où je m'étais perdue, faisait pousser les fleurs et les produits qu'elle vendait à l'étal et aux restaus du coin. J'avais visité de nombreux jardins, et dans mon quartier il y en avait d'assez impressionnants. Mais celui-là était extraordinaire.

Vert et luxuriant, il poussait autour et par-dessus le bungalow, lui donnant, avec son bleu cobalt et sa porte rouge, l'aspect d'une fleur exotique parmi les autres. Sur le devant, des tournesols étaient mollement secoués par la brise et venaient battre contre une fenêtre : dessous se trouvait une rangée de rosiers, dont le parfum saturait l'atmosphère. À partir de là, on voyait la verdure se répandre sur les côtés. Une collection de cactus, de toutes formes et de toutes tailles, s'élevaient entre deux poiriers. Il y avait des buissons de myrtilles près des zinnias, des épis cotonneux appuyés contre des lys violets et d'autres plantes d'un rouge vif. Au lieu d'être répartis en rangs, les plants se déroulaient par cercles concentriques. Une rangée d'arbres fleuris, encadrée de bambous, menait à un petit potager où de minuscules laitues surgissaient hors de la terre, puis vers des pacaniers plantés non loin des géraniums, près desquels on voyait encore de grosses touffes d'iris violets. Et il y avait cette odeur de fleurs et de fruits, de boue fraîche et de terre, qui flotta longtemps autour de moi.

Kristy faisait maintenant glisser une autre pince à cheveux dans le bigoudi, écartant doucement une mèche qui me retombait sur les yeux.

— Tu sais, lui dis-je avec méfiance, les coiffures tape-à-l'œil c'est pas trop mon truc.

— Moi non plus, carrément pas, fit-elle en prenant un autre bigoudi. Mais celle-ci va être ondulée, pas tape-à-l'œil. Écoute : fais-moi confiance, d'accord ? Je suis super-calée en coiffure. C'est vrai, c'était mon obsession quand j'étais chauve.

Comme elle se trouvait derrière moi, manipulant les bigoudis, je ne pus voir son visage au moment où elle a dit cela. J'ignorais si elle avait une mine grave ou facétieuse. J'ai regardé Monica, qui feuilletait un magazine sans nous écouter. Je finis par dire :

— Tu étais chauve ?

— Ouais, dit-elle en faisant rentrer dans le rang les boucles qui me retombaient sur la figure. Quand j'avais douze ans. Il a fallu que je subisse un paquet d'opérations, dont une à l'arrière du crâne, alors ils m'ont entièrement rasé les cheveux. J'avais eu un accident de voiture. C'est de là que viennent mes cicatrices.

— Oh, fis-je, craignant soudain de les avoir regardées avec trop d'insistance, sans quoi elle ne les aurait pas mentionnées. Je ne voulais pas...

— Je sais, affirma-t-elle, sans la moindre gêne. Mais on ne voit que ça, non ? D'habitude, les gens me posent la question, mais toi tu ne l'as pas fait. Je pensais, malgré tout, que ça devait t'intriguer. Tu serais étonnée si je te disais le nombre de personnes qui se pointent et me posent la question, de but en blanc, comme s'ils voulaient savoir l'heure.

— Ils sont grossiers, ai-je dit.

— Mmm-hmm, approuva Monica, écrasant sa cigarette sur le rebord de la fenêtre.

Kristy haussa les épaules.

— Franchement, j'aime encore mieux ça. Je veux dire, ça vaut mieux que de fixer quelqu'un en faisant semblant de regarder ailleurs. Ce que je préfère, c'est les gamins. Ils te fixent bien en face et demandent : « Qu'est-ce qui est arrivé à ton visage ? » Ça me plaît. Autant le montrer. Je veux dire, merde, quoi, après tout je me promène pas masquée. C'est aussi pour ça que je choisis mes habits avec soin, tu vois, parce que de toute façon les gens me regardent. Autant leur offrir un petit show. Tu comprends ?

J'ai acquiescé.

— Bref, continua Kristy, enroulant un autre bigoudi, ça m'est arrivé quand j'avais douze ans. Ma mère était en plein dans l'une de ses cuites, elle m'emmenait à l'école, et puis elle est sortie de la route et a défoncé une clôture, et un arbre après ça. Ils ont dû scier la voiture pour me délivrer. Monica, bien sûr, avait eu la bonne idée d'attraper la varicelle, ce qui lui a épargné de se retrouver à l'hosto ce jour-là.

— Lais'tomber, fit Monica.

— Elle culpabilise, expliqua Kristy. C'est un truc de sœurs.

J'ai regardé Monica, qui avait son habituelle expression impassible, en même temps qu'elle examinait ses

146

ongles. Elle ne me semblait pas particulièrement mal à l'aise, mais il faut dire que je ne lui connaissais qu'une seule mine, cette vacuité mêlée de lassitude.

— En plus des cicatrices sur mon visage, ajouta Kristy, j'en ai une aussi dans le bas du dos, à cause du métal qui fondait, et une autre vraiment laide sur mes fesses, celle-là, je la dois à une greffe de peau. Y en a deux de plus sur mon cuir chevelu, mais on les voit pas parce que mes cheveux ont repoussé.

— Mon Dieu, ai-je lâché, c'est terrible.

Elle a pris un nouveau bigoudi.

— Ce que je peux te dire, c'est que j'étais pas contente d'être chauve. Je veux dire, il y a une limite à ce qu'on peut dissimuler avec un chapeau ou une écharpe, pas vrai ? Mais bon, j'essayais quand même. Le jour où mes cheveux ont repoussé pour de bon, j'étais tellement heureuse que je me suis mise à pleurer. Et aujourd'hui, c'est plus fort que moi, je les coupe juste un chouia quand ils ont trop poussé. Aujourd'hui je me délecte d'avoir ces cheveux.

— C'est chouette, lui glissai-je. Tes cheveux, je veux dire.

— Merci, répondit-elle. Comme je te le disais, je crois que je les apprécie mieux que la plupart des gens.

Elle est descendue du lit, replaçant la brosse dans sa poche avant de s'accroupir devant moi, pour fixer d'ultimes mèches rebelles.

— O.K., fit-elle, tu es presque prête, voyons voir... Marmonnette, à toi.

— Non, fit Monica, farouche.

— Oh, allez ! Si tu me laissais tenter quelque chose, pour une fois, tu verrais que...

Monica secoua lentement la tête.

— T'pas int'rêt, menaça-t-elle.

Kristy soupira, secouant la tête.

— Elle s'oppose à toute tentative de relookage, me confia-t-elle comme s'il s'agissait d'une tragédie.

Monica se leva et marcha vers la porte en dodelinant de la tête.

— Parfait, conclut Kristy en haussant les épaules, alors garde les mêmes habits, comme d'habitude. Mais tu n'auras jamais l'air dynamique !

En guise de réponse, la porte d'entrée se ferma en claquant. Kristy n'eut pas l'air contrariée. Elle se baissa, tirant une paire de mocassins usés qu'elle me jeta.

— Je sais ce que tu vas penser, fit-elle tandis que je considérais les chaussures. Mais les mocassins mériteraient de revenir à la mode. Et on va arranger ton décolleté avec un super-autobronzant – il doit être dans la salle de bains.

Et elle disparut, ouvrant la porte de la chambre et se dirigeant vers la sortie, tout en continuant de marmonner. Ma tête était alourdie par les bigoudis, et ma nuque me faisait mal. Le pull qu'elle m'avait fait porter avait des lanières ornées de minuscules paillettes, et le décolleté était bien plus plongeant que n'importe lequel de mes vêtements. Et trop habillé pour aller avec le jean délavé, aux ourlets remontés, étroit aux chevilles ; un cœur avait été dessiné sur le genou avec un stylo-bille. En le regardant, masse noire et compacte, avec son côté gauche tordu pas franchement réussi, je ne pouvais m'empêcher de penser que ces habits n'étaient pas les miens. Certes, je me rebellais contre Bethany et Amanda, mais si jamais ça se passait mal, c'était sur moi que ça retomberait.

Il faut que je me tire de là, pensai-je en me redressant, ôtant un bigoudi qui me retombait sur la tempe et le jetant sur le lit. Une boucle à l'anglaise glissa devant mes yeux et je l'ai fixée, surprise, tandis qu'elle oscillait dans mon champ de vision, fragment métamorphosé de ma personne.

Ma montre indiquait 18 h 15. Si je m'en allais dès maintenant, je pourrais rentrer à la maison et me reglisser dans mon emploi du temps, comme si je ne m'en étais jamais écartée. Il serait toujours possible de dire à Kristy que ma mère m'avait téléphoné, réclamant mon aide, et que j'étais désolée, mais une autre fois peut-être...

Je me levai, ôtai un deuxième bigoudi, puis encore un, les jetai sur le lit, et mis précipitamment mon sac en bandoulière. J'étais presque arrivée devant la porte lorsque Kristy revint dans l'entrée, un petit poudrier à la main.

— Ce truc est génial ! s'écriait-elle. C'est comme un bronzage instantané, et on va juste t'en mettre sur...

— Je viens de réaliser qu'il faut vraiment que je...

Elle leva vers moi ses yeux écarquillés.

— Oh, mon Dieu, je suis tout à fait d'accord, fit-elle en approuvant de la tête. Je ne l'avais pas remarqué, mais ouais, tu as complètement raison.

— Quoi ?

— Pour tes cheveux, dit-elle en pénétrant dans la pièce.

J'ai reculé jusqu'à ce que mes talons heurtent le lit. Kristy me passa devant, et prit une chemise blanche qui était étendue sur l'un des oreillers. Avant que je puisse l'en empêcher, elle enfila mon bras dans l'une des manches. J'étais trop abasourdie pour résister.

— Mes cheveux ? demandai-je, tandis qu'elle introduisait mon autre bras, puis s'emparait des pans de la chemise, les nouant, de façon relâchée, autour de ma taille. Qu'est-ce qu'ils ont ?

Elle étendit la main et fit passer ses doigts écartés dans mes cheveux, élargissant les boucles.

— J'avais envie de leur passer un coup de brosse, mais tu as raison, ils sont bien mieux comme ça, tout ébouriffés. C'est super. Regarde.

Elle marcha jusqu'à la porte du placard, qu'elle referma, et je finis par me voir.

Oui, le jean était délavé et étroit, et le cœur sur la jambe avait quelque chose de tordu, de bien trop sombre. Mais ce pantalon m'allait : il aurait pu être à moi. Et le pull sans manches était un peu voyant, il scintillait de partout sous le plafonnier. Pourtant la chemise en atténuait l'effet, laissant simplement dépasser quelques brillances çà et là. Les chaussures, qui faisaient cruche quand je les avais mises, se mariaient bien avec le jean qui tombait dessus en laissant voir un bout de ma cheville. Quant à mes cheveux, privés de la raie impeccable qui me coûtait tant d'efforts chaque matin, les voilà maintenant qui flottaient sur mes épaules en adoucissant les traits de mon visage. Rien de tout ça, à première vue, n'aurait dû m'aller. Et pourtant.

— Tu vois ? Je t'avais dit ! lança Kristy, fière de son œuvre, tandis que je fixais le miroir, reconnaissant un visage familier sous cette métamorphose.

C'était si étrange de voir ces fragments divers finir par composer un tout. Un ensemble plein de potentiel.

Il fallut à Kristy beaucoup plus de temps pour parfaire son look, une panoplie rétro des années 1960, bottes blanches, chemise rose, jupe courte. Lorsqu'on finit par sortir pour rejoindre Greg, il nous attendait devant le bungalow depuis presque une demi-heure.

— Il était temps, nous lança-t-il d'un ton sec tandis qu'on marchait vers l'ambulance. Ça fait une éternité que je poireaute.

— Vingt minutes constituent une éternité, de nos jours ? demanda Kristy.

— Oui, quand on se retrouve coincé ici à attendre une personne qui pense que le monde gravite autour de son nombril, conclut Greg.

Et il poussa à fond le volume de l'autoradio – une chanteuse en train de gémir bruyamment – pour noyer toute autre réplique.

Kristy jeta son sac dans l'ambulance, puis s'agrippa à la porte et monta. La musique continuait, atteignant son point culminant, saturé de guitares en furie.

— Greg, hurla-t-elle, tu veux bien, *s'il te plaît*, baisser le son ?

— Non, hurla-t-il en retour.

— Pink Floyd. C'est ma punition, il sait à quel point je déteste ça, m'expliqua-t-elle, puis elle se tourna vers Greg. Et si tu allumais pendant une seconde ? Macy ne peut rien voir.

L'instant d'après, le néon au-dessus de la tête de Kristy se mit à clignoter, grésilla, et s'alluma enfin, baignant l'habitacle dans une lumière grise qui nous donnait un teint cireux. Ça faisait tellement songer à l'hôpital que je sentis croître la nervosité qui couvait dans mon estomac – une véritable phobie de l'ambulance – depuis que nous avions quitté la maison.

— Tu vois, il le fait pour toi, remarqua-t-elle, puis elle tendit la main vers moi. Tiens, agrippe-toi et monte. Tu peux le faire. C'est pas aussi dur que ça en a l'air.

J'ai tendu le bras et pris sa main, surprise par sa force lorsqu'elle m'a tirée, et je me suis retrouvée debout dans l'ambulance, courbée sous le plafond bas, l'oreille pleine du bruissement du néon qui grésillait. On avait ajouté contre un mur un vieux sofa marron au tissu écossais, et une petite table, calée entre celui-ci et le siège du conducteur. Un vrai salon ambulant, ai-je pensé, tandis que Kristy se hissait péniblement, attrapant son sac au passage, et se glissait sur le siège du passager. Je me suis assise sur le sofa.

— Greg, s'il te plaît, éteins ce truc ! hurla Kristy par-dessus la sono, qui me martelait les tympans. (Il l'ignora, tournant la tête pour regarder au-dehors.) Greg ! Greg !

Au bout d'un moment, comme le hurlement musical allait crescendo, Greg tendit le bras et pressa le bouton du volume. Et tout fut soudain calme. Hormis un cognement répété. Clong. Clong. Clong.

Je réalisai que le bruit venait des portes arrière, et je me suis levée pour les ouvrir. Monica, la cigarette pendouillant d'un côté de sa bouche, leva les yeux vers moi.

— Main, fit-elle.

— Tu éteins ça, avant, dit Greg qui la regardait dans son rétroviseur. Tu sais qu'on fume pas dans la Gregmobile.

Monica prit une ultime bouffée, jeta la cigarette par terre, et la piétina. Elle tendit à nouveau sa main vers moi, et je l'ai hissée, comme Kristy avait fait avec moi. Une fois à l'intérieur, elle s'est effondrée sur le sofa. On aurait dit que cette légère dépense physique avait consommé toute son énergie.

— On peut y aller, s'il te plaît ? demanda Greg tandis que je fermais les portes.

Sur le siège avant, Kristy tripotait la radio, et la chanteuse criarde étant maintenant remplacée par un rythme pop assez dansant.

— Ou bien est-ce qu'il te faut encore quelques secondes pour me rendre tout à fait furax ?

Kristy roula des yeux.

— Où se trouve Tim ?

— Il nous rejoint là-bas. Si jamais on *parvient* à s'y rendre.

Agacé, il a pointé son doigt vers l'horloge digitale du tableau de bord, qui indiquait 19 h 37.

— Regarde-moi ça ! La nuit est en train de filer. De filer !

— Mais bon sang, il est tôt ! protesta Kristy. On a tout le temps.

Ce qui, je ne fus pas longue à le constater, était plutôt une bonne chose. On avait besoin de ce temps-là, avec Greg au volant.

C'était un conducteur lent. Plus que lent, il était aussi incroyablement prudent, le client rêvé pour un moniteur de conduite. Il ralentissait aux feux, s'arrêtait devant des passages ferroviaires qui n'avaient pas vu de train depuis des années, et respectait religieusement la limitation de vitesse. Et tout le long du chemin, il gardait ses deux mains sur le volant en position réglementaire, scrutant la route avec un regard d'aigle, prêt à envisager tout obstacle et tout risque hypothétique.

On a fini par quitter la route principale pour emprunter un chemin de gravier. Puis on a roulé sur du gazon, franchi quelques pentes et autres déclivités. Enfin, on a atteint un endroit où étaient garés plusieurs véhicules autour d'une clairière au milieu de laquelle se dressaient des tables de pique-nique. Des gens étaient assis devant, dessus, rassemblés autour, et plusieurs torches réparties sur la surface des tables, projetaient des lueurs de tous côtés. Greg roula en marche arrière, se garant face aux tables, et coupa le moteur.

— Enfin ! s'exclama Kristy, qui déboucla sa ceinture avec un geste exaspéré.

— T'avais qu'à venir en marchant, lui lança Greg.

— C'est ce que j'ai eu l'impression de faire, répliqua-t-elle.

Puis elle ouvrit sa portière, et j'entendis des voix, non loin, et quelqu'un en train de rire.

— Je vais me servir une bière. Quelqu'un en veut une ? ajouta-t-elle.

— Moi, dit Monica, en se levant.

Elle s'extirpa du véhicule avec un air douloureux, et s'aventura sur le gazon.

— Macy ? me questionna Kristy.

— Oh, non merci, répondis-je. Tout va bien.

— D'accord, fit-elle en sortant. Je reviens tout de suite.

Je les ai regardés traverser la clairière, passer devant l'une des tables de pique-nique, et atteindre un tonnelet qui se trouvait plus loin sous les arbres. Deux types se tenaient devant, et l'un d'eux, haut de taille avec une tignasse rousse, servit sans tarder une bière à Kristy, tout en la reluquant d'un air réjoui. Monica patientait avec une expression blasée, pendant que le copain du rouquin lui jetait des coups d'œil obliques, cherchant quelque chose à lui dire.

Greg était assis sur le pare-chocs arrière de l'ambulance, promenant son regard sur la foule, et je me joignis à lui, laissant mes pieds ballotter dans le vide. La plupart des visages m'étaient inconnus, ce qui n'était guère étonnant, car la plupart venaient du lycée Talbert High, tandis que j'allais à Jackson, de l'autre côté de la ville. Toutefois, je reconnus quelques personnes de mon école. Je me demandais si elles avaient entendu parler de moi.

J'ai alors regardé vers la clairière, et j'ai vu Tim. Il était avec une bande de types autour d'une vieille Mustang, en train de discuter, et en l'apercevant j'ai ressenti le même frémissement que le premier soir où je l'avais rencontré, et la fois où il m'avait remarquée hors du trou, et à peu près toutes les autres fois où je l'avais croisé ensuite. Je ne pouvais me l'expliquer : cela échappait totalement à mon contrôle. Débile, pensai-je, et pourtant j'étais là, à le fixer de nouveau.

Après une minute ou deux, il s'est séparé du groupe et a traversé la clairière. Tandis que je faisais un effort particulier pour ne pas le regarder – oui bon, d'accord, disons : pour ne pas le regarder sans cesse –, il eût été difficile de ne pas voir que d'autres pratiquaient le même exercice. Je dénombrai au moins trois filles se livrant à la même occupation que moi. Je me suis demandé si elles se sentaient bêtes, elles aussi. Sans doute pas.

— Hé, fit-il, pourquoi vous avez mis tellement de temps ?

Greg roula des yeux, hochant la tête en direction de Kristy, qui était en train de revenir vers nous en compagnie de Monica.

— À ton avis ?

— J'ai tout entendu, lui répondit-elle. Tu sais, ça prend du temps de s'habiller de cette façon.

Tout en l'observant, Greg a plissé les yeux.

— Ah bon ?

Sans relever, elle déclara :

— En tout cas, ça me fait une belle jambe. Je vois rien de prometteur, ici.

— Et le type devant le tonneau ? demanda Greg.

— Pitié, fit-elle. Je veux pas d'un gars *ordinaire*, moi.

Un éclat de rire parvint de la jeep garée près de nous et, un instant plus tard, une fille blonde avec une robe dos nu s'est avancée en trébuchant.

— Hé ! s'exclama-t-elle en pointant son doigt vers moi. Je te connais, toi. Pas vrai ?

— Euh... je ne crois pas, répondis-je.

Je la connaissais en effet. Elle s'appelait Rachel Newcomb : on avait couru ensemble au collège. On ne s'était pas parlé depuis des années.

— Mais si, mais si, insista-t-elle en claquant des doigts, faisant à peine attention à ceux qui la regardaient.

Kristy haussa les sourcils.

— Moi, tu me connais, Rachel, se hâta de dire Greg. Tu te souviens : Greg ? Je t'ai donné des cours de maths l'été dernier, au centre Kaplan.

Rachel lui a lancé un regard très bref, puis a dirigé de nouveau son attention sur moi.

— Mais oui, bon sang, je me rappelle ! On courait ensemble, c'est ça ? Dans le secondaire. Et maintenant, tu sors avec ce type, là, qui nous tanne tout le temps pour qu'on... regicle.

J'ai réfléchi un bref instant.

— Recycle ? ai-je corrigé.

— Voilà ! fit-elle en tapant des mains. C'est ça !

Un fou rire est parti du côté de la jeep, suivi de quelqu'un qui a crié :

— T'es complètement débile, Rachel !

Celle-ci, nullement embarrassée, s'est affalée entre moi et Greg.

— Bon sang, s'écria-t-elle, riant et penchant la tête en arrière, tu te souviens comme on s'amusait dans les compètes ? Et toi, putain, ce que tu courais vite ! Pas vrai ?

— Pas tellement, répondis-je, levant machinalement la main pour lisser mes cheveux, avant de réaliser qu'ils n'étaient pas coiffés.

Je sentais peser sur moi le regard de Kristy, qui nous écoutait.

— Si, tu l'étais ! fit-elle en donnant à Greg un coup de coude. Tu aurais dû la voir. Elle courait tellement vite, comme si elle allait...

Un silence embarrassé se fit, dans l'attente de ce qu'elle allait dire.

— ... voler, termina Rachel, et je perçus un grognement chez Kristy. Comme si elle avait carrément des ailes, tu vois ? Elle raflait tout. Sans blague, le seul moyen de gagner, pour l'une d'entre nous, c'était d'aller courir dans une autre équipe.

— Bon, fis-je, espérant qu'elle se lève et s'en aille avant d'ajouter quoi que ce soit.

L'anonymat dont j'avais profité jusque-là, au cours de l'été, reposait sur le fait que personne, à Wish, ne venait de mon école. Aussi ignoraient-ils tout de moi. J'étais une page blanche, et maintenant Rachel Newcomb se mêlait de la remplir, livrant mes secrets à tous les regards.

— On s'appelait les Lévriers volants, expliquait Rachel en se tournant à présent vers Monica. Je trouvais ce nom tellement bête. Tu sais, comme si on était des clébards. Allez, les Lévriers ! Ouaf ! Ouaf !

— Mon Dieu, lâcha Kristy, sans s'adresser à quiconque.

Et je sentis mes joues s'empourprer, ce qui alla en s'aggravant lorsque j'ai jeté un coup d'œil vers Tim qui me dévisageait.

— Écoute, fit Rachel en tapant sur mon genou. Je vais te dire un truc, tu veux bien ?

Même en sachant ce qu'elle allait dire, j'ignorais comment l'en empêcher. Il ne me restait plus qu'à me tenir de côté, pour voir tout s'écrouler.

— Et ce que je veux que tu saches, prononça-t-elle avec gravité, comme si c'était une conversation intime, c'est que je me moque de ce que disent les gens : *moi* en tout cas, j'ai jamais pensé que tu étais complètement barge, depuis ce qui est arrivé à ton père. Je veux dire, c'était un manque de pot que tu sois dans les parages. La plupart des gens n'auraient pas pu surmonter ça, tu sais ? Voir quelqu'un mourir de cette façon.

Je l'ai regardée en restant immobile : son visage tout rouge, son verre de bière qui m'envoyait des éclaboussures, la blancheur de sa ligne de bronzage qui se devinait sous les bretelles de sa robe dos nu. Je ne parvenais pas à me tourner vers les autres. C'en était fini de mon conte de fées, si éphémère, fini de profiter de ce luxe : une façade sans la moindre fêlure, sans cicatrices. Il m'a semblé entendre, au loin, une cloche qui sonnait le glas.

— Rachel ! cria une personne de la voiture voisine. Viens par ici ou on te laisse !

— Oh, faut que j'y aille ! (Rachel se leva, faisant glisser ses longs cheveux derrière son épaule.) J'y vais, dit-elle à nouveau. Mais ce que je t'ai dit, je le pense vraiment, tu sais ? Souviens-toi de ça. Souviens-toi de ce que j'ai dit. D'accord ?

Je me sentais incapable d'acquiescer ou de prononcer le moindre mot. Rachel vacilla jusqu'à la jeep, où elle fut accueillie par d'autres rires, et quelques blagues sur les diverses façons de regicler. Puis quelqu'un a monté le volume de la radio, une chanson de Van Morrison, et ils se sont tous mis à chanter faux.

C'était l'un de ces moments où l'on voudrait disparaître. Mais je savais que ça n'allait pas se produire. Il y a toujours un « Après ». J'ai levé la tête et j'ai regardé Kristy, consciente que Greg m'observait, et que les visages de Tim et Monica se trouvaient dans mon champ de vision. Puis j'ai respiré un coup, pour dire quoi ? – aucune idée. Mais avant que je puisse prononcer un mot, Kristy s'est approchée et s'est assise près de moi.

— Cette fille, affirma-t-elle en prenant ma main dans la sienne, est con comme un marteau.

— Sans blague, fit doucement Greg, et en le regardant je n'ai pas vu l'air que je connaissais par cœur, mais une sorte de dégoût amusé, qui ne m'était pas adressé, n'avait rien à voir avec moi.

Kristy s'est penchée vers moi :

— Ça serait pas elle, par hasard, la fille à qui tu as dû expliquer la notion de chiffre impair, pendant les cours de maths que tu as donné tout un été ?

Greg fit « oui » de la tête :

— À deux reprises, précisa-t-il.

— Quelle crétine !

— Mmm-hmm, approuva Monica.

Kristy roula des yeux, puis avala une petite gorgée de sa bière. Sa paume réchauffait la mienne, il y avait longtemps qu'on ne m'avait pas pris la main. J'ai regardé Tim, me souvenant de sa sculpture et du cœur taillé dans la paume. Il était en train de me regarder, mais son expression, comme celle de Greg, n'était pas celle à laquelle je m'attendais. Ni tristesse ni compassion : rien de changé. Je réalisais que les fois où j'avais eu la sensation que les gens me fixaient, leurs visages étaient des abstractions, des images. Aucun d'eux n'était un miroir reflétant l'expression que je croyais être la seule à avoir, les sentiments que je pensais être la seule à éprouver. Jusqu'à l'instant précis où nos regards se croisèrent. S'il était possible de reconnaître quelque chose qu'on n'avait jamais vu, mais dont on ne doutait pas de l'existence, eh bien je le découvrais en ce moment même, en voyant le visage de Tim. J'avais trouvé quelqu'un qui pouvait comprendre.

— Malgré tout, fit Kristy avec une pointe de regret, j'ai bien aimé son pull. J'ai une chemise noire qui irait super bien avec.

Nous sommes restés un moment sans parler. Au milieu de la clairière, quelqu'un s'amusait avec une lampe électrique. Le faisceau balayait le haut des arbres, révélait des bouts de branches et de feuillage, creusait l'obscurité çà et là, puis s'éteignait, laissant place à la pénombre. Je savais que depuis quelques minutes, tout avait changé pour moi. J'avais longtemps essayé d'être en retrait, de montrer seulement ce que je voulais, offrant au compte-gouttes des fragments de ma personne. Mais cela ne peut durer qu'un temps. Au bout du compte, même les plus petits fragments finissent par former un tout.

Une heure plus tard, nous étions sur le sofa à l'arrière de la Gregmobile, parlant à bâtons rompus. Sans doute à cause de la bière.

Je n'étais pas une buveuse, ne l'avais jamais été. Mais après ce qui venait de se passer avec Rachel, je m'étais sentie suffisamment secouée pour accepter la bière proposée par Kristy, en m'assurant que je n'étais nullement obligée de la boire. Après quelques gorgées, on s'était mises à parler des garçons, et tout est parti de là.

— Voilà le truc, fit-elle en croisant ses bottes blanches l'une sur l'autre. Mon dernier petit ami s'est tiré en me laissant seule au milieu de nulle part. Je pense que ça doit être possible de trouver mieux. Je voudrais un mec gentil. Tu comprends ?

C'était étrange pour moi d'être assise là comme si la rencontre avec Rachel n'avait jamais eu lieu. Après être resté un bref moment avec nous, Tim nous confia qu'il devait aller voir quelqu'un qui lui avait promis des fers à béton ; Greg l'avait suivi ; quant à Kristy, Monica et moi, on s'était mises sur le sofa pour discuter de nos affaires. Mon secret, à présent dévoilé, ne planait plus comme un nuage sombre au-dessus de moi. Au lieu de ça il se dissipait, devenait plus léger, jusqu'à ce qu'il me paraisse, sinon oublié, remisé en tout cas loin derrière.

— Ce qui me plairait vraiment, affirmait Kristy, me ramenant à la conversation, c'est un garçon intelligent. J'en ai ma claque des types qui n'arrivent même pas à se souvenir de mon prénom, et encore mois à l'épeler. Quelqu'un qui sait ce qu'il veut, et qui en a dans le ciboulot. Voilà ce qu'il me faudrait.

— Tu as tort, lui lançai-je, avant de boire une nouvelle gorgée.

Ce n'est qu'après l'avoir avalée que je les vis me fixer toutes les deux, attendant que j'en dise plus.

— J'avais un petit ami comme ça, ajoutai-je. Enfin, j'en ai un. Ou presque.

— Oh, ceux-là sont les pires, approuva-t-elle avec empathie.

J'étais perdue.

— Lesquels ?

— Les « presque » petits amis, soupira-t-elle. Tu sais, ils t'aiment presque, et ensuite, presque plus. Le seul truc dont ils sont absolument sûrs, c'est qu'ils veulent coucher avec toi. Je déteste ça.

— Mmm-hmm, acquiesça Monica, l'air convaincu.

— En fait, dis-je, ce n'est pas tout à fait ça. On est

plutôt, comment dire, pas vraiment ensemble, ni vraiment séparés. On fait une pause.

— Une pause, fit Kristy en écho, faisant sonner ce mot comme s'il provenait d'une langue étrangère. Ça veut dire...

Elle fit de la main un geste m'invitant à me jeter à l'eau, sans plus tarder.

— Ça veut dire qu'il y a un hic parce qu'on ne veut pas la même chose, on n'a pas les mêmes attentes. Alors on s'est mis d'accord pour ne plus être en contact jusqu'à la fin de l'été, et à ce moment-là on verra ce qu'il en est.

Monica et elle réfléchirent un moment là-dessus.

— Eh bien, conclut Kristy, je trouve que ça révèle vachement de maturité.

— Oui, oh, c'est surtout Jason, avouai-je. En fait, c'est une idée à lui.

— Et elle dure depuis combien de temps, cette pause ? demanda-t-elle.

J'ai réfléchi un bref instant.

— Depuis le soir où je vous ai rencontrés, dis-je, et ses yeux s'élargirent de surprise. Il venait tout juste de m'envoyer un e-mail, genre, une heure avant.

— Alors ça, c'est trop ! Figure-toi que ce soir-là, j'avais senti un truc, je me disais que tu avais un mec, ou qu'il s'était passé quelque chose. (Elle a pointé un doigt vers Monica.) Est-ce que j'ai pas dit ça, ce soir-là ?

— Mmm-hmm, grommela Monica.

— En fait, tu avais l'air... reprit-elle, cherchant le mot, *prise*, tu sais ? Et puis, tu faisais presque pas attention à Tim. Je veux dire, tu faisais un peu attention à lui, mais carrément pas autant que la plupart des filles. Tu le kifais gentiment. C'était pas le *kif total*. Tu comprends ?

— Le kif total ? dis-je en écho.

— Oh, allez, fit-elle en secouant la tête. Même une fille complètement bigleuse peut voir qu'il est à tomber.

À côté de moi, Monica approuva d'un soupir mélancolique.

— Alors, pourquoi tu sors pas avec lui ? ai-je demandé.

— Pas possible, fit-elle d'un ton neutre. Il fait partie de la famille. Je veux dire, après l'accident, quand ma mère en pouvait plus et qu'elle est partie pour se ressourcer, on est allées vivre chez Stella et j'étais dingue de lui. On l'était toutes les deux.

— Lais'tomber, fit Monica d'une voix glauque.

— Ça reste un sujet sensible, expliqua Kristy, tandis que Monica tournait la tête en soufflant. Bref, j'ai fait mon possible pour attirer son attention, mais il venait de sortir de l'école Myers, il devait s'occuper de sa mère qui était en train de mourir, tout ça, quoi. Bref, il avait d'autres soucis en tête. En tout cas, je feignais de croire qu'il me résistait pour cette raison.

— L'école Myers ? ai-je demandé.

— Ouais. C'est une maison de redressement.

Je le savais déjà. Jason y avait donné des leçons, et je l'avais souvent accompagné là-bas, faisant mes devoirs dans la voiture pendant qu'il était à l'intérieur. Delia m'avait dit que Tim avait été arrêté : j'ai pensé que cette école était sa punition. Peut-être même s'y trouvait-il à ce moment-là, quand j'attendais dans la voiture, observant les barbelés enroulés tout le long de la clôture, pendant que les voitures fusaient sur l'autoroute derrière moi.

— Bon, fit Kristy en tapant du pied au rythme de la musique. Parle-nous de ton « presque » petit ami.

— Oh, répondis-je, on est ensemble depuis un an et demi.

J'ai bu une gorgée de bière, croyant que je pourrais m'en tenir là. Mais elles se taisaient, impatientes d'en savoir plus. Oh, et puis, après tout, ai-je pensé, autant leur dire. Qu'est-ce que je risque ?

— Il est parti pour l'été, et deux semaines après son départ, il a décidé qu'il valait mieux qu'on fasse une pause. J'étais vraiment contrariée. Je le suis toujours, d'ailleurs.

— Donc il a trouvé quelqu'un d'autre, dit Kristy pour clarifier les choses.

— Non, rien de ce genre, répondis-je. Il est au « camp des cracks ».

— Hein ? demanda Monica.

— Le « camp des cracks », ai-je répété. Un truc pour les ados super-doués.

— Alors il a rencontré quelqu'un au « camp des cracks », répéta Kristy.

— Non, ce n'est pas à cause d'une autre fille.

— À cause de quoi, alors ?

Je ne me sentais pas très à l'aise pour parler de ça. De plus, la façon dont ça s'était produit m'embarrassait : cette phrase par laquelle je l'avais éloigné de moi, et dont je n'avais rien osé dire à ma mère – ma mère à qui j'étais censée pouvoir tout confier. Je craignais que ces filles n'aient une mauvaise opinion de moi.

— Eh bien, répondis-je, à cause de plein de choses.

Nouvelle pause.

J'ai repris mon souffle.

— Au fond, ça tient au fait que j'ai terminé un e-mail en lui disant que je l'aimais et ça l'a mis mal à l'aise. Et puis il trouvait que je ne m'investissais pas assez dans mon boulot à la bibliothèque. Il doit y avoir d'autres raisons, mais ces deux-là, ce sont les principales. Elles m'ont fixée toutes les deux. Puis Monica a lâché :

— Ser'arien.

— Attends, une minute.

Kristy s'est redressée sur un coin du sofa, comme s'il lui fallait un peu de hauteur, si réduite soit-elle, pour prononcer les mots qui allaient suivre.

— Ça fait un an et demi que vous êtes ensemble, et tu dois pas lui dire que tu l'aimes ?

— C'est compliqué, dis-je en buvant une gorgée de bière.

— Et, reprit-elle, il a rompu avec toi parce qu'il trouvait que tu t'investissais pas assez dans ton boulot ?

— La bibliothèque, précisai-je, est très importante pour lui.

— Il a quatre-vingt-dix ans ou quoi ?

J'ai baissé les yeux sur ma bière.

— Tu ne peux pas comprendre, ai-je insisté. Il occupe, quasiment, toute ma vie depuis un an et demi. Il a fait de moi une personne meilleure.

Ces paroles l'ont fait taire, provisoirement du moins. J'ai fait glisser mon doigt sur le rebord du verre.

— Comment ça ? finit-elle par dire.

— Eh bien, ai-je expliqué, il est parfait, tu vois ? Très bon à l'école, intelligent, toutes ces qualités-là. Il sait tout faire. Et quand j'étais avec lui, c'était plutôt bien pour moi. Ça m'a rendue meilleure, aussi.

— Jusqu'à ce que... commença-t-elle.

— Jusqu'à ce que je le déçoive, ai-je repris. J'ai trop tiré sur la corde, je me suis trop attachée. Il a des critères exigeants.

— Et toi non, dit-elle.

— Bien sûr que si.

Monica souffla, secouant la tête.

— Non-*hon*, fit-elle résolument.

— On dirait pas, dit Kristy, à l'appui de ce borborygme.

Elle avala une gorgée de bière, sans cesser de me regarder un seul instant.

— Pourquoi ? ai-je demandé.

— Mais bon sang, s'écria-t-elle. Écoute-toi parler ! Est-ce que tu es en train de me dire qu'il a eu raison de te larguer parce que tu as osé t'attacher à lui au bout d'un an et demi ? Ou parce que ce boulot débile à la bibliothèque, tu ne l'as pas pris avec autant de sérieux qu'il aurait voulu ?

Je voyais bien que c'était, à peu de chose près, ce que je venais de lui dire. Sauf que dans sa bouche, ça rendait un autre son de cloche.

— Écoute, reprit-elle, alors que je m'efforçais d'encaisser sa formulation, je ne te connais pas bien. Je l'admets. Mais ce que je sais, c'est que n'importe quel mec, surtout un rat de bibliothèque qui est allé faire un tour dans le « camp des crânes »...

— Des cracks, ai-je marmonné.

— ... serait ravi que tu lui dises « Je t'aime ». Tu es

167

intelligente, tu es splendide, tu es quelqu'un de bien.
Et lui, au fait, en quoi il est si spécial ? C'est qui, lui,
pour se permettre de te juger ?

— C'est Jason, ai-je avancé, à défaut d'argument
plus solide.

— Eh bien, Jason est un con. (Elle a avalé le reste
de sa bière.) Et si j'étais toi, je serais contente d'être
débarrassée de lui. Parce que quand une personne
peut t'enlever à ce point l'estime de toi-même, alors
cette personne est nocive, tu comprends ?

— Il ne m'enlève pas l'estime de moi-même, dis-je,
tout en sachant, à l'instant où mes lèvres formaient
ces mots, que c'était exactement ce qu'il faisait.

Ou ce que je laissais faire. Ce n'était pas facile à
déterminer.

— Ce qu'il te faut, affirma Kristy, ce que tu
mérites, c'est un type qui t'adore pour ce que tu es.
Qui ne te considère pas comme un dossier à traiter,
mais comme un cadeau. Tu comprends ?

— Je ne suis pas un cadeau, fis-je en secouant la
tête.

— Si, répliqua-t-elle, avec une telle fermeté que j'ai
sursauté : comment pouvait-elle en être si sûre, elle
qui me connaissait à peine ? Tu l'es. Ce qui est grave,
c'est que tu t'en rends même pas compte.

J'ai regardé vers la clairière. Où que je me tourne,
on aurait dit que les gens insistaient pour que je
devienne une autre.

Kristy a tendu le bras et posé sa main sur la mienne,
la laissant là jusqu'à ce que je me sente obligée de la
regarder.

— C'est pas après toi que j'en ai.

— Ah non ? lui dis-je.

Elle a secoué la tête.

— Écoute, Macy. On sait bien, toutes les deux, que la vie est courte. Trop courte pour perdre une seconde avec quelqu'un qui ne t'apprécie pas à ta juste valeur.

— L'autre jour, ai-je répliqué, tu disais que la vie était longue. Alors, c'est l'un ou c'est l'autre ?

— Les deux, fit-elle en haussant les épaules. Tout dépend de la façon dont tu choisis de la vivre. C'est comme l'éternité, ça change sans cesse.

— On ne peut pas être une chose et son contraire, ai-je dit. C'est impossible.

— Non, répondit-elle en pressant ma main, ce qui est impossible, c'est de se dire tout le temps que la vie est *tout* sauf changeante. Écoute, quand j'étais à l'hôpital, juste après mon accident, ils pensaient que j'allais mourir. J'étais vraiment bousillée, la totale, quoi.

— Mmm-hmm, fit Monica en regardant sa sœur.

— À ce moment-là, poursuivit Kristy, lui faisant un signe de la tête, la vie était courte, au sens littéral. Mais maintenant que je vais mieux, elle me semble si longue qu'il faut que je regarde loin, loin devant moi pour commencer d'en apercevoir le bout. Tout est dans le point de vue, Macy. C'est ce que je voulais dire à propos de l'éternité. Pour chacun de nous, notre éternité peut prendre fin dans une heure, ou dans cent ans. Tu ne peux jamais être sûre, alors autant donner de l'importance à chaque seconde.

Monica, qui allumait une nouvelle cigarette, approuva de la tête.

— Mmm-hmm, fit-elle de nouveau.

— Ce que tu dois décider, me dit Kristy en se penchant en avant, c'est comment tu veux vivre ta vie. Si ton éternité s'arrêtait demain, est-ce que tu voudrais qu'elle ait ressemblé à ça ?

Je croyais avoir déjà fait ce choix. Je venais de passer les dix-huit derniers mois avec Jason, adaptant ma vie à la sienne, m'efforçant de tout faire pour m'assurer une place dans son monde parfait, où tout avait du sens. Mais ça n'avait pas marché.

— Écoute, fit Kristy, la vérité, c'est que rien n'est sûr. Tu sais ça mieux que personne.

Elle m'a regardé au fond des yeux, s'assurant que je la comprenais bien. C'était le cas.

— Alors n'aie pas peur. Mets-toi à vivre.

Seulement je ne pouvais imaginer qu'on puisse vivre sans se préoccuper des dangers qui nous environnent. Surtout quand la plus grande peur qu'on puisse avoir s'était déjà réalisée.

— C'est la même chose, lui dis-je.

— Quoi donc ?

— Avoir peur et être en vie.

— Non, dit-elle lentement, et elle semblait consciente de parler une langue que je ne pourrais comprendre d'emblée, une langue dont les mots mêmes, sans parler des idées qu'ils véhiculaient, m'étaient inconnus. Non, Macy. Ce n'est pas la même chose.

*Ce n'est pas la même chose*, me suis-je répété mentalement. Il me semble que c'est à ce moment-là que tout a changé pour de bon. Lorsque je me suis dit ces mots sans avoir besoin de les prononcer à voix haute, et que j'ai formulé ce vœu : avoir peur et être en vie seraient un jour, pour moi, deux choses bien distinctes.

Un peu plus tard, Kristy et Monica sont retournées vers le tonnelet de bière, et je suis allée m'asseoir sur le pare-chocs arrière de l'ambulance. J'étais un peu dans les vapes du fait de la petite quantité de bière que j'avais avalée, sans parler de tout ce que Kristy m'avait dit. Une telle matière à réflexion aurait épuisé un cerveau sans les brumes de l'alcool, alors dans l'état où était le mien...

J'ai levé les yeux au bout d'un moment et j'ai vu Tim, qui venait vers moi. Il tenait sous son bras des tiges en métal – les fers à béton qu'on lui avait promis, ai-je supposé. Je l'ai regardé s'approcher, de sa démarche lente, irrégulière, et je me suis demandée comment je réagirais si c'était moi qu'il venait voir. Je n'avais pas cette sensation en présence de Jason ; il s'agissait plus d'un réconfort. Lorsqu'il était dans les parages, je trouvais toujours mes repères. Tim, c'était l'opposé. Un regard, et je ne savais plus où j'étais.

— Hé, me lança-t-il en arrivant près de moi, et je fis mine de lever les yeux vers lui, comme surprise : « Ah, tiens, te voilà. »

Ce qui fonctionna plutôt bien, jusqu'à ce qu'il s'installe à mon côté, et à nouveau je sentis quelque chose se dénouer, se relâcher en moi. Il posa les tiges près de lui.

— Où sont les autres ? fit-il.

— Au tonneau, dis-je en hochant la tête vers celui-ci.

— Ah. D'accord.

Pour en revenir à l'éternité : c'est à peu près ce que dura la minute de silence qui suivit. J'avais en tête cette horloge de ma classe, quand les dernières secondes font trembler l'aiguille des minutes, juste avant qu'elle ne bondisse pour marquer midi. Dis quelque chose, pensai-je, coulant un regard vers Tim. Il ne semblait pas avoir remarqué ce blanc, trop occupé qu'il était à observer, bras ballants le long de son corps, la foule au milieu de la clairière. Je vis de nouveau un fragment de son tatouage sur le haut de son bras. Kristy m'avait conseillé de vivre ; expression qui, en dépit des sens variés qu'elle pouvait prendre, résonnait en moi. Oh, et puis après tout, ai-je pensé, allons-y.

— Au fait, c'est quoi ce truc ? ai-je demandé, extirpant ces mots de ma bouche et réalisant aussitôt que je le regardais lui, et non son bras, ce qui donnait à ma question un sens extrêmement flou. Il a haussé les sourcils, perplexe, et, le visage rougissant, pauvre de moi, j'ai ajouté :

— Ton tatouage, je veux dire. J'ai jamais vu clairement ce que c'était.

Cette remarque audacieuse me semblait un accomplissement comparable à celui d'Helen Keller parvenant à former les lettres E-A-U*. Et je n'exagère pas.

— Oh, fit-il en remontant la manche de sa chemise. C'est juste ce dessin, là. Tu l'as vu la première fois que tu es venu chez Delia, non ?

J'ai approuvé machinalement, mais j'étais absorbée en vérité par la contemplation du dessin aux larges

* Helen Adams Keller (1880-1968), sourde, aveugle et muette depuis son plus jeune âge, apprit l'alphabet manuel en commençant par former le mot « eau ». Son éducatrice le lui avait enseigné en faisant couler de l'eau entre ses doigts. Helen Keller fut, par la suite, la première personne handicapée à obtenir un diplôme. Cf. *L'Histoire d'Helen Keller*, Lorena A. Hickok, Pocket Jeunesse.

contours noirs qu'il venait de me dévoiler : le cœur au centre d'une main. Celui-ci, évidemment, était plus petit, circonscrit par un liseré au motif tribal, mais pour le reste il était identique à l'autre. La paume étalée, les doigts écartés, et le cœur rouge au milieu.

— Exact, répondis-je.

Quelque chose, dans ce motif, titillait mon subconscient.

— Ça a une signification ? demandai-je.

— En quelque sorte. (Il a baissé les yeux sur son bras.) C'est quelque chose que ma mère dessinait pour moi, quand j'étais petit.

— Vraiment ?

— Ouais. Elle avait toute une théorie sur la main et le cœur, la façon dont ils sont connectés. (Il a fait passer son doigt sur le rouge vif du cœur, puis m'a regardée.) Les sentiments et l'action sont toujours liés, l'un ne peut exister sans l'autre. C'est un truc de hippie. Elle était à fond dans ça.

— Ça me plaît. Comme idée, je veux dire. Ça se tient.

Il a regardé son tatouage de nouveau.

— Après sa mort, j'ai commencé à le bricoler avec le chalumeau. Ce dessin est entouré d'un cercle, et celui du chemin, de fil barbelé. Chacun est différent, avec la même idée de base.

— Comme une série.

— Sans doute, répondit-il.

J'ai regardé vers la clairière, apercevant soudain un bout de la silhouette de Kristy qui se faufilait parmi la foule, crinière blonde flottant au-dessus des autres.

— Pas évident, dis-je.

Tim m'a fixée.

— Quoi donc ?

J'ai avalé ma salive, ne sachant pourquoi j'avais dit ça tout haut.

— De le rendre le mieux possible.

Il doit se dire que je suis vraiment débile, ai-je pensé, me jurant de la fermer dorénavant. Mais il s'est contenté de ramasser une des tiges qu'il avait apportées, la retournant entre ses mains.

— Ouais, fit-il au bout d'une seconde. Pas évident.

Kristy était presque arrivée devant le tonneau. Je la voyais glisser quelque chose à Monica, rejetant sa tête en arrière en riant.

— Je suis désolée pour ta mère, fis-je.

Je n'avais pas réfléchi avant de parler, j'avais dit ça sans penser à la façon dont il le prendrait. C'était sorti d'un coup.

— Je suis désolé pour ton père.

Nous regardions tous deux droit devant nous.

— Je me rappelle de lui à l'époque où il était le coach des Flèches de Lakeview, enchaîna-t-il. Quand j'étais petit. Il était formidable.

J'ai senti quelque chose se coincer dans ma gorge, une vague de tristesse a déferlé sans prévenir, me coupant le souffle. Il fallait que je m'y fasse. Cette idée que quelqu'un n'est plus là, on ne s'y habitue jamais.

— Alors, demanda-t-il soudain, pourquoi tu as arrêté ?

— Arrêté quoi ?

— De courir.

J'ai baissé les yeux sur mon gobelet vide.

— Je ne sais pas, tout en me rappelant cette journée d'hiver. Je me sentais plus vraiment motivée.

Au fond de la clairière, je voyais Kristy parler avec

un grand blond qui agitait les mains, relatant une histoire aux ramifications multiples. Elle devait s'écarter sans cesse pour esquiver ses doigts qui brassaient l'air.

— Tu allais à quelle vitesse ? me demanda Tim.

— Pas très vite.

— Tu veux dire que tu n'étais pas capable... de t'envoler ? fit-il en souriant.

Idiote de Rachel, ai-je pensé.

— Non, répondis-je. (Une rougeur a envahi ma nuque.) Je ne pouvais pas m'envoler.

— C'était quoi ton meilleur temps sur 1 600 mètres ?

— Pourquoi cette question ?

— Juste pour savoir, dit-il, faisant tourner la tige de fer dans ses mains. Je fais de la course, alors je suis curieux.

— Je me souviens pas.

— Oh, allez, dis-le-moi, insista-t-il, poussant mon épaule avec la sienne. (J'arrivais pas à y croire.) Je peux encaisser.

Kristy jetait un œil vers nous, tandis que le type aux doigts continuait de parler. Elle a haussé les sourcils vers moi, puis lui a fait face à nouveau.

— Bon, d'accord, me lançai-je. Mon meilleur temps, c'était cinq minutes, cinq secondes.

Il m'a fixée.

— Oh !

— Le tien, c'est combien ?

Il a toussé, en se détournant.

— Peu importe.

— Ah, tu vois ! protestai-je. C'est pas juste.

— C'est plus que cinq-cinq, avoua-t-il, se penchant en arrière pour s'appuyer sur ses mains. N'en parlons plus.

— C'était il y a des années, dis-je. Aujourd'hui, je pourrais sans doute pas faire 800 mètres dans le même temps.

— Je suis sûr que si, fit-il, tenant la tige en équilibre et jetant un œil dessus. Je parie que tu serais plus rapide que tu ne le penses.

J'ai esquissé un sourire, l'ai relancé.

— Tu me dépasserais sans problème, je parie.

— Eh bien, répondit-il, on pourra peut-être vérifier ça un de ces jours.

Oh, mon Dieu ! pensai-je. Je sentais qu'il me fallait dire quelque chose, n'importe quoi. Sauf qu'à présent Kristy, Greg, et Monica étaient en train de marcher vers nous. Et je venais de rater ma chance.

— Vingt minutes avant le couvre-feu, annonça Greg, le nez collé à sa montre. Faut qu'on rentre.

— C'est fou ! s'écria Kristy, tu risques de devoir rouler au-dessus de cinquante à l'heure pour qu'on arrive à temps.

Greg lui a fait une grimace, puis est allé ouvrir sa portière. Monica a grimpé dans l'ambulance, s'est jetée sur le sofa, et j'en ai fait autant, suivie de près par Kristy.

— De quoi vous parliez tous les deux ? me chuchota-t-elle tandis que Tim refermait les portes.

— De rien, répondis-je. De course.

— Tu aurais dû voir ta figure, me glissa-t-elle dans un souffle qui me brûla l'oreille. Le kif total.

# Chapitre 8

— Bon, dit Caroline en venant s'asseoir près de ma mère après avoir pressé un bouton de la caméra. C'est parti.

C'était samedi matin. Ma sœur était arrivée la veille, après avoir passé la journée à Colby pour discuter avec le menuisier des rénovations de notre maison de mer. Ce domaine lui était familier, car elle avait déjà construit sa propre maison, ainsi que le chalet que Wally et elle avaient à la montagne. La déco, affirmait-elle, était sa vocation, depuis qu'à l'université, un de ses profs d'art plastique lui avait dit qu'elle avait un « bon œil », compliment interprété par elle dans un sens large, puisqu'il l'autorisait non seulement à refaire sa propre maison, mais aussi celle des autres.

Caroline avançait donc à toute allure : elle avait déboulé avec, outre une partie de son abondante bibliothèque de déco intérieure, des photos prises avec l'appareil numérique de Wally, afin de pouvoir nous guider à travers les changements qu'elle proposait.

— Ces machins te font gagner un temps fou quand tu dois rénover un endroit qui est à des kilomètres, expliquait-elle en branchant la caméra sur le téléviseur. Je sais pas comment on faisait quand ça n'existait pas.

Elle a appuyé sur un autre bouton, et l'écran est devenu tout noir. Puis, d'un seul coup, la maison de mer est apparue. On la voyait comme si on se tenait le dos tourné à la mer. Il y avait la véranda, avec son unique banc de bois tout bancal. Les marches menant vers les dunes. Et le vieux barbecue à gaz, sous la fenêtre de la cuisine. Ça faisait longtemps que je n'avais pas vu cette maison, et quelque chose a frémi en moi. J'imaginais qu'en me penchant un peu pour jeter un coup d'œil à travers la fenêtre, j'aurais pu voir mon père en train de lire sur le canapé, et tourner la tête au moment où il m'entendrait l'appeler.

Ma mère regardait ces images, ses deux mains fermées sur sa tasse de café. Serait-elle capable de supporter ce film ? Ma sœur observait également ma mère. Après un moment, elle a déclaré avec précaution :

— Donc, aujourd'hui ça ressemble à ça. Comme vous pouvez voir, le toit s'affaisse un peu, à cause de la dernière grosse tempête.

Ma mère a acquiescé. Sans dire un mot.

— Il a besoin d'être consolidé, et il faudra aussi qu'on remplace quelques bardeaux. Le menuisier dit que, tant qu'à faire, on pourrait ajouter une lucarne, ou quelque chose de ce genre... puisque le salon est si peu éclairé. Tu te rappelles, tu t'en plaignais souvent. Je m'en souvenais. Ma mère n'arrêtait pas d'allumer les lampes du salon. («  Ça favorise les siestes ! », prétendait mon père, juste avant de s'endormir sur le canapé, la bouche grande ouverte.) Elle préférait la chambre située à l'avant de la maison, celle qui avait une grande fenêtre. Et puis la tête d'élan lui filait la chair de poule.

Je me demandais à quoi elle était en train de penser. Cette séance était pénible pour elle ; et aussi pour moi. Mais je ne cessais de repenser à ce que m'avait dit Kristy deux soirs plus tôt, au sujet de la peur, et je me disais que si j'étais rentrée à la maison au premier signe d'anxiété lors de cette soirée, j'aurais raté tout ce qui s'était passé depuis ma rencontre avec elle.

— Mais je n'ai aucune idée du prix des lucarnes, nota Caroline. Je ne sais même pas si ça vaut la peine.

— Ça dépend de la marque, dit ma mère, les yeux sur l'écran. Et de la taille. C'est variable.

Je devais accorder ça à ma sœur. Malgré la pression qu'elle nous mettait, elle savait ce qu'elle faisait. Avançant pas à pas, montrant une photo qui, elle ne l'ignorait pas, serait pénible pour ma mère, et l'associant à quelque chose qui lui redonnerait confiance : le travail.

Pendant une bonne demi-heure, Caroline nous a menées à travers chaque pièce de la maison. Au début, tout ce que j'éprouvais, c'était une boule dans ma gorge en revoyant la vue de la mer depuis la véranda, les lits superposés de la chambre où je dormais. Les images de la chambre principale étaient plus pénibles, avec cette paire de chaussures de course toutes bousillées qui avaient appartenu à mon père, et qu'on voyait encore, posées contre le mur à droite de la porte. Mais lentement, méticuleusement, Caroline nous ramenait dans le présent. Chaque fois que je me sentais oppressée, ayant besoin de respirer un coup, chaque fois que le souvenir était trop douloureux, une question nous était soumise, un argument logique était esquissé. « J'envisage des carreaux en verre au lieu de cette fenêtre dans la salle de bains », disait-elle, vous en pensez quoi ? Ou : « Vous voyez comme le lino est en train de se décoller dans la cuisine ? J'ai trouvé un carrelage bleu magnifique, on pourrait le remplacer. À moins que le carrelage ne soit trop cher ? » Et chaque fois, ma mère réagissait, s'accrochant à sa réponse comme à une bouée dans un océan agité. Lorsqu'elle retrouvait son souffle, on passait au sujet suivant.

Après qu'on eut passé en revue toutes les photos, je les ai laissées parler lucarnes dans le salon, et je suis allée retirer ma lessive du sèche-linge – afin de repasser ce que je mettrais le lendemain. J'avais presque tout vidé quand ma mère est apparue dans l'embrasure de la porte, s'appuyant là, bras croisés sur sa poitrine.

— Eh bien, fit-elle, ta sœur s'est trouvé un sacré projet, n'est-ce pas ?

— Où est-elle ?

— Dehors, dans sa voiture. Elle est allée chercher des échantillons qu'elle veut me montrer.

Elle a poussé un soupir, faisant passer sa main sur l'encadrement de la porte.

— Apparemment, les tapisseries en velours côtelé font fureur ces temps-ci.

J'ai souri, lissant un faux pli sur le pantalon que je tenais.

— C'est une experte. Tu sais qu'elle a fait des merveilles dans sa maison, et puis dans le chalet.

— Oui, je sais.

Elle est restée un moment silencieuse, me regardant plier une chemise et la déposer dans un panier.

— Mais je ne peux pas m'empêcher de penser que ça fait beaucoup d'argent et de travaux pour une maison aussi vieille. Ton père disait toujours que les fondations allaient probablement s'effondrer d'ici à quelques années... Je me demande juste si ça en vaut la peine.

J'ai sorti du sèche-linge le pantalon de Kristy et l'ai plié. Le cœur noir au niveau du genou était aussi foncé qu'avant.

— Ça pourrait être amusant, dis-je en choisissant mes mots avec soin. Avoir à nouveau un endroit où passer les vacances.

— Je ne sais pas. (Elle a glissé sa main dans ses cheveux.) Je me demande s'il ne vaudrait pas mieux la démolir, tout simplement, et puis récupérer le terrain et construire autre chose.

Je me tenais penchée, regardant dans le sèche-linge pour en sortir les dernières affaires, et l'espace d'un instant je me suis raidie. Penser que la maison pourrait disparaître un jour, ça m'était tout bonnement impossible.

— Je ne sais pas, dis-je. Je suis sûre que les fondations ne sont pas si mauvaises que ça.

— Maman ? fit Caroline du salon. J'ai trouvé les échantillons... Où es-tu ?

— J'arrive ! cria ma mère.

Et elle ajouta plus doucement, à mon intention :

— Je réfléchissais tout haut. C'était juste une idée.

Évidemment, tout cela n'était pas pour me surprendre. Ma mère faisait commerce de maisons neuves, alors bien sûr, l'idée d'un endroit en parfait état, sans le moindre défaut, ça la tentait. C'était le rêve qu'elle vendait tous les jours. Il fallait bien qu'elle y croie.

— C'est nouveau ? me demanda-t-elle soudain.

— Quoi donc ?

Elle hocha la tête vers le pull sans manches que je venais de plier.

— Je l'avais jamais vu avant.

Évidemment qu'elle ne l'avait jamais vu : c'était celui de Kristy, et ici, sous la lumière vive de la buanderie, il ressemblait encore moins à un de mes habits. On voyait nettement les motifs pailletés sur les lanières, et, plus flagrante encore, son échancrure archiprofonde. Dans la chambre de Kristy, dans le monde de Kristy, ce vêtement n'était pas plus choquant qu'un tee-shirt de couleur blanche. Ici, c'était impensable.

— Oh, ce n'est pas le mien, expliquai-je. Je l'ai juste, euh, emprunté à une copine.

— Vraiment ?

Elle l'a regardé de nouveau, s'efforçant peut-être d'imaginer l'une de mes amies déléguées de classe s'exhiber avec un truc pareil.

— Quelle copine ? ajouta-t-elle.

Le visage de Kristy a surgi dans mon esprit, avec son large sourire, ses cicatrices, ses grands yeux bleus. Étant donné que le pull sans manches suffisait à préoccuper ma mère, j'osais à peine imaginer l'effet que lui ferait Kristy, dans sa panoplie complète, sans parler de mes autres camarades de l'entreprise Wish. Il me parut plus simple, et plus avisé, de dire seulement :

— La fille avec qui je travaille. J'ai renversé de l'assaisonnement sur ma chemise la nuit dernière, alors elle m'a prêté ça comme habit pour rentrer.

— Oh, fit-elle. (À l'évidence, mon explication était plausible.) Eh bien, c'est gentil de sa part.

— Oui, dis-je, tandis qu'elle se dirigeait vers la cuisine où l'attendaient ma sœur et ses échantillons. Vraiment sympa.

Je les ai laissées seules en bas, où ma mère écoutait d'un air dubitatif Caroline exposer les divers emplois du velours côtelé, et je suis montée dans ma chambre, déposant mon panier à linge sur le lit. Après avoir empilé sur le bureau tous mes tee-shirts, shorts, et autres jeans, puis étalé pour le repassage mes habits de la semaine, les seules choses qui restaient étaient le jean de Kristy et son pull. J'ai voulu les poser sur ma table, pour être sûre de les trouver au moment de partir pour le travail, ce qui me permettrait de les lui rendre. Mais à ce moment précis, je me suis interrompue, prenant entre le pouce et l'index une des lanières pailletées. Ce pull était si différent de tout ce qui m'appartenait, pas étonnant que ma mère l'ait tout de suite remarqué. Pour cette raison, j'aurais dû le rendre immédiatement. Et pour cette même raison, au lieu de ça, je l'ai glissé dans mon tiroir du bas pour le cacher, et j'ai décidé de le garder.

Le dimanche, ma sœur préparait le dîner, et il lui fallait de la roquette. Je ne savais pas très bien ce que c'était. Mais je fus quand même recrutée pour aller en chercher avec elle.

On s'engageait dans l'allée d'un marché de produits fermiers, et ma sœur me détaillait les nombreuses différences entre laitue et roquette, lorsque soudain Tim surgit. Mince, pensai-je, et ma main s'est précipitée vers mes cheveux, que j'avais négligé de laver (ce qui me ressemblait si peu, mais Caroline, persuadée qu'il y aurait la ruée sur les légumes, avait insisté pour qu'on parte juste après le petit déjeuner), puis sur mes habits – un vieux tee-shirt acheté au centre commercial, et des tongs – que j'avais enfilés sans songer à la possibilité de rencontrer une quelconque connaissance, pas Tim en tout cas. Ça ne me gênait pas trop qu'il me voie lors des buffets un peu débraillée, au moins je n'étais pas la seule, et puis c'était le travail qui voulait ça. Mais ici, à la lumière du jour, toutes mes angoisses revenaient.

— Il ne faut pas les confondre avec les légumes des champs, était en train de dire Caroline, qui sont tout à fait autre chose.

Tim se trouvait au bout de la rangée, un groupe de sculptures dressées tout autour de lui, parlant à une femme affublée d'un grand chapeau, et qui tenait un carnet de chèques. En regardant avec plus d'attention, je vis une œuvre assez haute, qui arborait une pancarte disant : VENDU, et d'autres pièces plus petites. Elles représentaient toutes des moulins à vent, dont une partie tournait dans un sens ou l'autre sous l'effet de la brise.

J'ai opéré un brusque virage à gauche, me retrouvant en face d'une table couverte de quatre-quarts et de pots, tandis que Caroline continuait d'avancer, discourant toujours sur les différentes variétés de légumes. Il lui fallut un moment avant qu'elle réalise que je l'avais lâchée, et elle fit volte-face, l'air contrarié.

— Macy, dit-elle, beaucoup trop fort pour mes oreilles, qu'est-ce que tu fais ?

— Rien. (J'ai pris une des poteries.) Regarde, tu trouves pas ça joli ?

Elle a contemplé le pot. Orange pailleté, totalement dépourvu de charme – puis m'a fixée.

— Bon, fit-elle. Explique-moi ce qui t'arrive.

J'ai à nouveau jeté un coup d'œil vers Tim, espérant qu'il était lui aussi en train de chercher de la roquette, ou parti aider la femme à charger la sculpture dans son véhicule. Mais non. À cet instant précis, en fait, il regardait vers nous.

Vers moi, pour être exacte. La femme au grand chapeau était partie, et il se tenait là, m'observant. Il a levé la main et m'a fait un salut, et je me suis sentie rougir en reposant le vilain pot parmi ses semblables.

— Macy, qu'est-ce que tu as, enfin ? Ça ne va pas ?

Caroline m'interrogeait du regard derrière ses lunettes de soleil au prix exorbitant, signées par je ne sais quel styliste, puis elle tourna la tête pour chercher ce qui m'avait rendue écarlate. J'ai vu son regard parcourir les étalages de maïs frais, de fromage de chèvre, et les hamacs suspendus, jusqu'à ce qu'elle émette finalement un : « Oh. »

J'ai deviné ce qu'elle pensait, réentendant la voix de Kristy qui s'écriait : « le kif total. »

— Tu le connais, celui-là ? me demanda-t-elle en le fixant.

— Un peu, dis-je.

Maintenant qu'on s'était vus, aucun empilement de pots n'aurait suffi à me tirer d'affaire. En me disant cela, je pris Caroline par le coude.

— Allons-y.

En approchant, j'ai regardé les sculptures et j'ai réalisé qu'il n'y avait pas de cœur dans les mains exposées. Au lieu de cela, j'ai remarqué un autre thème : des anges et des auréoles. Les plus petites sculptures étaient des bonhommes fabriqués avec des bouts de métal et d'acier, roues dentées en guise de visage et minuscules clous servant de doigts et d'orteils. Sur leurs têtes, on voyait un cercle sculpté, chacun décoré de manière différente. L'un d'eux était parsemé de rectangles de verre aux couleurs variées, un autre encadré de longs clous qui se tordaient dans tous les sens : on aurait dit un ange à tête de Méduse. Sur la grande sculpture qui portait le panneau : À VENDRE, du fil de fer était enroulé autour de l'auréole, comme sur la sculpture de Sweetbud Drive, et j'ai repensé à l'école Myers, à la façon dont, là-bas, les barbelés s'incurvaient tout autour des clôtures, noués comme des rubans.

— Hé, fit Tim. Je me disais bien que c'était toi.

— Salut, fis-je.

— Étonnantes ! dit Caroline.

Elle étendit sa main vers la grande sculpture et fit passer son doigt sur les bords de la roue dentée.

— J'adore ce matériau, insista-t-elle.

— Merci, répondit Tim. Tout provient de chez le ferrailleur.

— Je te présente Tim, dis-je, tandis qu'elle marchait autour de la sculpture, continuant de l'examiner. Tim, voici ma sœur : Caroline.

— Ravie de vous rencontrer, fit Caroline de sa voix mondaine.

Ils se sont serré la main, et elle s'est remise à tourner autour de la sculpture, enlevant ses lunettes et se penchant plus près.

— Ce qu'elle a de remarquable, observa-t-elle, comme si on était dans un musée et qu'elle nous servait de guide, c'est l'effet de contraste. Très belle juxtaposition du thème avec les matériaux employés.

Tim m'a regardée en haussant les sourcils, et j'ai secoué la tête, habituée à ne pas interrompre ma sœur quand elle était lancée. Surtout quand elle pontifiait sur l'art.

— Tu comprends, sculpter des anges, c'est une chose, m'expliqua-t-elle, sous le regard de Tim, mais ce qui est décisif en l'occurrence, c'est la façon dont le matériau traduit le concept. Les anges, par définition, sont censés être parfaits. Donc, en les fabriquant avec des pièces rouillées, de la ferraille, des déchets, l'artiste affirme que même les créatures les plus idéales ont quelque chose de faillible.

— Ouah, dis-je à Tim, comme elle passait aux œuvres plus petites, continuant de se parler à elle-même. Je suis impressionnée.

— Moi aussi, répondit-il. J'y avais jamais pensé. Quand j'ai débuté, en fait, je pouvais pas me payer de matériaux neufs.

J'ai ri, à ma grande surprise, et je fus encore plus surprise – renversée, même – de le voir me sourire, un sourire ravageur, et l'espace d'un éclair je me suis sentie comme fondue dans cet instant : Tim et moi, parmi ces anges, dans la lumière de ce dimanche.

— Oh, ouah, s'écria Caroline, ce qui me fit l'effet d'un réveil brutal, c'est une feuille de métal que tu as utilisée ici ? pour la figure ?

Tim a regardé vers l'endroit où elle se trouvait. Elle était accroupie devant un personnage surmonté d'une auréole étoilée de capsules de bouteille.

— C'est une vieille enseigne Coca, lui répondit-il. Je l'ai trouvée dans la décharge.

— Une enseigne Coca ! fit-elle, émerveillée. Et les capsules de bouteille... l'inévitable collusion entre religion et commerce. J'adore ça !

Tim s'est contenté de hocher la tête : apprenant vite, il avait compris que le mieux était de ne pas la contredire.

— Voilà, fit-il, et il ajouta pour moi à voix basse : En fait, j'aimais bien l'enseigne Coca, c'est tout.

— Bien sûr, lui glissai-je.

Une brise souffla sur nous, et quelques auréoles se mirent à tournoyer. Une petite sculpture était munie de clochettes, et leur tintement a fait siffler l'air. En me penchant pour l'observer, tandis que les clochettes défilaient à toute allure, j'en vis une autre, juste derrière, qui tournait plus lentement. C'était un ange de taille réduite, dont l'auréole était parsemée de pierres plates. Touchant l'une d'elles, j'ai réalisé que ce n'était pas une pierre, mais quelque chose d'autre que je n'arrivais pas à identifier.

— Qu'est-ce que c'est ?

— Du verre marin, répondit Tim. Tu vois les contours ? Pas de bords rugueux.

— Ah oui, dis-je. C'est super.

— On n'en trouve pas facilement, ajouta-t-il.

La brise s'amenuisait, alors il tendit le bras et, d'un seul doigt, fit tournoyer un peu l'auréole : des reflets se mirent à chatoyer sur le verre. Il se tenait si près de moi que nos genoux se touchaient presque.

— J'ai acheté cette série dans un marché aux puces, pour deux dollars, un truc comme ça. Je n'étais pas sûr à ce moment-là de ce que je voulais en faire, mais ça m'a semblé une occasion à ne pas manquer.

— Très beau, dis-je.

C'était vrai. Quand l'auréole s'accélérait, le verre se brouillait, et les couleurs se mélangeaient les unes aux autres. Comme l'océan, ai-je pensé. Les yeux de l'ange étaient des joints, sa bouche une toute petite clé, la même que celle que j'avais dans le temps pour ouvrir mon journal intime.

— Tu le veux ?

— Oh, non, répondis-je.

— Bien sûr que si. Je te l'offre. (Il le prit et brossa de ses doigts les minuscules orteils de l'ange.) Tiens.

— Tim. Je ne peux pas.

— Mais si. Tu me revaudras ça.

— Comment ?

Il a réfléchi une seconde.

— Un jour, tu accepteras de courir avec moi sur 1 600 mètres. Comme ça, on verra pour de bon si tu es capable de m'écraser.

— Je préfère te payer, dis-je en fouillant dans ma poche arrière. C'est combien ?

— Macy, je plaisantais. Je sais bien que tu pourrais

me laminer. (Il m'a regardée en souriant. « Kif total ».) Écoute, prends-le, et on n'en parle plus.

J'allais protester à nouveau mais je me suis retenue. Peut-être que pour une fois, je pouvais laisser quelque chose arriver, me suis-je dit. J'ai baissé les yeux vers l'ange dans sa main, avec ses fragments de verre qui miroitaient. J'avais envie de le prendre. Sans savoir pourquoi, sans être capable d'expliquer cette envie. Mais je le voulais.

— D'accord, dis-je. Mais je te le payerai un jour, d'une façon ou d'une autre.

— Bien sûr. (Il me l'a tendu.) Comme tu voudras.

Caroline revenait maintenant près de nous, se frayant un chemin entre les petites sculptures, s'arrêtant pour examiner chacune d'elles. Son sac était ouvert, son téléphone collé à son oreille.

— Non, c'est plus une sculpture de jardin, mais je pense qu'elle serait formidable sous le porche arrière du chalet, juste à côté du jardin de pierres que j'ai dessiné. Oh, il faudrait que tu les voies. Elles sont tellement plus intéressantes que ces hérons métalliques qu'ils vendent des mille et des cents chez Jardins & Ornements. Oui, je sais qu'ils te plaisent, mon chéri, mais ces sculptures-là sont vraiment mieux. Je t'assure.

— Des hérons en métal ? m'interrogea Tim.

— Elle habite Atlanta, dis-je, comme si ça expliquait tout.

— Bon, chéri, je te laisse. On se rappelle, à plus tard.

Elle ferma le téléphone d'un coup sec et le laissa tomber dans son sac qu'elle remonta sur son épaule.

— Parfait, dit-elle à Tim, parlons argent.

Je suis restée en retrait, petit ange entre les mains, tandis qu'ils passaient d'une sculpture à l'autre, Caroline interrompant parfois la négociation pour expliquer à Tim, qui l'écoutait poliment, la signification de telle ou telle de ses œuvres. Quand ce fut fini, elle avait acheté trois anges, dont celui aux capsules de Coca, et avait obtenu le numéro de Tim pour organiser une visite de son atelier, car elle souhaitait voir ses sculptures plus volumineuses.

— C'est du vol, fit-elle, arrachant de son talon un chèque d'un montant considérable et le lui tendant. Je plaisante. Vous devriez monter vos prix.

— Si j'exposais ailleurs, peut-être, lui dit-il, pliant le chèque et le glissant dans sa poche, mais c'est délicat de vendre cher quand on est entouré de stands de pâtisseries.

— Vous exposerez bientôt ailleurs, lui dit-elle en soulevant ses deux anges. Simple question de temps. (Elle a regardé sa montre.) Oh, Macy, il faut qu'on file. J'ai dit à maman qu'on serait rentrées à l'heure du déjeuner, pour qu'on puisse voir le reste des échantillons.

Quelque chose me disait que ma mère – qui ce matin-là était allée chercher des fenêtres et une lucarne avec autant d'enthousiasme que si elle allait se faire arracher une dent – ne serait pas navrée de rater cette discussion. Mais j'ai pensé qu'il n'était pas utile de le faire savoir à Caroline, à présent occupée à examiner un nouvel ange, dont l'auréole était faite de punaises et qui lui avait échappé.

— Bien sûr, allez-y, dit-il en lançant un regard à ma sœur. Merci de vos achats.

— Ce n'est pas moi, répondis-je. C'est elle qui les a faits.

— Tout de même, insista-t-il. Merci à vous deux.

— Excusez-moi, appela d'une voix stridente une dame à côté de la grande sculpture, vous en avez d'autres, des comme ça ?

Tim a regardé vers elle.

— Je dois y aller, je crois.

— Vas-y, dis-je. À plus tard.

— Oui, à plus tard.

Je l'ai suivi des yeux tandis qu'il s'éloignait, puis j'ai regardé l'ange que je tenais dans mes bras, faisant courir mon doigt sur le verre marin tout lisse qui émaillait son auréole.

— Prête ? demanda Caroline derrière moi.

— Oui. Je suis prête.

# Chapitre 9

— Alors ça, me glissa Delia à voix basse, ça me rend vraiment nerveuse.

Je ne pouvais qu'opiner du chef. Pour Delia, cette nervosité était due au fait qu'on se trouvait dans une maison dont le moindre recoin était encombré d'objets d'art, et que Monica y circulait, en ce moment même, avec un plateau plein de verres de vin remplis à ras bord, j'avais, moi, de tout autres raisons d'être nerveuse. Et la première de ces raisons était qu'à soixante centimètres à peine de la porte où nous étions, c'est-à-dire à portée de main idéale pour un gobeur, se trouvaient les parents de Jason.

Depuis que nous étions arrivés, j'étais dans la cuisine avec Tim, décortiquant des crevettes aussi vite que possible, car Delia – dont l'attention avait été détournée par les fours qui ne s'allumaient plus – avait oublié de s'en occuper. Soudain, j'entendis les trilles d'un rire familier. Tandis que Kristy revenait du salon, son plateau vidé, j'aperçus Mme Talbot. Et au moment où la porte se referma, il me sembla bien qu'elle m'avait vue.

— Incroyable, dit Tim.

— Quoi ?

L'espace d'un instant, je crus qu'il parlait de Mme Talbot.

— Regarde-moi ça.

J'ai suivi son regard, réalisant qu'il parlait des crevettes qui étaient dans mes mains, et de la pile en face de moi, qui faisait le double de la sienne.

— Comment tu fais pour les décortiquer aussi vite ? me demanda-t-il.

— Je vais pas vite, dis-je, faisant glisser la crevette hors de sa carapace et la jetant sur la pile.

Il m'a fixée, puis a fixé la crevette qu'il tenait.

— Je t'ai observée, dit-il, et pendant que je m'échinais sur celle-ci, toi tu en as fait cinq. Au moins.

J'en ai pris une autre, ai arraché les pattes, ôté la carapace d'un seul tenant, et j'ai lâché la crevette sur ma pile.

— Six, a-t-il corrigé. Ça devient embarrassant pour moi. Où tu as appris ça ?

Entamant un autre décorticage, j'ai répondu :

— Mon père. L'été, on achetait souvent un kilo de crevettes qu'on faisait bouillir et qu'on servait pour le dîner. Il adorait les crevettes, et il était super-rapide. Alors si tu voulais manger, fallait suivre.

J'ai jeté la crevette sur ma pile. Il parvint à finir celle qui était dans sa main et la mit également sur la pile.

— Chez moi, dit-il, c'était le contraire. On faisait tout notre possible pour ne pas manger.

— Pourquoi ?

— Après le divorce, expliqua-t-il, prenant une autre crevette et, comme moi, arrachant toutes les pattes d'un coup, ma mère s'est mise à la nourriture diététique. Tous ces trucs, tu sais, pour assainir sa vie, assainir son corps. Fini les hamburgers et les hot dogs. On était aux lentilles et à la salade de tofu. Et encore, ça, c'était les bons jours.

— Mon père, c'était tout l'opposé, lui dis-je, entamant une nouvelle crevette. Il croyait dur comme fer au régime 100 % viande. Pour lui, le poulet c'était une variété de légume.

— Ça m'aurait plu ! s'exclama-t-il.

— Des crevettes ! Il me faut des crevettes ! siffla Delia derrière nous.

J'ai déposé sur un plat la pile qui se trouvait devant moi, puis j'ai couru vers l'évier, rinçant vite les crevettes et les agitant pour les essorer, tandis qu'elle empilait en hâte sur un plateau les cure-dents, les serviettes et la sauce.

— Les biscuits partent à toute vitesse, déclara Kristy qui revenait, tenant son plateau en équilibre sur sa paume.

Elle était dans sa tenue la plus remarquable : une jupe en cuir noir et des bottes de motard assorties, avec un large chemisier blanc de paysanne. Ses cheveux étaient retenus en chignon par une paire de baguettes rouges.

— On dirait qu'y a que des profs dans cette clique, ils ont tous cette façon bizarre de se servir, ultra-polie et complètement gloutonne à la fois. Ils te la jouent : « Dites donc, comme ça a l'air bon », et ils ratissent ton plateau.

— Deux et tu te tires, lui ai-je rappelé.

— Comme si je le savais pas. (Elle a soufflé sur une mèche qui lui retombait dans les yeux.) C'est pas si facile, tu peux me croire.

Au moment où Delia faisait passer le plateau de crevettes, il y eut un fracas dans la pièce à côté. Tout le monde s'est figé.

— Merde, fit Delia. Je veux dire, mince. Non, en fait, je veux dire merde. Carrément.

Kristy entrouvrit la porte.

— Ce n'était pas un truc à eux, annonça-t-elle, et Delia se décrispa visiblement. Mais deux verres de vin ont mordu la moquette.

— Rouge ou blanc ? questionna Delia.

— Mmm, fit Kristy. Rouge, on dirait.

— Merde, répéta Delia, traversant la pièce pour prendre le Tupperware en plastique qu'elle emportait toujours. Et Greg qui a choisi de ne pas être là !

J'ai regardé Tim d'un air interrogateur, et il m'a dit :

— Greg est un as avec les taches. Il peut tout enlever sur toutes les surfaces.

— Vraiment ? dis-je.

— Oh oui, fit Tim en acquiesçant de la tête, tout en ôtant lentement une crevette de sa carapace. C'est une légende à lui tout seul pour ça.

Delia a sorti de la barquette en plastique une bouteille de détachant pour moquette ainsi qu'un chiffon.

— Et toi, tu es comment ? me demanda-t-elle en me les tendant.

— Comment quoi ?

— Pour enlever les taches.

J'ai baissé les yeux vers le chiffon et le détachant que je tenais à présent dans mes mains, tandis que Kristy ouvrait la porte.

— Hum, fis-je.

À travers l'embrasure, j'ai vu Monica ramasser un à un les fragments de verre cassé, tandis que l'hôtesse de la réception restait près d'elle et la regardait faire. J'ai ajouté :

— Je suis pas...

— Bien, coupa Delia en me poussant à l'extérieur. Alors, vas-y !

Elle m'a donné un coup de coude si énergique que j'ai trébuché sur le seuil : heureusement, j'ai pu me rétablir juste avant de m'étaler sur une table qui se trouvait tout près. J'ai repris mon souffle, puis j'ai traversé la pièce pour rejoindre Monica, qui semblait avoir fait assez peu de progrès en ramassage.

— Eh, dis-je en m'agenouillant près d'elle. Tu y arrives ?

— Mmm-hmm, fit-elle.

Elle se releva soudain, essuya ses mains sur son tablier, et fila vers la cuisine en me laissant seule avec le plateau. Bonjour le travail d'équipe ! Et je me suis mise à ramasser les morceaux de verre aussi vite que je pouvais. Je venais de récupérer le dernier bout et j'avais commencé à asperger de produit la moquette, lorsque j'entendis une voix.

— Macy ? C'est toi ?

Pendant un instant, j'ai continué la pulvérisation, comme si, en y mettant plus de conviction, j'allais réussir à effacer non seulement la tache, mais encore ma personne, et la situation tout entière. Mais après avoir bien arrosé la moquette, je n'avais plus d'autre choix que de lever les yeux.

— Bonjour, dis-je à Mme Talbot, qui se tenait au-dessus de moi avec, dans sa main, une serviette pleine de crustacés. Comment allez-vous ?

— On va bien, répondit-elle, jetant un coup d'œil un peu hésitant à M. Talbot, occupé à prendre des crevettes sur le plateau de Kristy qui tentait, sans succès, de s'éloigner. Est-ce que tu... travailles ici ?

La question était certes pertinente, mais comme je portais un tablier *Wish – Traiteur – Fêtes et Réceptions*, tenais un chiffon, et étais agenouillée sur la moquette aux prises avec une tache, j'en vins à me demander si Mme Talbot était aussi intelligente qu'on le disait.

— Oui, fis-je en ramenant une mèche de cheveux derrière mon oreille, je, euh... viens juste de commencer.

— Mais tu es toujours à l'accueil de la bibliothèque, dit-elle, l'air soudain sérieux, et, dans ses traits, j'ai revu Jason et son souci constant de voir chaque chose se dérouler *comme-il-faut*. N'est-ce pas ?

J'ai acquiescé.

— Je fais ça juste de temps en temps, dis-je. Pour me faire de l'argent de poche.

— Oh.

Elle a jeté un nouveau coup d'œil vers M. Talbot, qui était toujours à sa place, en train de mâcher. Sa serviette contenait à mes yeux bien plus que deux crevettes.

— Eh bien, c'est formidable, ajouta-t-elle.

J'ai baissé la tête d'un coup, et la seconde d'après, une femme s'est approchée d'elle, lui posant des questions sur un voyage de recherche, et par chance elles se sont éloignées. Ça faisait maintenant cinq bonnes minutes que j'aspergeais, puis frottais, puis aspergeais encore, lorsque des bottes de motard apparurent devant mes yeux, avec un des pieds qui tapotait.

— Tu sais, fit Kristy à voix basse, ce n'est pas très flatteur pour toi, de te retrouver comme ça, par terre.

— Il y a une tache, ai-je répondu. Et Monica vient de me lâcher.

Elle s'est accroupie devant moi, inclinant ses genoux de côté avec une grâce surprenante.

— C'est très pénible pour elle, expliqua-t-elle d'un ton grave. Elle est embarrassée par sa maladresse, alors souvent, au lieu de la reconnaître, elle se ferme. C'est un mécanisme de défense. Elle est très émotive, Monica. Je t'assure.

Au moment où elle parlait, Monica sortit de la cuisine, portant un plateau plein de toasts au chèvre. Elle traversa la pièce, le visage inexpressif, passant près de nous sans nous lancer le moindre regard.

— Tu vois ? dit Kristy. Elle est furax.

— Macy, tonitrua une voix d'homme au-dessus de nos têtes. Comment ça va ?

Kristy et moi avons levé les yeux en même temps. C'était M. Talbot, un large sourire aux lèvres, que j'attribuais aux crevettes de Kristy plutôt qu'à nos retrouvailles. Alors qu'on se levait, elle et moi, il confirma cette impression en se saisissant d'une crevette qu'il goba aussitôt.

— Bonjour, monsieur Talbot, dis-je. Contente de vous voir.

— Pareillement, répondit-il. Martha m'a dit que tu as pris ce boulot en plus de ton travail à la bibliothèque. Voilà qui est ambitieux. Tu sais que Jason considère le travail à la bibliothèque comme une responsabilité à plein temps.

— Oh, eh bien, dis-je en me baissant pour
reprendre détachant et chiffon, tandis que la tache,
miraculeusement, semblait s'estomper, je suis sûre
que pour lui, c'est le cas.

M. Talbot, prenant une autre crevette, haussa les
sourcils.

— Je veux dire, fis-je rapidement, Jason s'investit
tellement dans tout ce qu'il fait... Il est, comme vous
savez, très centré sur ses objectifs.

— Ah oui, ça, c'est vrai, approuva-t-il. Puis il a
ajouté à voix basse : Je suis heureux que tu le
comprennes, après la décision qu'il a dû prendre au
sujet de votre relation. (Il a tapoté ses lèvres avec sa
serviette.) Il est attaché à toi. Mais Jason a tellement
de choses en cours. Il doit faire attention à ne pas se
laisser détourner de ses objectifs.

Je suis restée figée, me demandant ce qu'il attendait, au juste, que je réponde à ça. Moi, détourner
Jason de ses objectifs ? J'ai senti mon visage devenir
tout rouge.

— En tout cas, continua M. Talbot, je sais qu'il
espère, comme toi, que vous pourrez résoudre tout ça
ensemble, dès qu'il sera de retour.

Sur ce, il voulut prendre une autre crevette. Mais à
l'instant où ses doigts atteignirent le plateau, Kristy
l'emporta avec tant de force que deux crevettes glissèrent de l'autre côté et tombèrent sur la moquette,
flop ! flop ! M. Talbot eut l'air embarrassé, puis il
regarda les crevettes qui étaient au sol, avec l'air de
se demander si la règle des deux secondes allait
s'appliquer à ces crevettes-là.

— Désolée, dit Kristy d'un ton mielleux, mais on a pour objectif d'amener la suite des amuse-gueules, et on ne doit pas se laisser détourner.

— Kristy... sifflai-je.

— Allez, fit-elle, s'éloignant aussitôt.

Je ne voyais pas ce que je pouvais faire sinon la suivre.

Était-ce pour préserver mon amour-propre, ou pour m'épargner la vue de M. Talbot gobant ses amuse-gueules sur la moquette ?

Kristy ouvrit la porte de la cuisine d'un coup sec, marcha jusqu'à la table du fond, et lâcha son plateau avec un grand bruit. Tim et Delia, qui posaient des verres de vin sur deux plateaux, levèrent les yeux vers nous.

— Vous allez jamais croire ce qui vient de se passer, déclara Kristy.

— Quelque chose de cassé ou de renversé ? demanda Delia. Mon Dieu ! Qu'est-ce qui nous arrive, aujourd'hui ?

— Mais non, fit Kristy.

En la regardant j'ai réalisé que si, moi, j'étais furieuse et même blessée, Kristy, elle, était en rage.

— Tu sais qui est là-bas ?

Delia s'est tournée vers la porte.

— Monica ?

— Non. Le père du petit copain crétin de Macy. Et vous savez ce qu'il vient de faire, devant tout le monde ?

Cette fois, ni Tim ni Delia n'avancèrent la moindre théorie, se contentant de me regarder, puis se tournant de nouveau vers Kristy. À côté, j'ai entendu Mme Talbot secouée d'un nouvel éclat de rire.

— Il a dit, reprit Kristy, que son idiot de rejeton avait suspendu la relation entre lui et Macy parce qu'elle n'entrait pas dans ses *objectifs*.

Delia a haussé les sourcils. J'ai fait un effort délibéré pour ne pas regarder Tim.

— Et en plus, a continué Kristy, au bord de l'explosion, il a mangé la moitié de mon plateau de crevettes. Il insulte mon amie et il se bâfre ! J'avais envie de lui mettre une beigne.

— Mais, intervint Delia calmement, tu ne l'as pas fait, n'est-ce pas ?

— Non, répliqua Kristy, tandis que Delia se décrispait à nouveau, mais je lui ai quand même coupé les vivres. À partir de maintenant, il va subir une restriction de crustacés. S'il essaie d'en reprendre, je lui écrase le pied.

— Oh, ne fais pas ça, lui lança Delia, tandis que je fixais mon attention sur un détail du mur. (Il fallait que je retrouve mon calme après les humiliations que je venais de subir.) S'il-te-plaît-bon-sang-je-t'en-supplie, s'est exclamée Delia. Tu ne peux pas simplement l'éviter ?

— C'est une stratégie globale, a rétorqué Kristy, empilant par poignées d'autres crustacés sur son plateau. Alors non, je peux pas.

La porte s'est rouverte brusquement, et Monica est entrée d'un pas tranquille, soufflant pour écarter les mèches devant ses yeux.

— Crevettes, dit-elle d'un ton catégorique, en regardant Kristy.

— Ah, ils en veulent, ces salauds ! s'écria-t-elle, flanquant sur son plateau une nouvelle barquette de sauce piquante ainsi que des serviettes.

— Kristy... s'indigna Delia.

Mais déjà elle poussait la porte pour ressortir, son plateau levé à hauteur d'épaule. Delia a regardé autour d'elle avec une expression de détresse, puis a pris un plateau rempli de verres de vin, et l'a soulevé des deux mains.

— Simple précaution, fit-elle, jetant un coup d'œil dans le salon, où Kristy filait à toute vitesse à côté d'un groupe de personnes qui essayaient en vain de prendre des crevettes. Je vais passer dans la pièce, histoire de garder un œil sur elle. Tim, attrape l'autre plateau avec les verres. Monica, prends le plateau là-bas qui est recouvert de toasts. Et Macy...

Je me suis tournée pour la regarder, heureuse qu'elle me confie une tâche sur laquelle me concentrer.

— Je suis désolée, dit-elle en me souriant si gentiment que ça m'a fait l'effet d'une nouvelle humiliation, la plus grosse de toutes.

J'ai senti un tiraillement au cœur lorsque la porte s'est refermée, comme si toutes les insuffisances que je me reprochais étaient aussi lisibles sur mon visage que si on les avait tracées en lettres d'imprimerie.

Après le départ de Delia, la pièce sembla plus petite. Monica déposait lentement les toasts sur son plateau, tandis que Tim, derrière moi, finissait de verser du vin. De la cuisine, j'apercevais le jardin et la route au loin. L'espace d'un instant j'ai eu envie de pousser la porte et de m'en aller, car je sentais presque l'herbe sous mes pas, le soleil sur mon visage, m'imaginant enfin libérée de toute pesanteur.

Monica prit son plateau et sortit en me frôlant. Lorsque la porte s'ouvrit, les bruits et les voix de la réception me parvinrent, puis ce fut calme à nouveau. Quand je me suis tournée pour regarder Tim, il était en train de soulever son plateau, replaçant les verres qui s'y trouvaient, visiblement plus soucieux de leur équilibre que de mes insuffisances. C'est alors qu'il m'a regardée.

— Hé, fit-il, et je sentis quelque chose en moi se ranimer, est-ce que tu...

— Tout va bien, le coupai-je. Ce n'est rien, juste une bêtise que j'ai entendue.

— ... vas réussir à prendre l'autre plateau ? acheva-t-il.

On s'est tus tous les deux, brusquement.

— Oui, dis-je. Vas-y, j'arrive dans un instant.

— D'accord.

Puis, pendant une seconde, il m'a fixée, comme s'il avait eu envie de parler. Mais il s'est tu. Il a marché vers la porte et l'a poussée de sa main libre.

— On se retrouve là-bas, lâcha-t-il.

Tandis qu'il disparaissait dans le salon, j'ai imaginé la réception. Je me doutais que Kristy était en train d'exercer la vengeance qui, selon elle, m'était due, et que Delia passait derrière elle pour tenter d'arrondir les angles. Monica était sans doute égale à elle-même, indifférente ou bien à cran. Tim gardait un œil sur tout. Là-bas se déployait un autre monde, celui des Talbot, où je n'avais plus ma place, si tant est que je l'avais eue un jour. Mais il n'est pas gênant de ne pouvoir s'intégrer partout, du moment qu'on a sa place quelque part. J'ai alors pris mon plateau, ayant soin de le tenir bien droit, et j'ai poussé la porte pour rejoindre mes amis.

— Delia, fit Kristy, vas-y, s'il te plaît, tu veux bien ? On n'a aucun souci.

Delia secoua la tête, appuyant un doigt contre sa tempe.

— Je suis en train d'oublier quelque chose, j'en suis sûre. Mais quoi ?

Son mari, Pete, qui se tenait près de sa voiture, clés en main, dit patiemment :

— Peut-être le fait que la réservation de notre dîner a expiré il y a dix minutes ?

— Non, répliqua-t-elle d'un ton brusque. C'est quelque chose d'autre. Bon sang, réfléchis, Delia. Réfléchis.

À côté de moi, Kristy a bâillé, puis regardé sa montre. Il était 20 h 30. La réception des universitaires étant terminée, nous étions rassemblés dans l'allée, attendant de pouvoir partir. Tout le monde était fin prêt, mais Delia avait soudain été prise d'un doute.

— Vous savez ce que je veux dire, reprit-elle, claquant des doigts, comme si ce geste allait provoquer une mutation moléculaire qui lui rafraîchirait la mémoire. Quand vous êtes persuadés d'avoir oublié quelque chose ?

— T'es sûre que c'est pas ta grossesse qui te fait ça ? demanda Kristy.

On s'est tous regardés. Plus Delia était près d'accoucher, plus elle s'irritait quand on attribuait quoi que soit – perte de mémoire, sautes d'humeur, sa conviction que chaque pièce était toujours trop chauffée même quand tout le monde claquait des dents – à sa grossesse.

— Chérie, dit gentiment Pete, en cherchant à mettre sa main sur le bras de son épouse, la baby-sitter nous coûte dix dollars de l'heure. On peut, s'il te plaît, aller dîner ? S'il te plaît ?

Delia ferma les yeux, essayant toujours de se souvenir, puis elle secoua la tête.

— Très bien, fit-elle.

Et sur ce, tout le monde commença à se disperser. Pete ouvrit la porte de la voiture, Kristy tira ses clés de sa poche, Tim se dirigea vers le van.

— Sauf qu'après, continua-t-elle, je m'en souviendrai et il sera trop tard.

Elle s'installa néanmoins dans la voiture à la place du passager, puis tira la ceinture de sécurité pardessus son ventre, faisant un effort pour l'enclencher. En prenant place dans le van avec Tim, je les ai regardés sortir de l'allée et s'engager dans la rue. Je me suis demandée, au moment où ils atteignaient le stop, si la mémoire lui était revenue. Probablement.

— Il est pour quand ce bébé ? demanda Kristy tout haut, tandis qu'elle et Monica s'approchaient de nous.

Une quinzaine de minutes plus tôt, lorsque le van avait été chargé et qu'on avait reçu notre salaire, Kristy avait disparu pendant quelques instants dans le garage, et en était ressortie dans une autre tenue : jupe courte en jean, chemisier aux manches découpées en lanières, sandales à hauts talons, queue-de-cheval.

— Pour le 10 juillet, lui répondit Tim en faisant démarrer le moteur.

— Ce qui nous laisse... fit-elle en essayant de calculer, beaucoup trop de temps avant qu'elle redevienne normale.

— Trois semaines, dis-je.

— Exactement. (Kristy a soupiré, contemplant son reflet dans le miroir de sa voiture.) Bref, alors écoute.

La fête se passe à Lakeview. Prends à droite sur Hill-crest, à gauche sur Willow, maison au bout de l'impasse. On vous retrouve là-bas. Eh, Macy ?
— Ouais ?
Elle s'est penchée un peu plus par la fenêtre, comme si on échangeait une confidence
— Je sais, de source sûre, fit-elle à voix basse, qu'il y aura des garçons canon là-bas, tu vois le topo ?
Tim, à côté de moi, tripotait son rétroviseur.
— Euh, non, répondis-je.
— T'en fais pas. (Elle a débrayé, puis a pointé son doigt dans ma direction.) Avant la fin de la soirée, tu le verras. À tout de suite !
Sur ce, dégageant un nuage de poussière, radio à fond, elle s'éloigna, sans prendre la peine de ralentir au stop.
— Eh bien, dit Tim, tandis qu'on partait avec moins de vélocité, allons à la fête, alors. Ça te dit ?
— Bien sûr.
J'ai passé les cinq premières minutes à chercher quelque chose de spirituel pour lancer la conversation. Les sujets les plus ineptes me traversaient l'esprit tandis que nous roulions sur les routes désertes. Puis, ne pouvant supporter plus longtemps le silence, je finis par ouvrir la bouche, sans même savoir ce que j'allais dire.
— Alors... ai-je commencé.
Mais je ne suis pas allée plus loin. Lui non plus, d'ailleurs.
Car le moteur, qui avait allègrement vrombi jusque-là, se mit à crachoter. Eut un haut-le-cœur. Gémit.

Et puis : plus rien. Nous étions arrêtés en plein milieu de la route. Pendant un moment, aucun de nous n'a parlé. Un oiseau est passé au-dessus de nous, faisant planer son ombre sur le pare-brise.

— Donc, dit Tim, reprenant là où l'on s'était interrompus, *voilà* ce que Delia avait oublié.

Je l'ai regardé.

— Quoi ?

Il a levé le doigt, l'a pointé sur la jauge d'essence, qui se trouvait pile sur le V. Vide.

— L'essence, fit-il.

— L'essence, répétai-je en écho, et je pouvais imaginer Delia se le rappeler enfin en plaquant sa paume sur son front. *L'essence.*

Tim avait déjà ouvert sa portière et descendait de la voiture. J'ai fait de même, puis j'ai contourné le van, regardant de chaque côté de la route déserte.

J'avais entendu des gens raconter qu'ils s'étaient retrouvés au milieu de nulle part, mais ça semblait toujours exagéré. Pourtant, maintenant que je voyais les pâturages qui s'étendaient tout autour de nous, cette expression me paraissait adéquate. Aucun véhicule en vue. Pas la moindre maison. L'unique lumière provenait de la lune, jaune et pleine.

— À ton avis, demandai-je, on est à combien de kilomètres de la plus proche station d'essence ?

On a jeté un œil vers la direction d'où l'on venait, puis on s'est retournés pour regarder devant, comme si l'on rassemblait des données pour une évaluation scientifique.

— Aucune idée, finit-il par dire. On le saura tôt ou tard, remarque.

On a poussé le van sur le côté, puis relevé les fenêtres et verrouillé les portes. Tout semblait bruyant dans le silence : nos pas, la portière se refermant, le hibou hululant au-dessus de nous. Je suis restée au milieu de la route pendant que Tim inspectait le van une dernière fois. Puis, les mains dans les poches, il a traversé la route pour me rejoindre.

— Bon, fit-il, prenons une décision. À gauche ou à droite ?

J'ai regardé d'un côté, puis de l'autre.

— À gauche, répondis-je, et l'on s'est mis à marcher.

— Écrevisse, dit Tim.

— Tarte, répondis-je.

Il a réfléchi un moment. Dans le silence, je ne percevais que le bruit de nos pas.

— Île flottante, fit-il.

— Escalope.

— Mais bon sang, pourquoi tous ces mots qui finissent par un *E* ? s'est-il plaint, penchant la tête en arrière et regardant le ciel.

— Je te l'ai dit, ai-je répliqué. J'ai déjà joué à ce jeu.

Il s'est tu pendant une minute, réfléchissant. Ça faisait vingt minutes qu'on marchait, et aucune voiture n'était passée. J'avais mon téléphone portable, mais Kristy ne répondait pas, Greg n'était pas à la maison, et ma mère était à un rendez-vous. Bref, on était livrés à nous-mêmes, en tout cas pour un petit bout de temps. Après avoir marché un moment dans le silence, Tim avait proposé un jeu, histoire de briser la monotonie de cette marche. Il faisait trop sombre pour jouer à « Mon petit œil espionne... »*, alors j'avais proposé « Dernière lettre, première lettre », un jeu dont il n'avait jamais entendu parler. Je l'avais laissé choisir la catégorie : nourriture, mais il ramait quand même.

— Émincé, finit-il par dire.

— C'est pas de la nourriture, ça.

— Bien sûr que si. Un émincé de...

— Non. C'est le mode de préparation.

Il m'a regardée.

— Tu veux la jouer à la dure, carrément ?

J'ai glissé mes mains dans mes poches. Une brise a soufflé sur nous, et j'ai entendu frémir les feuilles sur les arbres.

— Pas du tout. C'est le mode de préparation ; pas de la nourriture. C'est tout ce que je voulais dire.

— Tu apprécies qu'on respecte les règles, remarqua-t-il.

— Ma sœur trichait tout le temps. Alors c'est devenu nécessaire.

— Elle trichait à ce jeu ?

— Elle trichait à *tout*. Quand on jouait au Monopoly, elle voulait être le banquier, elle s'autorisait des prêts multiples et des commissions sur chaque transaction immobilière. Je devais avoir déjà dix ou onze ans quand j'ai su, en jouant chez quelqu'un d'autre, qu'on n'avait pas le droit de faire ça !

Il a ri, d'un rire qui a paru très fort dans ce silence. J'ai souri, me rappelant nos jeux de ce temps-là.

— Quand on jouait à garder les yeux ouverts,

---

* Jeu pratiqué en famille et en voiture, où l'on fait deviner le nom d'un objet à partir de sa première lettre. L'objet doit être visible, ou avoir été vu en route par les participants.

repris-je, elle n'arrêtait pas de les cligner. Et elle jurait ses grands dieux du contraire. Et quand on jouait au jeu de la vérité, elle mentait, d'une façon éhontée.

— Le jeu de la vérité ? s'étonna-t-il en tournant la tête (quelque chose hululait, sans doute un simple hibou). C'est quoi ?

Je l'ai regardé.

— T'as jamais joué au jeu de la vérité ? Mais bon sang, vous faisiez quoi pendant les trajets en voiture ?

— On parlait, dit-il. De politique, d'actualité. On avait des discussions éblouissantes.

— Ah ?

— Je plaisante, fit-il en souriant. La plupart du temps on lisait des B.D. et on se tabassait jusqu'à ce que mon père nous menace de se garer, et de « régler ça une bonne fois pour toutes ». Ou alors, si on était juste avec ma mère, on chantait des chansons folks.

— Tu chantais du folk, dis-je pour clarifier.

J'avais du mal à me l'imaginer.

— J'avais pas le choix. C'était comme le pain de lentilles pour le goûter, pas d'alternative. (Il a soupiré.) Je connais toutes les chansons de Woody Guthrie*.

— Chante-moi quelque chose, fis-je en le poussant du coude. Je *sais* que tu en as envie.

— Non, dit-il d'un ton résolu.

— Allez. Je suis sûre que tu chantes merveilleusement.

---

* Woodrow Wilson Guthrie (1912-1967), musicien et compositeur, est l'une des grandes figures de la musique folk américaine. Par ses chansons, il incarne la dignité face à la misère et la résistance à l'oppression.

— Pas du tout.

— Tim ! dis-je avec autorité.

— Macy, riposta-t-il, tout aussi sévère. Non.

Pendant une minute, on a marché sans rien dire. Loin, très loin à l'horizon, j'ai aperçu les phares d'un véhicule, mais aussitôt ils ont tourné dans une autre direction, puis ont disparu. Tim a laissé échapper un soupir, secouant la tête, et je me suis demandé depuis combien de temps on marchait.

— Bon, alors, la vérité, fit-il. C'est quoi les règles ?

— Quoi, ai-je persiflé, tu n'arrives pas à trouver quelque chose de comestible qui commence par *E* ?

— Pas du tout, fit-il d'un ton indigné, pour se corriger aussitôt : Quoique. C'est quoi les règles ?

— On peut pas jouer à la vérité, répondis-je, tandis qu'on franchissait la crête d'une colline.

— Pourquoi pas ?

— Parce que ça peut mal tourner.

— Comment ça ?

— Je te dis : on est obligé de dire la vérité, même si on veut pas.

— Pas un problème pour moi, a-t-il affirmé.

— Tu n'arrives même pas à trouver un mot qui commence par un *E* comestible !

— Tu y arrives, toi ?

— Épinards, dis-je aussitôt. Endive.

— Bon, très bien. La preuve est faite. Maintenant, explique-moi comment on joue.

— D'accord, répondis-je, tu l'auras voulu. Dans le jeu de la vérité, la seule règle, c'est de dire la vérité.

— Qu'est-ce qu'il faut faire pour gagner ? demanda-t-il.

— C'est bien une question de mec, ça.

— Ah, parce que les filles n'aiment pas gagner ? (Il a ricané.) Pitié. C'est toi qui me sors je ne sais quelle règle sur le fait qu'un émincé, c'est pas de la nourriture.

— C'en n'est pas. Ça indique la façon de couper.

Je peux pas le croire, ai-je pensé. Il y a une semaine, j'osais à peine aligner deux phrases devant lui. Et maintenant, on parle d'art culinaire.

— D'accord, a-t-il fait, revenons à la vérité. Tu disais ?

J'ai inspiré un grand coup.

— Pour gagner, il faut que l'autre personne refuse de répondre. Bon, par exemple, disons que je te pose une question, et que tu ne veuilles pas me répondre. Dans ce cas, c'est à ton tour de m'en poser une, et si je réponds, c'est moi qui gagne.

— Trop facile. Et si ma question ne te gêne pas ?

— Ça n'arrivera pas, dis-je. Il faut que la question soit vraiment difficile. Tu n'as tout de même pas l'intention de me laisser gagner, non ?

— Aaaah, fit-il en hochant la tête. (Il a pris un temps de réflexion, avant de continuer.) Dis donc, c'est diabolique, ton truc.

— C'est un jeu de filles, ai-je expliqué, renversant ma tête en arrière pour regarder les étoiles. Très efficace pour pimenter les soirées. Je te l'ai dit. Ça peut pas te brancher.

— Mais si. (Il a redressé les épaules.) Je peux jouer sans problème.

— Tu crois ?

— Ouais. Vas-y, attaque.

J'ai réfléchi un moment. On marchait sur la ligne

jaune, au milieu de la route. Le clair de lune jetait sur nous une lueur oblique.

— Bon, dis-je. Quelle est ta couleur préférée ?

Il a regardé vers moi.

— Me ménage pas. C'est insultant.

— Je commence doucement.

— Demande plutôt un truc costaud, insista-t-il.

J'ai levé les yeux au ciel.

— D'accord.

Sans réfléchir, je lui ai alors lancé :

— Pourquoi on t'a envoyé à l'école Myers ?

Pendant un instant, il n'a rien dit, et j'ai eu peur d'avoir franchi les bornes. Pourtant, il a répondu :

— J'étais entré chez quelqu'un par effraction. Moi et puis deux types avec qui je traînais. On n'avait rien volé, juste bu quelques bières, mais un voisin nous avait aperçus et avait appelé les flics. On s'était enfuis, seulement ils nous ont rattrapés.

— Pourquoi t'as fait ça ?

— Quoi, m'enfuir ?

— Non, dis-je. L'effraction.

Il a haussé les épaules.

— Je sais pas. Ces types que je fréquentais, ils l'avaient déjà fait, une ou deux fois, et pas moi. J'étais avec eux, je les ai suivis. (Il a passé la main dans ses cheveux.) Ç'a été mon premier et mon seul délit. Mais la politique du comté était dans ce truc dissuasif : punition dès le premier délit. Du coup, on m'a coffré. Six mois, libéré au bout de deux.

— Mon petit copain, dis-je, puis, sentant le besoin de me corriger, j'ai ajouté : mon « presque » petit copain, il a donné des cours là-bas.

— Ah ouais ?

J'ai approuvé de la tête.

— Ouais.

— Alors, c'est quoi ce plan ? Ton petit copain, je veux dire.

— Quoi ?

— C'est mon tour de poser une question. C'est comme ça que le jeu se déroule, non ?

— Euh, oui. Je suppose.

Il a agité la main vers moi, comme pour dire « Laisse tomber ». Super, ai-je pensé, scrutant l'horizon en espérant voir des phares. Mais c'eût été trop beau.

— J'attends, dit Tim. Ça veut dire que tu passes ?

— Non, fis-je brusquement. Je vais te répondre. Je rassemble les éléments.

Quelques secondes ont passé.

— La réponse doit se faire dans un certain laps de temps ? demanda-t-il.

Je l'ai foudroyé du regard.

— Je demandais juste.

— Bon, dis-je en prenant mon souffle. On sort ensemble depuis un an et demi à peu près. Lui, c'est carrément un génie. Vraiment brillant, ambitieux et tout. Il est parti pour l'été, et moi, en fait, j'étais, bon... un peu accro, quoi. Enfin, je sais pas. Du coup, il a flippé. C'est quelqu'un de très indépendant.

— Tu peux me définir « accro » ?

— Tu sais pas ce que veut dire « accro » ?

— Je sais le sens que ça a pour moi, dit-il. Mais ça varie d'une personne à l'autre.

— Eh bien, d'abord, ça l'a énervé de voir que je ne prenais pas mon job, qui, avant, était *son* job, suffisamment au sérieux. Et ensuite, dans un e-mail, je lui ai dit que je l'aimais. Ce qui l'a rendu nerveux.

— Nerveux ?

— Faut aussi que je définisse ça ? dis-je.

— Non. Ça, je connais. (Il a relevé la tête, a observé la lune.) Donc, les choses ont mal tourné parce que tu as écrit ces deux mots, et parce que tu prenais pas la bibliothèque aussi sérieusement qu'il aurait voulu.

— Voilà.

Dit de cette façon, ça paraissait idiot. Mais tout semble idiot quand les faits sont réduits au minimum... C'est alors que j'ai senti un hic.

— Attends, dis-je en me figeant. Je t'ai jamais parlé de la bibliothèque.

— Mais si, tu l'as fait, répondit-il. Tu...

— Non. (J'en étais certaine.) Jamais.

On est restés un moment immobiles.

— Kristy, finis-je par dire.

— Pas exactement. Il se trouve que je vous ai entendues parler, l'autre soir, dans la clairière.

Je me suis remise à marcher.

— Eh bien, alors tu as entendu deux fois la même histoire. Tu devrais être pénalisé, parce que tu as posé une question dont tu savais la réponse. C'est contraire aux règles.

— Je croyais que la seule règle, c'était de dire la vérité.

J'ai fait la moue.

— Bon, d'accord, dis-je, eh ben, ça fait deux règles.

Il a gloussé.

— Bientôt, tu vas me raconter que tu as droit à une commission.

— Qu'est-ce qui te pose problème ? m'étonnai-je.

— Voilà ce que je te propose : je vote pour qu'on supprime la seconde règle.

— Pas question de voter, répondis-je. C'est un jeu tout ce qu'il y a de plus établi.

— On dirait pas.

Il était franchement têtu, du moins c'est ainsi que je le percevais.

— J'ai plutôt l'impression que tu inventes les règles au fur et à mesure, ajouta-t-il.

— Pas du tout ! dis-je avec indignation.

Il m'a regardée, visiblement incrédule, alors j'ai riposté :

— Très bien. Si tu proposes de changer les règles, la moindre des choses c'est de faire valoir tes arguments.

— On se croirait dans une association d'élèves, rigola-t-il.

Ça m'avait tout l'air d'être une insulte.

— J'attends.

— On devrait avoir le droit, de temps en temps, de poser une question dont on sait la réponse, suggéra-t-il.

J'étais en train de me dire que c'était bien un truc de mec, ce besoin de changer les règles alors qu'on vient de commencer à jouer.

— Comme ça, on a un moyen de s'assurer que l'autre personne dit la vérité, conclut-il.

On a vu alors, tous les deux, la même chose : des phares au loin. Ils s'approchaient, s'approchaient de plus en plus, et pivotèrent finalement sur la gauche, disparaissant sur une route adjacente. Si près, et pourtant si loin.

Tim a soupiré, secoué la tête, et m'a regardée.

— Bon, oublie tout ça, dit-il. Je me range à ton avis. On dit toute la vérité, sinon gare. D'accord ?

J'ai acquiescé.

— Ça me va.

— Vas-y, dit-il. C'est à toi.

J'ai réfléchi un peu, voulant trouver quelque chose de percutant. J'ai fini par dire :

— O.K., chacun son tour. Comment ça s'est passé avec ta dernière petite amie ?

— Ma dernière petite amie ? Ou ma petite amie actuelle ?

Sur le coup, je fus plutôt surprise. Pas seulement surprise, à vrai dire. Je sentis mon estomac se creuser soudain, et aussi une certaine déception. Mais ça n'a duré qu'une seconde. J'aurais dû me douter qu'il avait une petite amie.

— Ta petite amie actuelle, répondis-je. Comment ça se passe avec elle ?

— Eh bien, fit-il, en fait, elle est incarcérée.

Je l'ai regardé.

— Tu sors avec une fille... qui se trouve en prison ?

— En désintox, a-t-il corrigé.

Il disait ça le plus naturellement du monde, comme quand j'expliquais, banalement, que Jason était dans le « camp des cracks ».

— Je l'ai rencontrée à Myers. Elle était là pour vol à l'étalage. Depuis, elle s'est fait choper avec du hasch, et maintenant elle est au centre de soins d'Evergreen. En tout cas, jusqu'à ce que son père soit à sec.

— Comment elle s'appelle ?

— Becky.

Becky, Becky la cleptomane droguée au hasch, ai-je pensé, m'en voulant aussitôt d'être mesquine.

— Alors c'est une relation sérieuse, dis-je.

Il a haussé les épaules.

— Elle a pas arrêté d'avoir des ennuis depuis un an, du coup on s'est à peine vus. Elle dit qu'elle déteste l'idée que j'aille la voir à Evergreen, alors disons qu'on attend sa sortie pour voir ce qui va se passer.

— Et ce sera quand ?

— À la fin de l'été.

Il a donné un coup de pied dans un caillou, le faisant ricocher à travers la chaussée :

— Donc tout est un peu suspendu, quoi.

— Moi c'est pareil, lui confiai-je. On est censés se retrouver en août. On saura mieux, à ce moment-là, si on a les mêmes intentions, ou s'il vaut mieux que la séparation soit définitive.

En m'entendant, il a grimacé.

— On dirait du mot pour mot.

J'ai soupiré.

— Exact. Ça vient de l'e-mail qu'il m'a envoyé.

— Aïe.

— Eh oui.

On marchait donc, Tim et moi, dans la pénombre, goûtant quelques minutes de silence. C'est curieux, tout ce qu'on peut avoir de commun avec une personne, sans s'en douter. Le premier soir où j'avais vu Tim, chez ma mère, je ne l'avais pris que pour un beau mec, sans m'imaginer que j'allais le revoir. Je me suis demandé ce qu'il avait pensé de moi, ce soir-là.

— Bon, fit-il, tandis que nous grimpions une colline où les arbres s'alignaient. À mon tour.

J'ai glissé mes mains dans mes poches.

— D'accord, attaque.

— Pourquoi tu as arrêté de courir, au juste ?

Je me suis entendue respirer un grand coup, comme

si on m'avait frappée au ventre : c'était inattendu, cette question. Je pouvais me dépêtrer des interrogations sur Jason, mais là, c'était tout autre chose. Plus profond. Seulement, on jouait à la vérité et, jusqu'ici, Tim avait joué sans tricher. La nuit était tranquille, opaque, et nous étions seuls. Alors, je lui ai répondu.

— Le matin où mon père est mort, dis-je, pointant mon regard sur la route devant moi, il est monté me réveiller pour qu'on aille courir, et comme j'avais la flemme de me lever, je lui ai fait au revoir de la main en lui disant d'y aller sans moi.

Première fois que je racontais cette histoire à voix haute.

— Quelques minutes plus tard, pourtant, j'ai changé d'avis.

Je me suis interrompue, avalant ma salive. Rien ne m'obligeait à continuer. J'aurais pu passer la main, perdre à ce jeu, ça n'avait pas d'importance. Mais je ne sais pourquoi, j'ai enchaîné.

— Je me suis levée pour le rejoindre. Je connaissais le chemin qu'il avait pris, c'était celui qu'on prenait toujours. En sortant de notre quartier, à droite sur Willow, et encore à droite sur McKinley.

Tim ne disait rien, mais je savais qu'il écoutait. Je le sentais.

— J'avais presque atteint la moitié du premier kilomètre quand je suis arrivée sur une crête et que je l'ai aperçu. Il était allongé sur le trottoir.

Mes pas, nos pas, étaient réguliers. Continue, me dis-je. Continue.

— Au début, j'ai même pas réalisé ce qui se passait, tu comprends ? Mon cerveau ne reliait pas les choses ensemble, même si ça se passait devant moi.

Les mots continuaient d'affluer, presque trop vite, se déversant par cascades dans ma bouche comme s'ils avaient été retenus trop longtemps. À présent, libérés enfin, rien ne pouvait plus les arrêter. Même pas moi.

— Je me suis mise à courir plus vite. L'adrénaline, sans doute. De ma vie, je n'avais couru aussi vite.

Il n'y avait plus que nos pas. L'obscurité. Et ma voix.

— Un type passait là, qui allait faire ses courses. Il s'est arrêté et a essayé de réanimer mon père. Mais le temps que je parvienne jusqu'à lui, il avait abandonné. L'ambulance est arrivée, et on s'est rendus à l'hôpital. Il était trop tard.

Je me suis tue. Pendant un bref moment, j'eus l'impression de perdre l'équilibre, comme si, ne tenant plus cette histoire serrée contre moi, j'avais perdu mon point d'appui. Le chagrin peut être un poids, mais c'est aussi un ancrage. On s'habitue à cette masse, cette force qui vous attache quelque part, malgré vous.

— Macy, dit Tim doucement.

— Ne dis rien.

Je savais ce qui allait venir : un *Je suis désolé* sous une forme ou une autre, et je ne voulais pas l'entendre, surtout à cet instant, et surtout venant de lui.

J'ai insisté :

— S'il te plaît, ne te...

À ce moment, soudain, il y eut de la lumière. Une vive lumière jaune, s'élevant par-dessus la montée et nous éclaboussant : simultanément, nos silhouettes projetèrent des ombres. Tim leva sa main pour se protéger de la lumière. Un véhicule ronronna, et il sembla s'écouler une éternité avant qu'il ne parvienne à nous, ralentisse, et s'arrête.

Une voix d'homme se fit entendre. À cause de l'éblouissement, je ne pouvais distinguer son visage.

— Hé ! Besoin qu'on vous dépose quelque part, les enfants ? Qu'est-ce que vous faites au milieu de cette route ?

— Panne d'essence, expliqua Tim. Où se trouve la station la plus proche ?

L'homme pointa son pouce dans la direction opposée.

— Dans ce sens-là, à cinq kilomètres environ. Où êtes-vous tombés en panne ?

— À environ trois kilomètres, lui répondit Tim.

— Montez alors, fit-il en tendant le bras pour ouvrir la porte arrière. Je vais vous y conduire. Vous m'avez presque fichu la frousse, vous savez. J'ai cru que c'était un cerf ou un truc de ce genre.

Tim a ouvert la porte, l'a retenue tandis que je montais à l'intérieur, puis s'est glissé à mes côtés. La voiture sentait le cigare et l'huile de graissage. Quand l'homme a redémarré, j'ai pu voir son profil : il avait des cheveux blancs et un nez crochu. Comment avais-je pu ne pas le voir s'approcher ? À croire qu'il était tombé du ciel.

En m'adossant au siège, j'ai senti battre mon cœur. Je ne pouvais croire que j'avais raconté tout ça. Il n'y avait aucun moyen de remiser cette histoire-là où je l'avais si longtemps gardée. Quoi qu'il arrive, je me souviendrais toujours de Tim : désormais, il faisait partie de cette histoire, partie, également, de mon histoire.

— C'est le vôtre ? demanda l'homme en jetant un œil vers nous dans le rétroviseur, tandis qu'on dépassait le van.

— Oui, monsieur, répondit Tim.

— Bien sûr, vous pouviez pas deviner.

Je n'ai compris ce qu'il disait qu'en apercevant, une minute plus tard, en haut de la montée, une station-service ouverte. Le néon, dans la vitrine, annonçait : OUVERT, presque avec entrain.

— Pouviez pas savoir que vous étiez si près.

— Non, fit Tim. On n'aurait pas pu.

Quand on s'est arrêtés devant la station, je me suis tournée vers lui pour le regarder, dire quelque chose, mais il avait déjà ouvert la porte et descendait de voiture, marchant vers le coffre, où l'homme avait un jerrycan. Je suis restée assise. Les lueurs fluorescentes tremblotaient au-dessus de nous. L'homme est entré dans la station pour s'acheter des cigarettes, pendant que Tim prenait de l'essence, me tournant le dos, les yeux braqués sur les chiffres qui défilaient en cliquant par saccades.

J'ai regardé ailleurs. Puis, tournant la tête vers lui, j'ai remarqué qu'il m'observait. Depuis une heure, je ne l'avais pas vu en pleine lumière. Je me préparais maintenant à encaisser son regard. Chaque fois que je m'étais confiée à Jason, il avait fait un pas en arrière. Je m'attendais à ce que ça se reproduise avec Tim.

Mais en soutenant son regard, je n'ai pas vu cette expression que je connaissais, ni même un demi-sourire. Il a fait un geste pour me dire de baisser la vitre.

— Hello, fit-il.

— Hello, répondis-je

Qu'allait-il ajouter ? Mystère. Allait-il trouver mieux que ça ?

— J'en ai un !

Pendant un instant, je l'ai fixé, dubitative.

— Quoi ?

— Espadon, répondit-il. Puis il ajouta à toute vitesse : Et me dis pas que c'est pas comestible, parce que ça l'est. Je suis prêt à argumenter là-dessus.

J'ai souri.

— Pas besoin, fis-je. Je prends.

La pompe s'est arrêtée, il a raccroché le tuyau et vissé le bouchon du jerrycan.

— Tu as envie de quelque chose ? a-t-il demandé, et quand j'ai secoué la tête, il s'est dirigé vers le magasin.

J'ai entendu un vrombissement à mes pieds : mon téléphone. J'ai ouvert mon sac et saisi l'appareil pour répondre.

— All...

— Mais vous êtes où ? criait Kristy.

J'entendais derrière elle des bruits de fête, de la musique, des voix qui tonitruaient.

— Tu sais qu'on est super-inquiètes ? Monica est au bord de l'effondrement...

— On a eu une panne d'essence, dis-je, mettant le téléphone sur mon autre oreille. Je t'ai laissé un message. On s'est retrouvés bloqués au milieu de nulle part.

— Un message ? J'ai eu aucun...

Il y eut une pause, le temps qu'elle vérifie, je suppose.

— Ah, d'accord. Bon sang ! Vous êtes où ? Tout va bien ?

— Tout va très bien. On nous a pris en stop, et on vient de trouver de l'essence pour le van.

— Bon, je suis rassurée alors.

Je l'ai entendue mettre sa main sur le téléphone et transmettre l'info à Monica qui, effondrée ou pas, devait l'accueillir avec son expression ultra-blasée habituelle.

Kristy a continué :

— Au fait, vaut mieux que je te dise, si j'étais vous, les gars, je rentrerais illico à la maison. Elle est trop nase, cette soirée. J'ai été mal renseignée. Y a rien que des types banals, ici.

J'ai tourné la tête et regardé à l'intérieur de la station-service, où Tim était en train de payer. L'homme qui nous avait conduits le regardait faire.

— Dommage, répondis-je.

— T'en fais pas, va. Un jour, Macy, je te montrerai un garçon extraordinaire. Y en a. Faut juste que tu me fasses confiance.

— T'inquiète, dis-je. Je sais qu'il y en a, je le sais bien.

# Chapitre 10

Ma mère était stressée.

À vrai dire, ma mère était toujours stressée. Je n'avais pas le souvenir de l'avoir jamais vue se détendre ou rester tranquillement assise, sans penser aux dix choses qu'elle avait à faire, et aux cinq autres qui allaient suivre ces dix-là. Avant, c'était une pro de la décompression, elle adorait s'asseoir sur la véranda sur une chaise Adirondack* bourrée d'échardes, et contempler l'océan des heures durant. Elle ne prenait jamais un livre, un journal, ou quoi que ce soit qui aurait pu la distraire : l'horizon lui suffisait amplement. Elle fixait son regard au loin et contemplait, soulagée, un monde réduit au seul bruit des vagues.

* La chaise « Adirondack » (du nom d'une région montagneuse du Nord-Est des États-Unis) a été conçue en 1903 pour les terrasses des maisons. Très populaire de nos jours, ce type de chaise en bois est muni de larges accoudoirs.

Tout ce qui concernait Wildflower Ridge se rapportait à ma mère. La proposition initiale pour le développement du quartier, les plans pour chaque phase de construction, les aménagements paysagers, l'organisation communautaire ; toutes les décisions lui revenaient. J'étais donc habituée à ce que son téléphone s'invite chaque soir dans nos dîners, habituée à ce qu'elle reste tard le soir dans son agence, et nullement surprise lorsque je rentrais chez moi de trouver dans le salon des chefs d'entreprises locales, ou les acquéreurs potentiels d'une maison, en train d'écouter un boniment sur Wildflower Ridge.

Son projet actuel, c'était les maisons de luxe. Elle avait pris un risque en se lançant sur ce marché, avec tout l'attirail sophistiqué qu'il fallait ajouter : garages climatisés, baignoires en marbre, balcons, électroménager haut de gamme, bref, tout pour répondre aux exigences des membres aisés des professions libérales. Or, alors même qu'elle s'apprêtait à faire construire, l'économie avait chuté : il y avait eu des licenciements, les marchés financiers s'étaient effondrés, et chacun faisait attention à ses dollars, en particulier pour ce qui concernait l'immobilier. Comme elle avait déjà commencé, elle n'avait d'autre choix que de poursuivre. Son anxiété la poussait à travailler plus dur encore pour trouver des clients, finaliser des ventes. Vu le nombre d'heures qu'elle y passait – toutes celles du jour et une partie de la nuit – faire plus semblait quasi impossible. D'où son stress. Par paquets.

Deux jours après ma virée nocturne avec Tim, nous étions assises toutes les trois à la table de la cuisine. Ma sœur passait le plus clair de son temps à faire la navette entre sa maison d'Atlanta – où elle s'assurait que Wally mangeait assez de légumes pendant qu'il faisait un procès à je ne sais quelle grosse firme – et la côte, où elle discutait avec le menuisier, marchandait au moindre défaut constaté dans les tissus ou la peinture, et, d'après les factures que j'avais pu voir, achetait à peu près tout l'inventaire de Home Depot*. Elle avait pris l'habitude de passer pour nous montrer des photos de l'avancement des travaux, demander notre avis sur la déco, en profiter pour dire à ma mère que celle-ci avait besoin de se détendre et de prendre des vacances.

— Maman, dit Caroline, tu as mauvaise mine. Est-ce que tu prends le temps de dormir ?

— Bien sûr que oui, dit ma mère en agitant nerveusement ses papiers, je dors comme un nourrisson.

C'était le cas, mais seulement quand elle se couchait. Plus d'une fois ces derniers temps, j'étais descendue vers 2 ou 3 heures du matin et l'avais trouvée à son bureau, en train de taper sur son ordinateur, ou de laisser un message téléphonique à un fournisseur ou à un sous-traitant. J'ignorais à quelle heure elle finissait par se coucher, mais le matin suivant, quand je me levais pour me rendre au travail, elle était déjà dans la cuisine, douchée et habillée, en pleine conversation téléphonique.

— Je veux juste m'assurer que lorsque la maison sera finie, tu accepteras de prendre des vacances, ajouta ma sœur. Cela sera, je pense, au mois d'août, sans doute la deuxième semaine.

— Si c'est après le 8, c'est parfait, dit ma mère,

* Home Depot est le principal détaillant américain en bricolage et équipement pour la maison.

déplaçant sa tasse de café pour pouvoir noter quelque chose. C'est le jour du gala d'inauguration des maisons de luxe, ajouta-t-elle.

— Tu organises un gala ? fis-je, surprise.

— Disons : une réception. Mais je prévois de faire quelque chose de mieux que les buffets qu'on a eus ici à l'occasion des ventes. Je vais louer une tente. Et j'ai trouvé un traiteur français qui a l'air formidable... Oh, ça me rappelle, il faut absolument que je passe un coup de fil pour les robinets de cuisine, si je veux changer la catégorie rubis en catégorie diamant.

Et elle s'est levée aussitôt, reculant sa chaise et se déplaçant dans la cuisine, tout en continuant de se parler à elle-même. Je n'aurais pas su expliquer comment elle était passée des traiteurs aux robinets.

— Le 8, alors ? lui lança Caroline. En août ? Je peux le noter, c'est décidé ?

Ma mère, qui avait fait la moitié du chemin vers la porte, a tourné la tête.

— Le 8, approuva-t-elle avec un hochement de tête, c'est décidé.

Caroline a souri, satisfaite d'elle-même, tandis que ma mère disparaissait dans le couloir.

— Alors c'est fixé, déclara-t-elle. Du 8 au 15, on est officiellement en vacances.

J'ai reposé ma cuillère dans mon bol vide, réalisant tout à coup pourquoi cette date me rappelait quelque chose. C'était le lendemain du jour où Jason allait revenir du « camp des cracks » : ce jour-là, je saurais si on resterait ensemble ou si ce serait fini pour de bon. Mais nous n'étions pour l'instant qu'à la fin juin. Les maisons de luxe avaient encore besoin de fenêtres, de mobilier, d'aménagements paysagers. La maison de mer allait être repeinte, son parquet poncé, et le nouveau décor installé sous l'œil vigilant de ma sœur. Le neuf aurait l'air neuf, l'ancien, neuf à nouveau. Quant à ce que je serais moi – en pleine rupture, brisée, ou quelque chose d'autre –, ça, je n'en avais pas la moindre idée. Par chance, on avait le temps de voir venir.

Tim et moi étions maintenant amis. À vrai dire, j'étais la première à m'en étonner.

Au début, la seule chose qu'on avait en commun, en dehors de notre travail pour Wish, c'était qu'on avait tous deux perdu un parent. Avoir ça en commun, c'était beaucoup, mais il y avait plus. En fait, depuis cette soirée où on s'était retrouvés en rade, je me sentais à l'aise avec Tim. Quand j'étais avec lui, je n'avais pas besoin de viser la perfection. Il connaissait mes secrets, les choses que je cachais aux autres, bref, je pouvais être moi-même.

— Bon, qu'est-ce qui leur prend à celles-là ? m'avait-il dit un soir, tandis qu'on était assis sur la rambarde d'une véranda, pendant une soirée dans les Arbors, un quartier situé près du mien.

J'ai suivi son regard vers la porte coulissante qui menait vers la cuisine, où trois filles de mon école – le genre de filles qui restent sur le parking après la fin de la sonnerie, portent des lunettes de soleil, et cachent leurs cigarettes dans la paume de leur main – nous dévisageaient. Ou, pour être précise, *me* dévisageaient.

— Oh, répondis-je, buvant une gorgée de bière, je crois qu'elles sont juste surprises de me voir ici.

— Ah bon ?

J'ai fait « oui » de la tête, avant de reposer ma bière sur la rambarde. À l'intérieur, je pouvais voir aussi Kristy, Greg et Monica qui, dans la salle à manger, jouaient à lancer des pièces de monnaie sur une longue table en chêne. De hautes piles de canettes de bière s'entassaient dessus. Ces derniers temps, lors des soirées, je finissais souvent par m'asseoir en retrait avec Tim, tandis que Kristy et les autres déambulaient en quête de garçons extraordinaires, ou bien, dans le cas de Greg, de minettes qui étaient encore au collège. Pendant qu'ils tentaient leur chance, nous, les moitiés de couples en suspens, restions assis à bavarder, observant la fête alentour.

— Et elles sont surprises de te voir ici parce que... ? reprit Tim, hochant la tête vers un type avec une casquette de base-ball, qui passait près de lui en l'appelant par son nom.

— Parce qu'elles pensent que je suis Mademoiselle Perfection incarnée.

— Toi ? s'écria-t-il, d'un ton si surpris que je me sentis obligée de le foudroyer du regard. Pardon, je veux dire : Ah, je vois !

J'ai soulevé ma bière pour boire une autre gorgée.

— Tu ferais mieux de te taire.

— Non, sérieusement, ça m'intéresse, fit-il.

Les filles sont alors sorties sur la véranda et ont disparu parmi un groupe de convives qui faisaient la queue devant un tonnelet.

— Par perfection, tu veux dire... ?

— Petite sainte, quoi. Jason, lui, ne viendrait jamais dans un endroit comme ça.

— Ah non ?

— Mon Dieu, non.

Tim réfléchit un instant à cela, tandis que je dénombrais au moins six filles qui le zieutaient. Ça se produisait souvent quand j'étais avec lui, et ça ne manquait jamais de me troubler. Je ne comptais plus le nombre de fois où l'on me regardait de travers, simplement parce que j'étais assise à côté de lui. On n'est pas ensemble, avais-je envie de dire aux filles qui me dévisageaient, me suivaient du regard dès que je me rendais aux toilettes ou que j'allais voir Kristy, impatientes que je leur laisse le champ libre. À ce stade, pourtant, je pouvais reconnaître à des lieues à la ronde celle qui était son genre et celle qui ne l'était pas. La fille à jupe noire moulante, au rouge à lèvres brillant, penchée sur le tonnelet ? Non. Celle avec une jupe en jean, la peau bronzée sous un tee-shirt noir ? Peut-être. Celle qui n'arrêtait pas de se lécher les lèvres ? Beurk. Trois fois non.

— Imaginons que Jason soit là, me lança-t-il. Qu'est-ce qu'il ferait ?

J'ai réfléchi.

— Il se plaindrait sans doute à cause de la fumée de cigarette, répondis-je, et se préoccuperait de savoir si toutes ces canettes vont être recyclées. Et Becky, elle ferait quoi ?

Il a attendu avant de répondre, passant sa main dans ses cheveux. Dans la salle à manger, j'entendais le rire sonore de Kristy.

— Elle serait dans un coin en train de tomber dans les pommes. Ou derrière un buisson à fumer en cachette – pour nier ensuite l'avoir fait, en me regardant droit dans les yeux.

— Ah, fis-je.

— Eh.

La fille en jupe noire moulante passait maintenant près de nous, toisant Tim et marchant lentement de façon ostensible.

— Salut, fit-elle, et il hocha la tête vers elle, mais sans lui répondre.

J'en étais sûre, ai-je pensé.

— Franchement, dis-je.

— Quoi ?

— Tu admettras quand même que c'est ridicule.

— Qu'est-ce qui est ridicule ?

Maintenant qu'il me fallait définir la situation, j'avais du mal à trouver les mots.

— Tu sais bien, dis-je, réalisant alors que Kristy en avait donné la meilleure formule. Le kif total.

— Le quoi ?

— Tim. Tu vas quand même pas me dire que t'as pas remarqué comment les filles te regardent ?

Il a levé les yeux au ciel, s'est appuyé en arrière sur ses mains, et m'a lancé :

— Revenons à ces histoires, là, sur ta façon d'être parfaite.

Je passai outre à sa remarque.

— Sérieusement, insistai-je. Qu'est-ce que ça fait ?

— D'être parfait ? Comment tu veux que je sache ?

— Mais non, pas d'être parfait. D'être...

Tandis que je cherchais quoi dire, il a ôté d'une chiquenaude une bestiole sur son bras.

— Super-beau, terminai-je.

Deux semaines plus tôt, prononcer ces mots m'aurait mortifiée : j'aurais croulé sous le poids de la honte. À présent, je ne ressentais qu'un léger frisson.

— Je t'assure, répondit-il, tandis que les filles du

parking nous toisaient, je n'en ai aucune idée. Tu dois le savoir, toi.

— Lais'tomber, dis-je, imitant Monica du mieux que je pouvais, ce qui le fit rire. Ce n'est pas de moi qu'on parle.

J'observais Greg qui s'intéressait subitement à un groupe de filles de quatrième : elles venaient de pénétrer dans le salon.

— Je suis pas super-beau, déclara Tim.

— Évidemment que si...

J'ai secoué la tête, sentant bien qu'il cherchait à esquiver la question.

— ... avec ton air de beau mec ténébreux, enchaînai-je. Sans parler du côté « artiste torturé ».

— Quoi ?

— Tu vois très bien ce que je veux dire.

Tim a secoué la tête, réfutant l'image que je donnais de lui.

— Et toi, répliqua-t-il, avec ton air de blonde brillante, toute lisse et parfaite.

— T'es le genre de garçon avec qui toutes les filles rêvent de se rebeller.

— Et toi, répondit-il, le genre de fille inaccessible qu'on a dans sa classe, et qui donne jamais l'heure à personne.

Il y eut une irruption de musique à l'intérieur, le martèlement sourd d'une basse, puis à nouveau le silence.

— Je suis pas parfaite, affirmai-je. Je suis même loin de l'être.

— Moi, je n'ai rien de torturé.

— Bon, fis-je en soulevant ma bière. De quoi est-ce que, toi, tu as envie de parler ?

— Et si on reprenait notre jeu de la vérité, puisqu'on l'a entamé ?

Un gars de mon cours d'anglais passait en trébuchant.

— Et si au contraire, on ne le continuait pas ? Je me sens pas très en forme ce soir, pour la vérité.

— Tu dis ça, protesta-t-il, uniquement parce que c'est mon tour.

— Pas du tout. C'est le mien.

— C'est...

Je l'ai interrompu :

— Je t'ai posé une question sur l'école Myers, et tu m'as demandé de parler de Jason. J'ai répliqué avec une question sur Becky, et tu m'as interrogée sur la course. Maintenant, c'est le troisième round : à moi d'attaquer.

— Tu vois, c'est pour cette raison que je fréquente pas les filles brillantes, dit-il.

Il s'est alors frotté les mains, se préparant mentalement.

— O.K. Vas-y. Je suis prêt.

— Très bien, dis-je, ramenant une mèche de cheveux derrière mon oreille. Qu'est-ce que ça fait d'être entouré de filles qui te kifent totalement ?

Il s'est tourné et m'a regardée.

— Macy.

— C'est toi qui as voulu jouer.

Il n'a rien dit pendant une minute, et je me suis demandé s'il allait passer la main. Trop compétitif pour ça, ai-je pensé.

J'avais vu juste.

— Je sais pas, reprit-il. Ce n'est pas quelque chose que je remarque. À supposer que ce soit le cas.

— Ça s'appelle le jeu de la vé-ri-té.

Il m'a regardée, l'air agacé.

— Eh bien, ça fait bizarre. Je veux dire, ce n'est pas quelque chose qui compte pour moi. Ces filles ne peuvent rien savoir de moi en me regardant, personne ne peut rien savoir : on ne voit que l'apparence.

— Essaie de lui expliquer ça, dis-je en hochant la tête vers la fille qui lorgnait vers lui.

Il s'est efforcé de regarder ailleurs.

— Amusant, marmonna-t-il. C'est mon tour ?

— Non, j'ai une question complémentaire.

— C'est légal, ça ?

— Oui, dis-je avec autorité.

J'étais maintenant Caroline, celle qui invente ses propres règles.

— Alors, si c'est une question d'apparence, qu'est-ce qui compte pour toi ?

Il a réfléchi un moment, puis il a dit :

— Je ne sais pas. Une fille peut être jolie, sans être quelqu'un de bien. Et vice-versa. Pour moi, l'apparence ne compte pas. J'aime bien les défauts, je trouve qu'ils rendent les gens plus intéressants.

Je ne savais trop quelle réponse j'avais attendue, mais sûrement pas celle-là. Pendant un instant, j'ai laissé ses paroles faire leur effet.

— Tu sais, finis-je par dire, en sortant des trucs comme ça, tu rendrais les filles encore plus dingues. Tu serais non seulement mignon mais, d'une certaine façon, plus accessible. Là, tu deviens l'oiseau rare.

— Mais je ne veux pas être l'oiseau rare, fit-il en levant les yeux au ciel. Par contre, je veux bien qu'on parle d'autre chose.

— Très bien. Vas-y. À toi l'honneur.

Dans la maison, j'ai aperçu Kristy qui faisait du plat à un type avec des dreadlocks, pendant que Monica, à côté d'elle, restait assise à se morfondre. Greg, quant à lui, zieutait la fille qui lançait la pièce, et qui, si j'avais bien compté, venait de rater le gobelet pour la sixième fois d'affilée.

— Pourquoi c'est si important, pour toi, d'être parfaite ?

— Ça ne l'est pas, répondis-je.

Il a braqué ses yeux sur moi.

— C'est quoi, déjà, le nom de ce jeu ?

— Je te dis la vérité, insistai-je. Je suis pas si soucieuse que ça d'être parfaite.

— On dirait, pourtant.

— À quoi tu le vois ?

Il a haussé les épaules.

— Chaque fois que tu as parlé de ton petit ami, tu as dit qu'il était parfait.

— Eh bien, c'est le cas. Mais moi, je ne suis pas parfaite. C'est ce qui a fait problème.

— Macy, allez. Franchement, qu'est-ce qui est parfait, de toute façon ?

J'ai secoué la tête et levé ma bière. Mon verre était vide, mais j'éprouvais le besoin de bouger mes mains.

— Il ne s'agit pas d'être parfait, dis-je. Il s'agit... Je ne sais pas, moi. De maîtriser les choses.

— Explique-moi ça, demanda-t-il, et j'ai soupiré.

— Je ne suis pas sûre d'en être capable, répondis-je.

J'ai regardé à nouveau vers la salle à manger, cherchant Kristy – prétexte pour me détourner – mais Monica et elle, tout comme Greg, étaient parties. J'ai néanmoins poursuivi.

— Quand mon père est mort, j'ai eu le sentiment que plus rien n'était stable, tu comprends ? À partir de ce moment-là, faire les choses au mieux était une idée rassurante – quelque chose à quoi m'accrocher. Oui, je me disais que si j'arrivais à tout faire correctement, alors, je serais protégée.

Je ne pouvais croire que j'étais en train de dire ça, ici, dans une soirée pleine de camarades de classe et d'inconnus. En fait, je ne pouvais imaginer de le dire où que ce soit, sinon dans ma propre tête, où ça ne semblait pas tout à fait absurde.

— N'empêche, ça craint, finit par marmonner Tim, à voix basse. En voyant les choses de cette manière, tu te condamnes à échouer, parce que tu ne pourras jamais tout rendre parfait.

— Qui a dit ça ?

Il m'a regardée.

— Le monde, fit-il, dans un geste qui englobait tout, la véranda, la fête, les gens. L'univers. C'est une idée impossible. Et d'ailleurs, pourquoi voudrais-tu que tout soit parfait ?

— Je ne veux pas que tout soit parfait, ai-je protesté. (Juste moi, pensai-je.) Je veux juste...

— « Couvre-feu », ai-je entendu dans mon dos et, en levant les yeux, j'ai vu Monica qui soufflait en l'air pour écarter les mèches de son visage.

Elle a fait un geste vers sa montre, puis vers la cuisine, où j'ai aperçu Greg et Kristy qui nous attendaient.

— Sauvé par le gong, dit Tim en sautant de la rambarde.

Je me suis laissée glisser au sol moi aussi, prenant mon temps. Donc, ce garçon-là appréciait les défauts, les voyait non pas comme des insuffisances, mais comme des forces. Qui aurait cru qu'il existait un garçon comme lui ? Et qu'est-ce qui se serait passé si on s'était rencontrés dans d'autres circonstances ?

★

Oh, ce que je pouvais le haïr, ce bureau ! C'était pénible. Ennuyeux. Étouffant. Et si calme qu'en prêtant l'oreille j'aurais pu, j'en suis sûre, entendre le sang couler dans mes veines, les plaques tectoniques se mouvoir, et le temps s'écouler comme des grains dans un sablier. La journée avait beau avoir bien commencé, il suffisait que j'ouvre les portes de la bibliothèque pour que tout s'arrête. Se fige. Et ne bouge pas d'un pouce pendant les six heures où j'étais coincée là.

Un jour, alors que je me rendais vers la salle des périodiques, portant une pile d'exemplaires moisis du magazine *Nature*. J'ai entendu :

— J't'ai eu !

J'ai sursauté, surprise. Mais pas effrayée, car ç'avait plutôt été un chuchotement, un discret « J't'ai eu ». En me penchant en arrière, j'ai aperçu Kristy. Elle était vêtue d'une jupe blanche plissée, d'un sweater rose et pelucheux à manches courtes, elle avait chaussé ses bottes blanches et remonté ses cheveux au sommet de sa tête. Elle portait aussi des lunettes de soleil, et un sac à main où pendaient des franges. On aurait dit qu'elle participait à un rodéo, ou était l'une de ces danseuses qui se trémoussent à l'intérieur d'une cage. En tout cas, elle n'avait pas l'air d'une habituée la section Romans, rangée de A à P, où elle se trouvait à cet instant précis.

— Hé ! s'écria-t-elle d'une voix beaucoup trop forte. Comment vas-tu ?

Un homme derrière le rayon voisin, les bras chargés de livres, regarda vers nous.

— Qu'est-ce que tu fais là ? lui demandai-je, faisant passer les magazines sous mon autre bras.

— Monica avait besoin de stimulation intellectuelle, dit-elle en hochant la tête.

J'ai alors aperçu Monica, mâchant du chewing-gum, l'air épuisé ; elle consultait des livres dans la section Essais et documents.

— C'est un vrai rat de bibliothèque, tu sais. Les bouquins, elle les dévore. Moi, je suis plutôt branchée magazines de mode. Mais je voulais voir comment tu passes tes journées.

J'ai jeté un coup d'œil vers l'accueil, où Bethany était en train de téléphoner en pianotant sur son clavier. Amanda, près d'elle, nous regardait. Ou plutôt, elle regardait Kristy.

— Eh bien, dis-je, comme tu peux voir.

— C'est qui, la tresse ? me demanda-t-elle en remontant ses lunettes sur son front et en fixant Amanda, sans que celle-ci en éprouve la moindre gêne.

— C'est Amanda, répondis-je.

— D'accord, fit Kristy en haussant un sourcil. Elle adore fixer les gens, non ?

— Apparemment.

Kristy loucha vers Amanda, qui parut décontenancée et plongea aussitôt sa tête dans un bouquin.

— Cela dit, j'aime bien son twin-set. C'est de la laine mérinos ?

— Aucune idée.

— Je parie que c'en est, dit-elle en remontant son sac sur son épaule. Bon, écoute, avec Monica, on va déjeuner dans une nouvelle sandwicherie. Ça te dit de venir ?

— Une sandwicherie ?

Bethany avait maintenant raccroché, et Amanda et elle s'entretenaient, tête contre tête. Par moments, l'une d'elles regardait vers nous, puis glissait un mot à l'autre.

— Ouais, répondit Kristy. Au centre commercial. Tu peux demander n'importe quoi, ils le mettront dans ta tortilla. Je veux dire : n'importe quoi de raisonnable. Tu viens ?

J'ai regardé l'horloge. Il était 11 h 45.

— Je ne sais pas, dis-je, tandis qu'Amanda reculait derrière le bureau, les yeux toujours braqués sur moi. Je devrais peut-être pas.

— Pourquoi ? T'as le droit de déjeuner, non ?

— Ben, ouais.

— Et puis, faut bien que tu manges, pas vrai ?

— Sans doute, fis-je.

— Alors, où est le problème ? demanda-t-elle.

— C'est compliqué. Elles n'aiment pas que je fasse une pause pour déjeuner.

— Qui ça ?

J'ai hoché la tête vers Amanda et Bethany.

— Et ça te dérange parce que... ? fit lentement Kristy.

— ... elles m'intimident. Ou bien, je suis une looseuse. Enfin, je sais pas, choisis toi-même la réponse.

Kristy a eu l'air de réfléchir.

— Intimidée ? a-t-elle dit. Vraiment ?

J'ai tripoté les magazines, gênée d'avoir avoué ça.

— C'est compliqué, ajoutai-je.

— Je comprends pas. Je veux dire, elles sont telle-ment... malheureuses. Pourquoi elles t'intimide-raient ?

— Elles ne sont pas malheureuses, répondis-je.

— Elles sont complètement misérables !

Elle a regardé vers elles, les a vues l'observer, et a secoué la tête.

— Regarde-les. Regarde maintenant.

— Kristy...

— *Regarde.*

Elle a tendu la main, serré mon menton entre ses doigts, et fait pivoter ma tête. Bethany et Amanda nous ont fixées.

— Tu vois pas ? Elles sont blêmes, l'air coincé. Je veux dire, je suis comme tout le monde, j'aime bien les twin-sets, mais on n'est pas obligé de porter ça comme si on avait avalé un bâton. Et puis, tu sais bien qu'être calé dans plein de choses ne donne pas forcément le sens vestimentaire. Et, bon sang, c'est quoi ce regard ? (Elle s'est raclé la gorge.) C'est quoi ce regard, hein ? a-t-elle répété.

Sa voix portait sans mal à l'autre bout de la pièce, et les joues de Bethany ont rougi, tandis que la bouche d'Amanda s'est ouverte, puis vite refermée.

— Chut ! a fait quelqu'un, non loin.

— Oh, chut toi-même ! a grogné Kristy, retirant sa main de mon menton. Macy, au pire, tu t'en fous, non ?

Je ne savais quoi répondre à cela.

— Alors c'est décidé, enchaîna Kristy. Tu viens déjeuner, parce que tu es un être humain et que tu as faim, et surtout, parce que personne ne t'intimide. On se rejoint dehors à... quoi, midi ? C'est bien l'heure où tu sors ?

— Ouais, dis-je, tandis que Monica se dirigeait vers la porte principale, une paire de livres sous le bras. Midi.

— Cool. On se voit dans un quart d'heure, alors.

Elle a jeté un nouveau coup d'œil alentour, puis s'est penchée vers moi, la voix plus douce.

— Tu as besoin de sortir de là, non ? Même si c'est juste pour une heure. Rester trop longtemps dans un endroit pareil, ça peut vraiment être nocif. Non, mais c'est vrai, regarde ce que ça leur a fait à *elles*.

Je pensais surtout à ce que ça m'avait fait à moi, d'être ici, jour après jour, si misérable. Sous de nombreux aspects, ce travail à l'accueil ressemblait à ma vie d'avant – avant la rencontre avec Kristy et Tim : quelque chose à endurer, jamais une source de joie.

— On se voit dehors, répéta-t-elle.

Puis elle a secoué mon bras et s'est dirigée vers la sortie. Comme elle marchait sous l'immense lucarne centrale, le soleil a éclairé ses cheveux, et l'espace d'un instant, on aurait dit qu'elle étincelait.

Quand je suis revenue de ma pause déjeuner, une heure plus tard, en route vers l'accueil et voyant Bethany et Amanda qui m'attendaient, leurs chaises parfaitement alignées, je ne fus même pas gênée de les entendre me demander, pleines d'arrogance, si j'avais apprécié mon déjeuner avec mes « amies », en marquant bien le mot avec des guillemets. Je ne fus pas plus gênée de les voir pouffer de rire quand je leur ai répondu « oui », ou d'assister à leurs messes basses.

Dorénavant je me moquais bien de ce qu'elles pensaient. L'idée que jamais je ne serais comme elles n'était pas neuve pour moi. Non, la nouveauté, c'est que cette idée-là, curieusement, me réjouissait.

# Chapitre 11

— Tu sais, dis-je pour la centième fois depuis que j'étais arrivée chez Kristy deux heures plus tôt, je crois que je vais rentrer, là.

— Macy.

Kristy s'est détournée du miroir, où elle observait sa tenue de profil : une jupe rouge courte, un pull noir à franges, et une paire de sandales qui auraient mérité le nom de brise-chevilles.

— Je viens de te le dire, ça t'engage à rien. On sort en bande, juste nous, c'est quand même pas si terrible.

C'était sa nouvelle version des événements de la soirée. Chaque fois que je formulais une objection, sa description prenait de manière suspecte un tour de plus en plus inoffensif. Le fond de l'affaire était que Monica et Kristy avaient rencontré deux types au cours d'un buffet (où elles avaient travaillé pendant que j'étais à la bibliothèque), et que ceux-ci, sans être extraordinaires, étaient toutefois, selon le mot employé par Kristy, « prometteurs ». Comme ils étaient livreurs de pizzas, on ne pouvait leur donner rendez-vous que tard le soir, ce qui voulait dire qu'on devait attendre que Stella roupille devant la télé pour pouvoir s'éclipser. J'avais été recrutée dans l'après-midi, après qu'on eut fini le service dans une réception, Kristy m'ayant invitée à passer la nuit chez elle. Ce n'est qu'une fois arrivée dans sa maison, pensant naïvement qu'on allait rester là, que j'appris que les types allaient venir avec un troisième larron, et avaient demandé à Kristy et Monica de faire de même.

J'ai dû insister :

— Je te l'ai dit, je suis pas intéressée...

Monica, qui était assise près de la fenêtre et s'apprêtait à allumer une cigarette, tourna son visage en direction du rideau, vers quelque chose que je ne voyais pas.

— Maintenant, fit-elle.

Kristy se déplaça aussitôt vers elle, se pencha pour regarder dehors, et agita la main, m'incitant à les rejoindre.

— Qu'est-ce qu'il y a ? dis-je, regardant par-dessus la tête de Monica.

Il commençait à faire nuit. Je ne pouvais distinguer que les dernières lueurs du couchant, et une partie du jardin de Stella : plusieurs rangées de laitues et quelques touffes de muguet séparées par un chemin.

— Attends un peu, me glissa Kristy à voix basse. Ça se reproduit chaque soir, à peu près à la même heure.

Je m'attendais à voir un oiseau, ou peut-être une fleur étrange qui ne s'épanouit qu'à la tombée du jour. Au lieu de ça, après avoir guetté un moment, j'entendis quelque chose. Un bruit qui faisait pon ! pon ! pon ! et que je n'arrivais pas à reconnaître. Mais je l'avais déjà entendu. C'était...

— Mmm-hmm, murmura Monica, à l'instant où Tim apparut sur le chemin.

Il courait d'une allure rapide et régulière, était en short, torse nu, et regardait droit devant lui. Son dos était bronzé, brillant de sueur.

Près de moi, j'entendis soupirer Kristy, un long soupir qui dura jusqu'à ce qu'il disparaisse à travers une rangée d'arbres, dans un virage où l'on apercevait au loin sa maison.

— Mon Dieu, dit-elle enfin, éventant son visage avec sa main, j'ai déjà vu ça un million de fois, mais je m'en lasse jamais.

— Allez, dis-je, tandis que Monica hochait la tête, kifant tout autant que sa voisine. C'est Tim.

— Précisément, lâcha Kristy qui se posta à nouveau devant le miroir, se penchant pour inspecter son décolleté. Je veux dire, y a quand même peu de bonnes raisons d'habiter ici, au milieu de nulle part. Mais au moins, on a celle-là.

J'ai secoué la tête, exaspérée, et me suis éloignée pour m'asseoir sur le lit. Monica a allumé sa cigarette, étendant le bras en dehors de la fenêtre. La fumée s'élevait en volutes derrière les vitres.

— C'est pour ça que tu fais la difficile, ce soir ? me demanda Kristy, qui s'affala à mes côtés et jeta un coup d'œil vers Stella, à travers l'embrasure.

Lorsque celle-ci, une heure auparavant, s'était installée devant la télé, elle s'était aussitôt assoupie. À présent, elle roupillait en bonne et due forme.

— Comment ?

Elle a hoché la tête vers la fenêtre.

— Notre Timley. Je sais qu'y a un truc bizarre entre vous : ce jeu, là, auquel vous jouez, et d'autres plans de ce genre...

— Ça s'appelle une amitié, rétorquai-je. Je te l'ai dit, ma relation est en suspens. Ça m'intéresse pas d'être avec quelqu'un d'autre.

— Sauf si c'est Tim, précisa-t-elle.

Je l'ai regardée.

— C'est différent. Lui aussi, il est impliqué dans une relation, alors ça n'a rien de bizarre, y a aucun « genre de plan », comme tu dis.

Elle a écarquillé les yeux.

— Oh, mon Dieu ! s'écria-t-elle. Ça me revient tout à coup, maintenant.

— Qu'est-ce qui te revient ?

Elle n'a pas répondu. Elle s'est penchée en avant sur le lit, a fouillé dessous pendant quelques secondes. J'ai entendu des objets cliqueter les uns contre les autres – que pouvait-elle avoir là-dessous ? – et j'ai interrogé du regard Monica, qui s'est contentée d'exhaler la fumée en haussant les épaules. Kristy a relevé la tête.

— Tim et toi, déclara-t-elle triomphalement, vous êtes exactement comme ça.

Elle tenait un livre : un roman sentimental au format poche. Le titre, inscrit en lettres or sur la couverture, était : *Défendu*. L'image au-dessous montrait un homme habillé en pirate, bandeau sur l'œil et tout, serrant contre son torse une femme dotée d'une poitrine assez volumineuse. À l'arrière-plan, on voyait une île déserte environnée d'eau turquoise.

— On est des pirates ? lui demandai-je.

Elle a tapoté le livre avec un de ses ongles.

— Ça raconte l'histoire de deux personnes qui ne peuvent pas être ensemble, à cause des circonstances extérieures. Mais elles languissent en secret, et se désirent constamment. Le fait même que leur amour est défendu attise leur passion réciproque.

— Tu viens de l'inventer ?

— Non, assura-t-elle, retournant le livre pour lire la quatrième de couverture. Tout est écrit là ! C'est tout à fait toi et Tim. Vous pouvez pas être ensemble : c'est la raison même pour laquelle vous en avez tant envie. Et la raison pour laquelle vous ne pouvez pas l'admettre devant nous. Parce que ça rendrait votre relation moins secrète, et donc moins passionnée.

J'ai levé les yeux au ciel. Monica, de l'autre côté de la pièce, a fait « mmm-hmm », comme si ce qui venait d'être dit avait un fond de vérité.

Kristy a reposé le livre entre nous, sur le lit.

— J'avoue, dit-elle d'un ton mélancolique en croisant les bras sur sa poitrine, qu'un amour non partagé est bien mieux qu'un amour qui se concrétise. Je veux dire, c'est un amour parfait.

— Rien n'est parfait, dis-je.

— Rien qui se concrétise, répliqua-t-elle. Tant qu'une chose n'a pas commencé, on n'a aucune raison de craindre qu'elle se termine. Son potentiel paraît infini.

Elle a soupiré, tout comme elle avait soupiré en voyant Tim faire son jogging torse nu : longuement, avec insistance.

— C'est tellement romantique. Pas étonnant que tu n'aies aucune envie de sortir avec Sherman.

J'étais perdue dans mes pensées, songeant à ce qu'elle m'avait dit, jusqu'à ce que j'entende ces derniers mots.

— Sherman ? ai-je fait.

Elle a fait « oui » de la tête.

— L'ami de John et Craig. Il est venu de Shreveport pour quelques jours.

— C'est *ça*, le type avec qui tu as envie que je sorte ?

— On juge pas un livre d'après la couverture ! protesta-t-elle.

À l'instant où mes yeux se sont dirigés vers *Défendu*, elle l'a repris et l'a fourré sous le lit.

— Tu sais très bien ce que je veux dire. Si ça se trouve, Sherman est formidable !

— J'en doute pas, répondis-je. Mais je ne suis pas intéressée.

Elle m'a fixée.

— Bien sûr que non, finit-elle par dire. Pourquoi le serais-tu, puisque tu as déjà ton propre pirate : le sexy, l'incompris, le renversant Silus Branchburg Turlock !

— Quoi ?

— Oh, oublie ! fit-elle.

Et elle est sortie de la pièce d'un pas pesant. Une seconde plus tard, la porte de la salle de bains s'est fermée dans un claquement. Je me suis tournée vers Monica, qui regardait par la fenêtre, aussi impassible que d'habitude.

— Sherman. (Dit à haute voix, ça sonnait plus ridicule encore.) De Shreveport.

— Lais'tomber ? fit-elle lentement, tout en soufflant de la fumée.

— Exactement.

Et c'est ainsi qu'à 22 h 15, lorsque John, Craig, et Sherman de Shreveport se sont garés dans l'allée, leurs phares projetant de vives lumières puis s'éteignant, je me suis glissée dehors, suivant Kristy dans l'escalier. Stella n'a pas remué tandis que Monica fermait doucement la porte derrière nous. Le type qui était sur le siège du passager est sorti pour venir à sa rencontre, et Kristy a fait au conducteur un signe de la main. Il y avait quelqu'un d'autre sur le siège arrière, mais je ne pouvais distinguer son visage : juste une silhouette appuyée contre la vitre.

— Ta dernière chance de changer d'avis, me dit-elle à voix basse.

— Désolée, dis-je. Une autre fois, peut-être.

Elle a secoué la tête, l'air de celle à qui on ne la fait pas, puis elle a remonté son sac sur son bras.

— Tant pis pour toi, a-t-elle lâché. Appelle-moi demain.

— Je le ferai, dis-je.

Comme elle se rapprochait, le type au volant lui a souri en ouvrant la porte arrière.

— Fais attention à Sherman, lui glissa-t-il tandis qu'elle s'apprêtait à monter. Il a commencé la soirée il y a quelques heures et il est déjà évanoui.

— Quoi ? a fait Kristy.

— T'inquiète pas, lui a dit le type. On pense qu'il a déjà tout vomi. Donc, pas de souci à te faire.

Kristy a regardé le corps voûté qui se trouvait à côté d'elle, puis elle s'est tournée vers moi. J'ai haussé les sourcils. Elle a haussé les épaules, avant de refermer la portière et de me saluer de la main, tandis que la voiture reculait lentement pour sortir de l'allée et emprunter la route. Le moteur faisait un léger teuf-teuf.

Je me suis retrouvée seule dans le silence du jardin de Stella. J'allais remonter dans ma voiture, mais j'ai changé d'avis. J'ai jeté mon sac par la fenêtre ouverte et je me suis mise à marcher vers les tournesols, au cœur de cette pénombre qui exhalait un parfum de feuilles et de fleurs.

Tout ce qui poussait là semblait tellement vivant : fleurs à la blancheur éclatante, branches qui s'inclinaient au-dessus de ma tête, buissons bourrés de baies émaillant le sentier comme autant de pierres. J'ai continué de marcher, humant l'odeur des bouquets de zinnias, de pétunias, des grappes de rosiers mouchetés d'œuf. Je pouvais voir le toit du bungalow, au loin, à droite, et la route, à gauche, mais on eût dit que le jardin les avait repoussés à la périphérie, comme pour vous encercler, et vous empêcher de sortir.

Je voyais autre chose, au loin, devant moi, une forme métallique reflétant le clair de lune : tout autour, il y avait une clairière, bordée de rosiers grimpants qui pendaient côte à côte. Et je me suis retrouvée derrière une sculpture. Il s'agissait d'une femme ; ses deux bras tendus de chaque côté, les paumes tournées vers le ciel. Je me suis déplacée autour en demeurant dans son ombre, levant les yeux vers sa tête également recouverte de tuyaux minces, tordus, et couronnée d'une guirlande faite des mêmes éléments. C'était, bien sûr, une des sculptures de Tim – aucun doute là-dessus. Mais quelque chose était différent, sur quoi je n'arrivais pas à mettre le doigt. J'ai alors réalisé que les cheveux de la sculpture, et ces morceaux de tuyau qui y étaient mêlés, finissaient tous par une rondelle

traversée par un minuscule bout de métal : les cheveux étaient des fleurs. En regardant la sculpture de
la tête, avec ses boucles illuminées par le clair de lune,
aux pieds, qui s'enfonçaient dans le sol, j'ai fini par
deviner que c'était Stella – la sculpture tout entière
montrait l'évolution de cette terre fertile qui se méta-
morphosait en floraisons de toutes sortes entre ses
mains.

— Macy ?

Ce fut le « J't'ai eu » de l'année. Le « J't'ai eu » du
siècle, à vrai dire : justifiant le cri perçant qui sortit
de ma bouche, et le rythme auquel mon cœur se mit
à battre dans ma poitrine. Une volée de minuscules
moineaux, alarmés par ma propre peur, jaillit du bas
de la sculpture et s'envola en traçant des cercles ver-
tigineux par-dessus les rosiers, avant de disparaître
dans le noir.

— Oh ! m'écriai-je, avalant ma salive. Mon Dieu.

— Ouah ! fit Tim. (Il se tenait près du sentier, les
mains dans ses poches.) Tu as carrément hurlé !

— Tu m'as fait flipper ! Qu'est-ce que tu fais là,
caché dans le noir ?

— Je n'étais pas caché, répondit-il. Ça fait cinq
bonnes minutes que je t'appelle – depuis que tu es
entrée ici.

— C'est pas vrai.

— Je t'assure, fit-il.

— Non, c'est pas vrai. Tu t'es approché de moi sans
faire de bruit, pour me lancer un énorme « J't'ai eu »
et maintenant tu savoures.

— Non, fit-il, comme si j'étais une gamine prise
d'un caprice. Je sortais de chez moi et je t'ai vue jeter

ton sac dans la voiture. Je t'ai appelée. Tu m'as pas entendu.

J'ai baissé les yeux au sol. Mon cœur s'était calmé. Alors, une brise a soufflé sur nous, et les fleurs derrière Tim se sont penchées d'un côté, puis de l'autre. J'ai entendu un bruissement au-dessus de moi, et j'ai levé les yeux vers la sculpture. Sous le souffle du vent, les fleurs incurvées qu'elle tenait entre ses mains se sont mises à tournoyer, lentement tout d'abord, et de plus en plus vite, tandis que la couronne sur sa tête effectuait la même rotation.

Tim et moi, nous sommes restés là, à l'observer, jusqu'à ce que le vent retombe.

— Tu m'as vraiment fait peur, dis-je, presque gênée à présent.

— Je ne l'ai pas fait exprès.

— Je sais.

Tout redevenait comme avant : mon cœur, les fleurs dans les mains de la sculpture, et aussi sa couronne. Même les moineaux, qui s'étaient groupés sur les rosiers derrière moi, attendant de retrouver leur nid. J'ai rebroussé chemin vers le sentier, Tim a écarté l'une des branches du lierre pour que je puisse avancer.

— Je voudrais me faire pardonner, dit-il en m'emboîtant le pas.

— Tu n'es pas obligé, répondis-je.

— Je sais que je ne suis pas obligé. Mais je voudrais le faire. Et je sais comment.

Je me suis retournée, et je l'ai regardé.

— Ah ouais ?

Il a hoché la tête.

— Allez, viens.

Les excuses prennent parfois des formes insolites. On peut offrir des diamants, des friandises, ses sentiments les plus sincères... Jamais, en tout cas, je n'avais reçu, en guise d'excuses, un crayon qui sentait le sirop d'érable. Mais ça me convenait très bien.

— Bon, dis-je. Tu es pardonné.

Nous étions au Monde des Gaufres, qui se trouvait dans un petit immeuble orange, juste à la sortie de l'autoroute. J'étais passée devant, en voiture, un millier de fois. L'idée de m'y arrêter ne m'avait pourtant jamais effleurée. Peut-être à cause des dix-huit roues qui se trouvaient sur le parking, ou du vieux panneau aux lettres noires s'effaçant, et qui disait : « Entrez ! » Mais c'était là que je me trouvais, un peu avant 23 heures, ce samedi soir, tenant dans la main mon cadeau : un crayon orné de gaufres et parfumé à l'érable, que Tim m'avait acheté dans la boutique de cadeaux pour 1,79 dollar.

Tandis que je détachais mon menu de la table toute collante, la serveuse s'approcha en sortant un stylo de son tablier.

— Salut, chéri, lança-t-elle à Tim.

Elle devait avoir à peu près l'âge de ma mère, et portait d'épais collants de contention ainsi que des chaussures d'infirmière dont les semelles grinçaient.

— Comme d'habitude ? lui demanda-t-elle.

— Bien sûr, dit-il, faisant glisser son menu vers le bord de la table. Merci.

— Et pour toi ? fit-elle à mon intention.

— Une gaufre et des pommes de terre sautées, répondis-je.

Les rares personnes qui se trouvaient là étaient un vieillard en train de lire le journal, buvant café après café, et un groupe d'étudiantes pompettes, qui n'arrêtaient pas de rire bruyamment et d'écouter Tammy Wynette* au juke-box.

J'ai pris mon crayon et l'ai reniflé.

— Avoue-le, m'adressa Tim, tu ne sais pas comment tu as fait, jusqu'ici, pour te passer de ça.

— Non, ce qui m'intrigue, répondis-je en reposant le crayon sur la table, c'est que tu sois connu ici. Depuis quand tu y viens ?

Il s'est calé dans le box.

— Depuis la mort de ma mère. Je ne dormais pas beaucoup, et ils sont ouverts toute la nuit. C'était mieux que de rouler en voiture dans les parages. Maintenant, je suis un habitué. Quand j'ai besoin d'inspiration, je viens ici.

— Inspiration ? dis-je, regardant autour de moi.

— Ouais, fit Tim, catégorique, comme si je n'étais pas convaincue. Quand je sculpte, et que je me sens un peu bloqué, je viens m'asseoir ici. En général, quand j'ai fini ma gaufre, ça repart. Ou du moins, ça commence à repartir.

— Et cette sculpture, dans le jardin ? Qu'est-ce qui l'a inspirée ?

Il a réfléchi quelques secondes.

— Celle-là, c'est différent, dit-il. Je veux dire, je l'ai faite spécialement pour quelqu'un.

— Stella.

— Ouais, dit-il en souriant. Elle en a fait toute une

---

* Tammy Wynette (1942-1998), chanteuse et compositrice, surnommée la « Première Dame de la musique country ».

histoire. C'était pour la remercier, parce qu'elle a été gentille avec Greg et moi quand ma mère est tombée malade. Surtout avec Greg. C'était la moindre des choses, cette sculpture.

— Elle est impressionnante, lui ai-je dit, et il a haussé les épaules, sa manière de réagir quand on lui adressait un compliment. Toutes tes sculptures ont des petits tourniquets. Ça vient d'où ?

— À chercher un sens à tout ce que je fais, bientôt tu vas me dire que cette sculpture incarne la relation complexe qui existe entre la terre et les femmes.

Je l'ai fixé droit dans les yeux.

— Je ne suis pas ma sœur. Je me pose la question, c'est tout.

Il a haussé les épaules.

— Je sais pas. Les premiers trucs que j'ai créés, quand j'étais à Myers étaient tout simples, tu sais, statiques. Mais ensuite, quand j'ai fait le truc avec le cœur dans la main, je me suis intéressé à la façon dont certains éléments, en bougeant, donnent un autre aspect à la sculpture, modifient le sujet. Un peu comme si elle prenait vie.

J'ai repensé à ce que j'avais ressenti en entrant dans le jardin de Stella, cette impression de choses tangibles, tout près d'éclore, respirant avec moi.

— Je vois, dis-je.

— Qu'est-ce que tu fabriquais là-bas, au fait ? me demanda-t-il.

— Je ne sais pas, répondis-je. Depuis le premier jour où Kristy m'y a emmenée, c'est un endroit qui me fascine.

— Oui, il est assez incroyable, dit-il en buvant une gorgée d'eau.

259

Le cœur dans la main, sur le haut de son bras, fut visible un bref instant, puis disparut à nouveau.

— Je trouve aussi, dis-je, passant un doigt sous le coin de la table. Et puis, ça me change tellement de chez moi, où tout est si ordonné, nickel. J'aime bien ce désordre qu'il dégage.

— Quand Greg était petit, dit Tim, reculant au fond de la banquette et souriant, il s'est perdu dans ce jardin en essayant de prendre un raccourci pour rentrer à la maison. On l'a entendu hurler comme s'il s'était perdu en pleine jungle, alors qu'en fait, il était à moins d'un mètre du jardin. Il n'avait plus ses repères.

— Pauvre Greg.

— Il est plus solide qu'il n'en a l'air. Quand ma mère est morte, on s'est tous fait beaucoup de souci pour lui, parce qu'il n'avait que treize ans. Ils étaient vraiment proches. C'est lui qui était avec elle quand elle a su pour son cancer. Moi, j'étais à Myers. Greg s'est comporté comme un vrai petit soldat. Il l'a toujours soutenue, même dans les moments les plus difficiles.

— Ça a dû être dur pour toi, le fait de ne pas être là.

— J'étais revenu à la maison quand les choses ont commencé à aller vraiment mal. C'était insupportable d'être enfermé alors qu'ils avaient besoin de moi – tout ça à cause de ma bêtise. Quand je suis sorti, j'étais décidé à ne plus jamais vivre ça. Si quelque chose devait arriver, à Greg ou à qui que ce soit, dorénavant, je me trouverais près d'eux.

La serveuse s'approchait maintenant de la table, un plat dans chaque main. À ce signal, mon estomac s'est mis à gargouiller. Elle a posé les plats dans un fracas métallique, puis elle est repartie d'un pas traînant.

— Admire, fit Tim en hochant la tête vers mon plat, ça va t'en boucher un coin.

Je l'ai regardé.

— C'est une gaufre, non ? Pas le second avènement du Christ !

— Attends de voir. Tu l'as pas goûtée.

J'ai étalé du beurre sur ma gaufre, puis je l'ai inondée de sirop avant d'en découper une petite bouchée. Tim m'a observée pendant que je la portais à ma bouche. Il n'avait même pas entamé la sienne : il voulait d'abord entendre mon verdict. Qui fut : assez bon. Carrément bon, en fait.

— J'en étais sûr, dit-il, comme s'il avait lu dans mes pensées. Peut-être pas le second avènement, mais une expérience spirituelle malgré tout.

J'en étais à ma deuxième bouchée, et sur le point d'abonder dans son sens. Je me suis alors rappelé quelque chose, et j'ai souri.

— Ce que tu viens de dire, c'est drôle. Ça m'a rappelé quelque chose que mon père disait tout le temps.

Il a fourré dans sa bouche un morceau de gaufre, attendant que je poursuive.

J'ai continué :

— On n'allait jamais à l'église, et ma mère culpabilisait à cause de ça. Seulement mon père adorait préparer d'énormes petits déjeuners le dimanche. Il disait que c'était sa liturgie à lui, que la cuisine était son église, et que son offrande, c'était les œufs au bacon, les biscuits, et...

— ... les gaufres, termina Tim à ma place.

J'ai acquiescé et senti ma gorge se nouer. J'ai pensé alors que c'était un peu gênant, tout de même, d'être au bord des larmes, dans une crêperie d'autoroute, avec Tammy Wynette en musique de fond. J'ai pensé que mon père aurait aimé cet endroit, qu'il aimait sûrement Tammy Wynette, et la boule dans ma gorge s'est mise à grossir.

— C'est ma mère, dit soudain Tim, piquant de sa fourchette un autre morceau de gaufre, qui m'a emmené ici pour la première fois. On avait pris l'habitude de s'y arrêter en rentrant de Greensboro, où vivait ma grand-mère. Même pendant la phase diététique, c'était un peu comme un rituel. Le seul endroit où elle acceptait d'avaler quelque chose de pas sain. Elle commandait la gaufre belge, avec fraises et crème fouettée, et elle dévorait tout. Et sur le chemin du retour elle se plaignait d'avoir mal au ventre.

J'ai souri, bu une gorgée d'eau. Je me détendais.

— C'est étrange, tu trouves pas, la façon dont on se rappelle des choses après la mort d'un proche...

— Comment ça ?

J'ai avalé une autre bouchée.

— Quand mon père est mort, je n'arrêtais pas de penser à cette journée. Ça m'a pris beaucoup de temps pour arriver à me remémorer le passé, et tout le reste.

— C'est pire quand un proche souffre longtemps d'une maladie, a-t-il glissé. On finit par oublier l'époque où il était en pleine forme. C'est comme si on n'avait jamais vécu sans anticiper le malheur.

— Et pourtant, c'est seulement ces derniers mois que j'ai commencé à me souvenir des trucs les plus chouettes, tous ces bons moments qu'il y a eu avec mon père. Aujourd'hui je trouve ça dingue, d'avoir failli les oublier.

— Ils n'étaient pas oubliés, dit Tim en buvant une gorgée d'eau. C'est juste qu'au début tu ne pouvais pas te les rappeler. Mais aujourd'hui tu es prête pour y repenser, et ces moments te reviennent.

En terminant ma gaufre, j'ai réfléchi à ce qu'il venait de dire.

— Ce qui a rendu les choses plus dures, je crois, c'est qu'après la mort de mon père, ma mère s'est mise à flipper. Elle a fait disparaître toutes ses affaires. Elle a quasiment tout jeté. D'une certaine façon, c'était presque comme s'il avait jamais été là.

— Chez moi, a enchaîné Tim, c'est tout le contraire. Ma mère est visible presque partout. Delia a rangé pas mal de ses affaires dans des cartons, mais elle était si bouleversée qu'elle a pas pu aller au bout. Il y a encore un manteau de ma mère dans le placard de l'entrée. Une paire de ses chaussures est toujours dans le garage, à côté de la tondeuse. Et je retrouve tout le temps des listes à elle. Il y en a partout.

— Des listes ? ai-je demandé.

— Ouais.

Il a baissé les yeux vers la table avec un léger sourire.

— Elle voulait tout régenter. Pour chaque chose, elle dressait des listes : ce qu'elle devait faire le lendemain, ses objectifs pour l'année à venir, les courses, les coups de fil qu'elle devait passer. Et puis elle les fourrait quelque part et les oubliait. Elles vont sans doute ressurgir encore pendant des années.

— Ça doit faire bizarre, ai-je lancé, puis, réalisant

que le mot était mal choisi, j'ai ajouté : Je veux dire, ça doit être chouette.

— Un peu des deux, fit-il en reculant dans le box, lançant sa serviette sur son assiette vide. Ça fait un peu flipper Greg, mais moi j'aime bien. J'ai même eu une phase pendant laquelle je m'étais persuadé que ces listes avaient un sens caché. Quand j'en trouvais une, j'essayais de la déchiffrer. Comme si « Chercher le linge » ou « Appeler tante Sylvia » était un message de l'au-delà.

Il a haussé les épaules, l'air gêné.

— Je vois, dis-je. Je suis passée par là, moi aussi.

— Vraiment ?

Incroyable que je lui parle de ça. Mais les mots affluaient. Je ne pouvais les retenir.

— Mon père était, comment dire ? accro à tous ces gadgets qu'on vend à la télé. Il en commandait des tas, des trucs du genre : le paillasson avec détecteur qui te prévient quand une personne va...

— L'assistant d'accueil, compléta-t-il à ma place.

— Tu connais ?

— Non. (Il a souri.) Enfin oui, bien sûr. On a tous vu cette pub foireuse, n'est-ce pas ?

— Mon père achetait tous ces trucs. Y pouvait pas s'en empêcher. C'était comme une drogue.

— J'ai toujours eu envie d'acheter la machine qui trie automatiquement la monnaie, fit Tim d'un ton rêveur.

— Je l'ai, dis-je.

— Je te crois pas.

J'ai hoché la tête pour confirmer.

— Bref, après sa mort, le fabricant a continué de les envoyer. Tous les mois, on en reçoit un nouveau.

Pendant une période, j'étais convaincue que ça voulait dire quelque chose. Comme si mon père les commandait pour moi, comme s'ils avaient une signification.

— Eh bien, me dit Tim, on sait jamais. Ils en ont peut-être une.

Je l'ai regardé.

— Une quoi ?

— Une signification.

J'ai regardé par la fenêtre, où les phares de voitures filaient comme des taches lumineuses, au loin, sur l'autoroute. Il était minuit passé, je me demandais où allaient tous ces gens.

— Eh bien je les garde, ai-je dit, doucement. Je ne supporterais pas l'idée de m'en débarrasser. Tu comprends ?

— Ouais, répondit-il. Je comprends.

Nous sommes restés là encore une heure. Les clients allaient et venaient autour de nous. Des familles avec des bébés qui dormaient, des camionneurs faisant une pause avant l'étape suivante, un jeune couple assis dans le box face au nôtre. Pendant tout ce temps, Tim et moi étions assis, parlions de tout et n'importe quoi. Il y avait longtemps que je n'avais pas autant parlé, vraiment parlé. Plus que longtemps : ça ne m'était jamais arrivé avant.

Je parvins à rentrer chez Stella dix minutes avant Kristy. Je venais de dire au revoir à Tim et de me glisser à l'intérieur, passant devant la pièce où dormait Stella, quand les types l'ont déposée avec Monica. Au moment où elle est entrée dans sa chambre, chaussures à la main, j'avais déjà étalé au sol, près de son lit, le sac de couchage qu'elle m'avait donné, et je m'étais mise en pyjama. Elle ne semblait pas étonnée de me voir.

— Chouette soirée ? lui demandai-je, tandis qu'elle ôtait sa jupe et son haut, enfilant un tee-shirt et un boxer-short.

— Non.

Elle s'est assise sur le lit, et a pris sur sa table de nuit un pot de crème. Elle s'est mise à en étaler sur son visage.

Puis elle a déclaré :

— Je dirai juste une chose : Sherman, qui la plupart du temps était dans les vapes, eh ben c'était le meilleur du lot.

— Aïe !

Elle a approuvé d'un signe de tête, vissant le couvercle du pot.

— Ces garçons-là n'étaient même pas au niveau du mec ordinaire. Je veux dire, c'est quand même décevant. Quoi de pire que l'ordinaire ? J'ai l'impression de régresser, maintenant.

— Oh, tu as tort, lui ai-je rétorqué. T'as passé une mauvaise soirée, c'est tout.

— Peut-être, fit-elle en se levant pour aller vers la porte. Mais dans un monde pareil, une jeune fille honnête peut finir par perdre espoir. Tu comprends ce que je veux dire ?

Comme elle se dirigeait vers la salle de bains pour s'essuyer le visage, je me suis étendue sur le sac de couchage. En regardant par la fenêtre, je pouvais voir le haut du jardin et la lune flottant au-dessus. Très vite, pourtant, je me suis sentie trop fatiguée pour garder les yeux ouverts. Après les avoir fermés, j'ai deviné que Kristy se couchait, au bruit de la porte se fermant et au long soupir qu'elle a émis en se glissant sous ses couvertures.

— Ça craint, fit-elle en bâillant, quand la soirée se termine et que t'en as rien tiré. Tu trouves pas que ça craint ?

— Ouais, dis-je. Ça craint.

Elle s'est raclé la gorge et s'est retournée pour faire bouffer son oreiller.

— Bonne nuit, Macy, dit-elle après un silence, d'une voix somnolente. Fais de beaux rêves.

— Toi aussi. Bonne nuit.

Une minute a passé. J'ai entendu sa respiration se faire plus régulière : elle s'était endormie aussi vite que ça. Je suis restée allongée quelques minutes encore, scrutant la lune derrière ma tête, puis j'ai tendu le bras vers mon sac, fouillant dedans, jusqu'à ce que je trouve ce que je cherchais. Alors, dans le noir, j'ai serré plus fort entre mes doigts ce que j'avais tiré de ma soirée : un crayon qui sentait bon le sirop d'érable. Le matin, quand je me suis réveillée tout éclaboussée de soleil, il était toujours dans ma main.

— Macy ? C'est toi ?

J'ai déposé mes chaussures devant la première marche du palier, et mon sac à côté. Les samedi et dimanche, ma mère était la première levée et quittait la maison peu après pour aller accueillir dans la maison modèle des acheteurs potentiels. Pourtant, il était presque 10 heures, et elle se tenait près de la fenêtre sur le siège inclinable, buvant une tasse de café et lisant une revue consacrée à l'immobilier. Elle semblait calme, désœuvrée, ce qu'elle n'était jamais. Bref, elle était en train de m'attendre.

— Euh... ouais, fis-je.

En traversant le vestibule, j'ai arrangé instinctivement ma chemise, puis lissé mes cheveux en passant mon doigt sur la raie.

— Kristy avait préparé le petit déjeuner, alors je suis restée plus longtemps que prévu. Qu'est-ce que tu fais à la maison ?

— Oh, j'ai juste décidé de rester ici une heure de plus. (Elle a posé la revue à côté d'elle.) Et puis, j'ai l'impression que ça fait une éternité qu'on ne s'est pas parlé, toutes les deux. Viens t'asseoir, raconte-moi un peu.

J'ai eu un flash-back, subitement, et me suis revue en haut de l'escalier, en train d'observer Caroline qui rentrait après avoir passé la nuit dehors, obligée qu'elle était de passer par le salon où l'attendait toujours ma mère, désireuse d'entamer une « conversation ». Ça ne manquait jamais d'être tendu, au bord de la friction. Un peu comme maintenant.

Je suis allée m'asseoir sur le canapé. Un rayon de soleil entrait obliquement par la fenêtre, vif et perçant. Je me sentais vulnérable, comme si chaque petit défaut, de mes cheveux défaits au vernis écaillé de mes orteils, avait été grossi à la loupe.

— Alors, demanda ma mère, comment s'est passée ta journée, hier ?

— Bien.

Elle me regardait, attendant que j'en dise plus, alors j'ai ajouté :

— Amusant. C'était un truc de veille de mariage, ce qui veut dire que tout le monde a la gueule de bois à cause du dîner d'avant-veille, ou est paniqué par les détails de dernière minute. Cette fois, c'était les deux.

Bref, c'était un peu la folie. Et puis, je te raconte pas, on a eu un pépin avec le papier crépon qui s'est mis à brûler, mais c'était vraiment pas notre faute. Ça non, alors.

Ma mère m'observait avec une attention à la fois polie et indifférente, comme si je lui avais décrit les mœurs d'un pays exotique où elle n'avait pas la moindre intention de se rendre.

— Eh bien, fit-elle, on peut dire que ton service dans les réceptions t'a beaucoup occupée, ces derniers temps.

— Pas tant que ça, répondis-je. (Puis, réalisant que je donnais l'impression d'être sur la défensive – étais-je sur la défensive ? – j'ai ajouté :) Je veux dire, ç'a été assez prenant ces deux dernières semaines, parce que Delia a rempli son carnet de commandes juste avant l'arrivée du bébé. Mais bientôt, j'aurais plus grand-chose à faire.

Ma mère a fait glisser le magazine de ses genoux vers le canapé.

— Mais tu t'occuperas toujours de l'accueil à la bibliothèque, n'est-ce pas ?

— C'est ça, ouais, ai-je débité trop vite. Je veux dire : oui. Bien sûr.

Une pause. Trop longue à mon goût, la pause.

— Et ça se passe bien, à la bibliothèque ? finit-elle par demander. On ne t'entend plus parler de ton travail.

— Ça va plutôt bien. Tu sais, quoi, la routine.

C'était l'entière vérité. Mes journées à la bibliothèque ne s'étaient nullement améliorées ces dernières semaines. La différence, c'est que ça me contrariait moins. Je faisais mes heures, j'évitais Bethany et

Amanda autant que possible, et je déguerpissais dès que la grande aiguille tombait sur le trois.

— C'est du boulot, ajoutai-je. Si c'était la fête, on appellerait ça une fête, non ?

Elle a souri en approuvant de la tête. Je savais qu'elle allait me sortir un truc. J'avais vu juste.

— Hier, dit-elle, je suis allée à un déjeuner d'affaires, et j'ai rencontré Mme Talbot. Elle m'a dit que Jason était très content de son séjour d'études.

— Vraiment ?

— Elle a dit aussi, continua-t-elle en croisant les jambes, que Jason lui avait confié que vous aviez suspendu votre relation pour l'été.

Oh, génial !

— Hum, ouais, ai-je fait. Je veux dire, oui.

Pendant un instant, ce fut si calme que je pouvais entendre le réfrigérateur qui ronflait. Je me suis rappelé les silences inconfortables lors des retours de Caroline. C'était dans ces moments-là – espaces vides entre reproches et protestations – que je me demandais ce qui allait se passer.

— Ça m'a surprise, dit-elle enfin, que tu ne m'en aies pas parlé. Elle m'a raconté que cela s'est passé il y a plusieurs semaines.

— Oui, bon, c'est juste une suspension, ai-je expliqué, m'efforçant de rendre ma voix confiante et gaie. On va en parler dès qu'il sera rentré. On a pensé que, pour l'instant, c'était la meilleure chose à faire.

Ma mère a noué ses mains sur ses genoux et s'est penchée un peu en avant. Je connaissais cette position. Je l'avais vue dans des milliers de buffets de vente. Elle se tenait ainsi pour mieux fondre sur sa cible.

— Je dois t'avouer, Macy... commença-t-elle.

Je sentis en moi quelque chose qui se dégonflait.

— ... que je suis un peu soucieuse à ton sujet, en ce moment.

— Soucieuse ?

Elle a acquiescé.

— Ces derniers temps, tu es sortie souvent le soir avec tes nouveaux amis. Tu passes tellement de temps à servir dans les buffets que je crains que tu ne portes plus assez d'attention à ton travail à la bibliothèque. Or, c'est l'activité qui compte le plus pour ton dossier de scolarité.

— Je n'ai pas manqué un seul jour à la bibliothèque.

— Je sais bien. Je suis juste... fit sa voix en s'estompant, tandis qu'elle jetait un œil par la fenêtre.

Le soleil illuminait son visage, et je pouvais distinguer de toutes petites rides sous ses yeux. J'ai ressenti une vive inquiétude, excessive peut-être, à l'idée qu'elle exigeait trop d'elle-même. À cause du décès de mon père, je n'y avais pas prêté attention. Ni elle non plus, d'ailleurs.

— L'année qui vient est tellement importante pour ton avenir, reprit-elle. Il est crucial que tu obtiennes d'excellentes notes à tes examens d'entrée, et que tu sois très concentrée sur tes cours. Tu te souviens m'avoir dit que tu voulais travailler dur cet été, pour accomplir ces objectifs ?

— C'est ce que je fais, dis-je. J'ai fait des tests d'entraînement sur Internet.

Un autre coup d'œil par la fenêtre. Puis elle a repris :

— Tu as aussi passé des nuits dehors avec ta copine Christine...

— Kristy, ai-je corrigé.

— ... Ainsi qu'une bande d'autres amis que je n'ai jamais rencontrés et que je ne connais pas.

Elle a baissé les yeux vers ses mains, les nouant et les dénouant sur ses genoux.

— Et voilà que j'apprends cette nouvelle au sujet de toi et Jason. Je me demande simplement pourquoi tu n'as pas songé à m'en parler.

— C'est juste une pause, et d'ailleurs, Jason n'a rien à voir avec mes objectifs. Ce sont des choses entièrement différentes.

— À ce point-là ? Quand tu étais avec Jason, tu restais plus souvent à la maison. Tu passais plus de temps à étudier. Maintenant, je te vois à peine, et je ne peux pas m'empêcher de penser que les deux sont liés.

Je ne pouvais rien objecter à ça. Ces dernières semaines, j'avais changé. Mais dans mon esprit, ces changements étaient bénéfiques : je parvenais enfin à surmonter les événements, je sortais de la forteresse que j'avais édifiée depuis la mort de mon père. C'était une bonne chose, pensais-je.

— Macy, dit ma mère d'un ton radouci. Tout ce que je veux, c'est m'assurer que tes priorités sont claires. Tu as travaillé très dur pour être là où tu es aujourd'hui. Je ne veux pas que tu gâches ça.

À nouveau, je ne pouvais qu'approuver ce qu'elle disait. Mais tandis qu'elle parlait des efforts que j'avais faits pour être parfaite, obtenir de bonnes notes, dégoter le petit ami brillant, et surmonter l'épreuve du deuil en devenant posée, équilibrée, à tous égards exemplaire – elle ignorait que, de mon point de vue, en revanche, cette obsession ne m'avait causé que des tourments. J'étais passée par des phases pénibles, car frustrée de ne pas répondre à mes propres attentes ; c'était seulement depuis peu que je parvenais à être satisfaite de la personne que j'étais aujourd'hui.

Ce malentendu persistait entre ma mère et moi – je le réalisais à présent. Nous pensions être du même avis sur un grand nombre de points, mais toute chose peut avoir deux sens différents.

— Moi non plus, je ne veux pas gâcher ça, dis-je.

— Bon. Alors, on est d'accord. C'est tout ce dont je voulais m'assurer.

Elle a souri, puis m'a serré la main en se levant, notre signe habituel d'affection. Tandis qu'elle se dirigeait vers son bureau, je suis allée vers l'escalier pour regagner ma chambre. J'étais à mi-chemin lorsqu'elle m'a rappelée.

— Chérie ?

Je me suis retournée. Elle se tenait devant la porte de son bureau, la main posée sur la poignée.

— Oui ?

— Je veux juste que tu saches, dit-elle, que tu peux me parler. De Jason, par exemple. Je veux que tu te sentes libre de me parler. D'accord ?

J'ai acquiescé.

— D'accord.

En montant les marches, j'avais conscience que ma mère passait maintenant à l'enjeu suivant ; le dossier qu'elle venait de traiter pouvait être rangé dans le casier « Résolu ». Mais pour moi ce n'était pas si simple. Elle pensait qu'il était normal que je lui dise tout : elle était ma mère. La vérité, pourtant, c'est que je ne pouvais pas. Ça faisait un an que j'essayais de lui parler de ce qui me contrariait. J'avais eu envie de la prendre dans mes bras, de la serrer contre moi, de lui dire que je me faisais du souci pour elle, mais je n'y arrivais pas non plus. On venait de se mettre d'accord sur un arrangement de pure forme, un contrat que j'avais signé sans lire ce qui était écrit en petits caractères. Mais je savais ce qu'il stipulait : j'avais le droit d'être imparfaite, mais seulement jusqu'à un certain point ; humaine, mais dans certaines limites ; et honnête – envers elle ou moi-même – sous aucun prétexte.

Quand je suis entrée dans ma chambre, j'ai vu un sac de courses au milieu de mon lit, avec un mot posé dessus. J'ai reconnu l'écriture fluide et ronde : Caroline.

*Salut Macy,*

*Désolée de t'avoir ratée. Je reviens dans deux jours avec, j'espère, de bonnes nouvelles sur l'avancée des travaux. La dernière fois, j'ai oublié de te laisser ça. Je l'ai trouvé dans la maison de mer, dans le placard de la chambre à coucher, la dernière fois que j'y étais pour débarrasser des affaires. Je ne sais pas ce que c'est (je n'ai pas voulu l'ouvrir), mais je voulais te le donner. À bientôt.*

Elle avait signé d'une rangée de X et de O, suivie d'une tête qui souriait. Je me suis assise sur le lit, près du sac, et l'ai ouvert. J'ai jeté un œil à l'intérieur, et je l'ai refermé aussitôt.

Oh, mon Dieu ! ai-je pensé.

Ce coup d'œil m'avait fait voir deux choses. Le papier cadeau – doré, avec des motifs – et une carte blanche avec mon nom dessus. D'une écriture que je reconnaissais, que j'aurais reconnue entre mille : celle de mon père.

*Il y en aura plus*, disait la carte qu'il m'avait donnée ce jour de Noël, le dernier que j'avais passé avec lui. *Très bientôt*. Ainsi, mon cadeau manquant ne provenait pas de EZ. Il s'agissait d'autre chose, qui se trouvait sous mes yeux.

Malgré la tentation, qui était forte, j'ai réalisé que je ne pouvais pas déballer le sac. Ce que j'avais si longtemps attendu n'était pas un cadeau, mais un signe. Mieux valait laisser ce paquet comme je l'avais trouvé, chargé de son mystère.

J'ai tiré ma chaise vers le placard, pris le sac et l'ai poussé tout en haut, près du carton des produits EZ. Quoi qu'il contienne, il avait mis longtemps avant d'arriver entre mes mains. Un peu plus d'attente ne pouvait pas lui faire de mal.

# Chapitre 12

— C'est à qui de poser une question ?

— À toi, me lança Tim.

— Tu en es sûr ?

Il a approuvé de la tête, faisant démarrer le moteur du van.

— Vas-y.

J'ai reculé au fond de mon siège, repliant un pied sous moi tandis qu'on sortait de l'allée de Delia pour emprunter Sweetbud Road. On emmenait le van à la station de lavage, pendant que Greg et Kristy restaient cuisiner des beignets de crabe.

— Bon, dis-je, c'est quoi ta plus grande peur ?

Comme à chaque fois, il a pris un temps avant de répondre.

— Les clowns, déclara-t-il.

— Les clowns ?

— Ouais.

Je l'ai fixé, incrédule.

— Quoi ? fit-il en me jetant un regard.

— C'est pas une réponse, lui dis-je, moi, je te parle d'une vraie peur, comme un échec, une mort, un regret. Ce genre-là, quoi. Quelque chose qui te réveille la nuit, qui remet en cause ton existence tout entière.

Il a réfléchi une seconde.

— Les clowns.

J'ai roulé des yeux.

— S'il te plaît.

— C'est ma réponse.

Il a ralenti pour contourner l'énorme trou. J'ai jeté un coup d'œil sur le cœur dans la main, immobile, miroitant dans la chaleur.

— J'aime pas les clowns. Ils m'ont toujours fait flipper, depuis la fois où je suis allé au cirque quand j'étais petit, et que l'un d'eux a fait éclater un ballon devant ma figure.

— Arrête, lui lançai-je en souriant.

Nous étions au bout du chemin, un nuage de poussière s'élevait autour de nous.

— Les clowns. Vraiment ?

Il a fait « oui » de la tête.

— Est-ce que tu valides cette réponse, ou pas ? me demanda-t-il.

— C'est la vérité ?

— Ouais. Tout à fait.

— Très bien, dis-je. Alors c'est à toi.

Je savais maintenant des tas de choses sur Tim. Qu'il avait embrassé sa première fille en sixième et qu'elle s'appelait Willa Patrick. Qu'il trouvait ses oreilles trop grandes par rapport à sa tête. Et qu'il détestait le jazz, le wasabi, et l'odeur du patchouli. Ah oui, et les clowns.

Le jeu de la vérité, qu'on avait entamé le soir de la panne, continuait entre nous : chaque fois qu'on se retrouvait seuls, on le reprenait où on l'avait laissé. Dans ces moments-là, il n'y avait que moi, Tim, et la vérité. Les premières fois où j'avais joué à ce jeu, à l'époque de mes soirées entre copines, ça me rendait toujours nerveuse. Tim avait raison de dire que c'était un jeu diabolique : les questions qu'on posait ne manquaient jamais d'être indiscrètes, ou embarrassantes, les deux si possible. Souvent, en jouant avec mes amies ou ma sœur, je préférais passer mon tour et perdre, plutôt que d'avouer que j'étais folle raide de mon prof de maths. Avec les années, les parties devenaient de plus en plus brutales – questions sur les garçons, sur nos flirts, et bien sûr l'inexorable : Jusqu'où t'es allée ? Avec Tim, le jeu était différent. Il me posait d'emblée la question la plus délicate, et tout ce qui s'ensuivait semblait facile. Ou disons, moins délicat.

— Quelle est la chose, m'interrogea-t-il un jour, tandis qu'on traversait le marché Milton en quête de serviettes en papier, la plus dégueulasse qui te soit arrivée ?

— Berk, dis-je en lui jetant un regard. Est-ce bien nécessaire ?

— Tu réponds, ou tu passes, me dit-il en glissant ses mains dans ses poches.

Il savait que je ne passerais pas. Lui non plus. On avait tous les deux un esprit de compétition bien trop poussé. Mais il ne s'agissait pas seulement de ça, pour moi en tout cas. J'aimais cette façon d'apprendre à le connaître, ces faits et gestes glanés au hasard, comme autant de morceaux de puzzle que j'examinais avec soin, en cherchant de quelle façon ils pouvaient s'emboîter les uns avec les autres. Si un de nous gagnait, le jeu prenait fin. Il fallait donc que je continue à répondre.

— J'étais en CM2, dis-je, tandis que nous empruntions l'allée des accessoires en papier. On était en décembre, et une femme est venue nous parler de la fête juive de Hanoukka. Je me souviens qu'elle nous a donné de l'argent.

— C'est ça qui est dégueulasse ?

— Non, répondis-je avec un air de reproche. J'y viens.

Tim, économe de ses paroles, me poussait toujours à aller droit au but, ce à quoi je répondais en étoffant plus encore mon récit. Ça faisait aussi partie du jeu.

— Elle s'appelait Mme Felton, c'était la mère de Barbara Felton. Bref, donc on a eu de l'argent, on parlait de la Ménora, le chandelier à sept branches. Tout se passait bien.

On venait d'atteindre le rayon des serviettes en papier. Tim en a pris un paquet de huit, l'a calé sous son bras, puis il m'en a tendu un autre, et on s'est dirigés vers les caisses.

— Alors, repris-je, ma prof, Mme Whitehead, vient près de Norma Piskill, qui est assise à côté de moi, et lui demande si elle se sent bien. Et Norma répond oui, bien que moi, en la regardant, je lui trouve le teint un peu jaunâtre.

— Oh ! oh ! a-t-il lâché en faisant une grimace.

— Exactement. Et là, ni une ni deux, Norma Piskill essaie de se lever, mais sans y parvenir. Et elle me vomit dessus. Et comme je reste là, toute dégoulinante, elle me vomit dessus une deuxième fois.

— Pouah !

— C'est toi qui me l'as demandé, dis-je gaiement.

— C'est vrai, admit-il, tandis qu'on se mettait dans la file. À toi.

Comme toujours, il a fait une pause, histoire de réfléchir. Du dégueulis à la plus profonde introspection : c'est comme ça qu'on jouait à la vérité. À prendre ou à laisser.

— Greg, dit-il après un moment, d'un ton catégorique.

— Greg ? ai-je fait.

Il a acquiescé.

— Je me sens responsable de lui, tu comprends ? Je veux dire, c'est un truc de grand frère. En plus, avec ma mère qui n'est plus là... Elle me l'a jamais dit, mais je sais qu'elle comptait sur moi pour que je m'occupe de lui. Et il est tellement...

— Tellement quoi ? ai-je demandé, tandis que la caissière enregistrait les serviettes.

Il a haussé les épaules.

— Tellement... Greg. Tu vois ? Il est intense. Il prend tout au sérieux, son club d'Armageddon par exemple. Il y a pas mal de gens de son âge, tu sais, qui ne le captent pas du tout, Greg. Tout ce qu'il ressent, il le ressent de façon profonde. Trop profonde, parfois. Je pense qu'il fait flipper les gens.

— Il est pas si terrible, dis-je, tandis que Tim tendait à la caissière un billet de vingt et attendait sa monnaie. Il est juste...

Je n'arrivais pas à trouver le mot.

— ... juste Greg, termina-t-il à ma place.

— Exactement.

Et ça a continué comme ça. Question après question, réponse après réponse. Les autres nous trouvaient bizarres, mais moi, je ne voyais pas comment on pouvait connaître au mieux quelqu'un d'une autre façon. Ce jeu faisait réaliser combien on appréhende peu de choses sur les gens. En quelques semaines, je savais ce que redoutait Tim, ce qui l'embarrassait le plus, et quelle avait été sa plus grosse déception. En revanche, concernant ma mère, Caroline, ou Jason, je n'en avais pas la moindre idée. Et si on leur avait posé ces questions à mon sujet, ils auraient été bien incapables d'y répondre.

— Je trouve ça étrange, votre jeu, me dit Kristy. (Une fois ou deux, elle avait entendu la fin d'un récit de Tim sur un drame vécu en cinquième, ou encore moi expliquant pourquoi ma nuque n'était pas comme j'aurais voulu qu'elle soit.) Je veux dire : jouer à action-vérité, je peux comprendre. Mais vous ne faites que parler.

— Exactement, répondis-je. Tout le monde peut passer à l'action.

— Ça, je suis pas sûre, déclara-t-elle d'un ton caustique. Quand on a un peu de jugeote, on choisit la vérité plutôt que l'action. Comme ça, au moins, on peut mentir si on se sent coincé.

Je l'ai regardée.

— Quoi ? a-t-elle protesté. Je te raconte pas un bobard. Je parle d'expérience : les soirées entre filles... Tu en connais une, toi, qui dit toujours la vérité ?

— C'est ce qu'on fait dans notre jeu.

— Ce que *toi* tu fais. Qui te dit qu'il fait ça, lui ?

— Je ne sais pas, lui répondis-je. Moi en tout cas, je dis la vérité.

Et c'était vrai. C'est pour cette raison que j'aimais tellement être avec Tim. Il était la seule personne qui, sans la moindre équivoque, exprimait exactement ce qu'il pensait, et sans détour. Il ne savait pas à quel point ça comptait pour moi.

— Macy !

Je me suis retournée et j'ai vu Greg. Il se tenait dans l'allée, en maillot de corps et pantalon de soirée. Il avait un bout de Kleenex collé sur son menton et un autre sur la joue, blessures causées à l'évidence par un rasage. Il semblait désespéré.

— Tu peux venir ici un moment ?

— Bien sûr.

Quand je suis arrivée près de lui, j'ai senti son eau de Cologne. Et à chaque pas qui me rapprochait encore de lui, je ne respirais plus que ça. Je venais de passer une heure avec Delia à éplucher de l'ail pour faire du houmous, et étais donc moi-même assez odorante.

— Qu'est-ce qui t'arrive ? lui demandai-je.

Il a fait volte-face et a remonté l'allée en direction de sa maison, marchant d'une allure si frénétique que c'est à peine si je pouvais le suivre.

— J'ai un rendez-vous important, me lança-t-il en se retournant, et Kristy était censée m'aider à me préparer. Elle avait promis. Mais Monica et elle ont dû emmener Stella pour qu'elle livre des bouquets, et elle n'est toujours pas revenue.

— Un rendez-vous ? ai-je demandé.

— La fête de mon club Armageddon. C'est un

rendez-vous capital. (Il m'a fixée ostensiblement, sou-
lignant ce mot.) Il n'y en a qu'un seul dans l'année.

— Compris.

En montant les marches, un des bouts de Kleenex
s'est décollé de son visage et s'est envolé au-dessus de
sa tête, disparaissant quelque part derrière nous. Le
côté positif, c'est qu'en bougeant, je ne respirais plus
l'eau de Cologne. Du moins, pas autant.

Je n'étais jamais entrée auparavant dans la maison
de Tim et de Greg. De la route, tout ce qu'on voyait,
c'est qu'elle était en bois et semblait douillette, res-
semblant à une cabane. Je fus surprise de voir, en y
pénétrant, combien elle était vaste et lumineuse. Le
salon était grand, avec des lucarnes et des poutres qui
traversaient le plafond. Les meubles paraissaient
modernes et confortables. La cuisine, au fond, occupait la largeur du mur, et il y avait des plantes tout
le long du plan de travail, plusieurs d'entre elles
retombant vers une large fenêtre au-dessus de l'évier.
Il y avait aussi, partout, des œuvres d'art : des peintures abstraites accrochées aux murs, plusieurs objets
en céramique, et deux petites sculptures de Tim placées de chaque côté de la cheminée. Je m'attendais à
ce que le lieu ressemble, disons, à un studio habité
par des ados, avec boîtes de pizza entassées près de
l'évier, et verres à demi remplis traînant dans les
coins, mais, à mon grand étonnement, c'était très bien
rangé.

— L'enjeu immédiat, me dit Greg tandis qu'on
avançait dans le couloir, c'est de choisir entre les pois
et les rayures. Qu'est-ce que tu en penses ?

Il a poussé la porte de sa chambre, est entré, et au
moment où j'ai atteint le seuil je me suis figée. Un

immense poster se trouvait derrière lui, occupant toute la largeur du mur. Le poster annonçait : « Attention : Armageddon » et comportait un dessin de la Terre, qui explosait en mille morceaux. Le reste de la pièce était décoré dans le même esprit, avec des posters proclamant : « La fin est plus proche que vous ne le pensez. » et un autre qui disait simplement « Mégatsunami » : « Une seule vague, anéantissement absolu. » L'espace qui restait sur le mur était occupé par des étagères, bourrées de livres aux titres similaires.

— Rayures, fit Greg, brandissant une chemise sous mon nez, ou pois. Rayures ou pois. Laquelle des deux ?

— Eh bien, dis-je, tout abasourdie, je pense...

À ce moment la porte s'est ouverte derrière moi, et Tim est sorti de la salle de bains, les cheveux mouillés, s'essuyant le visage avec une serviette. Il portait un jean et n'avait pas de chemise, ce qui, pour être tout à fait franche, n'était pas moins troublant qu'un mégatsunami. Voire un peu plus. Il a fait le geste de me saluer, s'est interrompu. A reniflé. À deux reprises.

— Greg, fit-il en grimaçant, qu'est-ce que je t'ai dit au sujet de l'eau de Cologne ?

— J'en ai à peine mis.

Il a brandi les chemises à nouveau, voulant à l'évidence recueillir tous les avis.

— Tim, laquelle je dois porter ? Les premières impressions comptent beaucoup, tu sais.

— Tu vises le mode envahissant ? répondit Tim.

Greg n'a pas relevé et s'est tourné vers moi.

— Macy. S'il te plaît. Les pois ou les rayures ?

Comme souvent, je ressentis une sorte d'affection

pour Greg, avec sa chambre délirante, son maillot ringard, et le bout de Kleenex collé sur son visage.

— Les rayures, répondis-je. Elles font plus adulte.

— Merci.

Il a laissé tomber sur le lit la chemise à pois, a enfilé l'autre et l'a boutonnée à la hâte.

Il s'est tourné pour se regarder dans le miroir et a déclaré :

— C'est ce que je me disais moi aussi.

— Tu ne mets pas de cravate ? lui a demandé Tim, qui retournait dans la salle de bains.

— Je devrais ?

Je lui ai demandé :

— Qu'est-ce que tu veux donner comme impression ?

Greg a réfléchi un moment.

— Maturité. Intelligence. Élégance.

— Envahissant, a ajouté Tim.

— Dans ce cas, oui, dis-je à Greg, qui se renfrognait. Mets une cravate.

Tandis que Greg ouvrait la porte de son placard et fouillait dedans, je me suis tournée pour regarder Tim. Il était allé dans sa chambre pour enfiler un tee-shirt gris. Contrairement aux murs de Greg, ceux de Tim étaient nus. Il y avait, pour tout meuble, un futon contre un mur, une caisse à bouteilles de lait remplie de livres, et une commode avec un miroir suspendu au-dessus. La photo noir et blanc d'une fille était scotchée au miroir, mais je ne pouvais distinguer son visage.

— La fête d'Armageddon, m'expliqua Greg, tandis qu'il se démenait pour nouer une cravate bleue, est un événement spécial. C'est la seule fois de l'année où se rejoignent les FDM de tout l'État.

— FDM ? ai-je interrogé, tout en l'observant qui formait une boucle, puis un nœud, le serrait trop, avant de le défaire et de recommencer.

— Fin-du-mondistes, expliqua-t-il, entreprenant un autre nœud.

Cette fois, le devant est retombé trop bas, atteignant la boucle de ceinture.

— C'est une super-opportunité pour découvrir de nouvelles théories, échanger des tuyaux avec des types aussi passionnés que moi. (Il a baissé les yeux vers sa cravate.) Bon sang ! Pourquoi c'est si difficile ? Est-ce que tu sais comment on enfile ce truc ?

— Pas vraiment.

Mon père n'était pas du genre à se mettre en costume, et Jason, qui portait souvent la cravate, pouvait en nouer une les yeux fermés. Bref, je n'avais jamais eu besoin d'apprendre.

— Kristy devait m'aider, grommela-t-il, tirant sa cravate d'un coup sec, ce qui eut pour seul effet de l'allonger encore. (Son visage devenait rouge.) Elle avait promis.

— Calme-toi, dit Tim, qui est entré dans la chambre et s'est avancé vers Greg.

Il a dénoué la cravate, en a lissé les extrémités.

— Ne bouge plus.

Greg et moi sommes restés tous deux sans bouger et avons regardé, admiratifs, Tim qui, en un tour de main, a formé un nœud impeccable.

— Ouah ! s'est exclamé Greg, tandis que Tim reculait pour contempler son œuvre. Quand as-tu appris ça ?

— Quand j'ai dû aller au tribunal, lui a répondu Tim.

Il a tendu le bras pour ôter le bout de Kleenex du visage de son frère, et a ajusté la cravate.

— Tu as assez d'argent ?

Greg a poussé un grognement.

— J'ai acheté mon billet à l'avance en mars. Il y a du poulet pour le dîner, avec un dessert. Tout est déjà payé.

Tim a sorti son portefeuille et en a retiré un billet de vingt, qu'il a glissé dans la poche de Greg.

— Et tu arrêtes l'eau de Cologne. D'acc ?

— D'acc, a fait Greg en regardant de nouveau sa cravate.

Le téléphone a sonné, et il a saisi le combiné sans fil qui traînait sur le lit.

— Allô ? Salut, Richard. Ouais, moi aussi... Euh... une chemise à rayures. Avec une cravate bleue. Pantalon en polyéthylène. Mes belles chaussures. Et toi ?

Tim a reculé dans le couloir, secoué la tête, puis il est retourné dans sa chambre. Je me suis appuyée contre le montant de la porte, jetant un autre coup d'œil aux quelques meubles qui s'y trouvaient.

— Eh bien, je vois que tu aimes le minimalisme.

— J'aime pas trop m'encombrer, si c'est ça que tu veux dire. Tu ne trouveras rien ici que je n'utilise pas.

J'ai fait un pas à l'intérieur, et marché vers la commode. Je me suis penchée pour regarder la fille sur la photo. Je savais que j'allais passer pour une fouineuse, mais je ne pouvais m'en empêcher.

— Alors c'est elle, Becky ?

Il a fait volte-face, m'a jeté un coup d'œil.

— Non. Becky est maigre, anguleuse. Elle, c'est ma mère.

Wish était splendide. C'est ce que j'ai pensé d'abord. Sur cette photo, elle était jeune, devait être à la fin de l'adolescence ou au début de la vingtaine. J'ai tout de suite reconnu dans ses traits le visage rond de Greg, le sourire de Delia et ses cheveux bruns frisés. Mais elle me rappelait plus encore Tim. Peut-être parce qu'elle ne regardait pas l'objectif, mais un peu au-dessus, souriant à moitié, sans rien de posé ni de forcé. Elle se tenait assise au bord d'une fontaine, les mains posées sur ses genoux. L'eau miroitait derrière elle.

— Elle te ressemble, dis-je.

Il s'est approché derrière moi, une boîte dans sa main, et dans l'encadrement, le miroir nous refléta tous.

— Tu trouves ?

— Ouais, répondis-je. Vraiment.

Greg est sorti de sa chambre, marchant à vive allure, un rouleau à poussière dans la main.

— Vaut mieux que j'y aille, déclara-t-il. Je veux être là-bas au moment où les portes vont s'ouvrir.

— Tu prends le rouleau ? lui demanda Tim.

— Il y a toujours un risque en bagnole, expliqua Greg en le glissant dans sa poche de devant. Alors, je suis bien ?

— Super, lui dis-je, et il m'a souri, l'air content.

— Je reste dormir chez Richard, ce soir, comme ça, on pourra faire un bilan. On se voit demain, d'accord ?

Tim a acquiescé.

— Amuse-toi bien.

Greg a disparu dans le couloir, et quelques secondes plus tard j'ai entendu claquer la porte d'entrée. Tim a pris sur la commode son portefeuille et ses clés, mettant sous son autre bras la boîte qu'il portait, et on s'est dirigés vers le salon. J'avais regardé le portrait une dernière fois, avant que la porte se ferme derrière nous.

— Faut que j'y aille aussi, je crois, dis-je tandis qu'on entrait dans le salon.

À nouveau, j'ai été surprise de constater à quel point l'endroit était chaleureux, contrairement à ma maison, où les hauts plafonds et les immenses pièces donnaient toujours l'impression de vide.

— Sans blague, s'est-il étonné. Toi aussi, tu vas à la fête d'Armageddon ?

— Comment t'as deviné ?

— Une intuition, comme ça.

J'ai fait une grimace.

— Non, en fait, je vais étudier. Faire la lessive. Je sais pas, peut-être que si je me retiens pas, je vais repasser quelques vêtements. Avec de l'amidon.

— Oh-oh, fit-il. Là, tu n'es pas raisonnable.

Il a ouvert la porte et je suis sortie, m'arrêtant sur les marches tandis qu'il fermait à clé.

— Et vous, quels sont vos plans ?

— Eh bien, dit-il en soulevant la boîte dans sa main, je passe à une fête, à Lakeview, donner à un ami ces pièces détachées que j'ai trouvées à la ferraille.

— Une fête ; des pièces détachées ? m'écriai-je. Ménage-toi, quand même.

— Je vais essayer.

Je lui ai souri, sortant mes clés de ma poche.

— Ça te dit de venir avec moi ?

J'étais un peu surprise qu'il me le propose. Et plus surprise encore de la rapidité avec laquelle j'ai répondu, sans hésitation, comme si c'était ce que j'avais en tête depuis tout à l'heure.

— Bien sûr.

La fête était bourrée de monde et battait son plein quand on est arrivés, une vingtaine de minutes plus tard. En contournant des grappes de gens, j'étais, comme toujours, consciente du fait qu'on regardait vers nous. Ou vers Tim. Il semblait à peine le remarquer, et je me demandais comment il avait pu s'y habituer.

Une fois à l'intérieur, à peine avais-je franchi le seuil, que quelqu'un m'a prise par le bras. Quelqu'un qui portait une minijupe en jean, des bottes de cowboy, et un bustier rose du genre osé. Pas besoin de chercher bien loin qui ça pouvait être.

— Oh, mon Dieu, siffla Kristy dans mon oreille, me tirant de côté d'un coup sec. Je le savais ! Qu'est-ce que tu es en train de faire ? Macy, je te conseille de tout me dire. Maintenant.

Tim s'était arrêté au milieu de l'entrée, et me cherchait du regard. Quand il finit par me trouver, voyant que j'étais avec Kristy, il remua les lèvres en silence pour dire qu'il reviendrait. Puis il disparut dans le couloir en frôlant un assortiment de pom pom girls, qui le suivirent du regard avec des yeux embués. Je ne me suis guère attardée sur cette scène, Kristy étant sur le point de me tordre le bras.

— Tu veux bien me lâcher, dis-je.

— Je peux pas le croire, fit-elle. Tim et toi vous allez ensemble à une soirée, et tu m'en parles même pas ! Ça en dit long sur notre amitié. Enfin, où est la confiance, Macy ?

J'ai senti quelqu'un me bousculer par-derrière et je me suis retournée. C'était Monica, bouteille d'eau à la main, qui survolait du regard, avec un air blasé, la foule se trouvant dans le salon.

— Tu as vu avec *qui* est venue Macy ? lui lança Kristy.

— Mmm-hmm, répondit Monica.

— Je suis pas *avec* lui, protestai-je en me frottant le bras. Il voulait déposer un truc, j'étais là-bas pour aider Greg à se préparer pour la fête d'Armageddon, et il m'a juste...

— Oh, merde ! s'écria Kristy en plaquant sa main sur sa bouche, les yeux écarquillés. J'ai oublié sa fête. Mon Dieu, ne me dis pas qu'il a mis sa chemise à pois.

— Non, répondis-je, ce qui la rassura aussitôt. À rayures.

— Cravate ?

J'ai approuvé de la tête.

— La bleue.

— Bien, lâcha-t-elle avant d'avaler une gorgée de la bière qu'elle tenait en main et de pointer son doigt vers moi. Maintenant, revenons à toi et à Tim. Tu jures qu'il ne se passe rien entre vous deux ?

— Mais calme-toi, bon sang, dis-je. (Elle continuait de me fixer, comme si ma réponse n'était pas valable.) Je le jure.

— D'accord, fit-elle en hochant la tête vers la salle à manger, où j'aperçus un groupe de garçons réunis autour de la table. Prouve-le, alors.

— Le prouver ?

Déjà elle me tirait vers l'entrée, à travers le salon, puis dans la salle à manger, où elle me fit asseoir sur une chaise, se perchant elle-même sur l'accoudoir. Monica, fidèle à elle-même, arriva environ trente secondes plus tard, l'air essoufflé. Sans même que Kristy ne la remarque. À l'évidence, celle-ci s'était fixé une mission.

— Macy, dit-elle en faisant un geste vers le bout de la table, où se trouvaient un type costaud avec une casquette de base-ball, un autre en chemise orange et, tout au fond, un gars dans le genre hippie, avec des yeux bleus et une queue-de-cheval, voici John, Donald, et Philip.

On s'est salués.

— Macy se trouve en ce moment entre deux relations, crut bon de leur préciser Kristy. Et j'essaie, mais j'essaie vraiment, de lui montrer qu'il y a des milliers de possibilités à saisir.

Tous m'ont dévisagée, et je me suis sentie rougir. Je me demandais quand Tim finirait par revenir.

— Ces gars-là, continua Kristy en faisant un geste qui incorporait la tablée entière, sont insortables. Mais ils sont franchement gentils.

— Cela dit, le fait qu'on soit insortables, me dit John (celui avec une casquette), n'a pas empêché Kristy de sortir avec chacun de nous.

— C'est pour ça que je suis bien renseignée ! fit-elle et tous ont éclaté de rire.

Donald lui a tendu une pièce de monnaie, elle l'a lancé, a manqué sa cible, et bu une gorgée.

— Écoute, me dit-elle, je vais aller faire un petit repérage. Dès que je reviens, je te prends avec moi et je te présente des bons plans. O.K. ?

Sans attendre de réponse, elle s'en allait déjà, tapotant le crâne de John au passage.

— À ton tour, me dit-il en hochant la tête vers moi. J'ai pris la pièce de monnaie. J'avais vu des personnes jouer à ce jeu, mais je n'avais jamais essayé moi-même. J'ai lancé la pièce comme l'avait fait Kristy, et elle a atterri dans le bol avec un splash ! Ce qui était le but.

— Et maintenant ? demandai-je à Philip.

Il a avalé sa salive.

— Tu désignes quelqu'un et il doit boire.

J'ai regardé autour de la table, puis j'ai pointé le doigt vers John, qui a levé son verre en me portant un toast.

— C'est encore ton tour, dit Philip.

— Oh, fis-je.

J'ai lancé la pièce à nouveau : j'ai encore mis dans le mille.

— Faites gaffe ! s'est écrié Donald. Cette fille, c'est du feu !

Ou presque : au troisième lancer, la pièce est tombée à côté. Philip m'a fait signe que je devais boire, ce que j'ai fait, et j'ai poussé la pièce vers John.

Il a réussi, bien sûr, et a pointé son doigt vers moi.

— Cul sec, lança-t-il, et je dus boire encore.

Et encore. Et encore. Les vingt minutes qui suivirent ont passé assez vite – c'est du moins l'impression que j'ai eue. Je ratais chacun de mes lancers, et j'étais désignée chaque fois que quelqu'un faisait tomber la pièce dans le bol. Sortables ou pas, ces types étaient sans pitié. Aussi, quand Tim finit par se glisser sur la chaise à côté de moi, le décor commençait un peu à se brouiller. Pour ne pas dire plus.

— Hé, fit-il. J'pensais que t'étais perdue.

— Perdue, non, répondis-je. Kidnappée, plutôt. Et

avec ça, je découvre que je suis une calamité au lancer de pièces. Tu as trouvé ton ami ?

Il a secoué la tête.

— Il n'est pas là. Prête à y aller ?

— Plus que prête, dis-je. En fait, je crois que je dois être un petit peu...

— Macy.

Je me suis retournée et j'ai vu Kristy, mains sur les hanches, l'air résolu.

— Il est temps, ajouta-t-elle.

— Temps pour quoi ? demanda Tim, et je me suis posé la même question, ayant tout oublié de la conversation qu'on avait eue auparavant. Ce qui n'avait guère d'importance, à vrai dire, car déjà elle m'avait mise sur pied, et me traînait de force dans la cuisine. Ah oui, c'est vrai, me suis-je rappelé. Les bons plans.

— Tu sais, tentai-je de dire. Je crois pas être vraiment...

— Cinq minutes, déclara-t-elle avec fermeté. C'est tout ce que je te demande.

Un quart d'heure après, j'étais toujours dans la cuisine, à présent bourrée de monde, en train de parler à un joueur de football qui s'appelait Hank, ou bien Frank : trop de bruit pour que je puisse être sûre. J'avais cherché à m'extirper de là, mais entre la foule qui se pressait contre moi, et Kristy qui m'observait avec un regard d'aigle, tout en discutant avec son bon plan à elle, c'était plutôt ardu. De plus, je ne me sentais pas très solide sur mes jambes. Disons même : pas solide du tout.

— C'est pas toi qui sors avec Jason Talbot ? me dit-il en criant, pour couvrir la musique beuglée par la chaîne stéréo.

— En fait... commençai-je, écartant de mon visage une mèche de cheveux.

— Quoi ? hurla-t-il.

J'ai repris :

— En fait, en ce moment on est...

Il a secoué la tête, plaçant sa main en cornet autour de son oreille.

— Quoi ?

— Non, dis-je très fort, me penchant vers lui et manquant de perdre l'équilibre. Non, c'est pas moi.

À cet instant, quelqu'un est venu se cogner à moi, me poussant contre Hank/Frank.

— Désolée, dis-je, esquissant un pas en arrière.

Mais il m'a prise par la taille.

J'avais la tête qui tournait, ça me faisait tout drôle, et j'avais chaud, terriblement chaud.

— Attention à toi, dit-il en me souriant.

J'ai baissé les yeux vers ses mains qui s'étalaient sur mes hanches : elles étaient larges et en faisaient trop. Berk.

— Tu te sens bien ? fit-il.

— Très bien, dis-je en m'efforçant de reculer.

Sauf qu'il est resté collé à moi, et m'a prise par la taille.

J'ai dit :

— J'ai besoin d'aller prendre l'air.

— Je t'accompagne.

Kristy a tourné la tête vers moi :

— Macy ?

— Elle va très bien, lui lança Hank/Frank.

— Tu sais, dis-je à Kristy (mais une grande fille avec un piercing dans le nez s'est interposée entre nous et je l'ai perdue de vue ), je crois qu'on devrait...

— Moi aussi, fit Hank/Frank.

J'ai senti ses doigts se faufiler sous ma chemise et toucher ma peau. J'ai éprouvé un frisson, pas du genre agréable. Il s'est penché contre moi, ses lèvres effleurant mon oreille, et m'a dit :

— Allons quelque part.

J'ai de nouveau cherché Kristy, mais elle était partie, je ne la voyais nulle part. Je me sentais maintenant tout à fait dans les vapes. Des mots sortaient de la bouche de Hank/Frank, mais la musique était trop forte : les pulsations de basse et de batterie martelaient mes tympans.

— Attends, lui dis-je en essayant de m'ôter de ses griffes.

— Chuuut, calme-toi, dit-il en faisant remonter ses mains le long de mon dos.

Je me suis arrachée à lui d'un mouvement brusque, trop brusque, et j'ai trébuché en arrière, perdant l'équilibre. J'ai senti que je chutais, de tout mon poids, dans l'espace vide derrière moi, essayant en vain de me rétablir. Lorsque soudain, quelqu'un s'est trouvé là.

Quelqu'un qui a agrippé mes coudes avec ses mains, et a rétabli mon équilibre. Ses mains ont apporté une sensation de fraîcheur à ma peau brûlante, et cette présence derrière moi était comme une chose solide, un mur où m'appuyer et qui ne céderait pas.

J'ai tourné la tête. C'était Tim.

— Te voilà, dit-il, tandis que Hank/Frank le regardait, mal à l'aise. Prête à partir ?

J'ai fait « oui » de la tête. Je sentais son estomac contre mon dos, et sans même y penser, je me suis laissée aller vers lui. Ses mains étaient toujours sur mes coudes, et je suis restée pressée tout contre lui.

Tim se frayait déjà un chemin parmi la foule. Nous dûmes naviguer entre les gens, et sa main glissait sur mon avant-bras, descendait vers mon poignet. Pressée de tous côtés, je n'avais qu'une chose en tête : quand rien n'a plus le moindre sens, autant s'accrocher au premier appui qui paraît solide. Aussi, quand j'ai senti ses doigts lâcher mon poignet, je les ai agrippés fort entre les miens, et ne les ai plus lâchés.

À l'instant où on est sortis par la porte principale, quelqu'un a crié très fort le nom de Tim. Ça m'a fait sursauter – nous a fait sursauter tous deux – et d'un seul coup j'ai lâché sa main.

— Où tu étais, Baker ? cria un type avec une casquette de base-ball, appuyé sur une Land Rover. Tu me l'as trouvé, ce carburateur ?

— Ouais, cria Tim en retour. Une seconde.

— Désolée, lui dis-je comme il se tournait pour me regarder. C'est juste que, il faisait tellement chaud là-dedans, et il...

Il a posé ses mains sur mes épaules, me faisant doucement asseoir sur les marches.

— Attends-moi ici, dit-il. Je reviens tout de suite. D'accord ?

J'ai acquiescé, et il s'est dirigé vers la Rover en traversant la pelouse. J'ai respiré un grand coup, ce qui m'a donné encore plus le vertige, et j'ai mis ma tête entre mes mains. Une seconde après, j'ai eu le sentiment qu'on m'observait. Quand j'ai tourné la tête, j'ai vu Monica.

Elle se tenait tout près, à ma droite, fumant une cigarette, sa bouteille d'eau calée sous son bras. Je savais bien qu'elle n'était pas du genre à s'approcher à pas de loup, ni à se déplacer en vitesse, ce qui voulait dire qu'elle nous avait vus sortir. Nous tenir la main. Bref, elle avait tout vu.

Elle a porté sa cigarette à sa bouche, pris une grosse bouffée, puis elle a fixé ses yeux sur moi. Immobiles. Accusateurs.

— C'est pas ce que tu penses, lui dis-je. Il y avait un type, là-bas... Tim m'a ôtée de ses pattes. J'ai pris sa main à lui, pour me tirer de là.

Elle a exhalé lentement la fumée, qui s'est élevée en se tortillant entre nous.

— C'est juste un de ces trucs qui arrivent. T'as même pas le temps de réfléchir. Tu y vas.

Je m'attendais à ce qu'elle conteste ma version d'un « Lais'tomber », ou peut-être d'un « Mmm-hmm » sarcastique, mais elle s'est tue, se contentant de me scruter, aussi indéchiffrable que d'habitude.

— Bon, fit Tim, qui était de retour, allons-nous-en d'ici. (Il aperçut alors Monica et hocha la tête vers elle.) Hé. Qu'est-ce qu'il y a ?

Monica prit une nouvelle bouffée en guise de réponse, toute son attention dirigée vers moi.

Je me levai, penchant légèrement de côté, et me rétablis non sans mal.

— Tu te sens bien ? me demanda Tim.

— Très bien, répondis-je.

Il a marché vers le van, et je l'ai suivi. Alors, je me suis retournée vers Monica.

— Salut. On se voit demain, d'accord ?

— Mmm-hmm, répondit-elle.

J'ai continué de sentir son regard tandis que je m'éloignais.

— Si tu pouvais modifier quelque chose dans ta vie, me demanda Tim, ce serait quoi ?

J'ai aussitôt répondu :

— Et si je te disais : tout ce que j'ai fait depuis qu'on a quitté ta maison jusqu'à maintenant.

Il a secoué la tête.

— Je viens de te dire que c'était pas si terrible.

— On voit bien que c'est pas toi qui t'es fait peloter par un footballeur, lui ai-je lancé.

— Non, a-t-il admis, tu as raison.

Je me suis adossée contre le van, étendant mes jambes devant moi. Tim s'est arrêté dans une épicerie ouverte la nuit, où j'ai acheté de l'aspirine et une grande bouteille d'eau. Puis il m'a reconduite chez moi, repoussant mes protestations, et a promis qu'il me ramènerait le lendemain matin à ma voiture. Je pensais qu'il allait juste me déposer, mais au lieu de ça, on est restés assis dans l'allée, à regarder les lucioles voltiger autour des réverbères, et à se dire la vérité.

Mais pas la raison pour laquelle je m'étais emparée de sa main. Tout avait été si brouillé, si fou, que je me demandais si je n'avais pas tout imaginé. Je revoyais alors Monica, son regard impassible et sceptique, et je comprenais que c'était arrivé. Je ne pouvais m'empêcher de penser à Jason, à son étrange réticence au contact physique. Avec Tim, ça s'était passé naturellement, sans même y songer.

— Ne plus avoir peur, dis-je alors.

Tim, qui regardait danser une luciole, s'est retourné et m'a fait face.

— Si je pouvais modifier quelque chose dans ma vie. Voilà ce que ce serait.

— Peur, dit-il en écho.

À nouveau, je réalisais à quel point j'appréciais qu'il n'émette aucun jugement, me donnant toujours une chance d'en dire plus, si je le voulais.

Il a repris :

— Peur de...

— De faire des choses non prévues, ou qui n'ont pas été planifiées, répondis-je. Je serais plus directe alors, je ne penserais pas sans cesse aux conséquences.

Il a réfléchi un moment.

— Donne-moi un exemple.

J'ai bu une gorgée d'eau et posé la bouteille près de moi.

— Par exemple, avec ma mère. Il y a tellement de choses que je voudrais lui dire, mais je ne sais pas comment elle réagirait. Alors je ne lui dis rien.

— Rien sur quoi ? demanda-t-il. Qu'est-ce que tu voudrais lui dire ?

J'ai fait courir mon doigt sur la portière, tout le long de l'arête.

— C'est pas tant ce que je lui dirais. Mais plutôt ce que je ferais. (Je me suis interrompue et j'ai secoué la tête.) Oublie ça. Passons à autre chose.

— Quoi, tu passes ? demanda-t-il.

— J'ai répondu à la question ! m'écriai-je.

Il a secoué la tête.

— Seulement à la première partie.

— La question n'avait pas deux parties, répliquai-je.

— Maintenant, si.

— Tu sais que t'as pas le droit de faire ça, dis-je.

301

Quand nous avions commencé notre jeu, la seule règle était de se dire la vérité, et c'est tout. Pourtant, on se chamaillait sans cesse sur des amendements divers. Il y avait eu quelques disputes sur le contenu des questions, une ou deux quant à l'obligation de faire des réponses complètes, et encore d'innombrables débats pour établir qui avait répondu, et qui pouvait questionner l'autre. Ça faisait partie du jeu. Mais il était plus difficile de s'en tenir aux règles lorsqu'on inventait celles-ci au fur et à mesure.

Il m'a regardée en dodelinant de la tête.

— Allez, réponds, quoi, fit-il en me donnant un coup de coude.

J'ai expiré bruyamment.

— D'accord, dis-je, j'irais juste... si je pouvais, j'irais voir ma mère je lui confierais à quel point mon père me manque. Ou combien je me fais du souci pour elle. Je sais pas. Ça doit sembler stupide, mais je lui formulerais exactement ce que je ressens, sans réfléchir d'abord. Tu comprends ?

Ce n'était pas la première fois que je sentais en moi, après avoir fait ma réponse, comme une vague d'embarras. Mais il s'agissait cette fois de quelque chose de plus vif, de plus vrai, et je devais une fière chandelle à la pénombre : elle masquait en partie l'expression de mon visage. Pendant une minute, aucun de nous n'a parlé, et je me suis demandé ce qui me poussait à faire toutes ces confidences à un garçon que je ne connaissais que depuis la moitié d'un été.

— Ce n'est pas stupide, finit-il par dire. (Je m'étais mise à gratter la portière, tête baissée.) Pas stupide du tout.

J'ai ressenti ce drôle de chatouillis dans ma gorge et j'ai avalé ma salive.

— Je sais. Mais parler de ses émotions, c'est très difficile pour elle. Pour nous. Comme si désormais elle préférait qu'on évite ça.

— Tu penses vraiment que c'est ce qu'elle ressent ? demanda-t-il.

— Difficile à dire. On n'en parle jamais. On ne parle jamais de rien. C'est tout le problème. C'est mon problème, en fait. Je ne parle à personne de ce qui se passe dans ma tête. Parce que j'ai peur que les autres ne le supportent pas.

— Et ce qu'on est en train de faire, demanda-t-il, ce n'est pas parler ?

J'ai souri.

— On joue à la vérité, dis-je. C'est différent.

Il a passé sa main dans ses cheveux et a repris :

— Je sais pas. Rien que l'histoire du vomi, ça m'a paru énorme.

— Ça suffit avec le vomi, répondis-je, exaspérée. S'il-te-plaît-bon-sang-je-t'en-supplie.

— Le fait est, poursuivit-il, tu m'en as beaucoup dit en jouant à ce jeu. Et même si certains trucs te paraissent bizarres, pénibles ou carrément dégueu...

— Tim.

— Je n'ai rien vu d'insupportable dans tout ça. (Il me regardait à présent, l'air sérieux.) Alors, tu devrais t'en souvenir, quand tu te demandes ce que les gens supportent ou pas. Ce n'est peut-être pas si terrible.

— Peut-être, dis-je. Ou peut-être que tu es tout bonnement extraordinaire.

Quand ces mots sont sortis, il m'a semblé qu'une

303

autre les avait prononcés. Voilà ce qui se passe quand on ne réfléchit pas.

On est restés assis à se regarder. Dehors, il faisait chaud, les lucioles scintillaient autour de nous, et lui se trouvait très près de moi, son genou et le mien séparés par quelques centimètres seulement. En un éclair, j'ai ressenti la fraîcheur de sa main sur ma peau, ses doigts se refermant sur les miens, et pendant une folle seconde j'ai eu le sentiment que tout pourrait changer, dès maintenant, si seulement je le voulais. S'il avait été un autre garçon, et dans un autre monde, je l'aurais embrassé. J'imagine.

— Bon, dis-je trop vite, c'est mon tour.

Il a cligné des yeux, comme s'il avait oublié que nous étions en train de jouer. Avait-il également ressenti quelque chose ?

— D'accord, fit-il en hochant la tête. Vas-y. Attaque.

J'ai inspiré un grand coup.

— Quelle est la chose que tu ferais, si tu pouvais faire tout ce que tu voulais ?

Comme toujours, il a pris un temps pour réfléchir, scrutant la clairière droit devant lui. Peut-être allait-il répondre qu'il aimerait revoir sa mère, ou être doté d'une vision aux rayons X, ou pouvoir instaurer la paix dans le monde. J'ignore à quoi je m'attendais. Mais sûrement pas à la réponse qu'il me fit.

— Je passe, dit-il.

Pendant un instant, je crus que j'avais mal entendu.

— Quoi ?

Il s'est éclairci la gorge.

— J'ai dit : Je passe.

— Pourquoi ?

Il a tourné la tête et m'a regardée.

— Parce que.

— Parce que quoi ?

— Parce que c'est ce que je veux.

— Tu sais ce que ça signifie, n'est-ce pas ? dis-je. Tu sais comment fonctionne ce jeu ?

Il a hoché la tête :

— Tu dois répondre à ma prochaine question, quelle qu'elle soit. Et si tu le fais, tu as gagné.

— Exactement, repris-je, me redressant sur ma chaise pour rassembler mes forces. O.K., vas-y.

Il a respiré un coup, et j'ai attendu, fin prête. Mais il s'est contenté de déclarer :

— Non.

— Non ? fis-je, incrédule. Comment ça, non ?

— Je veux dire, répéta-t-il comme si j'avais l'esprit un peu lent : non.

— Tu es obligé de me poser une question.

— Pas tout de suite, répliqua-t-il, ôtant d'une chiquenaude un insecte sur son bras. Pour une question aussi importante, une question dont dépend l'issue du jeu, on peut prendre le temps qu'on veut.

Je pouvais pas le croire.

— Qui a dit ça ?

— Ce sont les règles qui le disent.

— On a revu les règles en long et en large. Celle-là n'en fait pas partie.

— Je vote pour un amendement, objecta-t-il.

Je me suis sentie désarmée :

— Bon, très bien. Mais il ne faut pas que ça prenne l'éternité.

— Pas besoin de tout ce temps, répondit-il.

— Combien, alors ?

— Moins que l'éternité. (J'ai attendu. Il a fini par

enchaîner.) Une semaine, peut-être. Mais me tanne pas à cause de ça. Ça annulerait tout. La question viendra quand elle viendra.

— Encore une nouvelle règle, constatai-je.

— Ouais.

Je l'ai fixé, enregistrant ce qu'il venait de dire, quand soudain il y eut un jaillissement de lumière au bout de la rue : une voiture venait d'apparaître sur la pente. Nous avons tous deux plissé les yeux, et j'ai réalisé que c'était ma mère. Elle parlait dans son téléphone et sembla d'abord ne pas nous apercevoir : elle passa près de nous et emprunta l'allée qui menait au garage. Ce n'est qu'en sortant de sa voiture, le téléphone coincé entre son oreille et son épaule, qu'elle regarda vers nous.

— Macy ? dit-elle. C'est bien toi ?

— Oui, répondis-je. J'arrive tout de suite.

Elle reprit sa conversation tout en marchant, non sans jeter un regard vers moi et le van de Tim. Puis elle monta les marches et pénétra à l'intérieur de la maison. Une seconde après, la lumière de l'entrée s'allumait, suivie de celles de la cuisine et du couloir du fond.

— Eh bien, dis-je à Tim en m'écartant du camion, merci pour cette soirée. Même si tu me laisses un peu sur le gril.

— Je pense que tu es capable de le supporter, fit-il en s'installant derrière le volant.

— En tout cas, quand on aura fini, je proposerai... genre, vingt amendements. Tu reconnaîtras même plus les règles quand je me serai penchée dessus.

Il s'est mis à rire très fort, secouant la tête, et je me suis surprise à sourire. Je ne lui aurais pas avoué, pas à ce moment-là, et peut-être même jamais, qu'en fait, j'étais heureuse de devoir attendre un peu. Ce jeu était devenu important pour moi. Je ne voulais pas qu'il prenne fin, surtout pas maintenant. Mais ça, il ne pouvait pas le savoir.

— Tu sais, lui lançai-je, après tout ce battage, elle a intérêt à être bien, ta question.

— T'en fais pas, dit-il, sûr de lui. Elle le sera.

# Chapitre 13

— Grands dieux ! s'écria ma mère. Ça avance vraiment bien.

Le visage de ma sœur rayonnait.

— N'est-ce pas ? Le plombier viendra demain pour installer les nouvelles toilettes, et les lucarnes sont mises en place. Il faut juste qu'on se décide sur la couleur des peintures, et ils pourront enfin commencer les murs. Ça va être tout simplement *superbe*.

Jamais je n'aurais pensé qu'on pouvait s'enthousiasmer autant sur des échantillons de peinture : à mes yeux, tous semblaient identiques. Mais Caroline s'investissait à fond dans le chantier de la maison de mer. Et certes, les fenêtres avaient de nouvelles fixations, et il y avait maintenant des lucarnes. Mais la tête d'élan trônait encore au-dessus de la cheminée, et les mêmes chaises Adirondack bourrées d'échardes se trouvaient sur la véranda, où les avaient rejointes un nouveau banc en fer forgé et une rangée de pots de fleurs. Ce qu'on aimait dans cette maison s'y trouvait toujours, affirmait-elle. C'était, selon elle, ce qu'aurait voulu mon père.

— Ce que je pense faire, déclara Caroline, tandis que ma mère passait à une autre photo, une fois que la cuisine sera terminée, c'est poser du carrelage le long des moulures. Pour donner un aspect un peu sud-ouest. Je dois avoir ça ici, attends.

J'observais ma mère qui regardait la dernière série de photos. Je sentais que son esprit vaguait vers d'autres maisons, d'autres aménagements : ceux des résidences de luxe, dont les travaux progressaient en même temps que ceux de Caroline. Je savais que pour elle, la maison de mer était enfouie dans le passé, tandis que ses projets à elle étaient immédiats, et assez proches pour qu'on les voie du haut de notre allée, sur la colline. Était-il possible d'aller de l'avant tout en retournant en arrière ? Il fallait le vouloir. Ma sœur n'était peut-être pas à même de percevoir cette difficulté. Je le faisais à sa place. En espérant qu'avec le temps, ma mère se mettrait à penser d'une autre façon.

Quelques soirs plus tard, je travaillai pour Wish à l'occasion de l'anniversaire de quelqu'un qui fêtait ses cinquante ans. La fête avait lieu dans le quartier voisin de Wildflower Ridge. La bande m'avait ramenée chez moi, et Delia m'avait demandé une faveur :

— J'ai *trop* besoin de faire pipi. Ce serait possible d'entrer un instant chez toi ?

— Bien sûr, dis-je.

— Delia ! fit Greg, qui regardait sa montre. On est pressés, là !

— Et moi je suis enceinte, et à deux doigts de me pisser dessus, répliqua-t-elle, ouvrant la porte et sortant une de ses jambes. J'ai juste besoin de quelques instants.

Mais quelques instants, pour Greg, c'était trop long. Toute la soirée, il n'avait eu qu'une seule idée en tête : rentrer au plus tard à 22 heures pour voir *Dernières Nouvelles d'Armageddon*, un show télévisé qui couvrait, selon ses propres mots, « toute l'actualité en matière de théories du Jugement dernier ». Mais la fête avait duré longtemps, et bien qu'on se soit précipités pour rentrer, il ne restait plus beaucoup de temps – pas juste pour le monde : pour Greg également.

— Je viens aussi, lança Kristy en déverrouillant la porte coulissante. Chaque fois que j'ai voulu aller aux toilettes là-bas, il y avait quelqu'un.

— Mon show commence dans cinq minutes ! s'écria Greg.

— Greg, glissa Tim en lui montrant l'horloge du tableau de bord, qui marquait 22 h 54, c'est fini. T'y seras jamais à temps.

— Dernière nouvelle : c'est foutu, ajouta Kristy.

Greg les foudroya tous les deux du regard, puis retomba sur son siège en regardant par la fenêtre. L'espace d'un instant, il n'y eut plus que le silence, en dehors de Delia qui poussa un grognement en posant le pied sur l'herbe. La maison se dressait devant nous dans la pénombre : ma mère était allée à Greensboro pour un rendez-vous et ne serait de retour que le lendemain matin.

— Tu peux entrer voir ton émission chez moi, dis-je. Si tu en as envie.

— Vraiment ? s'étonna Greg. Tu es sérieuse ?

— Macy, gémit Kristy, t'es pas bien ou quoi ?

— Gentille et attentionnée, voilà ce qu'elle est, fit Greg en descendant rapidement de son siège, pas comme certaines personnes dont je tairai le nom.

— Désolée, dit Delia en posant la main sur mon bras, mais je commence à m'approcher dangereusement du cas d'urgence, là, vu l'état de ma vessie.

— Oh, pardon, répondis-je. Entre, c'est juste là.

— Alors, on y va tous ? demanda Tim en coupant le moteur.

— Ouais, fit Kristy. Ça m'en a tout l'air.

Même si ma mère s'était trouvée à la maison, j'aurais pu inviter mes amis. Mais en vérité, depuis notre échange où elle m'avait fait part de ses soucis concernant mes priorités, j'avais cessé de parler de mon boulot avec Wish, de Kristy, et de ce qui était relié à la bande. Ça me semblait plus raisonnable, je veux dire : plus sûr.

J'ai ouvert la porte d'entrée, et indiqué les toilettes à Delia. Elle a traversé le vestibule à toute vitesse, et a promptement refermé la porte derrière elle.

— Oh, doux Jésus, fit-elle.

Kristy a rigolé, d'une façon brusque, le bruit s'est répercuté jusqu'en haut du plafond, nous faisant lever la tête d'un seul mouvement.

— Tu vois, déclara Greg, je t'avais dit que cet endroit était immense.

— C'est un palais, lâcha Kristy, qui regardait la salle à manger et observait le portrait du mariage de ma sœur, accroché au-dessus du buffet. Il y a combien de chambres à coucher ?

— Je sais pas, cinq, je crois, répondis-je en me dirigeant vers l'escalier et en jetant un coup d'œil en direction de l'étage.

Aucune lampe n'était allumée, et le reste de la maison était plongé dans le noir.

— La télé, c'est par là ? me demanda Greg en passant la tête dans le salon.

Tim tendit la main et lui donna une tape sur le crâne, pour lui rappeler la politesse.

— Je veux dire, c'est O.K. si je cherche la télé ?

— Elle se trouve là, dis-je en prenant le couloir vers la cuisine, allumant les lumières au passage. (Je lui ai indiqué, à ma gauche, la salle de séjour.) La télécommande doit être sur la table, ajoutai-je.

— Merci, fit Greg, traversant illico la pièce pour se vautrer sur le canapé. Ouah, dis donc, elle est énorme, cette télé !

Monica lui a emboîté le pas, s'est affalée sur le fauteuil inclinable en cuir, et la seconde d'après, j'ai entendu le poste qui s'allumait.

J'ai marché vers la cuisine et ouvert le frigidaire.

— Qui a envie de boire quelque chose ?

— Tu as du Dr Pepper ? demanda Greg à haute voix (Je vis Tim lui décocher un regard.) Finalement, non merci.

Kristy a souri, caressant du doigt le plan de travail de la cuisine.

— Regarde ça, comme c'est chouette. On dirait que des diamants sont incrustés à l'intérieur. Comment on appelle ça ?

— Je ne sais pas, dis-je.

— Du corian, répondit Tim.

— Tout est tellement beau ici, s'écria Kristy avec emphase, en promenant son regard dans la cuisine.

Le jour où Stella en a assez de moi, je déménage chez Macy. Elle a cinq chambres à coucher. Je pourrais même dormir dans les toilettes : je parie qu'elles sont plus vastes que mon bungalow.

— Mais non, ai-je dit.

J'entendis dans le salon le présentateur télé, qui parlait d'une voix grave et solennelle : « Ceci est notre avenir. Ceci est notre destin. Voici les *Dernières Nouvelles d'Armageddon.* »

— Les gars, venez vite, ça commence ! hurla Greg.

— Greg, tu veux bien utiliser ta voix intérieure ? lui lança Kristy, pivotant sur son tabouret pour regarder le jardin à travers les portes vitrées coulissantes. Ouah, Monica, mate un peu cette véranda ! Et la piscine !

— Mmm-hmm, répondit Monica.

— Monica adore les piscines, me confia Kristy. Un vrai poisson, pas moyen de la sortir de l'eau ! Moi, je suis plutôt du genre à m'allonger près de la piscine en sirotant un drink.

J'ai sorti du frigidaire quelques canettes de Coca, puis j'ai pris des verres dans le buffet et les ai remplis de glaçons. Kristy était en train de feuilleter un exemplaire de *Style et confort du Sud*, laissé par ma sœur lors de son dernier séjour, tandis que Tim observait le jardin. Le bruit de la télé, leur présence à tous, cette atmosphère différente me fit réaliser à quel point ma maison, d'habitude, était peu animée. Ces personnes venues y respirer lui insufflaient une énergie palpable qui lui faisait défaut la plupart du temps.

Les tongs de Delia ont claqué sur le carrelage.

— Je me sens tellement mieux, déclara-t-elle.

J'aurais jamais cru qu'un petit tour aux toilettes pourrait me faire autant de bien.

À la télé, le présentateur brailla : « À votre avis, qu'est-ce qui va provoquer... *la fin du monde* ? »

— Vu le résultat, commenta Kristy en tournant une page, je risque pas de mettre mon argent dans une pièce comme ça, entièrement tapissée de vichy. Sans blague, c'est hideux.

— Macy ?

J'ai sursauté, surprise. C'était ma mère, qui me faisait un « J't'ai eu » à sa façon. Je me suis retournée et je l'ai aperçue, un classeur en main, dans le couloir voûté menant vers son bureau. Elle se trouvait à la maison depuis notre arrivée.

— Maman, fis-je avec trop d'empressement. Salut.

— Salut, répondit-elle sans me regarder.

Ses yeux ont plongé à travers la pièce en direction de Greg et Monica devant la télé, Tim plus loin, Delia qui avançait vers le canapé et, finalement, Kristy, penchée sur son magazine.

— J'ai cru entendre des voix, dit ma mère.

— On vient d'arriver.

Je l'ai suivie du regard tandis qu'elle entrait dans la cuisine, déposant son classeur sur le plan de travail.

— Je les ai tous invités pour qu'ils puissent voir un show télévisé. J'espère que ça te dérange pas.

— Bien sûr que non, affirma-t-elle. (Sa voix semblait plus haute, forcée. Factice.) J'étais justement curieuse de rencontrer tes nouveaux amis.

Entendant cela, Kristy a levé la tête et s'est redressée sur son tabouret.

— Kristy Palmetto, dit-elle en tendant la main.

Femme d'affaires jusqu'au bout des ongles, ma mère

serra cette main aussitôt. Puis elle dévisagea Kristy, et vit les cicatrices.

— Oh... bonjour, fit-elle, trébuchant légèrement sur le deuxième mot.

Elle s'est vite ressaisie, cependant, comme j'étais sûre qu'elle allait le faire, et ses paroles suivantes furent prononcées avec douceur, sans aucune affectation.

— Macy m'a beaucoup parlé de vous. Je suis ravie de vous rencontrer.

— Vous avez une maison splendide, lui dit Kristy. (Elle a tapoté le plan.) J'aime surtout ce coreal.

— Corian, la corrigea Tim qui se trouvait derrière elle.

— C'est ça.

Kristy a souri à ma mère, dont les yeux continuaient d'être attirés par les cicatrices. Par chance, Kristy proposait aux regards d'autres options : sa chemise en velours noir, sa jupe courte, le maquillage qu'elle arborait, et ses cheveux remontés sur sa tête.

— Tout simplement époustouflant, reprit-elle. Bref, je disais à Macy que si elle fait pas gaffe, je vais venir m'installer ici. Paraît que vous avez des quantités de chambres.

Ma mère a ri poliment, puis m'a jeté un regard en coin. J'ai souri, consciente qu'il s'agissait d'un sourire forcé.

— Maman, dis-je, hochant la tête vers Tim qui approchait, voici Tim.

— Bonsoir, fit Tim.

— Et tu as déjà rencontré Delia, ajoutai-je, en faisant un geste vers le canapé où elle était assise.

— Bien sûr ! Comment ça va ? demanda ma mère.

— Comme une fin de grossesse, lui lança Delia, souriante. Mais sinon, tout va bien.

— Elle va accoucher d'une seconde à l'autre, ajoutai-je, et voyant que ma mère semblait un peu inquiète, je précisai : je veux dire, dans les jours qui viennent. Et voici Greg, et à côté de lui c'est Monica.

— Bonsoir, dit ma mère, tandis que Greg et Monica la saluaient de la main. Ravie de vous rencontrer.

« Avez-vous entendu », beuglait le présentateur télé, « le Mégabuzz ? »

— Greg voulait absolument voir cette émission, expliquai-je. Ça aborde, euh... des théories.

— Des théories cinglées, déclara Kristy.

— Elles sont étayées par la science ! cria Greg.

— Greg, fit Tim en se dirigeant vers le salon, voix intérieure, on t'a dit.

— Par la science, répéta Greg, plus doucement. La fin du monde, c'est pas une blague. La question n'est pas de savoir si elle va se produire, mais de savoir *quand* elle aura lieu.

J'ai regardé ma mère. Quelque chose me disait que l'expression de son visage – entre perplexité, curiosité, et effarement – était proche de la mienne, la première fois où je les avais tous rencontrés. Et ce n'était pas forcément une bonne chose.

— Macy, me dit-elle après un moment, je peux te parler un instant dans mon bureau ?

— Euh, bien sûr, répondis-je.

— Tu le crois, ça ? me demanda Kristy en tenant son magazine en l'air, pour me montrer une chambre dont le mobilier était tout en osier. T'as déjà vu un canapé qui a l'air aussi peu confortable ?

J'ai secoué la tête, et suivi ma mère dans le petit

couloir qui menait vers son bureau. Elle a fermé la porte derrière nous, puis a traversé la pièce pour se tenir debout derrière sa table de travail.

— Il est 22 heures passées, dit-elle à voix basse. Tu ne crois pas que ça fait un peu tard pour recevoir des gens ?

— Greg voulait voir cette émission, dis-je. Elle dure seulement une demi-heure. Et puis, je croyais que tu étais allée à un rendez-vous.

— Demain matin tu dois être à ton travail, Macy, dit-elle, comme si je n'étais pas au courant. En plus, ce sera une grosse journée, avec le pique-nique du 4 Juillet *, et de plus, tu dois t'occuper du stand d'accueil. Ce n'est pas le meilleur soir pour recevoir du monde.

— Je suis désolée, répondis-je. Ils vont bientôt partir.

Elle baissa les yeux vers son bureau, feuilletant quelques papiers, mais sa réprobation était palpable.

Il y eut un éclat de rire dans le salon, et j'ai jeté un coup d'œil vers la porte.

— Il faut que j'y retourne, dis-je. Je ne voudrais pas paraître mal polie.

Elle a approuvé de la tête et passé la main dans ses cheveux. Je me suis levée et dirigée vers la porte.

— Qu'est-ce qui est arrivé à Kristy ? me demanda-t-elle, au moment où j'allais ouvrir.

J'ai revu en un éclair Kristy, quelques minutes plus tôt, tendant joyeusement la main vers ma mère.

---

* Le 4 Juillet est le jour de l'Indépendance aux États-Unis, commémorant la Déclaration d'indépendance de 1776.

— Un accident de voiture, quand elle avait huit ans.

— La pauvre, lâcha-t-elle en prenant un stylo. Ça doit être terrible pour elle.

— Pourquoi tu dis ça ? lui ai-je lancé.

À vrai dire, je ne faisais plus attention aux cicatrices de Kristy. Pour moi, elles faisaient partie de son visage, partie d'elle-même. Ses tenues attiraient bien plus mes regards, peut-être parce qu'elles étaient sans cesse changeantes.

Elle m'a regardée, interloquée.

— Mais, dit-elle, parce qu'elle est défigurée.

— Elle n'est pas défigurée, maman, ai-je répliqué. Elle a juste quelques cicatrices.

— En tout cas c'est vraiment malheureux.

Elle a soupiré, soulevé un classeur, l'a déplacé vers l'autre côté de son bureau.

— Elle aurait été jolie, sans ça, ajouta-t-elle.

Puis elle a ouvert le classeur et noté quelque chose dedans. Comme si j'étais déjà partie, que nous en avions terminé, et qu'il ne pouvait y avoir d'autre point de vue. Kristy, à l'évidence, n'était pas une beauté : ses défauts n'étaient pas cachés.

Je suis retournée dans la cuisine, où j'ai trouvé Tim assis à côté de Kristy, tous deux plongés dans *Style et confort du Sud*.

— Tu vois, ce truc n'arrive pas à la cheville de ce que tu fais, affirmait Kristy en pointant le doigt sur une page. Je veux dire, ça représente quoi, au juste ?

— Un héron en acier, dit-il en jetant un coup d'œil sur moi. Je crois.

— Un quoi ? fit Kristy, scrutant de nouveau la page.

— Sans blague, dis-je en m'approchant pour l'examiner par moi-même.

C'était sans conteste un héron en acier, exactement ce dont ma sœur nous avait parlé.

— Ils marchent du tonnerre à Atlanta, expliqua Tim à Kristy.

— Ouais, du feu de Dieu, ajoutai-je.

Kristy a braqué ses yeux sur lui, puis sur moi.

— Bref, dit-elle, je vais aller voir ce que c'est, ce Mégabuzz.

Je l'ai suivie du regard tandis qu'elle entrait dans le salon et s'affalait sur un siège. Elle a pris ses aises, et a jeté un regard au plafond avant de concentrer son attention sur le téléviseur.

Tim, de l'autre côté de la pièce, a tourné une page du magazine.

— Tout va bien avec ta mère ? demanda-t-il sans lever les yeux.

— Ouais, dis-je, jetant un coup d'œil vers l'un des hérons en acier. Je vois pas ce qu'ils ont d'attrayant, remarquai-je.

Il a pointé le doigt sur la photo.

— Regarde : d'abord ils ont un aspect tout propre, tout simple. Ça plaît aux gens. Ensuite, ils ont un petit côté « réserve naturelle », ce qui convient pour les jardins. Et pour finir, dit-il en tournant une page pour me montrer une autre photo, l'artiste se prend vachement au sérieux. Et il prend vachement au sérieux les hérons. Du coup, ça leur donne un certain cachet.

J'ai regardé la photo de l'artiste. C'était un grand type aux cheveux blancs coiffés en queue-de-cheval. Dans une pose contemplative, il considérait son reflet dans une mare. *Pour moi*, disait l'une des citations, *ces hérons incarnent la fragilité de la vie et le caractère imprévisible de la destinée.*

— Pouah, fis-je. Si c'est ça, prendre son œuvre au sérieux, alors il peut se la garder.

— Tu m'étonnes, approuva Tim.

— Cela dit, tu vas voir. Un jour, tu vas te retrouver dans *Style et confort du Sud*, avec exactement le même genre de photo, en train de parler de la signification profonde de ton œuvre.

— Ça risque pas, répliqua-t-il. Je crois pas qu'ils choisissent des gens qui ont débuté en se faisant enfermer dans une maison de redressement.

— Tu pourrais en faire ta spécificité, suggérai-je. (Il m'a fait une grimace.) Et puis d'abord, c'est quoi cette attitude ?

— Une attitude réaliste, dit-il en refermant le magazine.

— Toi, ai-je assené en tapotant sa poitrine avec mon doigt, il faut que tu te mettes à penser de façon plus positive.

— Et toi, répliqua-t-il, il faut que tu arrêtes de me taper dessus.

J'ai ri. Puis j'ai entendu un bruit dans mon dos et je me suis retournée. C'était de nouveau ma mère, qui se tenait dans l'embrasure de la porte. J'ignorais depuis combien de temps elle se trouvait là, mais un rapide coup d'œil sur son visage – austère, le menton relevé, clairement furax – fournissait la réponse.

— Macy, dit-elle d'une voix calme, passe-moi le classeur qui se trouve sur le plan de travail, veux-tu bien ?

J'ai marché jusque-là, près du frigidaire, sentant son regard peser sur moi. Tim, à qui la tension soudaine n'avait pas échappé, est allé vers le salon. Comme il se rapprochait, Kristy lui a fait de la place sur son siège, et il s'est glissé près d'elle.

« Une vibration, entendait-on le présentateur déclarer, qui causerait un effet domino parmi la population, déclenchant peu à peu la folie en chaque individu, aggravée par ce mystérieux vrombissement. »

— On peut devenir dingue à cause d'une vibration ? s'étonna Kristy.

— Oh, ouais, fit Greg. On peut devenir dingue à cause de n'importe quel truc.

« Phénomène naturel ? poursuivait le présentateur. Ou instrument employé par des extraterrestres ? »

— Intéressant, murmura Delia en se massant le ventre.

— Mmm-hmm, fit Monica en écho.

J'ai pris le classeur et je suis allée le donner à ma mère. Elle a fait un pas dans l'ombre du couloir, tout en m'indiquant que je devais la suivre.

— Macy, dit-elle, ai-je bien entendu ce garçon dire qu'on l'avait arrêté ?

— C'était il y a longtemps, répondis-je. Et...

— Macy ! lança Kristy. Tu vas rater le mégahunami !

— Tsunami, corrigea Greg.

— On s'en fout, fit-elle. Ce qui est important, c'est qu'il est méga.

Mais j'entendais à peine ce qu'ils disaient. Je regardais ma mère, la manière dont elle les dévisageait. De la façon dont Delia menait sa petite entreprise aux cicatrices de Kristy, sans oublier le passé de Tim, elle s'était fait son idée : ils n'étaient pas une bande de copains modèle.

— C'est le garçon avec qui tu étais l'autre soir, c'est bien ça ? me demanda-t-elle.

— Quoi ? ai-je fait.

Elle m'a fixée, le visage sévère, comme si j'avais répondu avec insolence – ce qui n'était pas le cas.

— L'autre soir, répéta-t-elle en articulant chaque mot, quand je suis rentrée. Tu étais dehors avec quelqu'un. Dans un van. C'était lui ?

— Euh... ouais, je pense que c'était lui. Il m'a juste raccompagnée.

Moi qui croyais qu'elle nous avait à peine remarqués... À présent, en la voyant observer Tim, je devinais qu'elle allait retenir ce détail contre moi.

— C'est pas ce que tu crois, maman, dis-je. Il est vraiment gentil.

— Quand l'émission sera finie, m'asséna-t-elle, comme si je n'avais même pas ouvert la bouche, ils décampent. Compris ?

J'ai acquiescé, et elle a calé le classeur sous son bras tandis que je retournais en direction du salon. J'en avais atteint le seuil lorsque je l'ai entendue m'appeler.

— J'ai oublié de te dire, me lança-t-elle d'une voix dure, Jason a appelé. Il sera en ville pour le week-end.

— Ah bon ? dis-je. Il va venir ?

— Sa grand-mère est tombée malade, apparemment, reprit-elle. Bref, il sera là ce week-end. Il m'a demandé de te dire qu'il arriverait vers midi. Il passera te voir à la bibliothèque.

Je suis restée figée, digérant ce que je venais d'entendre. Jason allait rentrer. Évidemment, ma mère avait jugé bon d'annoncer ça à voix haute, devant tout le monde – en particulier devant Tim – alors qu'on s'était parlé jusque-là en toute confidence.

Lorsque je suis entrée dans le salon, le présentateur évoquait le mégatsunami, décrivant par le menu la réaction en chaîne qu'une seule éruption volcanique suffirait à susciter, faisant déferler une vague immense tout le long de la côte. Quelle meilleure preuve y avait-il, pensais-je, de la brièveté de la vie ?

Kristy s'est décalée d'un bond, laissant une place pour moi entre elle et Tim, qui scrutait l'écran avec une attention soutenue. Il n'a rien dit lorsque je me suis assise : avait-il entendu ma mère annoncer que Jason allait revenir ? Il est vrai que ça ne changeait pas grand-chose. On était juste amis, après tout.

— Tout va bien ? me demanda Kristy.

J'ai hoché la tête pour signifier que oui, les yeux braqués sur la télévision qui montrait une simulation par ordinateur de la mégavague.

On voyait le volcan en éruption, la terre qui s'enfonçait dans l'océan, tous ces événements aboutissant à un énorme désastre – alors que la vague s'élevait et roulait par-dessus l'océan, parcourant la distance entre l'Afrique et l'endroit où nous étions.

Et je pensais à cette minute qui, seconde après seconde, approchait dangereusement de nous. Jamais l'éternité, quelque signification qu'on lui donne, ne m'avait paru aussi concrète, aussi facile à saisir, que dans cette prise de conscience indubitable : la fin du monde était pour demain.

# Chapitre 14

Le jour suivant, je me suis réveillée d'une humeur massacrante. Toute la nuit, je m'étais retournée dans mon lit, naviguant de cauchemar en cauchemar. Le dernier avait été le plus pénible.

Je marchais sur le trottoir devant la bibliothèque, pendant ma pause déjeuner, un sandwich à la main, et une voiture s'arrêtait près de moi en faisant entendre son klaxon. Je tournais la tête et j'apercevais mon père au volant. Il me faisait signe de monter, mais lorsque ma main se posait sur la poignée, la voiture s'éloignait dans une embardée, en faisant crisser ses pneus. Mon père continuait de se tourner vers moi, et je sentais qu'il avait peur, mais tandis qu'il avançait vers l'intersection encombrée de véhicules, j'étais impuissante à faire quoi que ce soit. Alors, je me mettais à courir, et certains détails rendaient la situation plus réelle encore : la petite douleur que j'éprouvais dans ma cheville droite après chaque départ, ce sentiment récurrent que je n'atteindrais jamais la bonne vitesse. Chaque fois que je parvenais près de mon père, il se mettait hors de ma portée, et tout ce que j'attrapais, coin d'un phare, angle d'un pare-chocs, me glissait entre les doigts.

Je me réveillai haletante, les draps enroulés autour des jambes. En les démêlant, je sentis mon pouls battre fort à mon poignet. Pas la meilleure façon de commencer la journée, pensai-je.

Lorsque je suis entrée dans la cuisine, ma mère était au téléphone, réglant des détails de dernière minute concernant le pique-nique et le défilé du jour de l'Indépendance à Wildflower Ridge, événement qu'elle préparait depuis des semaines. Après mon travail à la bibliothèque, qui serait ouverte seulement jusqu'à une heure, j'étais censée tenir le stand d'information du quartier, et répondre à toutes sortes de questions avec un sourire immuable. Même si j'avais réussi à dormir un chouia, cette journée à venir m'aurait paru redoutable. À présent, avec la venue de Jason et ce que j'allais devoir endurer avant même qu'il arrive, je me dis que ce jour serait sans fin.

J'étais assise à la table de la cuisine, m'efforçant d'avaler mes céréales sans songer à tout ça, quand ma mère a raccroché le téléphone, puis est venue s'asseoir à mes côtés, sa tasse de café à la main.

— Bon, dit-elle, je pense qu'on devrait discuter de la nuit dernière.

J'ai reposé ma cuillère dans mon bol.

— D'accord, dis-je.

Elle a pris son souffle.

— Je t'ai déjà fait savoir...

Le téléphone s'est mis à sonner. Elle s'est levée, a traversé la cuisine, et a décroché après la deuxième sonnerie :

— Deborah Queen. (Elle écouta un moment, me tournant le dos.) Oui. Ah, formidable. Oui. 15 h 30 au plus tard, s'il vous plaît. Merci beaucoup.

Elle a raccroché, notant quelques mots, puis est revenue s'asseoir sur sa chaise.

— Désolée, fit-elle, reprenant sa tasse de café et avalant une gorgée. Comme je te l'ai dit, je ne suis pas très contente d'une certaine évolution que j'ai remarquée chez toi. Et la nuit dernière, il m'a semblé que mes soucis n'étaient pas sans fondement.

— Maman, ai-je tenté de dire, tu ne...

Une sonnerie stridente a jailli de son sac, sur le bar : c'était son téléphone portable. Elle a pivoté, l'a sorti, a pressé un bouton et collé l'appareil contre son oreille.

— Deborah Queen. Oh, Marilyn, bonjour ! Non, c'est parfait, tu ne me déranges pas. Attends, deux secondes, je cours chercher les chiffres.

Ma mère a haussé un doigt, m'indiquant de rester assise, puis s'est levée pour se diriger vers son bureau. Devoir en passer par cette conversation était déjà pénible. Ces interruptions incessantes la rendaient insoutenable. Le temps qu'elle revienne, et finisse par raccrocher, j'avais rincé mon bol et l'avais rangé dans le lave-vaisselle.

— Pour parler clair, me dit-elle, reprenant à l'endroit précis où elle s'était arrêtée, je ne veux plus que tu traînes avec ces personnes en dehors du travail.

À cause peut-être de la fatigue, ou du fait qu'elle ne pouvait poursuivre cette discussion sans être interrompue – ou peut-être encore pour un autre motif –, ma repartie l'a sidérée.

— Pourquoi ?

Un seul mot. En le lâchant, je m'opposais subitement à ma mère. De façon, certes, mesurée – mais c'était la première fois.

— Macy, dit-elle, parlant lentement, ce garçon a été *arrêté*. Je ne veux pas que tu fréquentes quelqu'un comme ça, dehors à n'importe quelle heure...

Le téléphone a sonné une nouvelle fois. Elle a fait le geste de quitter sa chaise, puis s'est figée. Il a sonné encore, et s'est tu.

— Écoute, ma chérie, dit-elle d'une voix lasse. Je sais ce qui finit par arriver quand on se retrouve en mauvaise compagnie. J'ai déjà été confrontée à cette situation, dans le passé, avec ta sœur.

— C'est pas juste. Je n'ai rien fait de mal.

— Il ne s'agit pas de punition, répondit-elle. Il s'agit de prévention.

Comme si j'étais au milieu d'un feu de forêt, ou menacée par un virus ! J'ai tourné la tête vers la fenêtre pour regarder le jardin. L'herbe miroitait, humide sous les feux du soleil.

— Tu dois avoir conscience, Macy, me dit-elle à voix basse, que les choix que tu fais en ce moment, les gens dont tu t'entoures, tout ça peut avoir une grande influence sur ta vie, et sur la personne que tu vas devenir. Une influence *irréversible*. Tu comprends ce que je suis en train de dire ?

En réalité, je percevais très bien la justesse de ses paroles. Quelques semaines seulement avec Kristy, et surtout avec Tim, avaient suffi à me changer. Elle et lui m'avaient aidée à voir que la vie recelait bien plus que ce que je croyais, qu'elle ne se limitait pas à ce qui m'effrayait. Aussi avaient-ils exercé sur moi une certaine influence. Mais pas le genre d'influence qu'elle redoutait.

— Je t'assure que je comprends, dis-je, voulant lui expliquer cela, mais...

— Bien, fit-elle, à l'instant où le téléphone se remettait à sonner. Je suis heureuse qu'on soit sur la même longueur d'ondes.

Déjà, elle se levait. Allant vers le téléphone, décrochant, passant à la suite :

— Deborah Queen. Bonjour, Harry. Oui, j'étais justement en train de me dire qu'il fallait que je te consulte au sujet de...

Elle a emprunté le couloir, tout en continuant de parler, tandis que je restais assise, dans la soudaine tranquillité de la cuisine. Tout le monde pouvait joindre ma mère : il suffisait de numéroter et d'attendre qu'elle décroche. Si seulement, pensais-je, si seulement ç'avait été aussi simple pour moi !

Quand j'ai voulu partir au travail, j'ai retrouvé ma voiture derrière une camionnette bourrée de chaises pliantes. Je suis retournée dans la maison, ai arraché ma mère à un énième coup de fil, pour découvrir qu'un employé était rentré chez lui avec les clés du véhicule.

— Je t'emmène, dit-elle en saisissant son sac. Allons-y.

Dans les lieux clos, les espaces restreints – que ce soit une voiture, par exemple celle de ma mère –, les silences sont démesurément amplifiés. C'est ce que je me suis dit quand on s'est retrouvées dans un bouchon, environnées de conducteurs irascibles qui n'avançaient pas plus que nous. Ma mère ne se doutait pas combien j'étais furieuse contre elle. Jusqu'à ce qu'on soit dans la voiture, je n'en avais pas conscience moi-même. Mais à chaque seconde, je sentais monter la colère. Elle m'avait enlevé les objets de mon père, les souvenirs que j'avais de lui. Et maintenant elle voulait que je me débarrasse de mes amis. Lui résister, voilà ce qu'il fallait faire.

— Chérie, tu as l'air fatiguée, dit-elle au bout de quelques minutes de silence. (J'avais senti qu'elle me regardait, mais je ne m'étais pas tournée vers elle.) Tu n'as pas bien dormi ?

Un *Je vais très bien* a failli jaillir de ma bouche. Mais je ne l'ai pas prononcé. Je ne vais pas bien, ai-je pensé. Alors j'ai dit :

— Non, je n'ai pas bien dormi. J'ai fait des cauchemars.

Derrière nous, on klaxonna.

— Vraiment ? dit-elle. À propos de quoi ?

— De papa.

Je l'ai regardée avec attention en disant cela, et j'ai vu ses doigts agrippés au volant blanchir puis reprendre leur couleur. J'ai éprouvé dans le ventre mon tiraillement habituel, comme si j'avais mal agi.

— Vraiment ? a-t-elle répété, sans quitter la route des yeux.

Le trafic reprenait.

— Ouais, dis-je lentement. C'était flippant. Il conduisait une voiture, et...

— Ta chambre doit être trop chauffée, m'interrompit-elle, en se penchant pour ajuster le pare-soleil.

Il y a trop de couvertures sur ton lit. Forcément, quand tu as chaud, tu fais des cauchemars.

Je voyais bien qu'elle essayait de me faire changer de sujet.

— C'est bizarre, me forçai-je à dire, parce que, juste après sa mort, j'ai fait pas mal de cauchemars dans lesquels je le revoyais. Mais ça ne m'était pas arrivé, ces derniers temps. C'est pour cette raison que j'ai été si perturbée cette nuit. Il avait besoin d'aide, et je ne pouvais rien faire pour lui. Ça m'a effrayée.

Ces quelques phrases, lâchées à la hâte, c'était tout ce que j'avais dit à ma mère sur mon père, depuis sa mort. Le simple fait qu'elles aient été prononcées constituait un petit miracle. Aussi ai-je attendu, avec un mélange d'excitation et de crainte, la réponse qu'elle allait me faire.

Ma mère a respiré un coup, et j'ai replié mes doigts contre mes paumes.

— Enfin, finit-elle par dire, ce n'était qu'un rêve.

Et c'est tout. Pareille tension accumulée pour le grand saut – et je ne m'envolais pas, ni ne tombais. Ce n'est pas censé se passer comme ça, me dis-je. Ma mère regardait droit devant, les yeux braqués sur la route.

Elle s'est arrêtée devant la bibliothèque. J'ai pris mon sac et ouvert la portière, sentant la chaleur me fouetter le visage tandis que je posais le pied sur le trottoir.

— Tu trouveras un moyen de rentrer ? demanda-t-elle. Ou je passe te prendre ?

— Quelqu'un me ramènera, dis-je.

— Si on ne se reparle pas, sois au terrain communal à 18 heures précises. D'accord ?

J'ai acquiescé et fermé la portière. Pendant qu'elle démarrait, je suis restée un moment à la regarder : cette scène ressemblait à mon rêve. J'étais là, sur le trottoir, et la voiture s'en allait. Comme si je ne m'étais jamais réveillée. Mais ma mère, elle, ne s'est pas tournée vers moi, l'air effrayé, n'a appelé personne à l'aide. Tout allait bien pour elle. Très bien, merci.

★

Il était exactement 9 h 12 quand je suis entrée dans la bibliothèque. Bethany et Amanda ont levé en même temps les yeux. Bethany a tourné légèrement la tête, jeté un œil à l'horloge au-dessus d'elle puis m'a fixée de nouveau.

— Il y avait un énorme bouchon sur Cloverdale, dis-je en me cognant aussitôt le genou sur le dos de sa chaise.

J'ai attendu qu'elle bouge pour me frayer un passage, mais elle ne l'a pas fait, ce qui m'a obligée à la contourner. C'était maintenant la chaise d'Amanda qui se trouvait en travers de mon chemin – évidemment.

— Je prends la même route, énonça-t-elle froidement, en se poussant un peu plus pour m'obstruer le chemin. Et je n'ai vu aucun embouteillage ce matin.

J'ai dû la contourner, contrainte d'enjamber la poubelle, puis j'ai déposé mon sac par terre près de ma chaise. Une haute pile de périodiques avait été placée dessus. Je les ai mis sur la table à côté de mon ordinateur et me suis assise. Ça faisait des semaines que je subissais ce harcèlement. Des semaines. Et pourquoi ? Parce que j'avais une obligation ? Envers qui ?

Pas envers Jason, qui s'était débarrassé de moi sans gêne, comme si j'avais été un chandail trop court pour lui. Certainement pas envers ma mère, qui, en dépit de ce que j'avais enduré ici, continuait de penser que je ne me consacrais pas suffisamment à ma tâche. Ça n'en valait pas la peine. Pas une seconde de plus.

À l'évidence, je n'étais pas la seule à être au courant du retour de Jason. Toute la matinée, Bethany et Amanda s'affairaient, actualisant la base de données, classant les factures des périodiques reçus en son absence. Quant à moi, on m'avait reléguée dans la réserve, à classer des magazines pourris par l'humidité. Il me restait environ deux heures pour réfléchir à ce que j'allais dire à Jason quand il apparaîtrait. Malgré mes efforts pour élaborer un plan, mes pensées ne cessaient de glisser vers Wish, Tim, et ce qui était arrivé au cours des dernières semaines. Le soir où Jason avait annoncé une pause dans notre relation, tout ce à quoi je pensais c'était le moyen de la rétablir. À présent, ce n'était plus vraiment ce que je voulais.

Après avoir rangé les magazines, je me suis assise face au mur devant la fenêtre. Les minutes s'écoulaient comme un compte à rebours réglé sur son arrivée. D'une minute à l'autre, cette porte allait s'ouvrir, quelque chose allait se produire. Mais quoi ?

Amanda et Bethany s'étaient mises à converser en français, en vue d'un séjour qu'elles effectueraient en fin d'été avec leur association d'élèves. Tous ces sons gutturaux, se superposant à mon humeur anxieuse, menaçaient de me rendre folle. Soudain, elles s'interrompirent.

Oh, bon sang, ai-je pensé. Ça y est. Amanda était en train de dire quelque chose à propos des Champs-Élysées, et la seconde d'après, toutes deux fixaient, muettes, l'entrée de la bibliothèque.

J'ai levé les yeux, alors que la silhouette de Jason se formait déjà dans mon esprit. Mais ce n'était pas lui, c'était Tim.

Il venait d'entrer et se tenait près de la porte, regardant partout comme s'il cherchait quelqu'un. C'est alors qu'il m'aperçut, et il s'avança vers l'accueil, de cette démarche à la fois lente et souple qui m'était si familière à présent.

— Hep ! fit-il.

Je n'avais jamais été aussi heureuse de le voir.

— Hep.

— Alors voilà, commença-t-il en se penchant par-dessus le bureau, j'étais...

— Excusez-moi..., fit Bethany, d'une voix forte, posée.

Tim s'est retourné et l'a regardée. J'observais son profil, son bras, et le bout du cœur dans la main, qui dépassait de sa manche.

— C'est par ici, pour obtenir un renseignement, lui dit Bethany. Vous vouliez demander quelque chose ?

— Euh... plus ou moins, répondit Tim en jetant un coup d'œil vers moi, un léger sourire sur le visage. Mais...

— Je peux vous répondre, affirma Bethany avec assurance.

En guise de confirmation, Amanda a hoché la tête.

— Vraiment, tout va bien, fit Tim.

Il m'a regardée de nouveau, élevant les sourcils. J'ai haussé les épaules.

— Bon, alors...

— Elle n'est que stagiaire, elle ne saura pas vous renseigner, lui dit Bethany en rapprochant sa chaise de l'endroit où il se tenait. (Sa voix était quasi autoritaire.) Vous feriez mieux de vous adresser à moi, à nous, bref, par ici.

C'est alors, et alors seulement, que j'ai discerné une infime lueur d'irritation dans le regard de Tim.

— Vous savez, dit-il, je suis sûr qu'elle pourra très bien me répondre.

— Elle ne pourra pas. Questionnez-moi.

À présent ce n'était plus une lueur. Tim m'a regardée intensément, et pendant une seconde je l'ai fixé aussi. Advienne que pourra, ai-je pensé. Pour la première fois, à l'accueil, le temps s'accélérait.

— D'accord, dit-il doucement, en longeant le bureau.

Il s'est appuyé sur ses coudes, plus près de Bethany, et elle s'est assise en se raidissant, telle la candidate d'un jeu télévisé, prête à répondre à la question qui compte double.

— Voici ma question, fit-il.

Amanda s'est emparée d'un stylo, au cas où il lui faudrait prendre des notes.

— Hier soir, fit Tim d'un ton sérieux, quand on a rangé le matériel, où est-ce qu'on a mis les pinces à salade ?

Le plus drôle, c'est que l'espace d'un instant, Bethany sembla parcourir mentalement son fichier de réponses toutes prêtes. Je la vis avaler sa salive et pincer ses lèvres.

— Bon, dit-elle.

Ce fut tout. J'ai souri malgré moi. Tim s'est tourné vers Amanda.

— Et vous ? Vous le savez ?

Amanda a secoué la tête en guise de réponse.

— Très bien, dit-il en se tournant vers moi. Vaut mieux demander à la stagiaire, alors. Macy ?

J'ai senti Bethany et Amanda braquer leurs yeux sur moi.

— Elles sont dans le dernier étage du chariot, celui avec la roue cassée, sous les tabliers, ai-je dit. Il n'y avait plus de place pour les pinces là où on met le reste des ustensiles.

Tim m'a souri.

— Mais oui, fit-il en secouant la tête, comme si c'était l'évidence même. *Bien sûr.*

J'ai entendu Bethany et Amanda regagner leurs places habituelles. Sans la moindre gêne, Tim les a regardées battre en retraite, puis il s'est appuyé sur le bureau et m'a fixée.

— Sympas, tes collègues, m'a-t-il glissé à voix basse.

— Tu m'étonnes, dis-je, moins bas. Elles me détestent.

Les chaises se sont figées. Silence. Bah ! après tout, ai-je pensé, ça n'a jamais été un secret.

— Enfin, bref, lui ai-je dit. Qu'est-ce qui se passe ?

— Le chaos habituel, fit-il en passant sa main dans ses cheveux. Delia est en train de flipper parce que l'une des glacières est tombée en panne hier soir, et tout ce qu'elle contenait s'est mis à pourrir. Kristy et Monica sont à la plage, du coup, Delia, Greg et moi, on doit préparer à toute vitesse cinq kilos de salades et de patates, *et* aller servir dans une réception. Il n'y aura que nous trois pour tout faire. Et voilà que, après être allé chercher de la mayonnaise, Delia m'appelle, hystérique, et me dit qu'on n'a plus de pinces à salade, et qu'il faut que je vienne ici te demander où elles se trouvent. (Il a repris son souffle, puis m'a posé une question :) Alors, comment se passe ta journée pour l'instant ?

— Me demande pas.

— Le petit ami s'est pointé, ou pas encore ?

Il a entendu, ai-je pensé. J'ai secoué la tête.

— Non. Pas encore.

— Enfin, imagine-toi, ç'aurait pu être pire, dit-il. Tu aurais pu être obligée de préparer une salade de patates. Tu te vois avec de la mayonnaise jusqu'aux coudes ?

J'ai fait une grimace. Il n'avait pas tort, le tableau n'avait rien de charmant.

— En fait, on aurait bien besoin de toi, ajouta Tim en passant sa main sur la surface du bureau. Dommage que tu puisses pas te tirer de là.

Quelques secondes ont passé. J'entendais le silence de la bibliothèque ; le battement de l'horloge ; le léger grincement de chaise de Bethany. Et, après tout ce que j'avais subi, du premier jour aux cinq minutes qui venaient de s'écouler, ces bruissements eurent sur moi l'effet de la goutte d'eau qui fait déborder le vase.

— Eh bien, dis-je, je pourrai peut-être.

J'ai pivoté pour regarder Bethany et Amanda. Elles faisaient semblant de consulter un périodique. Elles ne perdaient pas un mot de ce qu'on disait.

— Hé ! les appelai-je.

Elles levèrent les yeux en même temps, comme une hydre à deux têtes.

— Vous savez quoi ? enchaînai-je. Je crois que je vais y aller.

Un moment a passé, le temps qu'elles encaissent. Amanda a ouvert de grands yeux.

— Mais il te reste une heure avant de finir, dit-elle.

— Jusqu'à 13 heures, ajouta Bethany.

— Eh bien, rétorquai-je en soulevant mon sac, quelque chose me dit que je ne vais pas trop vous manquer.

Je me suis levée et j'ai rentré ma chaise. Tim m'observait, intrigué, les mains dans les poches, tandis que je jetais un dernier regard sur mon dérisoire espace de travail. Peut-être étais-je en train de faire une grosse bêtise. Mais je n'allais pas briser mon élan. Je n'avais pas la science infuse, en tout cas j'étais sûre d'une chose : si le reste de ma vie devait ressembler à ça, alors mieux valait tout de suite changer de voie.

— Si tu pars maintenant, m'avertit Bethany, pas question de revenir.

— Tu as raison, lui dis-je. (Et j'étais soulagée qu'elle dise vrai.) Pas question.

J'ai fait un pas vers le battant de porte. Comme d'habitude, sa chaise était sur mon chemin. Et après celle-ci se trouvait celle d'Amanda. Dès le premier jour, et chaque jour qui avait suivi, venir ici avait été un calvaire... J'avais bien mérité de prendre le large.

J'ai saisi mon sac et je l'ai jeté par-dessus le bureau. Il est retombé sur la moquette avec un bruit sourd, près de Tim. Puis, dans une impulsion qui n'aurait pas déplu à ma sœur la rebelle, je me suis hissée sur le bureau, j'ai balancé ma jambe en avant, et je suis passée par-dessus, sous le regard abasourdi d'Amanda.

— Ouah ! s'est exclamé Tim tandis que je ramassais mon sac. Jolie façon de débarquer.

— Merci, répondis-je.

— Macy, siffla Bethany. Qu'est-ce que tu es en train de faire ?

Je ne lui ai pas répondu. Je n'ai même pas regardé en arrière pendant qu'on traversait la bibliothèque pour gagner la sortie, une quantité d'yeux braqués sur nous. Finalement, cela m'a paru sensé. Pas seulement le fait de partir, mais aussi la façon dont je le faisais. Sans aucun regret, sans anticiper la suite. Et avec Tim à mes côtés, qui retenait la porte tandis que je sortais dans la lumière.

# Chapitre 15

Lucy s'est emparée d'un crayon et l'a agrippé de ses doigts potelés. Elle l'a posé sur le papier, en appuyant très fort, comme si c'était le seul moyen d'en faire jaillir la couleur.

— Arbre, annonça-t-elle, tandis qu'un gribouillis apparaissait, courant d'un bout à l'autre de la page.

— Arbre, répétai-je en jetant un coup d'œil vers Tim.

Une heure après mon départ de la bibliothèque, il continuait de me regarder avec cette expression qu'il avait eue tout le long du trajet vers Sweetbud Drive : mi-amusé, mi-incrédule.

— Arrête, lui lançai-je.

— Désolé. C'est juste que j'arrive pas à m'enlever cette scène de la tête. C'était...

— ... dingue, ai-je terminé.

Lucy, assise entre nous sur les marches du porche

de Tim, a soufflé bruyamment avant de prendre un autre crayon.

— Plutôt du genre : bottage de cul, dit-il. J'ai rêvé plein de fois de quitter un boulot de cette façon. Mais je me dégonflais toujours.

— C'était pas un bottage de cul, dis-je, embarrassée.

— Peut-être pas pour toi.

À vrai dire, je ne réalisais pas vraiment. Je me doutais, toutefois qu'un mini-tsunami allait déferler, répandant des ondes de choc qui finiraient par m'atteindre. Je voyais d'ici Jason à la bibliothèque, écoutant Amanda et Bethany lui décrire, avec des mots choisis, mon départ de la bibliothèque. Sans doute était-il déjà en train de m'appeler sur mon portable, exigeant une explication. Mais je l'avais éteint, résolue à ne pas penser à la suite des événements, au moins jusqu'à 18 heures, lorsque je rejoindrais ma mère.

En me disant ça, je regardais Lucy. Quand on était revenus avec la mayonnaise, Delia, plus que claquée, faisait bouillir de l'eau dans d'énormes récipients, tout en épluchant avec Greg une montagne de pommes de terre. Lucy, qui avait chaud et s'ennuyait, se trouvait à leurs pieds, aussi Delia nous l'avait confiée, nous demandant de la divertir un peu.

La petite a écarté de son visage l'une de ses boucles noires, tout en traçant des zigzags avec un crayon orange.

— Vache, déclara-t-elle avec autorité.

— Vache, dis-je en écho.

Une brise se mit à souffler sur le porche, faisant frissonner les arbres, et j'ai aperçu un éclat de lumière, quelque chose qui brillait au flanc de la maison. J'ai tendu le cou et j'ai vu qu'il y avait, dans cette partie du jardin, plusieurs anges, petits et grands, ainsi que des œuvres en cours : de longs morceaux de fers à béton tordus et martelés, une paire de tourniquets, pour l'instant à l'état d'ébauches car il leur manquait les parties mobiles. Derrière ces sculptures, le long de la clôture, se trouvait une petite cour pleine d'objets de récupération. On voyait des piles de tuyaux, des pièces détachées, de la quincaillerie, des matériaux de toutes tailles, du plus gros fragment au plus petit.

— Alors, dis-je en hochant la tête de ce côté, c'est là que se fabrique la magie ?

— Ce n'est pas de la magie, répliqua-t-il en regardant Lucy gribouiller sur sa feuille.

— Peut-être pas pour toi, dis-je comme il prenait son air modeste. Tu me montres ?

Au moment où l'on contournait le porche, Lucy, qui marchait devant nous à pas hésitants, s'est dirigée vers une grande sculpture. Celle-ci était faite d'enjoliveurs attachés à un tube distordu.

— Pousse ! Pousse ! fit-elle en tapant le bas de la sculpture.

— Dis : s'il te plaît, lui lança Tim.

Elle s'exécuta, et il poussa énergiquement l'un des enjoliveurs, ce qui fit tournoyer la structure. Quelques-uns des disques remontaient, d'autres s'abaissaient, dans un mouvement circulaire qui reflétait l'éclat du soleil. Lucy a fait un pas en arrière. Elle a contemplé en silence ce spectacle, l'air ravi, jusqu'à ce que tout ralentisse et s'arrête dans un grincement.

— Encore ! s'écria-t-elle, si excitée qu'elle bondissait sur place. Tim, encore !

343

Il m'a regardée.

— Ce truc-là, dit-il d'un air un peu morne, ça peut durer des heures.

Toutefois, il l'a refait tourner.

— Tim ? (C'était la voix de Delia.) Tu peux venir ici ? J'ai quelque chose de lourd à soulever.

On entendit la voix de Greg :

— J'ai dit que je pouvais le faire. Je suis plus costaud que j'en ai l'air !

— Tim ? appela de nouveau Delia.

Pauvre Greg, ai-je pensé.

— J'arrive, répondit Tim en se tournant vers moi. Tu peux la garder un moment ?

J'ai fait « oui » de la tête, et il est reparti vers la maison. Je me suis demandé si Lucy n'allait pas se mettre à hurler. Mais non : elle a traversé la cour, avec un air résolu qui m'a paru précoce pour une petite de deux ans.

Elle se trouvait devant la clôture du fond quand j'ai fini par la rejoindre. Une rangée de trois petites sculptures y était reléguée : des miniatures de celle qui trônait au bord du chemin. Chacune d'elles avait quelque chose de différent : pour l'une, le cœur était traversé par un zigzag, comme s'il avait été brisé. Chez l'autre, les bords du cœur étaient en dents de scie, sans doute tranchants. Celle que je préférais se trouvait tout au bout. Le cœur au centre de sa paume contenait une autre main, plus petite, taillée dedans, et qui me rappelait les poupées russes avec lesquelles je jouais quand j'étais gamine. Toutes ces sculptures étaient sales, rouillées : à l'évidence, on les avait placées là depuis longtemps.

Elle a tourné la tête pour me regarder.

— Mains, dit-elle.

— Mains, répétai-je.

Je l'ai regardée faire, tandis qu'elle appuyait sa main sur celle de la sculpture la plus proche. Sa peau douce et pâle contrastait avec le métal foncé, aux bords cisaillés. Comme elle, j'ai appuyé ma main sur la petite sculpture.

Tim revenait, suivi par Delia. Lucy, voyant sa mère, a couru vers elle. Celle-ci a baissé les yeux vers Lucy et a glissé les doigts dans ses boucles brunes.

— Vous faites quoi, les filles ? demanda Tim.

— Elle me montrait ça, répondis-je en désignant les sculptures. Je ne savais pas que tu en faisais aussi de toutes petites.

— Elles n'ont jamais trouvé preneur, dit-il pour couper court.

— Alors, dis-je en me redressant, c'est l'heure de la corvée de patates ?

— Non, répondit Tim. Fausse alerte.

— Ah bon ?

Delia a serré Lucy contre elle.

— C'est vraiment étrange, fit-elle. Juste au moment où on allait faire bouillir les patates, je reçois un coup de fil du client. Finalement, ils ne veulent plus de salade de pommes de terre. Ils préfèrent la salade de chou et le gratin de macaronis. Et ça, on en a plein.

— J'essaie de lui faire comprendre, expliqua Tim, qu'elle doit y voir une *bonne* nouvelle.

— Bien sûr que c'en est une, dis-je.

Delia a caressé la tête de Lucy.

— Je sais pas, fit-elle. J'appréhende quelque chose.

Tim s'est contenté de la fixer.

— Tu sais, parfois, il arrive que les choses se passent comme prévu. Ça n'a rien d'extraordinaire.

— Pour nous, si, lâcha Delia dans un soupir. Enfin, au moins, maintenant, on a tout le temps de se préparer. Et c'est plutôt une bonne chose, oui.

Elle ne semblait pas convaincue.

— Ne t'en fais pas, enchaîna Tim tandis qu'on se dirigeait vers la maison. Je suis sûr qu'un désastre va se produire d'une minute à l'autre.

Delia s'est penchée et a pris la main de Lucy.

— Ouais, a-t-elle fait, comme encouragée. Tu as sans doute raison.

Curieusement, d'autres événements se produisirent. Ou, pour être plus exacte, *négligèrent* de se produire. Alors que, d'habitude, on était obligés d'entasser les chariots les uns sur les autres, cette fois, pour une raison inconnue, Delia parvint à disposer les ustensiles dans les glacières. Et ce, avec un tel sens du rangement, que tout s'emboîta sans dommages, il resta même un peu de place dans le camion ! Le plateau le plus commode dont on disposait, et qui avait disparu depuis des semaines, apparut soudain dans le garage, derrière l'un des frigos. Et, chose inouïe : on réussit à terminer en un temps record. Je dois avouer que ça m'a fait bizarre.

Delia et moi, on a fini par s'asseoir sur les marches pour s'éventer, tandis que Greg et Tim tournaient en rond dans le garage, emballant les derniers ustensiles.

— Alors, me lança Delia, s'appuyant sur les mains pour être plus à l'aise, j'ai entendu dire que tu avais quitté ton job.

J'ai jeté un coup d'œil vers Tim, qui passait devant nous avec un carton de serviettes.

— Pas pu m'en empêcher, fit-il. Trop fort pour ne pas être raconté.

— Tu devrais peut-être le dire à ma mère, alors, répliquai-je, tirant mes cheveux en arrière.

— Non merci, glissa-t-il, avant de disparaître dans le garage.

— Tu penses vraiment qu'elle va t'en vouloir ? me demanda Delia. D'après ce que tu m'as dit sur ce job, il te rendait malheureuse.

— C'est vrai, répondis-je. Mais pour elle, il s'agit d'autre chose. Le fait est que je m'étais engagée.

— Ah.

— Et que ce job était utile pour mon dossier scolaire.

— Je vois.

— Et puis, il correspond exactement à ce qu'elle voudrait que je sois.

— C'est-à-dire ?

J'ai serré un bout de ma chemise entre le pouce et l'index, repensant à la conversation de ce matin, ainsi qu'à celle de la veille.

— Parfaite, lâchai-je.

Delia a secoué la tête.

— Allez, fit-elle en agitant la main comme si elle voulait chasser cette idée. Je peux pas croire qu'elle souhaite ça.

— Pourquoi ?

— Eh bien, pour commencer, parce que c'est impossible.

Elle s'est de nouveau appuyée sur les mains, faisant passer son poids sur la gauche.

— Et deuxièmement, parce qu'elle est ta mère. Les mères sont bien les dernières personnes à se préoccuper de ça.

— Elle est bien bonne, celle-là, dis-je d'un air abattu.

— Je parle sérieusement. (Elle a étendu ses pieds devant elle, caressant son ventre.) J'en sais quelque chose, crois-moi. Tout ce qui m'importe pour Lucy, pour Tim et Greg, c'est qu'ils soient heureux. En bonne santé. Et qu'ils soient des gens bien, tu comprends ? Je suis pas parfaite, moi, je suis même loin de l'être. Alors, pourquoi voudrais-je qu'ils le soient ?

— Ma mère ne pense pas comme toi, dis-je en secouant la tête.

— Ah, fit-elle. Et comment est-ce qu'elle pense ?

J'ai réfléchi un moment, et je me suis étonnée, à mesure que les secondes s'écoulaient, d'avoir tant de mal à donner la réponse.

— Elle travaille trop, dis-je. Depuis que mon père est mort, elle porte l'entreprise sur ses épaules. Il y a toujours tellement à faire, je me fais du souci pour elle. Beaucoup de souci.

Delia n'a rien dit. Je sentais qu'elle me regardait.

— Et je pense que si elle travaille autant, c'est parce que ça lui donne un sentiment, je sais pas... de sécurité.

— Je peux comprendre, dit doucement Delia, perdre quelqu'un peut donner l'impression qu'on n'a plus le contrôle de rien.

— Tu sais, après la mort de mon père, je ne voulais pas qu'elle me sente vulnérable. Je voulais lui donner l'impression que je pouvais surmonter cette épreuve. Et même, je faisais semblant d'aller bien. Sauf que, maintenant je vais mieux, et elle n'est pas contente de moi, parce que je ne lui renvoie plus l'image de la fille parfaite.

— Le fait d'avoir du chagrin ne rend pas imparfait, dit Delia à voix basse, tandis que Greg ressortait du van pour y caler un des chariots. Cela rend plus humain. Chacun a sa manière de réagir, Macy. À sa façon, ta maman doit regretter ton père. Tu devrais lui demander de t'en parler.

— Elle ne veut pas, dis-je. Elle ne me laisse même pas le mentionner. J'ai essayé, ce matin, pour la première fois depuis des mois, et elle s'est tout de suite fermée.

— Essaie de nouveau. (Delia s'est approchée de moi, passant un bras autour de mon épaule.) Écoute, chacun fait son deuil à son propre rythme. Il se trouve que tu as un peu d'avance sur elle, mais un jour, elle finira par te rejoindre. L'important, c'est de continuer à essayer de vous parler toutes les deux, même si c'est difficile au début. Ça deviendra plus facile après. Je t'assure.

Je me sentais si fatiguée, soudain, que pour me détendre j'ai appuyé ma tête contre son épaule. Elle a caressé mes cheveux sans rien dire.

— Merci, murmurai-je.

— Oh, ma puce, répondit-elle, et sa voix vibra près de ma joue. Je serai toujours là pour t'aider.

Nous sommes restées assises, sans parler, pendant une ou deux minutes. On a alors entendu un éclat de voix dans le garage.

— J't'ai eu !

Greg a hurlé juste après : je l'ai tout de suite reconnu.

Delia a poussé un grand soupir.

— Franchement, gémit-elle.

— Et de dix !

C'était la voix de Tim. En réponse, Greg a grogné quelque chose que je n'ai pas compris.

— On peut repartir de zéro, ajouta Tim.

Une fois à la réception, notre bonne fortune a continué. Au début, les barbecues à gaz que Delia avait spécialement fait venir refusaient, en dépit des efforts de Tim, de donner la moindre flammèche.

— Oh, mon Dieu ! gémit-elle, tandis que les invités commençaient à entrer. C'est un barbecue qu'on nous a demandé. Un *barbecue*. Ça se fait en plein air, et pas autrement !

— Delia, lui dis-je, ne...

Soudain, il y eut un souffle rauque, et le feu est parti d'un coup. On avait juste oublié de brancher les bombonnes de gaz.

Une heure après environ, tandis que je faisais une dernière tournée avec les amuse-gueules, en attendant que les grillades soient prêtes, Greg remarqua qu'on avait amené une seule caisse de biftecks hachés pour les hamburgers, au lieu de deux. Ce qui faisait tout de même, ben... une petite centaine en moins.

— Bon, fit Delia en posant ses mains sur son visage, laissez-moi réfléchir... réfléchir...

— Qu'est-ce qui ne va pas ? demanda Tim qui passait prendre des *ginger ales** pour le bar.

* *Ginger ale* : boisson gazeuse au gingembre.

350

— On n'a pas pris assez de hamburgers, lui dis-je, et, me tournant vers Delia : Écoute, ça ira, la plupart des gens ne vont probablement pas...

— Trois caisses ne suffisent pas ? s'étonna Tim.

Delia a ôté ses mains de son visage.

— Il devait juste y en avoir deux, dit-elle lentement.

— Tu avais dit trois, lui lança-t-il. Je m'en souviens.

— J'avais dit deux, rectifia-t-elle, détachant chacun de ces mots.

— Je crois pas.

— Deux ! (Delia a levé deux doigts en l'air et les a agités.) Deux cartons, voilà ce que j'ai dit.

— Mais il y en *a* trois, lui dit-il, parlant aussi lentement qu'elle. Un dans le premier chariot, deux dans la glacière. Va voir. Ils y sont.

J'y suis allée : ils y étaient. Non seulement on n'avait pas besoin de courir chercher de la viande, mais en plus, on en avait en rab. Et ce ne fut pas tout. Les petites cuillères à glace étaient impossibles à dénicher – jusqu'à ce qu'elles surgissent comme par magie, dans le tiroir juste en dessous de celui où elles devaient être. Et cetera.

— Je vais te dire un truc, me confia Delia un peu plus tard, tandis que nous étions debout au fond de la cuisine – embrassant du regard le jardin rempli d'invités comblés et repus. Tout ça me rend *vraiment* très nerveuse.

J'ai tenté de la rassurer tout en observant Tim qui servait un verre de vin à une femme en robe bain de soleil. Elle faisait des gestes pompeux en lui parlant.

351

Il se contentait d'approuver de la tête, comme pour dire : « Oh oui, tout à fait », l'air fasciné par ce qu'elle lui racontait. Toutefois, lorsqu'il se pencha hors de sa vue pour prendre des glaçons, je le vis rouler des yeux.

— Je sais, je sais. (Delia mordillait l'ongle de son petit doigt.) C'est très étrange. Tout se passe trop bien.

— Tu l'as peut-être mérité, hasardai-je, après toutes ces soirées pleines de désastres.

— Peut-être, admit-elle. Je voudrais juste qu'il y ait une petite anicroche. Juste une : je trouverais ça rassurant.

Malgré tout, je ne pouvais m'empêcher de penser que cette absence de catastrophes jouerait peut-être en ma faveur. Après tout, dans moins d'une demi-heure, on me déposerait non loin du terrain communal, et je me retrouverais devant ma mère, à devoir lui expliquer que j'avais abandonné l'accueil de la bibliothèque. Plus ce moment approchait, plus je devenais nerveuse. Quand mon estomac se serrait, cependant, je me rappelais ce que Delia avait dit : même s'il était difficile de confier à ma mère ce que je ressentais, je devais malgré tout m'y efforcer. Comme le disait souvent mon père, les premiers pas sont toujours les plus difficiles.

Devant le buffet, spatule en main, je ruminais tout ça, lorsqu'une main se mit en travers de mes yeux.

— Salut ! fit Tim, tandis que je clignais des yeux, comprenant que c'était lui. Eh bien, ma vieille, tu étais où ?

— En plein dans la vérité et ses conséquences, dis-je en arrangeant l'assiette végétarienne (poivrons marinés et grillés, hamburgers épicés aux haricots noirs) qui, jusqu'ici, n'avait pas trouvé de client. Dans moins d'une heure, ce sera la grosse mise au point.

— Ah oui, c'est vrai, fit-il en jetant un regard indifférent sur les burgers végétariens. Jason.

— Pas Jason, répliquai-je. Bon sang. C'est le moindre de mes soucis. Non, ma *mère*.

— Oh, fit-il. Je vois.

— Je n'ai pas pensé une seconde à Jason, lui dis-je, me servant de la spatule pour empiler les burgers, afin de les rendre un chouia plus appétissants. Enfin, je redoutais de le voir à la bibliothèque, parce que ça n'aurait pas été un moment très savoureux. Mais maintenant... maintenant, tout a changé. Je veux dire, on est...

Tim a attendu, sans rien dire, tandis que je cherchais le mot. Une femme est passée près de nous, et a regardé les poivrons avant de se servir dans le plat voisin, qui était rempli de steaks.

— Séparés, terminai-je, prenant conscience de cela au moment où je le disais.

J'imaginais la réaction de Jason devant mon abandon de poste : il ne voudrait plus de moi désormais, et je réalisais que ça ne me posait aucun problème.

— C'est terminé, ajoutai-je. On n'est plus ensemble.

— Ouah, fit lentement Tim. Tu es...

— Excusez-moi, est-ce que ceci est végétarien ?

En levant les yeux, j'ai vu une femme trapue, dans une robe en tissu imprimé de couleurs vives. Elle tenait une assiette de chips et avait d'épaisses lunettes à monture métallique, dont les verres, à l'évidence, n'étaient pas assez puissants, car elle ne distinguait pas la pancarte où était écrit : Entrée végétarienne.

— Oui, répondis-je. C'est végétarien.

— Vous en êtes sûre ?

J'ai fait « oui » de la tête, et déposé un burger sur son plat. Elle a plissé les yeux pour l'examiner, puis est repartie.

J'ai demandé à Tim :

— Qu'est-ce que tu étais en train...

— La dame de la table du coin veut son vin avec de l'eau gazeuse, nous informa Greg, entrant avec un plateau rempli de serviettes froissées et de coupes vides. *Pronto !*

Tim s'est dirigé vers la table en me jetant un coup d'œil.

— Euh, rien, fit-il. Je te dirai ça plus tard.

Pendant qu'il reprenait sa place derrière le bar, Delia se déplaçait devant la table, remettant les mets dans les casseroles.

— C'est vraiment étonnant, s'exclama-t-elle en récupérant les burgers aux haricots noirs. Moi qui craignais qu'il n'y en ait pas assez !

— Ça non, dis-je en chassant une mouche qui bourdonnait dans le secteur. Il n'en manquera pas !

— Tu vois, ça recommence, fit-elle dans un soupir. Ça baigne, et ça me plaît pas. J'aurais jamais pensé dire ça, mais j'ai besoin de *chaos*.

Juste au moment de partir, son vœu fut exaucé.

C'est arrivé pendant qu'on chargeait dans le van les derniers ustensiles. Tim et moi, on était en train de pousser les chariots, et Delia se trouvait au bout de l'allée avec la cliente. Celle-ci était si heureuse de notre travail qu'elle avait ajouté un bonus à la somme de départ – une aubaine de plus. Bref, tout se passait formidablement, oui, tout semblait parfait. J'entendis alors un cri aigu.

Ce n'était pas Delia. Non. C'était la cliente, qui venait de se rendre compte que Delia perdait les eaux.

Le bébé n'allait plus tarder.

# Chapitre 16

— Tu te sens bien ?

J'ai hoché la tête.

— Je me sens bien. Je me sens très bien.

C'était mon mantra, la chose que je ne cessais de me répéter. À vrai dire, j'étais pas sûre de me sentir bien. Ce qui était certain, c'est que je me trouvais à l'hôpital : en dehors de ça, tout était brouillé. Comme la dernière fois que j'étais venue ici.

Après la stupeur causée par la rupture de la poche des eaux, on avait fait ce qu'on savait le mieux faire : rassembler nos esprits, décider d'une marche à suivre, et bouger. Ce n'est qu'une fois agglutinés dans le van, en route pour l'hôpital – Delia à côté de moi, ma main serrant la sienne –, que j'ai jeté un coup d'œil à l'horloge du tableau de bord. Il était 17 h 45, ce qui voulait dire qu'il restait quinze minutes avant que je rejoigne ma mère sur le terrain communal. Ça aurait dû être mon premier souci.

Au lieu de ça, mon esprit dérivait sur un autre trajet, vers les urgences, un trajet qui n'était pas si ancien. Cette fois-là, je tenais aussi une main. Celle de mon père.

Greg respirait bruyamment par le nez et Delia, agacée, lui fit signe de s'éloigner. Un auxiliaire médical se tenait en face de moi : ses mains se déplaçaient rapidement pour attacher un masque à oxygène, et mettre en place le défibrillateur. Delia faisait calmement le point au téléphone avec Pete et la baby-sitter. Il planait un silence irréel, presque effrayant, ponctué seulement par les battements de mon cœur contre mes tympans.

La fois précédente, une vie se terminait. Cette fois, une vie allait commencer. Je ne croyais pas aux signes. Mais il était difficile de ne pas songer que quelqu'un, quelque part, avait peut-être voulu que je revive cette expérience, et que je découvre qu'elle pouvait avoir une autre issue.

Chaque endroit éveillait des souvenirs. Quand on s'est arrêtés, ce fut au même emplacement. En entrant aux urgences, les portes ont fait le même bruit étouffé. L'odeur aussi était la même, un mélange curieux de fleurs et de désinfectant. Pendant un court moment, je suis restée en arrière. Mais Tim s'est retourné et a regardé vers moi, m'adressant la question qu'il répéterait sans cesse ensuite. J'ai fait « oui » de la tête, et j'ai avancé vers lui. Il poussait Delia sur un fauteuil roulant. Elle prenait des inspirations lentes et profondes, alors j'ai fait comme elle. Lorsqu'on s'est retrouvés dans l'ascenseur et que les portes se sont fermées, je me suis enfin détendue.

J'éprouvais à présent une crainte toute différente. Au cours des deux dernières heures, j'étais restée assise sur un banc dans le couloir, à quelques pas de la chambre de Delia, regardant médecins et infirmières entrer et sortir sans se presser, comme si des siècles devaient s'écouler avant le moindre événement. Puis ils se mirent à presser le pas, de plus en plus, et il y eut bientôt un immense désordre. Les machines bipaient, des voix s'élevaient, le sol répercutait les pas d'un médecin qui se précipitait dans le couloir.

À mon avis, ceux de notre bande étaient beaucoup trop calmes. Surtout Tim, qui, lorsqu'il ne me demandait pas si je me sentais bien, avalait un des en-cas qu'il ne cessait d'aller chercher au distributeur automatique. J'ai secoué la tête quand il m'a proposé un petit beignet au chocolat, qu'il venait de sortir de son sachet.

— Comment tu peux refuser un beignet au chocolat ? s'étonna-t-il tandis qu'il le fourrait dans sa bouche.

Il me semblait avoir entendu, de la chambre de Delia, un cri ou une plainte, et la voix de Pete qui se voulait rassurante.

— Comment tu peux absorber le moindre truc ? ai-je répondu, tandis qu'une infirmière sortait de la chambre, les bras chargés de linges, pour se diriger vers le bureau au fond du couloir.

Il a mâché un moment, puis avalé.

— Ça peut durer une éternité, dit-il.

Greg, assis près de lui, sursauta, se réveillant de la sieste où il était plongé depuis une demi-heure.

— Il faut garder des forces, ajouta Tim.

— Quelle heure il est ? demanda Greg d'un ton somnolent.

Tim lui a tendu un beignet.

— Presque 19 heures, fit-il.

J'ai senti mon estomac se retourner. À cause du fait que j'avais une heure de retard au rendez-vous fixé par ma mère, ou bien du cri qui est sorti de la chambre de Delia ? Un cri si puissant que nous avons tous regardé vers la porte entrouverte.

— Macy ? dit Tim.

— Je vais bien, dis-je, sachant ce qu'il allait me demander. Je vais juste téléphoner à ma mère.

Ayant laissé mon portable dans le van, j'ai marché vers la rangée de téléphones publics, sortant de ma poche un peu de monnaie. Au premier appel, la ligne était occupée, j'ai raccroché et essayé une deuxième fois. Encore occupé. J'ai poussé la porte qui donnait vers l'extérieur, sur un petit patio, et je me suis assise pendant quelques minutes. J'ai observé le ciel, qui s'obscurcissait peu à peu. Un temps idéal pour des feux d'artifice. Ensuite, je suis rentrée à l'intérieur et j'ai téléphoné de nouveau. Cette fois encore l'impéné- trable tonalité d'une ligne occupée s'est fait entendre. J'ai tout de même attendu d'avoir la boîte vocale de ma mère, et j'ai éclairci ma gorge avant de tenter de lui expliquer.

— C'est moi, dis-je. Je sais que tu dois être inquiète, je suis vraiment désolée. J'étais en route pour notre rendez-vous mais Delia a eu des contrac- tions, et maintenant on est à l'hôpital. Je suis obligée d'attendre qu'on me ramène, mais je serai là dès que je pourrai. Encore une fois, je suis désolée. À très bientôt.

Voilà. C'était fait. Je savais que ça n'allait pas tout résoudre. Mais il serait toujours temps d'arranger les choses.

Lorsque je suis revenue vers le banc, il n'y avait plus personne. En fait, il n'y avait pas âme qui vive dans le couloir, ni dans la pièce des infirmières, et pendant un instant je suis restée là, complètement flippée. C'est alors que Tim a sorti la tête de la chambre de Delia. Il était tout sourire.

— Hé, fit-il. Viens voir.

Il m'a tenu la porte pendant que j'entrais. Delia était assise dans son le lit. Son visage était rouge, et dans ses bras il y avait une petite chose toute menue avec des cheveux bruns. Pete était assis à droite de Delia, un bras autour de ses épaules, et tous deux admiraient le bébé. La pièce était très calme, mais d'un calme apaisant. Près de la fenêtre, Greg lui-même, pessimiste parmi les pessimistes, arborait un sourire.

Delia a alors levé les yeux et m'a aperçue.

— Hé, fit-elle doucement, avec un signe de la main. Viens lui dire bonjour.

Je me suis approchée du lit, et elle a fait passer ses bras de mon côté pour que le bébé soit plus près de moi.

— Regarde. Elle est pas magnifique ?

Vu de près, le bébé semblait plus petit encore : ses paupières étaient closes, et il faisait des petits bruits avec le nez, comme s'il rêvait d'un truc extraordinaire.

— Elle est parfaite, ai-je dit et, pour une fois, le mot était bien choisi.

Delia a passé son doigt sur la joue du bébé.

— On l'a appelée Avery. C'est le nom de la maman de Pete. Avery Melissa.

— C'est magnifique, dis-je.

J'ai regardé le visage du bébé, son petit nez, les ongles de ses doigts, et tout m'est revenu : notre arrivée précipitée, le passage à travers le hall d'accueil, l'angoisse que j'avais eue en me rappelant ce qui s'était passé avec mon père. Je sentais affluer ces images et je voulais les empêcher de ressurgir. Les yeux d'Avery venaient de s'ouvrir, ils étaient bruns et radieux. Tandis qu'elle me fixait, je me demandais ce qu'elle éprouvait en voyant le monde pour la première fois. Pendant cette journée, depuis qu'on s'était garés, chaque instant avait fait écho à ce que j'avais vécu auparavant. J'ai ressenti une douleur dans la poitrine, et j'ai soudain réalisé que j'allais me mettre à pleurer. Sur moi, sur ma mère. Sur ce qui nous avait été retiré, mais aussi sur ce dont on s'était obstinément privées : des pans entiers de la vie, des facettes entières de nous-mêmes.

Dans un grand effort, j'ai avalé ma salive, et je me suis éloignée du lit.

— Je... euh... ai-je prononcé, sentant que Tim me regardait, il faut que j'essaie de joindre ma mère une nouvelle fois.

— Dis-lui que j'aurais jamais pu y arriver sans toi, m'a lancé Delia. T'as été une vraie pro.

J'ai hoché la tête, entendant à peine ce qu'elle me disait.

— Macy... me glissa Tim tandis que je passais près de lui.

— C'est juste, ai-je enchaîné, avalant de nouveau ma salive. Il... faut que je parle à ma mère. Je veux dire, elle doit se faire du souci, et elle se demande sûrement où je me trouve.

— Oui, fit-il. Bien sûr.

Ma mère, subitement, me manquait – ma mère qui autrefois scrutait l'océan, partait dans de longs fous rires. Elle me manquait si fort que j'en ressentais une douleur, un élancement dans tout le corps. J'ai aspiré un peu d'air.

— Je passe juste ce coup de fil à ma mère, dis-je à Tim, et je reviens.

— Très bien.

J'ai croisé les bras sur ma poitrine en me dirigeant vers les ascenseurs, marchant à grands pas, m'efforçant de rester calme, en dépit des larmes qui me montaient aux yeux. Je sentais mon cœur battre, et je me suis réfugiée, brusquement, dans un petit espace où il n'y avait personne. À peine y ai-je pénétré que je me suis mise à sangloter, les mains plaquées sur mon visage.

Je ne sais combien de temps a passé avant l'arrivée de Tim. Des secondes, peut-être des minutes, ou même des heures. Il a prononcé mon nom, et j'ai voulu me ressaisir, mais je n'y arrivais pas. Alors il a passé ses bras autour de moi, d'une manière hésitante, comme s'il s'attendait à ce que je le repousse. Comme je ne l'ai pas fait, il est venu plus près, a posé doucement ses mains sur mes épaules. Je me suis revue, des centaines de fois, faire un mouvement de recul quand on venait ainsi vers moi : qu'il s'agisse de ma mère ou de ma sœur, je disparaissais toujours, me cachant pour pleurer, me mettant hors de leur portée pour être seule avec moi-même. Cette fois, pourtant, je n'ai pas résisté. J'ai laissé Tim me tirer vers lui, appuyant ma tête sur sa poitrine, où j'entendis battre son cœur, un battement fort et régulier. Je ne pouvais croire qu'il m'avait fallu si longtemps pour comprendre. Delia avait raison : c'était acceptable, normal, ça n'avait rien de si terrible. Ça pouvait arriver à tout le monde.

On a vu le dernier feu d'artifice, le plus beau et le plus grand, en sortant sur le parking de l'hôpital pour reprendre le van de Wish. Tandis qu'il éclatait au-dessus de nos têtes, Tim, Greg et moi, on s'est arrêtés pour admirer la lueur qui fusait dans l'obscurité, l'explosion d'étincelles et la pluie multicolore qu'elles ont faites en retombant. Avery avait bien de la chance. Il y aurait toujours une fête le jour de son anniversaire.

Au moment de sortir des toilettes, après avoir aspergé mon visage avec de l'eau froide pour me redonner un début de contenance, j'ai pensé qu'il y aurait une petite gêne entre Tim et moi. Mais comme toujours, il m'a étonnée. Il m'a ramenée dans la chambre de Delia pour qu'on lui dise au revoir, comme si rien de spécial ne s'était passé. Peut-être était-ce le cas, après tout.

Quand nous avons tourné sur Wildflower Ridge, il s'est arrêté à l'extrémité du terrain communal, à distance raisonnable du site des feux d'artifice, comme s'il se doutait que j'avais besoin de marcher un peu pour me préparer mentalement au défi à venir. Sur le siège arrière, Greg endormi ronflait la bouche ouverte.

Avant d'ouvrir ma portière et de descendre, j'ai pris doucement mon sac qui se trouvait sous son coude, ayant soin de ne pas le réveiller.

Tim est descendu, a étiré ses bras au-dessus de sa tête tout en venant à ma rencontre. En regardant mieux, j'ai vu que la foule se dispersait, les gens rassemblaient couvertures, poussettes et chiens. Ils discutaient les uns avec les autres, tout en faisant revenir près d'eux les enfants qui n'étaient pas déjà endormis dans leurs bras ou assis sur leurs épaules.

— Alors, me lança Tim, tu fais quoi demain ?

J'ai souri en secouant la tête.

— Aucune idée. Et toi ?

— Pas grand-chose. Quelques courses à faire dans l'après-midi. Je vais peut-être aller courir le matin, essayer de faire un tour dans le quartier.

— Vraiment ? dis-je. Et tu vas finir par me la poser, cette fameuse question ?

— Peut-être, a-t-il fait en souriant. Qui sait ? Faudra te préparer, en tout cas. Je passerai sans doute vers 9 heures, quelque chose comme ça. Je serai celui qui avance à grand-peine.

— D'accord, dis-je. Je ferai le guet.

Il est remonté dans la voiture.

— Passe une bonne nuit.

— Toi aussi, dis-je. Et merci.

Tim parti, j'ai respiré un grand coup, et je me suis dirigée vers le terrain pour retrouver ma mère. J'avais tant de choses à lui dire. Pour une fois, je n'y réfléchirais pas à deux fois, je laisserais les mots venir le plus naturellement possible. Delia m'avait persuadée que ma mère voulait juste que je sois heureuse. C'était à moi de lui montrer que je l'étais – et de lui expliquer pourquoi.

Après m'être frayée un chemin parmi la foule, j'ai aperçu ma mère qui parlait à Mme Burcock, la présidente de l'association des propriétaires, une dame âgée aux cheveux impeccablement coupés. Je l'ai observée tandis qu'elle parlait, saluant de temps à autre les personnes qui passaient. À l'évidence, la soirée avait été un succès, et elle semblait détendue quand j'ai marché vers elle pour la rejoindre. Elle s'est tournée et m'a vue, souriante, avant de diriger à nouveau son attention sur ce que lui disait Mme Burcock.

— Et mentionner ça lors de la prochaine réunion. Je pense vraiment qu'une règle sur le ramassage des crottes rendrait les choses plus agréables pour tout le monde, surtout sur ce terrain communal.

— Tout à fait, enchaîna ma mère. On le mettra à l'ordre du jour et on verra comme les gens réagiront.

— Eh bien, Macy, me lança Mme Burcock. Tu as passé une bonne soirée ?

— Oui, répondis-je, sentant que ma mère me regardait. Et vous ?

— Oh, c'était formidable. Il va falloir qu'on prépare celle de l'an prochain, pas vrai Deborah ?

Ma mère s'est mise à rire.

— En commençant demain, répliqua-t-elle. À la première heure.

Mme Burcock a souri, et s'en est allée vers sa maison en traversant le terrain communal. Ma mère et moi sommes restées un moment sans parler, tandis que d'autres voisins déambulaient.

— Alors, dis-je. Tu as eu mon message ?

Elle a tourné la tête et m'a regardée, et j'ai vu, à cet instant, qu'elle était furieuse. Plus que furieuse. Hors d'elle. Comment avais-je pu ne pas m'en apercevoir ?

— Pas ici, lâcha-t-elle, ses lèvres remuant à peine tandis qu'elle prononçait ces mots.

— Quoi ?

— Une fête splendide, Deborah ! lui lança à voix haute un homme en chemise de golf, passant près de nous avec deux gamins.

— Merci, Ron, répondit ma mère en souriant. Contente que ça t'ait plu !

— Maman, c'était pas ma faute, repris-je. Delia a eu des contractions, et je n'ai pas pu...

— Macy.

Jamais je n'avais frémi en entendant mon propre nom. C'était fait.

— Tu rentres à la maison, tu te changes, et tu vas au lit. On parlera de ça plus tard.

— Maman, insistai-je. Laisse-moi t'expliquer, tu ne sais pas ce qui s'est passé. Ce soir, il y a eu...

— Rentre.

Voyant que je ne bougeais pas, elle m'a foudroyée du regard et a asséné :

— *Tout de suite !*

Puis elle m'a tourné le dos et elle est partie. S'éloignant, dans une démarche raide, vers l'endroit où l'attendaient ses employés. Je l'ai regardée les écouter, leur consacrer son attention, hocher la tête, tous ces trucs qu'elle ne m'avait pas accordés un seul instant.

Je suis rentrée à la maison, encore sous le choc, et j'ai regagné ma chambre. En passant devant le miroir, je me suis arrêtée, et j'ai vu que ma chemise n'était pas rentrée, que mon jean était taché de sauce barbecue, mes cheveux et mon visage étaient défaits, comme décomposés. Tout ce qui était arrivé se voyait sur ma figure, et ma mère avait pu le lire d'un seul regard. *Tu te changes*, m'avait-elle ordonné, alors que tout ce que j'avais cherché à lui dire, c'était qu'en effet, j'étais une autre à présent.

J'étais vraiment mal barrée.

Pas seulement parce que je n'avais pas été là pour le pique-nique. Mais aussi parce que Jason, qui avait appris que j'avais démissionné, m'avait aussitôt appelée sur mon portable, puis chez moi. Ne parvenant pas à me joindre, il avait évoqué la situation avec ma mère qui, depuis, n'avait pas cessé de m'appeler. J'avais oublié de rallumer mon portable, et l'avais laissé dans le van jusqu'à cette heure tardive. Dix messages m'attendaient.

En clair, j'avais de gros ennuis. Par chance, près de moi, quelqu'un s'y connaissait dans ce domaine. Quelqu'un qui pouvait me montrer la porte de sortie.

— Quand tu descendras, laisse-la parler, me conseilla Caroline.

Elle avait eu la mauvaise inspiration de faire un arrêt ici, ce matin-là, en revenant de la maison de mer. Résultat : elle s'était retrouvée au milieu de ce maelström. Nous étions maintenant dans la salle de bains, où j'étais en train de mettre le double du temps habituel pour me brosser les dents, cherchant ainsi à différer l'instant inéluctable où je me retrouverais face à ma mère.

— Tu t'assois et tu l'écoutes. Ne hoche pas la tête. Ah oui, et ne souris pas. Ça la rend toujours dingue.

Je me suis rincé la bouche, et j'ai craché.

— C'est noté.

— Tu dois présenter tes excuses, mais ne le fais pas d'emblée : tu n'aurais pas l'air sincère. Laisse-la sortir ce qu'elle a à dire, et ensuite seulement, explique-lui que tu regrettes. Ne brandis pas des prétextes, sauf si tu en as un de vraiment valable. C'est le cas ?

— J'étais à l'hôpital ! m'exclamai-je. Mon amie était en train d'accoucher !

— Il n'y avait pas de téléphone dans les parages ? fit Caroline.

— Puisque je te dis que je l'ai appelée !

— Oui, mais une heure après le rendez-vous qu'elle t'avait fixée !

— Bon sang, Caroline. Tu es dans quel camp, au juste ?

— Le tien ! C'est pour ça que j'essaie de t'aider, tu ne saisis pas ? (Elle a soupiré avec impatience.) Ton argument du téléphone est tellement basique qu'elle va le mettre en pièces. N'essaie pas de trouver une excuse ; y en a aucune. On peut toujours dénicher un téléphone. Où qu'on se trouve.

Je lui ai lancé un regard furieux.

— Les larmes, ça peut aider, continua-t-elle en inspectant les ongles de ses mains. Au fond, il faut juste laisser passer la bourrasque. Elle est toujours rude au début d'une discussion, mais au bout d'un moment, à force de parler, elle se calme.

— Je vais pas me mettre à pleurer, lui dis-je.

— Et aussi, quoi qu'il arrive, reprit-elle, ne l'interromps pas.

À peine avait-elle fini cette phrase que la voix de ma mère se fit entendre du bas de l'escalier.

— Macy ? Tu veux bien descendre, s'il te plaît ?

Ce n'était pas une question.

— T'en fais pas, me glissa Caroline. Respire un bon coup. Souviens-toi de ce que je t'ai dit. Et maintenant, vas-y !

J'y suis allée. Ma mère, déjà habillée, a attendu que je sois assise pour lever les yeux. Oh ! oh ! ai-je pensé. J'ai mis les mains sur la table, les serrant l'une dans l'autre, et j'ai attendu.

— Je suis terriblement déçue par ton attitude, dit-elle d'une voix calme. *Terriblement.*

J'ai encaissé. Dans mon ventre, qui me brûlait. Dans mes paumes, qui transpiraient. C'était ce que j'avais voulu éviter à tout prix. Et maintenant ça se précipitait sur moi comme une grosse vague : tout ce que je pouvais tenter, c'était de nager vers la surface en espérant y trouver de l'air.

— Macy, disait-elle à présent, ce qui s'est passé hier soir est inacceptable.

— Je suis désolée.

J'ai laissé échapper ça, bien trop vite, mais je n'avais pu m'en empêcher. Je haïssais le son de ma voix, tremblotante, qui ne me ressemblait pas. La veille, j'étais gonflée à bloc, prête à lui dire mon fait. Là, je me contentais de rester assise, et de subir.

— Il va falloir changer des choses, dit-elle d'une voix forte. Et puisque je ne peux pas compter sur toi, c'est moi qui vais les changer.

Je me suis demandé un bref instant si ma sœur était accroupie sur les marches, genoux contre sa poitrine, comme il m'était arrivé souvent de le faire pour écouter les mêmes reproches à son encontre.

— Tu n'iras plus servir dans les réceptions. Un point c'est tout.

J'ai senti un « mais » me monter à la gorge, et je l'ai ravalé. Laisser passer la bourrasque, m'avait conseillé Caroline, le pire vient toujours au début. Et de toute façon, Delia allait être hors service pendant un bout de temps.

— Bien, répondis-je.

— Au lieu de ça, reprit-elle, tu travailleras pour moi, à la maison modèle, pour distribuer des brochures et accueillir les clients. Du lundi au samedi, de 9 heures à 17 heures.

Samedi ? ai-je pensé. Évidemment. C'était la journée la plus chargée, en nombre de visites. Et le meilleur moyen de me garder sous sa coupe. J'ai inspiré, gardé l'air, puis soupiré.

— Je ne veux plus que tu voies tes amis de chez Wish, poursuivit-elle. Tout ce qui me pose problème dans ton comportement a commencé depuis que tu as pris ce boulot.

J'ai continué de la fixer, essayant de me rappeler ce que j'avais ressenti la nuit dernière – cette soudaine montée d'émotion qui m'avait tant donné envie de la retrouver. Pourtant, telle que je la voyais en ce moment, il n'y avait rien d'autre en face de moi qu'une façade professionnelle, une dureté inflexible, et je me suis demandée comment j'avais pu me tromper à ce point.

— À partir d'aujourd'hui, et jusqu'à la reprise de l'école, je veux que tu rentres chaque soir avant 20 heures, dit-elle encore. Ainsi, tu seras suffisamment reposée pour te concentrer sur la préparation de l'année scolaire.

— 20 heures ? répétai-je, incrédule.

Elle a braqué son regard sur moi, et j'ai compris que ma sœur avait raison : les interruptions étaient fatales.

— Ça peut être 19 heures, trancha-t-elle. Si tu préfères.

J'ai baissé les yeux sur mes mains en secouant la tête. Autour de nous, la maison était silencieuse, comme si elle aussi attendait que ça se tasse.

— Il te reste la moitié de l'été, me lança-t-elle, tandis que j'examinais l'ongle de mon pouce. Il ne tient qu'à toi d'améliorer les choses. Tu as bien compris ?

J'ai acquiescé. Comme elle se taisait, j'ai levé les yeux et j'ai vu qu'elle me regardait, attendant une vraie réponse.

— Oui, dis-je, j'ai compris.

— Bien.

Elle a fait reculer sa chaise et s'est levée, lissant sa jupe. En passant derrière moi, elle m'a jeté :

— Rendez-vous à la maison modèle dans une heure.

Je n'ai pas bougé et ses talons ont claqué dans la cuisine, alors qu'elle se dirigeait vers son bureau.

Quelques secondes plus tard, j'ai entendu ma sœur descendre l'escalier.

— Eh ben, fit-elle, c'était méchant.

— J'ai plus le droit de voir mes amis, dis-je. Plus le droit de rien faire.

— Elle va se calmer, m'assura-t-elle en jetant un coup d'œil vers la porte. Enfin, espérons.

Elle ne se calmerait pas. Je le savais d'avance. Il existait un accord tacite entre ma mère et moi : on s'efforçait toutes les deux de contrôler, du mieux qu'on pouvait, cette existence partagée. J'étais censée soulever une partie du poids qu'il fallait porter. Ces dernières semaines j'avais voulu m'affranchir de ce

372

poids et, en le faisant, j'avais tout déséquilibré. Alors, bien sûr, elle m'agrippait plus fortement, me contraignait à rester en place, seule façon d'assurer la sienne.

Je suis montée dans ma chambre et me suis assise sur le lit, écoutant les bruits du quartier : une tondeuse à gazon, un arroseur qui faisait alterner le silence et la pluie, des gamins se ruant à bicyclette vers l'impasse la plus proche. Et puis, peu après, un bruit de pas, dans l'allée. J'ai regardé ma montre : il était 9 h 05. Les pas s'étaient approchés, et avaient ralenti devant chez moi. J'ai regardé sous le store. C'était Tim. Espérait-il que je sorte pour le rejoindre, ou que je lui fasse signe ? Mais je n'ai pas bougé. J'en étais incapable. Je suis restée assise, réalisant ce qu'allait être le reste de mon été, et la seconde, d'après, il s'est éloigné.

# Chapitre 17

Mardi, 18 h 15, l'heure du dîner. Maintenant qu'on travaillait ensemble, ma mère et moi avions toujours un sujet de discussion qui ne prêtait pas à polémique.

— Je pense que cette semaine, il va y avoir une forte augmentation des ventes, me dit-elle en reprenant du pain. Les gens ont manifesté plus d'intérêt pour les maisons ces derniers temps, tu ne trouves pas ?

Pendant les premiers jours de ma punition, j'avais ostensiblement boudé. Très vite, cependant, j'avais perçu que ça n'arrangerait pas les choses. Aussi étais-je passé à l'approbation froide, systématique, ne formulant qu'une réponse minimale.

— Il y a eu beaucoup de visites, en effet.

— Exact. Enfin, on verra bien.

Au moment où on s'est levées de table, il me restait environ une heure et demie avant le couvre-feu. Si je n'allais pas à mon cours de yoga ou à la librairie pour feuilleter quelques bouquins ou boire un café (seules choses autorisées pendant mon temps « libre »), je regardais la télé, ou préparais mes vêtements pour le lendemain, ou bien je m'asseyais sur mon lit, la fenêtre ouverte, pour réviser mon examen d'entrée à l'université. Je remarquais avec étonnement, en feuilletant les pages que j'avais lues au début de l'été, avec quel soin j'avais annoté les mots les plus difficiles, souligné suffixes et préfixes. Je ne me souvenais même pas de l'avoir fait : comme si c'était l'œuvre d'une autre personne, d'une fille qui n'était pas moi.

Autrefois, c'était la vie que je voulais. Celle que je m'étais choisie. Aujourd'hui, je pouvais à peine croire que cette monotonie, cette vie si balisée m'avaient paru souhaitables. Il est vrai que c'était la seule vie que je connaissais.

— Caroline va sans doute revenir la semaine prochaine, déclara ma mère, en reposant sa fourchette et en essuyant sa bouche avec sa serviette.

— Jeudi, je crois, répondis-je.

— Il faudrait qu'on organise un dîner. Pour se mettre un peu au courant.

J'ai bu une gorgée d'eau.

— Bien sûr.

Ma mère devait voir que je n'étais pas épanouie. Mais ça lui importait peu : tout ce qui comptait pour elle, c'était que je sois redevenue sa Macy, celle à qui elle pouvait faire confiance, toujours à portée de main ou d'oreille. Je me rendais au travail tôt le matin, je m'asseyais bien droite à mon bureau, et je subissais la routine téléphonique et les visites d'acheteurs potentiels, tout ça avec le sourire. Après dîner, je passais seule mes quatre-vingt-dix minutes de temps libre, me livrant à des activités autorisées. De retour à la maison, j'étais attendue par ma mère, qui sortait la tête de son bureau pour vérifier que je me trouvais là où j'étais censée être. Et c'était le cas. Ce qui me déprimait au plus haut point.

— Cette salade, disait-elle en buvant une gorgée de vin rouge, est vraiment excellente.

— Merci. Le poulet aussi est très bon.

— N'est-ce pas ?

La maison était sombre, calme. Et vide.

— Oui, acquiesçai-je. Délicieux.

Kristy me manquait. Delia me manquait. Et Tim encore plus.

Le premier soir de ma punition, il m'avait appelée. Mon portable avait sonné tandis que j'étais perdue dans mes pensées. Toute la journée je m'étais sentie piteuse, et cette sensation s'était aggravée lorsque j'avais entendu sa voix.

— Hé ! Comment ça va ?

— Me le demande pas.

Il me l'avait tout de même demandé, et m'avait écoutée, émettant des interjections pleines de sympathie tandis que je lui faisais part des interdits qui s'étaient abattus sur moi, et du risque qu'on ne puisse plus se revoir. Je n'étais pas allée jusqu'à lui avouer que lui et ceux de Wish avaient été relégués dans une zone interdite d'accès, mais il s'en doutait.

— Tout ira bien, me dit-il. Ç'aurait pu être pire.

— Pire comment ?

Tandis qu'il cherchait sa réponse, j'ai entendu bourdonner la ligne.

— Ç'aurait pu être une restriction définitive.

— Elle court jusqu'à la fin de l'été, répondis-je. Difficile de faire plus long que ça !

— Bah ! C'est l'impression que tu as, parce que c'est le premier jour. Mais tu verras. Ça va vite passer.

Facile à dire. Tandis que ma vie venait d'être quasi suspendue, Tim, lui, était plus occupé que jamais. Quand il ne travaillait pas sur ses sculptures pour répondre à une demande croissante, il se rendait dans des galeries d'art, pour y laisser ses œuvres et prendre de nouvelles commandes. Le soir, il faisait des livraisons pour un traiteur spécialisé dans les entrées haut de gamme. La plupart des nos conversations, ces derniers temps, avaient eu lieu par téléphone pendant qu'il effectuait une de ses livraisons. Alors que j'étais coincée dans ma chambre, lui était toujours en mouvement, zigzaguant à travers la ville avec – passagers de choix – des sacs lestés de poulet au parmesan et de langoustines. Sa présence me manquait.

On ne parlait plus de notre jeu de la vérité, sinon pour convenir qu'on le reprendrait au moment de se retrouver l'un en face de l'autre. Parfois, le soir, quand j'étais assise seule sur mon toit, je revenais en pensée sur les questions et les réponses qu'on avait échangées. Pour une raison mystérieuse, je craignais de les oublier – comme si elles avaient été des listes de vocabulaire ou des paragraphes à mémoriser pour un examen.

Kristy aussi m'avait appelée. Elle me lançait des invitations diverses : bains de soleil, fêtes (elle savait que j'étais privée de sortie, mais cette formule, pour Kristy, devait être entendue au sens large, de même que la notion de « temps libre » pour ma mère). D'autres fois, elle appelait pour me parler de son petit copain. Baxter, il s'appelait. Leur rencontre s'était faite dans de charmantes circonstances, un jour qu'il s'était arrêté devant le stand de produits frais, alors que Kristy remplaçait Stella. Après avoir bavardé une heure avec elle, il lui avait acheté un plein cageot d'aubergines – ce qui était assez extraordinaire, ou méritait qu'on s'y arrête. Elle avait en effet cessé de chercher plus loin, passant désormais avec lui le plus clair de son temps. C'est ça le plus frustrant, quand on est assigné à résidence : la planète poursuit sa course, même si le paysage semble figé.

Je m'ennuyais. Je me sentais triste. Et seule. Dans peu de temps, j'allais finir par craquer.

La journée avait été longue à la maison modèle. Je l'avais passée à agrafer des brochures et à écouter ma mère faire son boniment. Le jour qui précédait, j'avais fait la même chose. Et le jour d'avant celui qui précédait. J'avais mangé la même chose (poulet et salade) avec la même personne (ma mère) à la même heure (18 heures pétantes), et rempli la soirée de la même façon (yoga et révisions). Tout ça additionné faisait une routine non seulement pesante, mais carrément nocive. Pas étonnant, alors, que je me sente piégée et désespérée, avant même d'avoir allumé l'ordinateur et découvert l'e-mail que venait de m'envoyer Jason.

**Macy,**

*Je voulais te parler depuis quelque temps déjà, mais je n'étais pas sûr de savoir ce que j'allais dire. Je ne sais pas si ta mère t'en a informée, mais je suis revenu le 4 juillet parce que ma grand-mère a eu une attaque. Depuis, sa santé n'a cessé de se détériorer. Elle et moi, comme tu sais, sommes très proches, et l'idée qu'elle pourrait ne pas se rétablir s'est révélée éprouvante pour moi. Beaucoup plus, à vrai dire, que ce que j'imaginais. J'ai été déçu d'apprendre que tu avais démissionné de l'accueil, et bien que j'aie une ou deux idées sur tes motifs, j'aimerais savoir ce qui a précipité cette décision.*

*Toutefois, ce n'est pas pour cela que je t'écris. Avec ce qui se passe en ce moment dans ma famille, j'ai l'impression de pouvoir mieux comprendre ce que tu as ressenti ces deux dernières années. Il me semble que j'ai été trop rigide envers toi au début de l'été, en ce qui concerne ton travail à la bibliothèque, et je voudrais te présenter mes excuses. Bien que j'aie suggéré une suspension de notre relation jusqu'à mon retour, j'espère que, quoi qu'il arrive, on pourra demeurer en contact et rester amis. J'espère que tu me répondras. J'aimerais avoir de tes nouvelles.*

J'ai lu ce message à deux reprises, mais sans le comprendre. Je pensais que ma démission constituait la preuve définitive que je n'étais pas la fille qu'il lui fallait. Pourtant, à présent qu'il risquait de me perdre, il semblait penser différemment. En étais-je ravie ?

— Non ! m'écriai-je.

La tête me tournait. Tout me glissait entre les doigts. J'étais redevenue la fille de ma mère. Je découvrais, au surplus, que je pouvais redevenir la petite amie de Jason – si le cœur m'en disait. Si je ne faisais rien, je risquais de me retrouver à l'automne sans qu'il n'y ait plus, autour de moi, la moindre trace du passage de Wish, ou de Tim. Comme s'ils n'avaient été qu'un songe. Aussi, cette soirée-là, après avoir essuyé la table et rangé les restes du repas, j'ai pris mon tapis de yoga, dit à ma mère que je serais de retour vers 20 heures, et j'ai désobéi à sa règle en me rendant en voiture vers Sweetbud Road.

J'ai pénétré dans l'allée, toujours dépourvue de pancarte, et j'ai contourné le trou par réflexe, jetant au passage un coup d'œil au cœur dans la paume. Je promenais partout mes regards, surprise de ne voir aucun changement, puis je réalisais qu'il ne s'était écoulé que dix jours depuis ma venue.

Je me suis d'abord arrêtée dans l'allée de Tim mais son camion n'était pas là, tout était plongé dans l'obscurité. J'ai contourné la maison pour jeter un coup d'œil dans son atelier. Dans la cour il y avait un amas de sculptures, plus nombreuses que d'habitude : j'ai vu des anges, de grands tourniquets, et une sculpture de taille moyenne, à peine entamée, soutenue par des tasseaux.

En roulant vers la maison de Kristy, j'ai ralenti devant chez Delia, voulant jeter un coup d'œil par la fenêtre. J'ai vu Pete qui marchait en berçant Avery dans ses bras, et Delia en train de remuer quelque chose dans une poêle, tandis que Lucy, assise à ses pieds, empilait des cubes les uns sur les autres. Elle aurait été contente de me voir mais je ne me suis pas montrée. Je suis restée un moment à les regarder, me sentant un peu triste. J'avais l'impression que tout s'était refermé en mon absence, que chacun poursuivait son existence, comme si je n'avais jamais été là.

En me garant près du bungalow, j'ai vu la lumière de la télé à travers la fenêtre. Je sortais de ma voiture quand Greg a ouvert la porte d'entrée. Il portait une chemise de golf au col boutonné, sans doute faite en polyester. Il puait l'eau de Cologne – je l'avais senti s'approcher avant même de le voir apparaître.

— Hé ! lui lançai-je en m'efforçant de ne pas grimacer. Tu es chic !

Il a souri, flatté.

— J'ai rendez-vous, fit-il en accrochant ses pouces à ses poches et en se penchant en arrière. Je dîne dehors.

— Super, répondis-je. Et qui est la fille ?

— Elle s'appelle Lisa Jo. Je l'ai rencontrée à la fête d'Armageddon. C'est une experte pour tout ce qui concerne le Signal Mystérieux. L'été dernier, elle est allée dans l'Ouest avec son père et a enregistré une preuve de son existence.

— Vraiment ?

Greg en fille. Je pouvais à peine le croire.

— Ouais, fit-il en descendant la dernière marche pour s'en aller. À plus tard.

— À plus tard, dis-je en le regardant traverser le jardin. Amuse-toi bien.

J'ai ouvert la porte du bungalow en lançant un bonjour ! et je suis entrée. Aucune réponse. J'ai jeté un coup d'œil au fond du couloir, vers la chambre de Kristy : la porte était ouverte, la lumière éteinte. Regardant de l'autre côté, j'ai vu Monica assise sur le canapé, scotchée à l'écran de télé.

Elle a fini par m'apercevoir.

— Où est Kristy ? dis-je.

— Sortie.

— Avec Baxter ?

Elle a fait « oui » de la tête.

— Oh, dis-je en traversant la pièce pour m'asseoir sur l'ottomane, juste devant la chaise de Stella. Je pensais qu'elle serait peut-être là ce soir.

— Non.

Il y avait là quelque chose d'ironique : cherchant désespérément quelqu'un avec qui parler, sur qui fallait-il que je tombe, entre toutes ? Monica.

— Alors, fis-je tandis qu'elle zappait, quoi de neuf ?

— Rien. (Elle a laissé un moment une vidéo de rap, puis est passée à la chaîne suivante.) Toi ?

— Je suis privée de sortie. Je suis pas censée être là... mais j'ai reçu un e-mail de mon petit ami et ça m'a fait flipper. C'est juste que... J'ai l'impression que tout est en train de changer, tu comprends ?

— Mmm-hmm, fit-elle, compatissante.

— C'est carrément bizarre, dis-je en me demandant pourquoi je lui racontais ça.

L'espace d'une seconde j'ai cru que j'allais obtenir une phrase complète. Mais elle a soupiré en lâchant :

— Hon-hon.

Ce n'était pas ce dont j'avais besoin. Alors je lui ai dit au revoir, et j'ai repris ma voiture pour retourner en ville. Là, à un feu rouge situé près du centre commercial, j'ai fini par trouver ce dont j'avais besoin.

Tim. Il se trouvait face à moi, de l'autre côté du carrefour. J'ai fait clignoter mes phares pour qu'il m'aperçoive. Quand le feu est passé au vert, il s'est garé sur le parking du marché Milton. J'ai fait demi-tour pour le rejoindre.

— Je croyais que tu étais privée de sortie, dit-il alors que je descendais de voiture.

Je frissonnais de joie en le revoyant.

— En effet, répondis-je. Je suis au yoga.

Il m'a fixée, haussant les sourcils, et sur mes lèvres un sourire a pointé.

— Oui, bon, je suis pas au yoga, fis-je en secouant la tête. Je sais pas... J'avais besoin de sortir. Trop de choses dans le crâne.

Il a hoché la tête et passé sa main dans ses cheveux.

— Je connais ça.

— Alors, tu fais quoi ? lui demandai-je. Tu travailles ?

— Euh... fit-il en regardant son van, pas vraiment... J'ai pris la soirée. Des trucs à faire.

J'ai jeté un coup d'œil à ma montre et je lui ai glissé :

— Il me reste une heure avant de rentrer. Je te tiens compagnie ?

J'ai remarqué qu'il était pressé, voire nerveux.

— Euh... répéta-t-il, vaut mieux pas. J'ai rendez-vous à 19 h 30 avec un client. Ça te mettrait en retard.

— Bon.

J'ai relevé une mèche de cheveux derrière mon oreille, et pendant une minute on n'a rien dit. Un silence embarrassé s'est installé entre nous.

Il se passe quelque chose, ai-je pensé, et aussitôt j'ai revu cette soirée à l'hôpital où j'avais pleuré. Il n'avait peut-être pas supporté ma réaction ? Depuis, on ne s'était parlé qu'au téléphone, on ne s'était pas revus.

— J'ai juste un truc à faire, dit-il. Ça aurait très peu d'intérêt pour toi.

J'ai senti mon corps se raidir, version mode défensif.

— Ouais, de toute façon je dois y aller, répondis-je.

— Mais, attends une seconde, fit-il. Comment ça se passe pour toi ?

— Oh, rien d'excitant, dis-je en regardant ma montre. Bon sang, faut que j'y aille. Je suis bête d'avoir pris le risque de sortir, après tout ce qui est arrivé. Et je dois répondre à l'e-mail de Jason...

— Jason ? s'est-il étonné. Vraiment ?

J'ai approuvé de la tête, retournant les clés dans ma main.

— Je sais pas, il a des soucis. On est en contact. Il veut qu'on se remette ensemble, je crois.

— C'est ce que tu veux ?

— Je ne sais pas, répondis-je, tout en sachant bien que ce n'était pas du tout ce que je voulais. Peut-être, dis-je.

Il me fixait à présent : toute son attention était dirigée sur moi. Alors j'ai fait volte-face pour me diriger vers ma voiture.

— Macy, me lança-t-il, attends une seconde.

— Faut vraiment que j'y aille, lui dis-je. À bientôt.

— Attends. Tu vas bien ?

— Oui, dis-je, avant de me remettre en marche. Je vais très bien.

Il est resté là, alors même que j'avais atteint ma voiture et ouvert la portière ; il est resté au même endroit tandis que je démarrais. Je croyais que c'était plus facile d'être celle qui s'en va et non celle qu'on abandonne. Mais ce n'était pas le cas : je le découvrais.

J'étais presque arrivée. Le feu passa au rouge, alors j'ai attendu. Sur le fronton de la banque Willow, le grand panneau électrique affichait 19 h 24, 25 °C. Soudain, j'ai su où je devais aller.

On peut appeler ça l'instinct. Quoi qu'il en soit, tout le long du chemin me conduisant au Monde des Gaufres, je me persuadais que je pourrais rattraper le coup. J'avais sans doute été trop sensible. Tim devait avoir plein de choses en tête. Des choses qui n'avaient rien à voir avec moi. Tout de même, j'avais trouvé son comportement étrange : cette façon de regarder l'heure... Ça au moins, je ne l'avais pas inventé. Ce que je voulais, c'était lui dire pourquoi je m'étais montrée si froide, et à quel point il comptait pour moi. C'était la vérité. Et nous avions pris, tous les deux, l'habitude de nous reposer sur elle.

Dès que j'ai vu son van sur le parking, je me suis détendue. Dans l'air flottait l'odeur douceâtre des gaufres. En me dirigeant vers l'entrée, je songeais au changement qui s'était opéré en moi. Avant, j'aurais laissé Tim s'en aller. À présent, j'étais différente.

Différente tout le long de ma traversée du parking, jusqu'au bord du trottoir, presque jusqu'à la porte. Mais alors, je l'ai aperçu, assis dans le box, contre la fenêtre. Il n'était pas seul.

*Jt'ai eue*, ai-je pensé. Ça m'a fait bizarre de ressentir ce choc, cette secousse dans le cœur.

Je n'avais pas beaucoup entendu parler de Becky, mais au premier coup d'œil, j'ai su que c'était elle. Tim me l'avait décrite telle qu'elle était : maigre, anguleuse, les cheveux coupés court. Elle portait un pull-over sans manches fin et noir, un collier qui ressemblait à un rosaire, et du rouge à lèvres foncé. Tim assis en face d'elle était en train de lui parler. Elle le regardait avec intensité, comme s'il lui disait la chose la plus importante du monde. Peut-être lui confiait-il ses secrets les plus intimes ? Jamais je ne le saurais.

Je suis retournée vers ma voiture, j'ai mis le moteur en marche et je suis partie. Ce n'est qu'en rejoignant l'autoroute que j'ai réalisé à quel point notre amitié avait été éphémère. Chacun de nous vivait une période en suspens, mais ce qui était en suspension, ce n'était pas nos relations respectives : c'était nous. Maintenant on se remettait à bouger, à aller de l'avant.

# Chapitre 18

Des semaines durant, ma mère s'était fait du souci pour moi. Et maintenant, c'était mon tour de m'en faire pour elle.

Ma mère avait toujours travaillé dur. Mais je ne l'avais jamais vue comme ça. Peut-être était-ce dû au fait que je me trouvais aux premières loges, six ou sept heures par jour, à entendre une suite ininterrompue de conversations téléphoniques, le cliquetis des claviers d'ordinateurs, à voir défiler les entrepreneurs, les agents immobiliers, et les vendeurs qui entraient et sortaient de son bureau.

Nous étions le 23 juillet, l'inauguration des maisons de luxe et le gala donné à cette occasion auraient donc lieu dans une quinzaine de jours. Les choses se passaient bien, aux dires de tous, mais ma mère n'était satisfaite de rien. Depuis un moment déjà, je voyais combien elle était fatiguée. Mais j'ai réalisé tout à coup que les choses étaient pires que ce que je pensais.

J'aurais dû m'en rendre compte plus tôt, mais j'avais été distraite par mes propres soucis. Après ce qui s'était passé avec Tim, cependant, je constatais, non sans étonnement, la facilité avec laquelle je revenais à ma vie d'avant, tout en étant bien moins anxieuse.

Ma vie était paisible, silencieuse, ordonnée. Celle de ma mère, en revanche, était frénétique. Elle semblait ne jamais prendre le temps de dormir, et maigrissait à vue d'œil. Les cernes sous ses yeux devenaient de plus en plus visibles, malgré le fard qu'elle utilisait pour les masquer. Je voyais l'impact du stress sur son corps.

Un jour, je me tenais dans l'embrasure de sa porte, brandissant le sandwich poulet salade que je lui avais commandé.

Il était 14 h 30, ce qui voulait dire que le sandwich était resté sur son bureau pendant presque trois heures, et que la mayonnaise à l'intérieur garantissait une intoxication alimentaire.

— Il faut que tu manges, lui ordonnai-je. Et tout de suite !

— Oh, chérie, c'est promis, dit-elle en parcourant ses messages du regard. Laisse-le ici, je le prends dès que j'aurai terminé ça.

Je suis entrée au moment où elle se remettait à parler au téléphone, tout en tapant à toute vitesse sur son clavier. En posant son sandwich sur une assiette en carton, je l'écoutais parler au chef cuisinier qu'elle avait engagé pour le gala. Jusqu'à présent ma mère et lui s'étaient disputés à plusieurs reprises, à cause de la difficulté qu'elle avait à le joindre, de la porcelaine chinoise hors de prix qu'il voulait lui faire louer (celle-là seule, selon lui, permettrait une expérience culinaire authentique), et du menu, sur lequel il refusait de donner la moindre précision.

— Ce que j'essaie de vous faire comprendre, dit ma mère tandis que je lui versai un Diet Coke, c'est que j'ai invité soixante-quinze personnes à cette réception, qui est pour moi d'une importance cruciale. C'est pourquoi j'aimerais avoir une idée un peu plus précise de ce qui va être servi.

Elle a fini par lever les yeux vers moi en me glissant un merci, et s'est contentée de boire une gorgée de la boisson, dédaignant le sandwich.

— Oui, j'ai bien compris qu'il y aurait de l'agneau. Mais cela ne constitue pas un repas à part entière... Ce qui veut dire que j'ai besoin d'en savoir plus. (Il y eut une pause.) Je tiens compte du fait que vous êtes un *artiste\**, Rathka. Mais je suis une femme d'affaires. Et j'aimerais bien savoir où va mon argent.

Je suis retournée à mon bureau et me suis assise, pivotant sur ma chaise, tapotant quelques touches, et ouvrant ma boîte e-mail. Travailler pour ma mère me tenait bien plus occupée que ne l'avait fait l'accueil de la bibliothèque ; mais il y avait tout de même des temps morts. Dans ces moments-là, je guettais un nouvel e-mail de Jason.

Le soir où j'avais trouvé le message de Jason sur mon écran, ma première impulsion avait été de l'effacer sans y répondre. Mais je m'étais ravisée.

J'ai écrit à Jason que le travail à l'accueil n'était pas le bon job pour moi, et que j'aurais sans doute dû y renoncer tout de suite. Je lui ai dit que son e-mail

* En français dans le texte.

précédent m'avait fait du mal, et que je n'étais pas assez sûre de mes sentiments pour entrevoir la possibilité de nous remettre ensemble. Je lui écrivis également que j'étais désolée pour sa grand-mère, et que s'il avait besoin de parler, j'étais là. C'était la moindre des choses, pensais-je. Je n'allais pas me détourner de quelqu'un qui passe un moment difficile.

Nous étions donc, si l'on peut dire, en contact. Nos e-mails étaient concis et ne s'éloignaient pas de leur sujet : il me parlait du « camp des cracks », me disait qu'il trouvait ça stimulant mais qu'il y avait beaucoup de travail, et je lui répondais en parlant de ma mère et de l'état de stress dans lequel elle se trouvait. Je ne me préoccupais pas trop de ce qu'il pensait de mes messages. Je ne me précipitais pas non plus pour lui répondre, laissant parfois s'écouler un jour ou deux, attendant que les mots me viennent, à leur rythme. Lorsqu'ils venaient, je les écrivais, et je tapais sur « Envoyer », tout en m'efforçant de ne pas réfléchir. Il répondait toujours plus vite que moi, et s'était même mis à envisager qu'on se revoie à son retour, c'est-à-dire le 7 – jour qui était aussi celui du gala. Plus je reculais, plus il semblait avancer vers moi. Je me demandais si c'était vraiment parce qu'il m'aimait, ou si je n'étais pas devenue, à ses yeux, un défi de plus à relever.

Je pensais souvent à Tim. Il y avait maintenant deux semaines qu'on ne s'était parlé. Il avait tenté de me joindre sur mon portable, mais en voyant son numéro apparaître sur l'écran, j'avais rangé mon téléphone, le laissant sonner avant de l'éteindre complètement. Je me doutais de ce qu'il pensait : nous étions seulement amis, après tout, et nous avions toujours parlé librement de Becky et de Jason, alors pourquoi fallait-il que ça cesse ? Je ne savais quoi répondre à ça, de même que j'ignorais pour quelle raison le voir avec Becky m'avait à ce point contrariée. Elle était revenue vers lui, tout comme Jason revenait vers moi, et je me disais qu'il devait en être heureux. Moi aussi j'aurais dû l'être, sauf que je n'y arrivais pas.

Parfois, j'avais des nouvelles de Kristy, qui, entre-temps, avec son Baxter, était passée de l'enthousiasme débordant à l'idylle parfaite.

— Oh, Macy, soupirait-elle, il est extraordinaire, tout simplement extraordinaire !

J'attendais avec impatience qu'elle me parle de Becky, du fait que celle-ci et Tim s'étaient remis ensemble. Mais elle se taisait là-dessus, devinant sans doute que c'était un sujet sensible. Toutefois, elle m'avait confié que Tim lui avait demandé de mes nouvelles, et elle voulait savoir si on s'était disputés lui et moi.

— C'est ce qu'il t'a dit ? demandai-je.

— Non, me répondit-elle en mettant son téléphone sur son autre oreille. Tu sais comment il est, Tim. Il dit jamais rien.

Pourtant, à moi, il avait dit des tas de trucs.

Nous étions vendredi, et pour le responsable des travaux qui se trouvait dans le bureau de ma mère, tout allait de mal en pis.

— Il n'est pas question que je paie des heures sup-plémentaires pour un travail qui aurait dû être ter-miné il y a une semaine ! cria-t-elle.

C'était le quatrième rendez-vous de la journée avec un entrepreneur, et tous s'étaient déroulés de la même façon. C'est-à-dire, pas super-bien.

— Le climat, se défendait le gars du béton, a été...

— Le climat, l'interrompit ma mère, est un facteur que tout professionnel de la construction qui se respecte doit prendre en compte lorsqu'il débute un chantier. On est en été. Et en été, il y a de la pluie !

La voix de ma mère, si aiguë ces temps derniers, me fit frissonner. Le gars devait être dans ses petits souliers.

Il y eut encore quelques échanges d'amabilités, puis les voix se sont calmées, ce qui voulait dire que la réunion était presque terminée. Et en effet, l'instant d'après la porte s'est entrouverte, et l'homme est passé devant mon bureau en grommelant. Il est sorti en claquant la porte, et les vitres ont tremblé.

Le téléphone a sonné et j'ai décroché.

— Macy, souffla ma mère, qui semblait épuisée. Tu veux bien m'amener un verre d'eau, s'il te plaît ?

J'ai pris une bouteille d'eau et je suis allée vers son bureau. Pour une fois, ma mère n'était pas au téléphone. Ni en train de regarder son écran d'ordinateur. Elle était assise au fond de sa chaise, regardant par la fenêtre les pancartes publicitaires des maisons de luxe.

J'ai dévissé le bouchon de la bouteille, et l'ai glissée vers elle. Je l'ai observée pendant qu'elle buvait une gorgée en fermant les yeux :

— Tu te sens bien ?

— Très bien, répondit-elle machinalement. C'est toujours comme ça, les derniers jours. J'ai l'impression que j'en sortirai pas vivante.

— Maman, l'ai-je arrêtée. Dis pas un truc pareil.

Elle a souri de nouveau, un sourire las.

— C'était une façon de parler, dit-elle.

Le reste de l'après-midi, je me suis occupée de la liste des invités pour le gala. À 16 h 45, j'étais soulagée de voir que je n'avais plus que quatorze minutes à tirer, entamant le compte à rebours jusqu'au moment où je pourrais m'enfuir. Alors, deux choses se produisirent. Le téléphone sonna, et ma sœur fit son entrée.

— Bureau de vente de Wildflower Ridge, dis-je dans le combiné, tout en saluant de la main ma sœur qui refermait la porte derrière elle et s'approchait de mon bureau.

— Ma Queensh silvoup zi Raffka, prononça une voix à l'autre bout du fil.

Non seulement il possédait un accent quasi incompréhensible, mais en plus, Rathka parlait avec sa bouche collée au récepteur.

— Oui, un instant, s'il vous plaît.

J'ai pressé le bouton, puis j'ai levé les yeux vers Caroline, qui se tenait debout devant moi, les mains jointes, avec sur le visage une expression d'attente.

— Hé, lui lançai-je. Quoi de neuf ?

Avant qu'elle réponde, ma mère a ouvert la porte et glissé sa tête dans l'entrebâillement.

— La ligne 1, c'est pour moi ? demanda-t-elle avant d'apercevoir ma sœur. Caroline, bonjour. Quand es-tu arrivée ?

Ma sœur a regardé vers elle, puis vers moi. À l'évidence, elle se préparait à faire une annonce. Elle a inspiré à nouveau, a souri, puis lâché :

— C'est fait.

Il y eut quelques secondes de silence Devant moi, le bouton rouge du téléphone clignotait.

— C'est fait, dit lentement ma mère en écho.

Caroline continuait de nous regarder d'un air excité.

— La maison de mer, ai-je fini par dire. C'est ça ?

— Oui ! C'est terminé ! Et c'est fabuleux ! Il faut que vous veniez la voir. Tout de suite.

— Tout de suite ? fit ma mère en jetant un coup d'œil à l'horloge et au téléphone qui clignotait. Mais nous sommes...

— Vendredi. L'heure d'y aller. Le week-end. (À l'évidence, Caroline avait pensé à tout.) J'ai rempli mon réservoir et acheté des sandwiches, on n'aura pas besoin de s'arrêter en route pour dîner. Si on part dans la demi-heure, on arrivera peut-être pendant le coucher de soleil.

Ma mère a posé sa main sur mon bureau.

— Caroline, dit-elle lentement, je ne doute pas que c'est magnifique. Mais je ne peux pas m'absenter ce week-end. J'ai trop de travail.

Il fallut à Caroline un bref instant avant de réagir.

— C'est juste pour une nuit, dit-elle au bout d'un moment. Tu pourras revenir demain à la première heure.

— J'ai rendez-vous le matin avec mes chefs de projet. On a un planning très serré. Il m'est impossible de partir.

Caroline a laissé retomber ses mains le long de son corps.

— Tu dis ça depuis le début de l'été.

— Parce que c'est vrai depuis le début de l'été. C'est une période difficile, c'est tout. (Ma mère a regardé à nouveau le téléphone, et cette lueur qui clignotait, insistante.) Qui est en attente ?

— Rathka, dis-je à voix basse.

— Il faut que je le prenne. C'est sans doute important.

Elle est retournée vers son bureau, puis a fait volte-face pour regarder ma sœur, qui semblait avoir reçu un choc.

— Chérie, fit ma mère en s'arrêtant dans l'embrasure, je sais à quel point tu t'es investie là-dedans, et j'apprécie énormément tout ce que tu as fait.

À vrai dire, je n'en étais pas certaine. Ces dernières semaines, ma sœur ne cessait de faire des allers retours entre sa propre maison et la maison de mer, s'arrêtant chez nous à chaque voyage afin de nous parler de l'avancée des travaux. Préoccupées par nos soucis, ma mère et moi avions accordé à Caroline une attention relative. Pas celle qu'elle aurait souhaitée.

Je ne pensais pas avoir beaucoup de choses en commun avec ma sœur. Mais à présent, je me sentais solidaire de Caroline. En l'espace de quelques semaines, elle avait accompli un travail extraordinaire. Elle voulait nous faire partager sa joie de le voir enfin aboutir. Mais surtout, elle aurait voulu que ma mère partage cette joie avec elle.

— Maman, insista Caroline, tu vas adorer, viens voir la maison. S'il te plaît.

Ma mère a soupiré.

— Je suis sûre que je finirai par le faire. J'irai un jour, tu m'entends ? Mais pas aujourd'hui.

— Très bien, lâcha Caroline.

Elle a traversé la pièce et s'est assise sur l'une des chaises près de la fenêtre, puis a ajouté :

— Bon, d'accord, c'était un peu prématuré de croire qu'on pouvait y aller aujourd'hui. Ce sera pour dimanche prochain de toute façon.

— Dimanche prochain, a répété ma mère, perplexe. Un mauvais pressentiment m'est venu. Très mauvais, même.

— On va passer la semaine à la maison de mer, ai-je enchaîné très vite. La semaine du 8. C'est bien ça ?

J'attendais l'approbation de Caroline. Au lieu de ça, ma mère s'est écriée :

— Dimanche prochain ? Le lendemain de la réception ? Mais c'est impossible, fit-elle en passant sa main dans ses cheveux. C'est trop tôt. Les ventes auront tout juste commencé, et nous avons une réunion... Il faut absolument que je sois là.

— Je peux pas le croire, a fait ma sœur en secouant la tête.

— Tu dois comprendre, Caroline, protesta ma mère. C'est quelque chose d'important.

— Non ! Tu m'avais promis qu'on prendrait ces vacances, et je me suis tuée à la tâche pour que tout soit prêt et qu'on puisse passer cette semaine en famille. Tu avais dit que tu aurais terminé, mais tu ne termines jamais. Bon sang ! Tu ferais n'importe quoi pour te préserver.

— Me préserver de quoi ? s'étonna ma mère.

— Du passé, fit Caroline. De notre passé. J'en ai assez de faire semblant... de faire comme si papa n'avait jamais été là, de ne voir aucune photo de lui dans la maison, ni aucune de ses affaires. Tout ça parce que tu ne veux pas t'autoriser le moindre chagrin...

— *Surtout*, la coupa ma mère à voix basse, ne me parle pas de chagrin.

Caroline a poursuivi :

— Moi, je ne fais pas tout pour cacher ma tristesse. Je ne fais pas tout pour oublier. Toi en revanche, tu te réfugies derrière ton travail, derrière ces maisons neuves, impeccables, qui ne te rappellent rien de ton passé.

— Arrête, a soufflé ma mère.

— Et regarde un peu Macy, a continué Caroline sans sourciller. Tu te rends compte de ce que tu lui fais subir ?

Ma mère m'a regardée, et j'ai eu un mouvement de recul, essayant de rester en dehors de la conversation.

— Macy va très bien, a rétorqué ma mère.

— Non, elle ne va pas bien. Bon sang, tu dis tout le temps ça mais c'est faux.

Caroline s'est tournée vers moi, comme si elle voulait que j'intervienne. Je n'ai pas bronché.

— Est-ce que tu as prêté la moindre attention à ce qu'elle est en train de vivre ? Depuis la mort de papa, elle est au trente-sixième dessous, parce qu'elle fait tout pour ne pas te décevoir. Heureusement, cet été, elle a fini par se trouver des amis et une activité qui lui plaît. Sauf qu'à la première bévue, tu la prives de tout ça.

— Ça n'a rien à voir avec ce dont on parle, s'indigna ma mère.

— Ça a tout à voir au contraire. Elle était en train de se remettre de ce qui est arrivé. Tu n'as pas remarqué qu'elle était en train de changer ? Moi si, et pourtant j'ai passé très peu de temps avec vous. Je l'ai trouvée différente.

— Exactement, s'irrita ma mère. Elle est devenue...

— Heureuse, fit Caroline à sa place. Elle s'était remise à vivre sa vie, et ça t'a effrayée. Tout comme le fait que je rénove la maison de mer. Tu te crois solide comme un roc parce que tu ne parles jamais de papa. Mais tout le monde peut faire l'autruche. Se confronter aux problèmes, vouloir les résoudre, *voilà* ce qui rend plus fort.

— J'ai utilisé toute mon énergie pour subvenir aux besoins de la famille, répondit ma mère. Et pour toi, ce n'est pas suffisant.

Caroline a mis ses mains sur son visage, a inspiré fort, puis les a baissées.

— Je ne te demande pas toute ton énergie Je voudrais juste que Macy, toi et moi nous puissions nous souvenir de papa...

Ma mère a secoué la tête.

— Et je te demande une semaine de ton temps pour commencer à le faire. (Caroline m'a regardée, puis a fixé ma mère.) Rien d'autre.

La pause qui suivit dura assez longtemps pour me faire penser que, peut-être, mais seulement peut-être, ma mère allait donner son accord.

— Je dois rester là, finit-elle par dire. Je ne peux pas m'absenter.

— Une semaine, a fait Caroline. Ce n'est pas l'éternité.

— Non. Je suis désolée.

Elle est retournée dans son bureau d'une démarche raide, et a fermé la porte derrière elle.

Ma sœur, ravalant ses larmes, s'est détournée et a ouvert la porte pour sortir.

— Caroline ! lui lançai-je.

Mais elle était déjà sortie et descendait les marches. *Ce n'est pas l'éternité*, avait-elle dit. Pour ma mère, c'était tout comme. Elle avait fait son choix, et il n'était pas question de le remettre en question : c'était là qu'elle se sentait en sécurité, dans ce monde qu'elle pouvait, pour une large part, contrôler.

Ma sœur était à présent dans sa voiture, en train de se frotter les yeux : je l'ai regardée démarrer puis s'éloigner. Tandis qu'elle disparaissait dans le trafic, mon regard a été attiré par la pancarte de l'autre côté de la rue : « De nouvelles constructions pour bientôt ! Changez avec nous. »

Ma mère était encore dans son bureau, silencieuse, quand l'horloge a marqué 17 heures et que je me suis levée pour partir. J'ai songé à frapper à sa porte, et même à lui demander si tout allait bien, mais au lieu de ça, j'ai simplement rassemblé mes affaires et je me suis glissée dehors, fermant la porte assez fort pour qu'elle sache que j'étais partie.

En arrivant dans l'allée, j'ai aperçu une boîte sur le porche : petite, carrée, déposée au milieu du paillasson. Waterville, Maine, me suis-je dit, avant même d'être assez près pour pouvoir lire l'adresse de l'expéditeur. Je l'ai ramassée et suis rentrée.

La maison était calme et fraîche. J'ai posé la boîte sur la table et sorti les ciseaux pour l'ouvrir.

À l'intérieur, il y avait deux photos : la première montrait une ceinture sur laquelle était accroché un amas de clés, qui semblait peser cent kilos. Sur la deuxième photo on voyait la même ceinture, mais cette fois, on y avait attaché une boîte carrée en plastique, graduée comme un mètre à ruban. Une série d'attaches y était fixée, chacune de couleur différente. *Exaspéré par votre vieille chaîne à clés ?* disait la légende. *Jetez-la !* Organisez-vous. *Achetez la Clé EZ !* Grâce à ce système, on pouvait attribuer un code couleur à chacune de ses clés, puis les attacher à un fil élastique. Il suffisait alors de tirer la bonne clé, de déverrouiller ce qui avait besoin de l'être, et zip ! elle reprenait sa place initiale.

Une heure plus tard, alors que je glissais dans le four des cuisses de poulet, ma mère a téléphoné.

— Macy, dit-elle, j'ai besoin que tu me donnes un numéro de téléphone.

— D'accord, dis-je en allant vers son bureau. Le temps de trouver ton carnet d'adresses.

— Inutile, je crois que tu le connais. C'est pour appeler cette femme, Delia. Celle pour qui tu as travaillé.

— Delia ? m'étonnai-je.

— Oui.

Je suis restée figée un moment, attendant qu'elle me donne une explication. Comme elle ne le faisait pas, je lui ai demandé :

— Pourquoi... ?

— Parce que, Rathka a laissé tomber, et tous les traiteurs sont pris samedi prochain. C'est mon dernier recours.

— Rathka a laissé tomber ? dis-je, incrédule.

— Macy, a-t-elle lâché. Le numéro, s'il te plaît.

J'étais sûre qu'il serait impossible à Delia de se libérer : depuis la naissance d'Avery, elle n'avait répondu à aucune offre, et le gala était bien trop proche. Mais vu ce que ma mère avait subi durant la journée, j'ai pensé qu'il valait mieux ne pas la contrarier.

— C'est le 555 7823, lui dis-je.

— Merci. Je rentre bientôt.

Il y eut un clic. Elle avait raccroché.

# Chapitre 19

Ma sœur a gardé le silence pendant toute une semaine, sans qu'il soit possible de la joindre. Elle ne prenait plus les appels sur son portable et ne répondait pas aux e-mails. Quand on l'appelait chez elle, c'était toujours Wally qui répondait – d'une voix ferme et suffisamment crispée pour qu'on comprenne que, non seulement Caroline lui avait ordonné de dire qu'elle était sortie, mais qu'elle devait se tenir à ses côtés alors qu'il nous passait le message.

— Elle finira par s'en remettre, disait ma mère chaque fois que je lui faisais part de mes vains efforts.

Contrairement à moi, ma mère n'était pas inquiète. Des soucis plus pressants occupaient son esprit. Tous se rapportaient au gala.

La défection de Rathka n'était que le premier revers. Quand les paysagistes étaient venus travailler sur le chantier, une de leurs faucheuses s'était détraquée, endommageant de vastes portions de gazon et arrachant plusieurs buissons au passage. Par ailleurs, à cause d'une erreur des services postaux, la moitié des invitations nous étaient revenues, et j'avais dû faire le tour des boîtes aux lettres pour y glisser moi-même chaque carton. Le jour suivant, le quatuor à cordes dut annuler son concert, car trois de ses membres avaient fait une intoxication alimentaire.

La veille de la réception, pourtant, la chance de ma mère a semblé tourner. L'entreprise qui nous louait l'équipement était arrivée à la première heure pour monter la tente. On est restées pour les regarder, nous attendant à quelque catastrophe, mais tout s'est déroulé comme prévu. Autre bonne nouvelle : Delia, à ma grande surprise, avait accepté la proposition et s'occuperait de la nourriture du gala.

Comme les gars de la tente étaient en train de partir, j'entendis une voiture s'arrêter dans l'allée. J'ai jeté un coup d'œil de l'autre côté de la maison et j'ai vu ma sœur descendre d'un camion équipé d'une large plate-forme, pleine de ce qui ressemblait à des meubles en métal et des détritus de chantier.

— Mais qu'est-ce qu'elle nous amène ? a demandé ma mère.

J'ai réalisé que ces trucs venaient de chez Tim : au moins six sculptures, empilées de telle façon qu'on avait du mal à les dénombrer. Le temps qu'on atteigne le véhicule, Caroline avait baissé le hayon, et avec l'aide d'un employé de ma mère, elle avait entrepris de sortir quelques pièces. Je vis un ange de grande taille, avec une auréole faite en barbelé, ainsi qu'un tourniquet formé de plusieurs roues de bicyclette, soudées à un fer à béton tout tordu.

— Caroline, appela ma mère d'une voix artificielle et enjouée. Bonjour !

Caroline s'est abstenue de répondre, mais l'homme a salué de la main. Ils continuaient à sortir les sculptures et à les déposer dans l'allée : un ange plus petit, avec une auréole en verre coloré, un autre tourniquet fabriqué avec des enjoliveurs et des chaînes reliées ensemble.

— On peut les laisser sur l'herbe, décida-t-elle.

Je sentais que ma mère était contrariée, mais qu'elle préférait éviter une nouvelle confrontation. Elle ne fit pas de commentaire, même lorsque l'ange arracha de l'herbe sur son chemin.

— T'inquiète pas, dit Caroline. Je ne fais que passer. Il faut que je prenne des photos de ces sculptures et que je les envoie à Wally, pour qu'on fasse un choix entre celles qui iront au chalet, et celles que je ramènerai à la maison.

— Pas de problème, déclara ma mère. Pas de problème.

Quand Caroline et l'employé eurent terminé, il y avait sept sculptures sur le gazon : deux grands anges, deux petits, une grande sculpture rectangulaire, et deux autres, celle avec les enjoliveurs et celle aux chaînes et aux roues de tailles différentes. L'homme fit un pas en arrière, essuyant d'une main son visage.

— Vous êtes sûre que vous n'aurez pas besoin de mon aide pour les charger à nouveau ?

— Non, c'est bon, lui répondit Caroline. Je demanderai à un gamin du quartier. Je n'étais pas sûre de pouvoir trouver quelqu'un en arrivant. Merci, en tout cas.

— Pas de problème, fit-il d'une voix réjouie.

Qu'est-ce qu'on ferait pas pour la bonne cause ? Deborah, je vous verrai demain.

— D'accord, dit ma mère en hochant la tête. À demain.

Ma sœur se mit à ajuster les œuvres çà et là. Après un moment, elle baissa les yeux sur le gazon, comme si elle venait de remarquer l'état dans lequel il se trouvait :

— Qu'est-ce qui est arrivé à la pelouse ?

J'ai secoué la tête en jetant un regard vers ma mère.

— Rien, a répondu ma mère, tout en s'approchant du plus grand des anges. Eh bien, voilà des sculptures intéressantes. Où les as-tu trouvées ?

— C'est Tim, l'ami de Macy. Il est vraiment étonnant.

— Ouais, c'est vrai, fis-je en regardant l'ange avec l'auréole en barbelé.

Ici, les sculptures étaient plus impressionnantes encore. Même ma mère était surprise. Ça se voyait à la façon dont elle scrutait le visage de l'ange.

— Tim ? s'enquit ma mère. Le garçon qui t'a ramenée l'autre soir ?

— Macy ne t'a pas dit que c'était un artiste ?

— Non, dit-elle doucement. Elle ne me l'a pas dit.

— Oh, il est fantastique ! s'enthousiasmait Caroline en écartant une mèche de son visage. J'ai passé des heures dans son atelier à regarder ses œuvres. Tu sais qu'il a appris à souder dans une maison de redressement ?

Ma mère continuait de me fixer.

— Sans blague, lâcha-t-elle.

— C'est une histoire très chouette. À l'école Myers, des professeurs d'université bénévoles viennent enseigner, et l'un des responsables du département des arts y a donné des cours. Il a été tellement impressionné par Tim qu'il lui a fait suivre des cours de niveau universitaire durant ces deux dernières années. Tim a exposé à l'université, il y a quelques mois.

— Vraiment ? fis-je. Il ne m'en a jamais parlé.

— Sa tante était là, je ne me souviens plus de son nom...

— Delia, fis-je.

— Voilà ! (Elle s'est dirigée vers le camion.) Bref, on a discuté toutes les deux pendant qu'il chargeait le camion. Elle m'a dit aussi que plusieurs écoles d'art lui avaient accordé une place pour qu'il étudie, mais il n'est pas sûr de vouloir y aller. Ses œuvres se vendent déjà, et même si bien qu'on lui en redemande. Et l'an dernier, il a été lauréat du prix Emblème.

— Qu'est-ce que c'est ? demandai-je.

— Une bourse réservée aux artistes les plus prometteurs, a expliqué ma mère, qui regardait à ses pieds le petit ange à l'auréole ornée de clés. C'est la commission du gouverneur qui les attribue, a-t-elle ajouté.

— Ce qui veut dire, renchérit Caroline, qu'il est extraordinaire.

— Ouah ! ai-je lâché.

J'avais du mal à croire qu'il ne m'avait rien dit de tout ça. Il est vrai que je ne lui avais pas posé de questions à ce sujet. Discret mais formidable, comme avait dit Delia.

Caroline a poursuivi :

— Quand j'ai pris les autres œuvres que j'ai achetées et que je les ai installées dans mon jardin, les femmes de mon quartier sont devenues dingues. (Elle a ajusté la sculpture rectangulaire qui, étais-je en train de réaliser, semblait construite à partir d'un vieux cadre de lit.) Je lui ai dit que chez moi, j'aurais sans doute des offres allant jusqu'au double de ce que j'avais payé. De toute façon, je n'ai pas l'intention de les revendre.

— Vraiment ? fit ma mère en regardant la sculpture rectangulaire.

Tim avait ôté les montants du cadre, ne laissant que la partie centrale, en forme de boîte, puis il avait appliqué du chrome brillant à l'intérieur. Cette partie penchée vers l'arrière était soutenue par deux bouts de tubes allongés. Quand on se mettait devant, ça ressemblait au cadre d'une grande toile, et ce qui se trouvait en arrière devenait l'image exposée. Tel que l'avait disposé Caroline, ça encadrait parfaitement le devant de la maison : la porte d'entrée rouge, les buissons de houx de chaque côté des marches, et les deux fenêtres.

— J'adore, fit-elle. Ça fait partie d'une nouvelle série sur laquelle il travaille en ce moment. J'en ai déjà acheté trois. Elles disent quelque chose de très puissant sur la permanence, tu sais, mais aussi sur le caractère éphémère des choses.

— Vraiment ? a répété ma mère.

— Absolument, déclara Caroline, avec son ton de diplômée en histoire de l'art, et j'ai senti alors à quel point Tim me manquait.

Ma sœur continua de pérorer :

— Un cadre vide, dans lequel l'image évolue sans cesse, souligne le passage du temps.

C'était le début de la soirée, le soleil ne s'était pas encore couché. Les lampadaires se sont mis à grésiller derrière nous, et leurs ampoules ont clignoté. Subitement, nos ombres ont été projetées sur l'espace vide derrière le cadre : celle de ma mère, grande et mince, celle de Caroline, les mains sur les hanches, les épaules à angle droit. Et puis mon ombre à moi, entre les leurs. J'ai levé une main vers mon visage, puis l'ai laissée retomber, observant ma silhouette.

— Je devrais prendre des photos, a lancé Caroline en s'avançant vers le camion. Avant qu'il fasse trop sombre.

Tandis qu'elle marchait vers le camion, un autre véhicule a ralenti devant la maison, en donnant du klaxon. Une vitre s'est abaissée et j'ai reconnu une femme, l'un des agents immobiliers avec qui ma mère travaillait.

— Génial, Deborah !

Ma mère s'est approchée du trottoir.

— Pardon ?

— Ces sculptures ! enchaîna la femme en les montrant d'un geste. (Elle portait un gros bracelet en bois qui bringuebalait le long de son avant-bras.) C'est génial de faire le lien de cette façon avec l'achèvement de la phase de construction. Utiliser comme déco les matériaux de chantier des maisons de luxe, quelle brillante idée !

— Oh, mais non, a rétorqué ma mère, ce n'est pas...

— On se voit demain ! l'interrompit la femme, qui ne l'écoutait même pas. Vraiment génial !

Et elle s'éloigna en appuyant de nouveau sur son klaxon, tandis que ma mère restait coite.

Munie de son appareil photo, Caroline traversait à présent le jardin.

— Tu sais, dit-elle en regardant le sol, il y a

quelque chose qui cloche dans ce jardin. On dirait qu'il est... irrégulier.

— On a eu un petit problème, lui dis-je. Même plusieurs.

Je m'attendais à ce que ma mère me contredise, ou tente de minimiser les faits, mais j'ai vu qu'elle n'écoutait pas. Elle se tenait en face de la rue, où, comme il arrivait souvent à cette heure de la soirée, les gens faisaient leur promenade digestive, faisant avancer des poussettes ou tenant leurs chiens en laisse ; des gamins traçaient de grands cercles imaginaires avec leur bicyclette, filant à toute allure, revenant sur leur trajectoire et repassant en sens inverse. Ce soir-là, pourtant, quelque chose avait changé : tout le monde admirait notre jardin, les sculptures, et quelques personnes, sur le trottoir, marquaient un temps d'arrêt en braquant leurs yeux dessus. Ma mère n'avait pas manqué de le remarquer.

— Tu sais, dit-elle à ma sœur, je me demande si ces sculptures ne conviendraient pas au gala. Ce qui est sûr, c'est qu'elles donnent du style au jardin.

Caroline a pris une autre photo, puis elle s'est relevée et a marché vers le tourniquet à roues.

— J'avais prévu de repartir ce soir, dit-elle sans regarder ma mère, en même temps qu'elle se mettait en place pour une nouvelle photo. Des trucs à faire.

— Évidemment, fit ma mère. Je comprends très bien.

Personne n'a rien dit pendant un moment. C'était peut-être ainsi que se réglaient les disputes : par un silence partagé, après que chacun a marqué son point. Tu m'ôtes un truc et, en retour, je te prive d'autre chose. On cherche tous une forme d'équilibre, quitte à l'arracher à petits coups de dents.

— Enfin, reprit Caroline, je pense que je pourrais rester dans les parages. C'est juste pour une nuit, n'est-ce pas ?

— Oui, répondit ma mère, tandis que Caroline collait l'appareil à son œil. C'est juste pour une nuit.

Caroline est donc restée, prenant ses photos jusqu'à la tombée de la nuit. Puis, une fois rentrées dans la maison, elles se sont cherchées, mais sans agressivité, jusqu'à ce qu'on aille au lit. Comme d'habitude, je n'ai pas réussi à m'endormir, et après une heure à me retourner dans mon lit, j'ai grimpé sur le toit et, de là, j'ai regardé les sculptures de Tim. Elles semblaient ne pas être à leur place, comme si elles étaient tombées du ciel.

J'ai somnolé jusqu'à 3 heures à peu près, et je me suis réveillée quand une brise est venue souffler dans l'entrebâillement de la fenêtre. N'en déplaise à ma mère, le temps était en train de changer. Je me suis levée, j'ai écarté le rideau, et regardé dehors.

Chaque sculpture s'était mise à tournoyer à toute vitesse, sifflant et vrombissant. Je ne pouvais croire que j'avais dormi sans entendre ce vacarme. Je suis retournée m'allonger et j'ai prêté l'oreille pendant une heure encore, attendant que le vent s'amenuise, mais il n'en fut rien. Au contraire, le bruit a enflé, et j'ai cru que je n'allais plus me rendormir. Mais j'y suis finalement parvenue.

*Macy. Réveille-toi.*
Je me suis redressée d'un coup. La voix de mon père résonnait dans mon crâne. C'est juste un rêve,

me suis-je dit. Mais dans ces secondes entre veille et sommeil, je n'en étais pas bien sûre.

La dernière fois que j'avais entendu ces mots-là, dits de cette façon, nous étions en hiver. Un hiver glacial, qui dépouillait tous les arbres. À présent, il soufflait une brise d'été, puissante mais parfumée. Un rêve, ai-je pensé, et je me suis blottie dans mon lit. Au bout de trois minutes environ, quelque chose m'a incitée à me lever.

J'ai regardé par la fenêtre : chose incroyable, Tim se tenait dans le jardin, son van garé derrière lui, près du trottoir. Il était 7 heures du matin et il contemplait ses sculptures, les mouvements dont elles étaient animées. Quand j'ai bougé près du rideau, il a levé la tête vers moi.

Nous nous sommes observés un moment. Puis j'ai marché vers ma commode, sorti un tee-shirt et un short, et après m'être faufilée sans bruit dans la maison, je suis sortie.

Le vent et le balancement des tourniquets donnaient l'impression que tout était en mouvement. Le paillis que les paysagistes avaient disposé autour des plates-bandes était maintenant répandu sur l'herbe et dans la rue, et de petits tourbillons de pétales ou de mottes d'herbe se dispersaient çà et là au gré des rafales. Au milieu de ce tableau, Tim et moi, immobiles.

— Qu'est-ce que tu fais là ? demandai-je.

Il fallait que j'élève la voix, que je crie presque, tant le vent semblait arracher mes mots et les emporter au loin. Pourtant, Tim m'a entendue.

— Je suis venu déposer quelque chose, répondit-il. Je ne pensais pas trouver quelqu'un debout.

— Je ne l'étais pas. Je veux dire, je viens de me lever.

— J'ai essayé de t'appeler, fit-il en amorçant un pas vers moi, ce que j'ai fait également. Après le dernier soir où on s'est vus. Pourquoi tu n'as pas répondu ?

Une rafale a soufflé sur nous. Je sentais mon short me fouetter les jambes.

— Je sais pas, dis-je en écartant les mèches qui me tombaient sur les yeux. C'est juste... j'ai eu l'impression que tout avait changé.

— Changé, fit-il en avançant d'un pas. Tu veux dire, le 4 Juillet ? Entre nous ?

— Non, dis-je. (Et il parut surpris, voire blessé, mais son expression se modifia vite. Je me demandais si, finalement, je ne m'étais pas trompée.) Pas ce soir-là. Le soir où je t'ai croisé. Tu étais si...

Ma voix s'est éteinte, je ne savais quel mot employer. Je n'étais pas habituée à ça : devoir expliquer un au revoir ou la fin d'une relation.

Mais Tim attendait une explication.

— Ça m'a fait bizarre, ai-je fini par dire.

— Bizarre ?

— Cette soirée. Le fait que j'étais si bouleversée à l'hôpital.

Il m'a regardée d'un air étonné, comme si mes mots n'avaient aucun sens.

— On aurait dit que tu ne voulais pas te retrouver en face de moi...

— Ce n'était pas ça, protesta-t-il. C'était juste que...

— Je t'ai suivi, l'interrompis-je. Pour m'excuser. Je suis allée au Monde des Gaufres, et je t'ai vu. Avec Becky.

— Tu m'as vu, a-t-il répété. Ce soir-là, quand on a discuté devant chez Milton ?

— Ça a rendu les choses plus claires. Mais avant aussi : quand on se parlait, on était de plus en plus mal à l'aise.

— C'est pour cette raison que tu m'as parlé de Jason, dit-il. Cette idée de vous remettre ensemble. Et puis tu m'as vu et...

J'ai secoué la tête, pour lui faire comprendre qu'il n'avait pas besoin de m'expliquer.

— Ce n'est pas important. Tout est bien comme ça.

— Bien comme ça, a-t-il répété.

Quelque chose a soufflé derrière moi, a effleuré ma jambe, et j'ai baissé les yeux : c'était un bout de tissu blanc, qui devait s'être détaché d'une corde à linge. Une seconde après, il a repris son envol en passant au-dessus des buissons qui étaient près de moi.

— Écoute, dis-je. On savait très bien que Jason et Becky allaient revenir, que la pause allait prendre fin. Il n'y a rien de surprenant à ça, c'est ce qui devait se passer. C'est ce qu'on voulait. Pas vrai ?

— Ah bon ? me demanda-t-il. C'est ce que toi, tu veux ?

C'était le moment de vérité. Si je lui confiais ce que je pensais, je m'exposerais à une blessure, et je ne me sentais pas assez forte pour l'encaisser. On avait modifié et retouché tant de règles. Pourtant, c'était la règle fondamentale.

— Oui, répondis-je, c'est ce que je veux.

J'ai attendu qu'il réagisse. Qu'il dise quelque chose, n'importe quoi... Je me demandais ce qui allait se passer maintenant que le jeu était terminé.

Il a juste détourné les yeux, lentement, pour voir au-dessus de moi. Déconcertée, j'ai regardé en l'air, et j'ai vu que le ciel était plein de lambeaux blancs qui tourbillonnaient.

C'était presque comme de la neige, mais en les voyant retomber, j'ai réalisé qu'ils étaient du même blanc, et issus du même tissu rigide que le morceau qui avait échoué sur moi. En entendant un cri, derrière la maison, tout s'éclaircit.

— La tente ! hurla ma mère. Oh, mon Dieu !

Je me suis tournée pour regarder Tim, mais il marchait vers son van. Il a pris place au volant et fait démarrer le moteur. Ainsi, j'avais gagné. Mais ce n'était pas l'impression que ça me laissait.

Notre tente était en lambeaux. Le jardin plein de fleurs sans pétales. Et des éclairs grondaient au loin.

— Oh ! oh ! fit Caroline tout bas, en me donnant un coup de coude.

Cela m'a fait sursauter et reprendre mes esprits.

Je me sentais déconnectée de tout – faisant machinalement ce qu'on attendait de moi, m'efforçant de rassurer ma mère dont les nerfs venaient d'être considérablement éprouvés. Lorsque les types qui avaient fourni la tente nous avaient fait savoir que non, ils n'en avaient aucune de rechange, et que toutes leurs équipes étaient prises, ce qui voulait dire qu'on allait devoir se débrouiller seuls, j'avais tapoté sa main, en lui disant que de toute façon, aucun des invités n'allait se demander où était cette tente. Le vent continuait de souffler, renversant tables et chaises sitôt qu'on les relevait. J'ai alors approuvé l'idée de Caroline, qui était de s'en passer, et, selon la formule employée par

417

elle, d'aller vers « quelque chose de plus grégaire ». Et quand ma mère, quelques minutes plus tôt, était sortie de l'allée de la maison modèle pour couper le ruban rouge qui l'entourait, et avait cassé, ce faisant, le talon de sa chaussure, je m'étais précipitée vers elle pour lui donner mes propres chaussures, tandis que tout le monde gloussait. Au cours de ces divers incidents, je me sentais curieusement détachée, comme si tout ça se déroulait de l'autre côté d'un écran, assez loin de moi pour que, quoi qu'il arrive, je ne puisse en être affectée.

Ma mère, à présent, souriait pour les photos et serrait les mains de ses chefs de projet avec sang-froid, tandis que de gros nuages noirs s'amoncelaient dans le ciel. Elle s'est très bien comportée jusqu'à ce qu'on monte dans la voiture.

— Mais bon sang, qu'est-ce que j'ai fait pour subir tout ça ? hurla-t-elle. J'ai passé des semaines à préparer ce gala !

Sa voix me vrillait les tympans, et l'espace d'un éclair, j'ai revu Tim devant moi dans le jardin, au moment où je lui disais la même chose sur la fin de notre relation : *C'est ce qui devait se passer.* Sur le coup, ça m'avait semblé juste. Maintenant, je n'en étais plus si sûre.

Un nouveau coup de tonnerre nous a fait sursauter. Ma sœur a jeté un coup d'œil vers le ciel à travers le pare-brise.

— Vous savez quoi ? dit-elle. On ferait bien d'avoir un plan B en cas de pluie.

— Il ne pleuvra pas, dit ma mère d'un ton catégorique.

— Tu n'entends pas le bruit du tonnerre ?

— C'est juste un peu de tonnerre, dit-elle en appuyant plus fort sur le champignon. Ça ne veut pas dire qu'il va se mettre à pleuvoir, crut-elle bon d'ajouter.

Caroline l'a fixée :

— Maman. S'il te plaît.

Tandis qu'on remontait l'allée, le vent soufflait toujours, et de temps à autre un lambeau de tente voltigeait devant nous, comme une feuille détachée de sa branche. Caroline et ma mère entraient déjà dans la maison au moment où je suis sortie de la voiture, l'esprit brouillé par une flopée de questions. Le temps que je les rejoigne dans la cuisine, elles étaient prises par des tâches multiples, se livrant aux ultimes préparatifs pour le gala. Dès qu'elle m'aperçut, ma mère me confia une pile de dépliants, de vieux journaux, et plusieurs magazines de déco intérieure qu'avait apportés Caroline.

— Macy, s'il te plaît, prends-moi ça et range-le quelque part. N'importe où. Et va voir dans les toilettes pour dames, si les serviettes sont bien en place et s'il y a assez de savon pour les mains, et...

Elle s'est interrompue un bref instant, jetant tout autour des regards nerveux, ses yeux s'arrêtant finalement sur le plan de travail situé près du téléphone, où se trouvait la Clé EZ que j'avais sortie de sa boîte la veille.

— Occupe-toi de ce truc, s'il te plaît, reprit-elle, et reviens ici pour m'aider à rendre présentable la salle à manger. D'accord ?

J'ai fait oui de la tête, me sentant toujours bien éloignée de tout ça, mais obtempérant. J'ai mis les dépliants dans son bureau, les journaux à recycler, et les magazines devant la chambre de Caroline. Quant à la Clé EZ, je l'ai emportée dans ma chambre, et me suis assise sur mon lit en la serrant dans mes mains.

En bas, j'entendais ma sœur passer un dernier coup d'aspirateur, et ma mère qui déambulait sur le carrelage en faisant claquer ses chaussures. Je savais qu'elles avaient besoin de mon aide, mais j'éprouvais l'envie de m'allonger sur mon lit en fermant les yeux, pour me réveiller le matin suivant, à l'orée d'une nouvelle chance. Celle de descendre dans le jardin et de me retrouver devant Tim, pour lui dire, cette fois-ci, quelque chose de différent. Il m'avait toujours dit la vérité. J'aurais dû faire pareil.

Je ne pouvais me le cacher : Tim était mon ami, sans aucun doute, mais en dépit de ce que je venais de lui faire croire, le soir où je l'avais vu avec Becky, j'avais ressenti quelque chose qui allait bien au-delà de l'amitié. Il était temps de l'admettre. En fait, quelque part, j'avais su tout du long ce qui était en train de se passer, et pour cette raison même, j'étais retournée vers Jason, retournée vers cette vie bien ordonnée, sans excès, espérant qu'elle m'épargnerait de nouvelles blessures. Dans le monde où je m'étais réfugiée, j'aurais pu prétendre que cet été n'avait jamais eu lieu.

Mais il *avait* eu lieu. J'avais suivi un soir le van de Delia, confié à Tim mes vérités, je m'étais blottie dans ses bras, j'avais mis mon cœur à nu. Quand quelque chose compte vraiment, le destin s'arrange toujours pour le replacer sur votre chemin et vous donner une nouvelle chance.

Je me suis levée et j'ai tiré ma chaise jusqu'au placard, puis je suis montée dessus pour ranger la boîte

EZ. J'allais redescendre, mais j'ai aperçu le sac que j'avais mis là des semaines auparavant. Aujourd'hui, quelque chose avait changé, et c'est sans doute la raison pour laquelle j'ai descendu le sac de l'étagère.

— Je peux pas le croire, grommela ma mère qui passait près de ma porte entrebâillée, tout en vitupérant contre le tonnerre qui ne semblait pas vouloir cesser de gronder. À croire qu'on nous a jeté un mauvais sort, ajouta-t-elle.

Je me suis assise sur mon lit et j'ai fouillé le sac pour en sortir le paquet. Il pesait lourd.

— Le gazon, le traiteur, la tente, disait ma mère, passant et repassant. Qu'est-ce qui va se passer maintenant ?

Je suis restée immobile, scrutant mon cadeau, sentant mon cœur qui battait la chamade, puis j'ai levé ma main et l'ai pressée sur la paume de la sculpture qui reposait sur mes genoux. Un tas de choses commençaient à faire sens, tandis que d'autres me paraissaient plus déroutantes que jamais. Ce dont j'étais sûre, c'est que ce cœur dans cette paume était à moi. J'avais espéré un signe, et pendant tout ce temps, il était resté là près de moi, attendant simplement que je sois prête à le découvrir.

La dernière question de ma mère résonnait encore dans ma tête, lorsque le plus gros coup de tonnerre de la soirée éclata. Il secoua la maison, les volets, la terre elle-même, eût-on dit. Et alors, d'un seul coup, il se mit à pleuvoir à grosses gouttes. Ma mère venait d'obtenir la réponse à sa question. Tout comme moi.

# Chapitre 20

Quand je suis descendue, tout allait au plus mal.
Dans la cuisine, j'ai trouvé ma mère et ma sœur en pleine frénésie de rangement, déplaçant meubles et chaises, et poussant les canapés contre les murs afin de dégager l'espace pour permettre à soixante-dix personnes de se déplacer librement.

— Macy, me dit Caroline, précipitamment, occupe-toi des tabourets.

— Les tabourets ?

— Ceux de la cuisine ! a crié ma mère en se ruant dans la direction opposée, traînant un canapé. Mets-les contre le mur. Ou dans mon bureau. Mais ne les laisse pas où ils sont ! Apporte-les ici !

J'avais déjà vu ma mère sous pression. Je l'avais vue en pleurs. Mais jamais je ne l'avais vue perdre contrôle à ce point, et j'en fus effrayée. J'ai fait volte-face et j'ai regardé Caroline, qui s'est contentée de secouer la tête et de continuer à pousser un des fauteuils contre le mur du salon. Personne ne pouvait supporter long-temps un tel degré de stress, ai-je pensé. Au bout d'un moment, elle finirait par craquer.

— Maman, lui dis-je, tendant la main pour toucher la sienne. Tu te sens bien ?

— Macy, pas maintenant ! me lança-t-elle d'un ton brusque. S'il te plaît, ma chérie, fit-elle en secouant la tête. Pas maintenant.

Les vingt minutes suivantes, je vis la tension s'accumuler chez elle, dans sa nuque, sur ses traits, dans le timbre de sa voix, tandis que, une à une, les choses empiraient. Le téléphone ne cessait de sonner. Le chef de projet appela pour informer que l'une des fenêtres de la maison modèle avait laissé entrer la pluie. Les lampes clignotèrent, s'éteignirent, clignotèrent à nouveau, incertaines. Et chaque fois, j'observais la réaction de ma mère, son corps qui se contractait, sa voix qui montait, ses regards errant d'un point à l'autre de la pièce, cherchant une chose puis une autre. Quand elle me surprenait en train de la regarder, je détournais vite la tête.

— Je me fais du souci pour maman, dis-je à Caroline tandis qu'on essayait de faire reculer de trente centimètres l'immense canapé qui trônait dans le salon.

Mais le poids conjugué de nos deux corps ne le faisait pas bouger d'un pouce.

— Je ne sais pas ce que je peux faire pour l'aider, ajoutai-je.

— Tu ne peux rien faire, me dit-elle. C'est même pas la peine d'essayer.

À cet instant, j'ai entendu la porte d'entrée qui s'ouvrait, et des talons claquer dans le vestibule.

— Nom d'un chien, fit Kristy. Mais qu'est-ce que c'est que ce foutoir ?

C'était bien elle, debout dans l'entrée, portant une pile de casseroles recouvertes d'aluminium. Monica se tenait à ses côtés, chargée d'une glacière avec deux planches à découper en équilibre sur le couvercle. Fermant la marche, portant sous chaque bras de longs pains de mie, il y avait Delia.

— On est un peu dans la panade, confiai-je à Kristy tandis que les lampes se remettaient à clignoter.

Il y eut un raclement, puis un cliquetis, lorsque Greg apparut à la porte, obligeant Delia à faire un pas de côté, tandis qu'il faisait avancer un des chariots en inox tout cabossés. Dehors, la pluie continuait de tomber en flèches obliques.

— La panade ? demanda Delia. Quel genre de panade ?

Il y eut alors, à sa droite, dans les toilettes pour dames, un cri, un fracas, et tout le monde retint sa respiration, ne laissant d'autre bruit que celui de la pluie qui tambourinait contre la vitre. La porte s'ouvrit et ma mère apparut.

Ses joues étaient cramoisies sous l'effort, et son rouge avait débordé. Elle avait l'air fatiguée. Abattue. Dans sa main, il y avait un porte-savon décoratif – maintenant en deux morceaux.

Ce n'était qu'un récipient destiné au savon, cependant ma mère, en le fixant dans sa paume ouverte, était au bord des larmes. J'ai senti quelque chose soulever ma poitrine, et j'ai réalisé que j'étais effrayée. Terrifiée. J'étais habituée à voir ma mère dans une multitude d'états, mais jamais aussi vulnérable. J'eus envie de m'éclipser sur-le-champ.

— Maman ? a demandé Caroline. Est-ce que tu...
Mais ma mère ne semblait pas l'entendre, ni même
remarquer notre présence. Elle a pris le couloir
menant à la cuisine, d'une démarche lente, mesurée.
En tournant pour aller vers son bureau, elle a porté
ses mains à son visage et a frotté ses yeux, sans se
retourner vers nous. L'instant d'après, j'entendis la
porte se fermer à clé.

— Oh mon Dieu ! m'écriai-je.

— C'est juste un porte-savon, nota Kristy pour
nous venir en aide. Je suis sûre qu'elle peut en trouver
un autre.

Près de moi, je voyais Caroline qui déjà se retournait pour la suivre, se sentant la plus apte à gérer la
situation. Mais j'avais trop longtemps attendu l'occasion de parler à ma mère. Il était temps pour moi
d'essayer à nouveau.

Aussi, lorsque Caroline s'est dirigée vers le couloir,
j'ai posé ma main sur son bras. Elle m'a regardée,
surprise.

— Laisse-moi faire, dis-je, et je suis allée rejoindre
ma mère.

Quand j'ai ouvert la porte, elle se tenait debout derrière son bureau, dos tourné. Elle était en train de
pleurer. J'ai respiré un grand coup et je suis entrée.
Elle ne s'est pas retournée. Avait-elle même
remarqué ma présence ? En restant là à l'observer, j'ai
réalisé combien il était pénible de voir quelqu'un
qu'on aime changer ainsi. Non seulement ça peut être
effrayant, mais il y a de quoi perdre son propre équilibre. Voilà ce que ma mère avait éprouvé, étais-je
en train de comprendre, durant les semaines où je

travaillais pour Wish, durant tout ce temps où, jour après jour, à certains détails de mon comportement, elle ne parvenait plus à me reconnaître. Pas étonnant qu'elle ait réagi en me ramenant vers elle. Alors même que je prenais conscience de tout ça, une partie de moi voulait encore que ma mère se redresse, reprenne les commandes, contrôle tout, comme avant. J'avais voulu lui prouver que les changements qui se produisaient en moi m'étaient bénéfiques. Elle les comprendrait si elle voulait bien leur accorder une chance. À présent, j'avais cette chance, et j'allais la saisir.

Elle a fini par se retourner, et l'espace d'un instant on est restées à se regarder. Une foule de phrases se pressaient dans ma tête, sans trouver leur forme définitive.

Elle a pris son inspiration.

— J'suis...

Je ne l'ai pas laissée finir. J'ai fait un pas en avant et j'ai mis mes bras autour de son cou. Elle s'est raidie, surprise, mais je ne me suis pas retirée. J'ai blotti ma tête au creux de son épaule. D'abord, je n'ai pas senti ses bras m'enlacer, ni son corps se rapprocher du mien. J'ai senti son souffle sur mes cheveux, son cœur contre ma poitrine.

En la serrant, je ne cessais de repenser à ce que j'avais dit à Tim : « Pour une fois, je lui avais fait sentir exactement ce que j'éprouvais, sans me donner le temps de réfléchir. » Oui, j'avais enfin fini par le faire.

Quelque part, j'ai entendu la voix de Caroline. Elle était dans la cuisine, décrivant à Delia la succession de catastrophes qui étaient survenues. Pendant ce temps, ma mère et moi, penchées l'une vers l'autre, nous nous serrions bien fort.

J'ai alors entendu Delia qui disait :

— D'accord. Voilà ce qu'on va faire...

— Mince alors, fit Kristy. En voilà, de la flotte !

Caroline a soupiré.

— Elle a raison. C'est une sacrée pluie.

— Mmm-hmm, a ajouté Monica.

En effet, il pleuvait toujours. À torrents. Les ampoules électriques, d'ailleurs, n'avaient cessé de clignoter – même si on pouvait aussi attribuer ce phénomène au vent, car il y mettait également du sien. Quelques minutes plus tôt, à la télévision, la demoiselle météo locale avait écarquillé les yeux en se tenant devant son image satellite, expliquant qu'une ou deux averses avaient été prévues, mais certainement pas un tel déluge.

— C'est la fin du monde ! s'était écriée Caroline.

— Mais naaan, lui avait glissé Greg en passant derrière elle avec un plateau de verres à vin. La fin du monde serait bien plus terrible que ça.

Caroline l'a regardé.

— Tu crois ?

— Absolument.

Il était maintenant 19 heures précises, et les premiers arrivants restaient assis dans leurs voitures, comptant avec optimisme sur un répit à cette pluie torrentielle. Dans une minute, ils allaient sortir, emprunter l'allée et entrer dans la maison, où tout était prêt pour les accueillir. Les petits fours étaient bien au chaud, le bar était rempli de boissons et de glace pilée, le gâteau qui annonçait : WILDFLOWER

RIDGE – UNE NOUVELLE PHASE COMMENCE ! était bien en évidence sur la table, environné de fleurs et de piles de serviettes. La maison entière embaumait les boulettes de viande. Et tout le monde adore les boulettes.

Après que Caroline eut expliqué notre situation, j'avais entendu Delia se livrer à son sport favori : passer à l'action. En une quinzaine de minutes, plusieurs tables et chaises que nous avions louées avaient été rassemblées en divers endroits de la maison (« le style bistrot », elle appelait ça), pour être surmontées ensuite d'épaisses bougies à la senteur vanillée, qu'elle avait stockées dans le van après une fête donnée quelques semaines auparavant. L'intensité des lumières fut réduite au cas où elles s'éteindraient complètement – ce qui donna d'ailleurs une atmosphère plus intime – et Delia avait chargé Greg et Monica de doubler la quantité d'amuse-gueules, se disant que si les gens étaient bien nourris, il ne leur viendrait pas à l'idée de se plaindre du manque de place. Caroline fut envoyée en mission pour trouver un porte-savon, et Kristy stationnait près de la porte avec un plateau de verres remplis de vin à ras bord.

Ma mère et moi étions assises sur le bord de son bureau, la boîte de Kleenex entre nous, et nous regardions la pluie tomber.

— Et moi qui voulais une réception parfaite, lâcha-t-elle en se tamponnant les yeux.

— Ça n'existe pas, lui dis-je.

Elle a souri, l'air contrit, en jetant un mouchoir dans la poubelle.

— Un désastre total, fit-elle dans un soupir

Pendant un instant, nous n'avons plus rien dit.

— Enfin, d'une certaine façon, c'est bien, ai-je fini par dire, en me rappelant les paroles de Delia des semaines auparavant. On sait à quoi s'en tenir, ajoutai-je. Maintenant, ça ne peut aller qu'en s'améliorant. Pas vrai ?

Elle n'avait pas l'air convaincue. Mais ce n'était pas grave. Pour elle, ça ne tombait pas sous le sens. Je sentais toutefois qu'elle finirait par comprendre.

Quand on est entrées dans la cuisine, quelques minutes après, Delia était en train de rassembler des beignets de crabe. Elle a regardé ma mère et a insisté pour qu'elle monte prendre une douche chaude. À ma grande surprise, ma mère a obéi sans la moindre résistance, disparaissant pendant une bonne vingtaine de minutes. Lorsqu'elle est revenue, les cheveux humides et vêtue de frais, elle semblait plus détendue que jamais.

— Qu'est-ce que tu lui as dit ? me demanda ma sœur, tandis qu'on la regardait descendre l'escalier.

— Mais rien, voyons.

J'ai senti qu'elle me fixait, dubitative. Pourtant c'était vrai. Du moins, en partie.

Kristy était près de la porte d'entrée, plateau en main, lorsque ma mère passa devant elle.

— Un verre de vin ? lui proposa-t-elle.

Ma mère s'est arrêtée, s'apprêtant à décliner poliment, mais au lieu de ça, elle a inspiré un grand coup.

— D'où vient cette merveilleuse odeur ?

— Boulettes de viande, répondis-je. Tu en veux une ?

Je m'attendais à un non. Mais elle prit un verre de vin, but une gorgée, et approuva de la tête.

— Oui, fit-elle. J'aimerais beaucoup.

Il restait une chose sur laquelle je m'interrogeais.

— Alors, dis-je, où est Tim ?

J'ai vu Monica et Kristy échanger un regard. Puis, Kristy a lâché :

— Il devait livrer quelques sculptures sur la côte, ce matin. Mais il a dit qu'il passerait ici sur le chemin du retour, pour voir si on a besoin de lui.

— Ah, dis-je. D'accord.

Un silence embarrassé a suivi, durant lequel on a regardé la pluie. Peu à peu, cependant, j'ai remarqué que quelqu'un soupirait bruyamment. Et se raclait la gorge, à plusieurs reprises.

— Tu te sens bien ? demanda Greg à Kristy.

Elle a fait « oui » de la tête. J'ai jeté un coup d'œil vers elle, réalisant qu'elle me dévisageait.

— Quoi ? lui ai-je dit.

— Quoi ? répéta-t-elle, à l'évidence contrariée. Qu'est-ce que tu veux dire par *quoi* ?

— Je veux dire... quel est le problème ?

Près d'elle, Monica lui a glissé :

— Lais'tomber.

— Kristy, a fait Delia en secouant la tête. Ce n'est ni le lieu ni le moment. Compris ?

— Le lieu ou le moment pour quoi ? demanda Caroline.

— Il n'y a jamais, a affirmé Kristy d'un ton catégorique, un lieu ou un moment pour le véritable amour. Ça arrive par accident, sur un battement de cœur. Dans le frisson du moment.

— Le frisson ? dit ma mère, se penchant et regardant vers moi. Qui a des frissons ?

— Macy et Tim, dit Kristy.

— On frissonne pas du tout, me suis-je indignée.

— Kristy, fit Delia en désespoir de cause. S'il-te-plaît-bon-sang-je-t'en-supplie, pas maintenant.

— Attends une seconde, attends une seconde, dit Caroline en levant les mains. Kristy. Explique-toi.

— Oui, Kristy, enchaîna ma mère. Explique-toi.

Greg a dit :

— Ça a intérêt à être bien.

Kristy n'a pas relevé. Elle a écarté une mèche de ses cheveux et l'a mise derrière son oreille.

— Tim veut être avec Macy. Et Macy, qu'elle le reconnaisse ou non, veut être avec Tim. Et pourtant ils ne sont pas ensemble, ce qui n'est pas seulement injuste, quand on y pense, mais tragiquissime.

— Ce mot n'existe pas, remarqua Greg.

Kristy a insisté :

— Maintenant si. Quel autre mot décrirait mieux une situation dans laquelle un garçon extraordinaire dégagerait le plancher en faveur d'un looser psycho-cérébral qui a rompu les liens avec sa copine parce qu'elle ne s'investissait pas assez dans son job et, pire encore, parce qu'elle a osé lui confier qu'elle l'aimait ?

Je me sentais aussi embarrassée que la première fois où elle avait formulé tout haut cette explication.

— Pourquoi on est obligé de parler de ça ? protestai-je.

— Parce que c'est tragiquissime, enchaîna Kristy.

— Jason a décidé de suspendre votre relation parce que tu lui as dit que tu l'aimais ? demanda ma mère.

— Non. Oui. Pas exactement. C'est une longue histoire.

— Je vais te dire ce que c'est, reprit Kristy. C'est *anormal*. Macy, tu devrais être avec Tim. Pendant tout ce temps que vous avez passé à vous raconter que vous étiez chacun avec quelqu'un d'autre, c'était évident pour tout le monde. C'était même évident pour Tim. Tu étais la seule à ne pas le voir. Et tu en es encore incapable.

— Mmm-hmm, approuva Monica, ôtant une peluche de son tablier.

— Tim n'a jamais ressenti ça, protestai-je.

J'étais pleinement consciente que ma mère – et Caroline, sans parler des autres – écoutait ce que je disais, mais ça m'était bien égal. Il s'était passé trop de choses depuis le début de la soirée.

J'ai ajouté :

— Il a toujours prévu de retourner avec Becky, tout comme j'avais prévu de retourner avec Jason.

— Ce n'est pas vrai, dit-elle.

— Bien sûr que si. Je les ai vus ensemble. Au Monde des Gaufres. Ils étaient...

— ... en train de rompre, m'interrompit-elle. C'était la nuit où il t'a vue devant chez Milton, n'est-ce pas ? Et il t'a dit qu'il allait à un rendez-vous ?

J'ai acquiescé, déconcertée.

— Il s'apprêtait à rompre avec elle.

Elle s'est tue un moment, comme si elle observait cette phrase s'enfoncer dans mon crâne et s'ordonner avec le reste.

— Il veut être avec *toi*, Macy. Si ça ne dépendait que de moi, je te l'aurais dit le soir même, mais ce n'est pas son genre. Il voulait être libre, totalement dégagé de toute obligation, avant de te dire ce qu'il éprouvait. Il t'a toujours attendue, Macy.

— Non, soufflai-je.

— Si, répliqua-t-elle. Et je n'arrête pas de lui

conseiller de venir ici te le dire, de te demander si tu éprouves la même chose pour lui. Mais ce n'est pas son truc. Il a besoin d'agir à sa façon. À son rythme. Tous me dévisageaient. Avant, ma vie était privée. Maintenant, le monde entier fourrait le nez dans mes affaires, voire dans mon cœur.

— Il est venu aujourd'hui, dis-je lentement. Ce matin même.

— Et qu'est-ce qui s'est passé ? demanda Kristy.

J'ai scruté ma mère, qui allait sans doute penser que j'outrepassais les règles. Mais sur son visage, je n'ai vu aucun reproche. La tête légèrement penchée sur le côté, elle me regardait, comme si elle voyait en moi quelque chose qu'elle n'avait jamais vu auparavant.

— Rien, répondis-je. Il m'a juste demandé si la situation était celle que je voulais.

— Et tu lui as répondu quoi ?

— Je lui ai dit que oui.

— Macy ! s'est indignée Kristy, plaquant sa main contre son front. Bon sang ! À quoi donc est-ce que tu pensais ?

— Je pouvais pas savoir, ai-je fait. Puis, plus bas, j'ai murmuré : C'est trop injuste.

Kristy a secoué la tête en disant :

— Tragiquissime.

— Allons, il est temps, fit Delia. Au travail !

La pluie avait fini par se calmer un peu, et les gens sortaient de leurs voitures en ouvrant leurs parapluies. Quoi qu'il advienne, la fête devait continuer.

Chacun s'est éloigné de la fenêtre pour s'atteler à sa tâche : Kristy a soulevé son plateau chargé de verres de vin, Greg et Delia se sont dirigés vers la cuisine, et ma mère est allée se poster devant le miroir du vestibule, afin de vérifier une dernière fois son visage d'hôtesse guillerette. Seule Monica est restée là où elle était. Moi, je m'efforçais, non sans peine, de saisir ce qui venait de se passer.

— Je peux pas le croire, dis-je à voix basse. C'est trop tard.

— C'est jamais trop tard, entendis-je.

Monica venait de prononcer une phrase entière.

— Cette fois, ça l'est, dis-je en me tournant vers elle. Je crois que je ne saurais même pas comment me comporter si j'avais une nouvelle chance.

Elle a secoué la tête :

— C'est un de ces trucs qui se produisent sans qu'on y pense. (Sa voix était étonnamment claire et posée.) Tu sais, sans y réfléchir à l'avance. Tu le fais, c'est tout.

Ces paroles me rappelaient quelque chose, mais il me fallut quelques secondes pour me souvenir de qui elles provenaient : c'était ce que je lui avais dit moi-même, lors de cette soirée où j'avais pris la main de Tim. J'avais alors tenté de me justifier devant elle.

— Monica ! hurla Kristy du salon. Y a un plateau de soufflés au fromage qui traîne, par ici. Tu es où ?

Monica s'est dirigée vers le vestibule de sa démarche traînante.

— Attends, dis-je, et elle a regardé vers moi.

Je ne savais quoi dire. J'étais encore tout étonnée de l'avoir entendue parler.

— Merci du conseil. Je veux dire, je suis touchée.

Elle a acquiescé.

— Mmm-hmm, a-t-elle fait, puis elle m'a tourné le dos et s'est éloignée.

# Chapitre 21

J'avais servi dans suffisamment de cocktails pour savoir que celui-ci allait marcher. Un des signes était l'abondance de bonne nourriture. Un autre, le fait que les invités étaient détendus et rigolaient. Et puis il y avait cette chose indéfinissable, cette vibration continue des gens qui parlent, mangent, dialoguent, une énergie palpable qui fait qu'on ne prête même plus attention à des détails négligeables : une tente en lambeaux, une pluie torrentielle, voire la fin du monde. Au bout d'une heure, la réception organisée par ma mère possédait tous ces signes. C'était, à n'en pas douter, une belle réussite.

— Ta fête est super, Deborah !
— J'adore ce côté bistrot !
— Les boulettes sont exquises !

Les compliments ne cessaient d'affluer. Ma mère les accueillait avec gratitude, hochant la tête et souriant tout en circulant parmi ses invités. Pour la première fois, j'avais le sentiment qu'elle s'amusait, qu'elle ne s'échinait pas à placer ses documents promotionnels, ou à évoquer la prochaine étape de construction, mais prenait plaisir à se mêler aux autres, un verre de vin à la main. Par moments, elle passait derrière moi, et je sentais sa main sur mon dos ou sur mon bras. Quand je me retournais pour voir si elle voulait que je fasse quelque chose, déjà elle passait au groupe suivant, se contentant de me regarder en m'adressant un sourire tout en se faufilant parmi la foule.

Ma mère allait bien. J'allais bien moi aussi. Je savais que tout ne s'améliorerait pas d'un coup, en une seule soirée, et qu'il y avait pas mal de choses dont il faudrait qu'on discute – un an et demi de matière à discussion, pour tout dire. Pour l'heure, j'essayais de profiter autant que possible du plaisir d'être là. Et j'y réussissais plutôt bien, jusqu'à ce que j'aperçoive Jason.

Il venait d'arriver et se tenait dans le vestibule, en vêtement de pluie, me cherchant du regard.

— Macy, appela-t-il avant de se diriger vers moi. (Je n'ai pas bougé, restant où je me trouvais tandis qu'il s'approchait, parvenant, pour finir, juste devant moi.) Salut.

— Salut, répondis-je.

Je l'ai regardé avec plus d'attention : les cheveux coupés court, la classique chemise polo bien rentrée dans son pantalon kaki. Il avait exactement la même apparence que le jour de son départ. Je me demandais si c'était aussi mon cas.

— Comment ça va ? dis-je.

— Bien.

Des éclats de rire nous ont fait nous retourner en même temps.

Au bout d'un moment, il a lâché :

— Ça me fait vraiment plaisir de te voir.

— Moi aussi.

Il restait là à me regarder et je me sentais terriblement maladroite, ne sachant quoi dire. Il a fait un petit pas vers moi, penchant sa tête plus près de la mienne, et m'a chuchoté :

— On peut aller quelque part pour parler ?

— Bien sûr, dis-je.

Comme nous passions dans le couloir pour aller vers la cuisine, j'ai senti confusément qu'on nous regardait. Convaincue que c'était Kristy, avec son regard furieux, ou Monica, avec son air inexpressif, je fus surprise de constater, en tournant la tête, qu'il s'agissait de ma mère, debout près du buffet. Jason aussi lui a jeté un coup d'œil et l'a saluée de la main. Elle a hoché la tête, a souri légèrement, mais a maintenu sur moi son regard immobile, jusqu'à ce que je prenne le tournant et me trouve hors de sa vue.

Une fois dans la cuisine, j'ai remarqué que la porte de derrière était ouverte. À cause du brouhaha, je n'avais même pas remarqué qu'il avait cessé de pleuvoir. Tout était encore ruisselant quand on est sortis ; il faisait plutôt frais, mais le ciel était dégagé. Quelques personnes étaient en train de fumer dehors, d'autres étaient rassemblées par groupes et discutaient. Jason et moi avons trouvé un endroit sur les marches, loin des autres, et en me penchant en arrière, j'ai senti sur mes jambes l'humidité de la rampe.

— Eh bien, fit Jason. C'est une sacrée fête.

— T'imagines pas, ai-je dit. Ça a été dingue.

Par-dessus sa tête, je pouvais voir la cuisine, et Delia qui glissait dans le four un nouveau plat de beignets de crabe. Monica s'appuyait contre le plan de travail et examinait une mèche de ses cheveux, avec l'expression blasée qui lui était coutumière.

— Dingue ? s'étonna Jason. Comment ça ?

— Y a juste eu plein de désastres. Mais ça a fini par s'arranger.

Ma sœur a franchi la porte menant au porche. Elle parlait fort, et un groupe de personnes la suivait, avec entre leurs mains des verres d'alcool et des amuse-gueules.

— ... Incarne la dichotomie entre art et objets récupérés, expliquait-elle, tandis qu'elle passait devant nous en descendant les marches. Ces œuvres sont vraiment fascinantes. Comme vous allez le voir avec ce premier exemple, l'ange symbolise le caractère accessible, en même temps que les limites, de la religion.

Jason et moi avons reculé tandis que le groupe passait dans son sillage, hochant la tête et murmurant. Quand ils disparurent au coin de la maison, il me demanda :

— C'est elle qui les a faites ou quoi ?

J'ai souri.

— Non, ai-je répondu. Elle est simplement une grande fan.

Il s'est penché pour voir l'ange derrière la maison.

— Ils sont intéressants, nota-t-il, mais je ne vois pas bien la symbolique. J'ai plutôt l'impression que c'est de l'art pour jardin.

— En effet, dis-je. Il s'agit de ça. Plus ou moins. Mais ces sculptures ont aussi une signification, à leur manière. En tout cas c'est ce que pense Caroline.

Il a regardé l'ange de nouveau.

— Je ne trouve pas que le matériau soit très adapté au message, a-t-il ajouté. En fait, ça détourne plutôt l'attention. Je veux dire, indépendamment de la noblesse du propos, au bout du compte, ça reste de la ferraille, n'est-ce pas ?

Je me suis contentée de le regarder, sans voir ce que je pouvais répondre à ça.

— Eh bien, finis-je par dire. Tout dépend du point de vue.

Il m'a adressé un sourire.

— Macy, la ferraille sera toujours de la ferraille.

J'ai inspiré un grand coup. Il ne peut pas se douter, ai-je pensé. Il ne sait rien, il fait juste la conversation.

— Alors, dis-je, tu voulais qu'on parle ?

— Exact. Oui, c'était mon intention.

J'ai attendu, sans bouger. À l'intérieur, la cuisine était vide, seul Greg était là, qui faisait passer des boulettes d'une casserole à un plateau, avalant quelques-unes d'entre elles. Il a levé les yeux, a vu que je le regardais, et a souri, un rien gêné. Je lui ai souri en retour, et Jason a tourné la tête pour regarder derrière lui.

— Pardon, fis-je. Tu disais ?

Il a baissé les yeux vers ses mains.

— Je voulais juste... commença-t-il, puis il s'interrompit, comme s'il venait de trouver une meilleure façon de formuler sa pensée. Je sais que j'ai mal réagi au début de l'été, en proposant qu'on suspende notre relation. J'aimerais qu'on entame une discussion là-dessus et, si on décide de rester ensemble, je voudrais que chacun de nous dise comment il aimerait voir notre relation évoluer dans l'année à venir.

J'écoutais. Pourtant, mon esprit ne cessait d'être traversé par d'autres choses : les rires provenant de la maison, la fraîcheur humide de l'air qui effleurait ma nuque, la voix de ma sœur qui parlait de forme, de contraste et de fonction.

— Ben, dis-je. Je sais pas, en fait.

— Aucun problème, a répondu Jason, comme si la conversation prenait exactement la tournure qu'il avait souhaitée. Moi non plus, je suis pas sûr. Mais je pense que c'est par là que doit débuter ce dialogue. En évoquant la façon dont on ressent les choses. Et aussi, en établissant les limites dans lesquelles on veut que notre relation s'inscrive.

— Un vrai sens de la mise en perspective, poursuivait Caroline, par lequel l'artiste émet clairement un commentaire sur les événements qui se produisent à l'intérieur du cadre, et sur la façon dont le cadre influence ces événements.

— Ce que je me disais, reprit Jason, que cet exposé ne semblait pas distraire autant que moi, c'est que chacun pourrait dresser une liste de ce qu'il désire trouver dans une relation. Ce qu'il en attend, ce qui lui paraît important. Et puis, à un moment qu'on déterminera, on regardera comment ces listes correspondent entre elles.

— Une liste, ai-je fait.

— Oui, enchaîna-t-il, une liste. Comme ça, on aura une trace écrite des buts qu'on s'est fixés. Et s'il y a des problèmes, on aura la possibilité de consulter nos listes, de voir à quel domaine ils se rapportent, et on pourra partir de là pour trouver une solution.

J'entendais toujours ma sœur qui parlait, mais sa

voix s'estompait tandis qu'elle emmenait le groupe autour de la maison.

— Et si ça ne marche pas ? demandai-je.

Jason a cligné des yeux, puis il m'a lancé :

— Pourquoi ça ne marcherait pas ?

— Parce que.

Il m'a fixée en répétant :

— Parce que...

— Parce que, ai-je redit, tandis qu'une brise soufflait sur nous, parfois, il arrive des choses. Des choses auxquelles on ne s'attendait pas. Et qui n'étaient pas sur la liste.

— Par exemple ?

— Je ne sais pas, dis-je, exaspérée. C'est précisément la question. Ça serait complètement inattendu, ça nous prendrait par surprise. Il s'agirait d'une chose pour laquelle on n'était pas préparés.

— Mais on sera préparés, dit-il, désarçonné. On aura la liste.

J'ai levé les yeux au ciel.

— Macy. (Il a fait un pas en arrière et m'a regardée.) Je suis désolé, je ne saisis pas du tout ce que tu veux dire.

Et j'ai compris alors : il ne captait rien, n'avait pas la moindre idée de ce qui s'était produit en moi. Pour Jason, il n'y avait pas d'imprévu, pas de surprise. Sa vie entière était compartimentée avec soin, divisée en listes et en sous-listes, comme celles que je l'avais aidé à dresser lors de son départ, quelques semaines auparavant.

— C'est juste que..., dis-je, avant de m'interrompre.

— Juste que quoi ? Explique-moi ça.

443

Mais ça m'était impossible. Il m'avait fallu l'apprendre par moi-même. Idem pour ma mère. Jason aussi finirait par comprendre. Personne ne pouvait vous l'expliquer : à chacun de faire son chemin. Avec un peu de chance, on finissait par sortir de là avec un peu plus de sagesse.

— Macy ? insista-t-il. S'il te plaît. Explique-moi.

J'ai inspiré un coup, essayant de trouver une façon de dire qu'il n'y avait pas moyen. Quand soudain, derrière lui, entrant dans la cuisine par la porte latérale, j'ai vu Tim.

Il passait sa main dans ses cheveux, jetant des coups d'œil autour de lui. Comme je l'observais, Delia est entrée tout affairée, avec un plateau rempli de verres vides. Elle a posé le plateau, a embrassé Tim, et ils ont échangé quelques mots. Il a dit quelque chose et elle a haussé les épaules, esquissant un geste vers le salon. *Tu es sûre ?* ai-je lu sur ses lèvres, et elle a acquiescé, puis a serré son bras, avant de se retourner pour ouvrir le four. Il a alors jeté un coup d'œil dehors, et m'a repérée. Puis il a vu Jason. J'ai essayé de garder mes yeux sur lui, espérant qu'il resterait là une minute encore, mais il s'est détourné et a marché vers la porte latérale, que j'ai vue se refermer après lui.

— Macy ? a fait Caroline en arrivant par le côté de la maison. Tu peux venir un instant ?

J'ai traversé le porche, contourné des grappes de gens. Puis j'ai descendu les marches de l'escalier opposé, parvenant juste devant l'entrée latérale. Tim se tenait au bout de l'allée.

— Tu es au courant de ça ? me demanda Caroline.

L'espace d'un instant, je crus qu'elle parlait de Tim. Jusqu'à ce que je me retourne et la voie, elle et son groupe, au pied d'une sculpture.

— De quoi donc ? répondis-je, distraite.

Je venais de le perdre de vue.

— Je l'avais jamais remarquée, celle-là, fit-elle en levant les yeux vers la sculpture. Ce n'est pas une des miennes.

— Macy ? me lança Jason en arrivant derrière moi. Je crois vraiment qu'on devrait...

Mais je ne l'écoutais pas. Je n'écoutais pas non plus Caroline, qui continuait à faire le tour de la sculpture en poursuivant ses commentaires de diplômée en histoire de l'art.

Les bruits de la réception n'étaient plus qu'un fond sonore. Tout ce que je percevais, c'était le léger bruissement métallique que faisait la sculpture en s'animant, ce nouvel ange. Il s'agissait d'une femme. Elle avait les pieds écartés et les mains jointes sur sa poitrine. Ses yeux, en verre marin, étaient cerclés par des joints. Sa bouche était une clé tournée à l'envers. Son auréole était ornée de petits cœurs dans des paumes. Mais ce qu'elle avait de plus surprenant, ce qui la distinguait des autres, c'était cette arche au-dessus de sa tête, tout en aluminium, découpée en piques à son sommet, en larges courbes à sa base, et frangée de petites sonnettes, produisant le tintement que j'entendais. Qu'on pouvait tous entendre.

— Je ne comprends pas, fit Caroline, intriguée. C'est la seule qui a des ailes. Comment ça se fait ?

Il y avait tellement de mystères dans la vie. On ne pouvait pas toujours compter sur une réponse. Mais celle-là, au moins, je la connaissais.

— C'est pour qu'elle puisse voler, répondis-je.
Et je me suis mise à courir.

Le goût de la vitesse m'est revenu, aussi aisément que reviendrait quelque chose à quoi vous aviez consacré toute votre vie. Il me fallut un moment pour réguler mon souffle. Mais j'ai fini par trouver mon rythme : il n'y eut bientôt plus que moi et la silhouette à l'horizon, qui se rapprochait de plus en plus à chaque seconde. Tim.
Au moment où je l'ai rejoint, j'étais à bout de souffle. Le visage tout rouge. Dans ma poitrine mon cœur battait si fort que pendant un moment je n'ai rien entendu d'autre. Il s'est retourné juste quand je suis arrivée à sa hauteur, l'air surpris. Tandis que je luttais pour reprendre haleine, aucun de nous n'a rien dit.
— Macy.
Je vis qu'il était sidéré par ma course, par le fait que je me trouve en face de lui, tout essoufflée.
— Qu'est-ce que...
— Je suis désolée. Mais il y a eu une modif.
Il a cligné des yeux.
— Une modif ?
J'ai fait « oui » de la tête.
— Dans les règles, repris-je.
Il ne voyait pas du tout de quoi je parlais. Puis, lentement, son visage s'est détendu.
— Ah, fit-il. Les règles.
— Oui.
— Personne ne m'en a informé.
— Eh bien, c'est tout récent.
— Et ça remonte à... ?

— Ça remonte à juste là, tout de suite.

Tim a passé sa main dans ses cheveux et j'ai vu le cœur et la paume apparaître, et disparaître aussitôt. J'avais tant de choses à lui dire, je ne savais par où commencer. Ou peut-être le savais-je très bien.

— Macy, dit-il doucement, me fixant avec attention. Tu n'es pas obligée de...

J'ai secoué la tête.

— La modif, l'ai-je interrompu. Demande-moi ce que c'est.

Il s'est penché en arrière, faisant glisser ses mains dans ses poches.

— D'accord. C'est quoi, cette modif ?

— Il a été décidé, dis-je en inspirant un grand coup, qu'il existe une nouvelle condition pour gagner le jeu. Cette condition est la suivante : pour que je puisse l'emporter, il faut que je réponde à la question que tu as posée, l'autre soir, dans le van. À cette seule condition, le jeu pourra se terminer.

— La question que j'ai posée, a-t-il redit.

J'ai acquiescé.

— C'est la règle.

Je savais, au silence qui a suivi, que tout pouvait encore arriver. Au moins j'aurais essayé, j'aurais ouvert mon cœur et tendu la main, quelle qu'en soit l'issue.

— D'accord, dit-il, prenant son souffle. Qu'est-ce que tu ferais, si tu pouvais faire ce que tu voulais ?

J'ai fait un pas vers lui.

— Ça, répondis-je, et je l'ai embrassé.

Embrassé. Là, au milieu de la rue, tandis que le monde menait ses affaires autour de nous. Derrière moi, Jason attendait une explication, ma sœur continuait de faire sa leçon, et l'ange, prêt à s'envoler,

447

gardait les yeux levés vers le ciel. Quant à moi, je sentais que j'avais enfin pris le bon chemin. Celui qui commençait ici, à cet instant même, avec Tim, par un baiser qui me coupait le souffle et me le rendait, me laissant plus que jamais pleine de vie.

# Chapitre 22

— Macy. Réveille-toi.

J'ai roulé sur mon lit, plaquant l'oreiller sur ma figure.

— Non, protestai-je, la voix étouffée. Encore une heure.

— Pas question. (J'ai senti des doigts tapoter mes pieds nus.) Dépêche-toi. Je t'attends dehors.

À moitié endormie, je l'ai entendu sortir de la chambre, puis, quelques instants après, la porte grillagée s'est refermée derrière lui. Pendant un bref instant, je suis restée allongée, avec la tentation de laisser le sommeil s'emparer de moi et me ramener au pays des songes. Mais j'ai ôté l'oreiller de mon visage et je me suis redressée, regardant par la fenêtre à côté de moi. Le ciel était clair et bleu, les vagues se brisaient non loin. Une belle journée, une de plus, commençait.

Je me suis levée, j'ai mis mon short, mon soutien-gorge de jogging, mon tee-shirt, et je me suis fait une queue-de-cheval. Je bâillais encore en traversant ma chambre et en entrant dans la grande pièce, où ma sœur était assise à une table, en train de feuilleter un magazine.

— Tu sais ce que je me disais ? fit-elle sans même regarder vers moi, comme si nous étions au milieu d'une conversation. Que cette maison manque d'une Cheminette.

— Une quoi ? dis-je, fléchissant les genoux pour prendre mes chaussures.

— Une Cheminette, fit-elle en tournant une page de son magazine, appuyant son menton dans le creux de sa main. C'est une cheminée d'extérieur, ça en jette carrément. Qu'est-ce que tu en penses ?

Je me suis contentée de sourire, ouvrant la porte grillagée.

— Ça a l'air d'une super-idée.

J'ai mis le pied sur la véranda, prenant mon premier bol d'air frais et salé du jour. Ma mère, assise sur sa chaise Adirondack, une grande tasse de café posée près d'elle, s'est tournée et m'a regardée.

— Bonjour, me lança-t-elle tandis que je me penchais pour l'embrasser. Quelle motivation !

— C'est pas moi. Je voulais faire la grasse matinée.

Elle a souri, soulevé sa tasse, pris le classeur qui se trouvait en dessous et l'a ouvert sur ses genoux.

— Amuse-toi bien, dit-elle.

— Toi aussi.

J'ai étiré mes bras au-dessus de ma tête, et descendu les marches vers la plage, clignant des yeux sous le soleil déjà brillant. Maintenant que la maison était achevée, on passait ici la plupart de nos week-ends.

Au début, passer la porte avait été dur, et j'avais beaucoup pleuré les premières fois, tellement mon père me manquait. Mais c'était moins difficile à présent. Tout ce qu'il avait aimé dans cette maison – l'élan, les cannes à pêche près de la porte, son barbecue bien-aimé – tout se trouvait là, donnant l'impression que lui-même n'était pas loin.

Ma mère venait passer les week-ends avec nous, mais elle emmenait toujours du travail ainsi que son ordinateur portable. Son téléphone sonnait continûment, comme d'habitude, et on essayait de la coacher pour qu'elle mette de temps en temps son répondeur. Quant à moi, je m'étais remise à courir. Sauf que je ne me préoccupais plus des distances ou du chronométrage : je me concentrais sur le plaisir du mouvement, du geste. L'important n'était pas la ligne d'arrivée mais la façon d'y parvenir.

Ma mère et moi, nous arrivions à parler beaucoup plus, même si ça n'avait pas été facile au début. Les trajets en voiture y avaient contribué. Parfois, Tim nous accompagnait, ou Kristy, mais j'appréciais aussi les voyages qu'on faisait toutes les deux. Durant ces longs moments, il nous semblait plus facile de parler, et quelles que soient les paroles qui nous venaient, nous avions la certitude d'avancer vers l'horizon au loin.

Caroline aussi venait la plupart des week-ends, Wally en remorque, et elle continuait son train-train dans la maison, examinant son œuvre et songeant à de nouvelles transformations. Dernièrement, toutefois, son attention avait été attirée par la maison qui se trouvait deux lots plus bas, et qui venait d'être mise en vente. Il s'agissait d'un bungalow, qui avait juste besoin d'un peu de bricolage, nous expliquait-elle en plaçant des photos sous nos yeux ; d'ailleurs, elle et Wally parlaient souvent d'acquérir une maison sur la plage. Bref, elle finissait par donner toutes les raisons nécessaires à cet achat.

Je progressais sur les dunes, le vent fouettant l'air autour de moi. Quand je me retournais vers la maison, je pouvais voir Caroline qui sortait sur la véranda, s'asseyait sur le banc tout neuf. Ma mère et elle me faisaient signe de la main, et je leur faisais signe en retour, avant de me tourner vers le petit arpent de plage qu'il me fallait traverser pour rejoindre cette silhouette au loin. Lorsque je me mettais à courir, sentant mes jambes se déployer de plus en plus facilement, j'entendais cette voix familière, la voix qui me revenait toujours en début de course.

« Vas-y, Macy ! Tu te débrouilles très bien, tu sais ? Et n'oublie pas : les premiers pas sont toujours les plus difficiles ! »

C'était vrai. Je me sentais si peu dans le rythme, par moments, qu'il me fallait faire de grands efforts pour ne pas laisser tomber après plusieurs foulées. Mais je tenais bon. Il le fallait, pour que je puisse atteindre l'étape suivante, celle où je finissais par rejoindre Tim. Je le voyais se retourner vers moi, écartant les mèches qui lui recouvraient les yeux.

— Tu es en pleine forme, me lança-t-il.

— Toi aussi.

On a couru un moment sans rien dire. Devant moi, tout ce qu'il y avait, c'était la plage, le ciel.

— Prête ? me demanda-t-il.

J'ai fait signe que oui.

— Vas-y. C'est ton tour.

— D'accord, dit-il. Voyons voir...

On commençait doucement, comme chaque fois, parce que la course, le jeu, pouvaient durer un moment. Peut-être même pour toujours.

*Cet ouvrage a été imprimé par*

**FIRMIN DIDOT**

GROUPE CPI

*Mesnil-sur-l'Estrée*

pour le compte des Éditions Pocket Jeunesse
en avril 2008

Dépôt légal : mai 2008

N° d'impression : 89948

12, avenue d'Italie
75627 PARIS Cedex 13

*Imprimé en France*